CELINA COELHO

sua alma,
sua palma

Dezembro | 2024

Nesta edição, respeitou-se o Acordo Ortográfico da Língua Portuguesa de 1990, que entrou em vigor no Brasil em 2009.

CONSELHO EDITORIAL:
Alencar Fráguas Perdigão e Cláudia Masini
EDITORA RESPONSÁVEL:
Luciana Tanure
EDITORES:
João Camilo de Oliveira Torres e Guilherme Coelho
TECNOLOGIA DE INFORMAÇÃO:
Alessandro Guerra
PROJETO GRAFICO E DIAGRAMAÇÃO:
Ana Raquel Bastos
REVISÃO:
Guilherme Coelho
CAPA:
Sofia Nicodemo e Giuliano Fattore
FOTOGRAFIAS:
Henrique Carvalho Mendes Santos e Daniel Coelho Perpétuo do Nascimento

Catalogação na publicação
Elaborada por Bibliotecária Janaina Ramos – CRB-8/9166

C672s
Coelho, Celina
Sua alma, sua palma / Celina Coelho. – Belo Horizonte: Quixote+DO, 2024.

356 p.; 14,8 X 21 cm
ISBN 978-65-5283-003-6

1. Romance. 2. Literatura brasileira. I. Coelho, Celina. II. Título.

CDD 869.93

EDITORAS ASSOCIADAS

www.quixote-do.com.br
Rua Alagoas, 1.270 | sala 304 | Savassi
30130-168 | Belo Horizonte | MG
(31) 3141-1256

À minha filha, filhos, genro e noras, netos e neta.

Prefácio

Ser ou não ser? Essa história pertence a Madalena, menina nascida no interior de Minas, cumprindo a sina de se transformar em mulher e pertencer a uma família de mulheres que fizeram escolhas não esperadas pela sociedade.

> *"O que eu sou é neta de uma avó reclusa, filha de uma mulher livre e de um homem insurgente."*

Com os hormônios em ebulição, Madalena conduz esse romance, nos lançando no redemoinho de seus anseios, amores e dores. Enfrentando o mundo a partir de intensa comunicação com o sensível da escuta feminina presente em sua linhagem, essa heroína com nome bíblico e ímpeto ímpar nos mostra com clareza o que é ser uma "mula sem cabeça" e como é possível, mesmo sendo difícil, desfazer o mito no qual foram aprisionadas as mulheres que se encantaram por padres. Histórias impossíveis que se tornam possíveis. Tudo é vida pulsando.

> *"Assim como eu, muitas de nós estamos presas a seus catecismos e marcando passo nesta fila com problemas sérios debaixo da roupa, das cobertas e dos pensamentos."*

Celina Coelho consegue nos transportar para a pequena cidade de sua personagem, descrevendo com riqueza de detalhes o cotidiano dentro das casas, do folclore, festas e manifestações culturais do lugarejo, das escolas, das práticas religiosas e políticas e, sobretudo, a gastronomia típica do interior. Sabores e histórias de tudo aquilo que a terra dá, tudo o que se encontra nas roças, nas beiras dos rios. Cheiros, cores, flores, bichos e muitas pessoas. Pessoas das mais diversas tessituras. Um balaio repleto de personagens que saltam da memória de Celina com tanta vivacidade que parece que estamos lá, em Abecedê.

A saga de Madalena é potente e cativante. Um exemplo de mulher que quer viver, crescer e escolher. E escolher muitas vezes não nos é permitido. Sua alma, sua palma. A força está em algum lugar dentro de nós. Com determinação, podemos encontrar novamente a cabeça que tentaram nos retirar. Temos de pegar o rumo e encontrá-la. Queremos ser o que queremos ou o que os outros esperam que sejamos? Eis a questão. Pelas palavras impregnadas de poesia e memória afetiva de Celina, seguimos de mãos dadas com Madalena.

Inês Peixoto

Atriz, diretora, dramaturga e integrante do Grupo Galpão

Sumário

Menina-moça

Festa.

Todos de roupa nova. Calçados.

Madalena quer vestir, às pressas, seu uniforme. A blusa ficara engomada desde ontem e a saia dormira entre três cobertas sob o colchão para que as pregas amanhecessem plissadas. Esforça-se em calçar as duras meias de algodão, mas elas não cedem ao tamanho de seus pés. O desacerto de tudo a encabula. Os sapatos estão apertados, os botões da blusa estão quase estourando. A saia foi parar acima dos joelhos. Sente-se uma geringonça, chora, mas não tem tempo para mudar.

O som que lhe chega do estouro dos foguetes, da badalada dos sinos, banda de música e cantoria a exaspera. Corre o pente nos cabelos e pula para fora do quarto. No corredor, topa com sua avó que está indo com a bilha de água para o quarto de costura, onde passa o dia todo, todos os dias. Para dar a entender a Madalena que aqueles trajes não são mais suas medidas, emite sua caçoada:

— Europa dentro de Abecê.

Então, ela admite que seu corpo não mais cabe nesse uniforme e que também nem é mais do grupo escolar, há tempos. Volta ao quarto querendo chorar, arrancando os sapatos. Porém, a avó ressurge à sua frente entregando uma roupa dobrada e, com um sorriso caçoísta, joga-lhe ainda, aos pés, um par de sapatos usados, mas conservado. Vira-lhe as costas, com o resmungo em questão:

— O homem é do tamanho que sonha.

Madalena tem que deduzir que um vestido novo lhe fora providenciado para esta ocasião, como nunca sonhara. Estranha o modelo saia godê, de algodão verde-água, de corpinho até a cintura, arrematado com cinto branco. Mesmo envergonhada, sai voando com aqueles trajes de moça, sem que se visse assim. Passa pelo padrinho que está sentado na tora em frente à casa. Pede a Deus que ele não a interrompa, mas ele lança a charada da vez, como sempre faz:

— A pedra do moinho é dona **que não é mais criança.**[1] — E solta sua risadinha desafiante, sem querer parecer deboche.

— Ai, padrinho, agora não. — Mas vira-se para trás com a resposta: — Mo-ça.

Por ser austera consigo, ainda se equilibrando naquele salto, confere na mente suas obrigações domésticas. Sim. Os potes estão cheios de água, café coado e caldeirão de feijão no fogo com boa lenha para a hora do almoço. "*Quem não deve não teme*" — abstração de ditos da avó que só se comunica com ela por provérbios, quando não é só por rabada de olho. Sua ânsia é ver o Bispo chegar. Ela soube dessa chegada pela alvoroçada movimentação que pôde acompanhar em suas idas ao catecismo. Ali é ensinado o hino para a recepção, como em todos os grupos da diocese. Madalena abstrai da letra, toda sua expectativa de que lhe desça do céu o que pediu e receberá: a cura para seu tormento. Ela canta, com todo vigor de sua esperança, o que dizem os versos:

> *"Aos céus um hino ardente de louvor*
> *agradecendo esta data singular!*
> *Jesus nos enviando seu Pastor,*
> *quis lá do céu um anjo amigo nos mandar."*

Ele vem para tomar posse na catedral que se inaugura hoje. Ela quer que ele confirme, de primeira, que a graça de se livrar de seu tormento será alcançada. "Confirme", pois tendo recebido a rosa durante a novena a Santa Terezinha do Menino Jesus, tem consigo a "certeza".

Essa rosa que o padrinho Vando jogou para ela, assim do nada, trazida do quintal junto com as colheitas, quando era o quinto dia da novena propondo a charada: "Não está doente, mas quase está, a moça que os três cavaleiros acudiram, **que faz milagres com rosas,**[2] é a evidência."

Ela agarrou essa rosa de olhos arregalados e decifrou a charada:

— "*Não está doente*": sã; "*quase está*": tá; "*a moça que os três cavaleiros acudiram*": *é Terezinha*; "*que faz milagres com rosas*": Santa Terezinha. Obrigada, tio!

Nem Duda sabe que tormento é esse. Nesses três anos que Madalena mora na casa da avó sem mais ir à escola, era quem a visitava. A mãe de Duda deliberava, por dó, que ela passasse as tardes lá, por terem sido colegas além de serem parentas. A brincadeira delas era de escolinha no paiol, comer frutas da época no quintal e, do começo desse ano pra cá, vinham em tititi, até ao ponto de mostrarem novidades que vêm aparecendo em seus corpos pubescentes. Terminavam as tardes enganchadas no alto da maior goiabeira, satisfazendo a ânsia de se esfregarem. Mas, de julho para cá, começou a aparecer essa mancha escura no lugar onde cresce o estranho cabelo. Assustada, pôs-se a rezar acreditando estar com maldição do padre Ni, com doença ruim, pois dona Conceição, a catequista, buscava-a em casa para o catecismo toda quinta-feira, incutindo nela que o pai fora excomungado e que a mãe também e que, se ela não rezasse muito, choraria lágrimas de sangue. Então, decidiu apelar pela fé, sem contar a ninguém. Preferiu fechar-se, nem Duda vem, nem a catecismo vai.

Afobada, reza: "*Rainha dos Anjos, ordene aos anjos do meu transporte que me ponham lá, sem que eu saiba exatamente como isso aconteceu.*"

Bate palmas dizendo:

— Anjos do meu transporte, por ordem da Mãe Rainha, cumpram. Ainda mais que é setembro e setembro é mês dos anjos, vocês devem estar cheios de graça para dar a quem pede. Ponham-me lá.

Já avista a multidão embolada na calçada da avenida da cidade nova, também ávida a receber o primeiro Bispo. São habitantes e romeiros dos povoados de perto e de léguas que tentam se ajeitar atrás dos escolares de uniformes de gala e bandeirolas. As janelas dos sobrados, enfeitadas de toalhas bordadas, estão apinhadas de moradores e visitantes, perplexos ao assistir, pela primeira vez, uma festa neste esplendor. Enxugam o suor.

A banda de música, inaugurando o coreto no centro do largo, executa o dobrado. Quinzin Fogueteiro trisca o fogo na ponta das varetas. Estrondo, um atrás do outro.

Madalena explode em choro. Apressa-se no salto, enxuga os olhos e o nariz na barra do vestido novo. Perde a oportunidade de ver o estandarte transpondo a ponte construída para separar a cidade velha, conduzido pelo mordomo de luvas acompanhado por damas de solidéu bordado de lantejoulas que seguram fitas de cetim em cores variadas. Um bando de anjos joga pétalas de flores de seus samburás formando o tapete.

Sob nova badalada de sino, a banda e o coro silenciam. Uma voz feminina vibra do alto-falante instalado na torre da igreja, retumbando nos morros circundantes:

> *"Quem é esta que se aproxima, brilhante como o sol, envolta no manto azul, que tem como escabelo a lua e um diadema de estrelas?"*

O coro ensaiado responde cantando:

> *"É Maria, concebida sem pecado original.*
> *Quero amar-vos toda vida com ternura filial.*
> *Vosso olhar a nós volvei,*
> *Vossos filhos protegei."*

Seguido de outro repicar de sinos, uma revoada de pombos é liberada a partir da torre. A banda volta a dobrar festiva para receber o andor, ornado de rosas e jasmins, dessa que será coroada a Padroeira. Vem nos ombros de quatro cidadãos trajando terno e gravata. Acompanha-o uma procissão de fiéis com lanternas, enquanto a multidão na calçada, inebriada, louva em cantoria, com as mãos suplicantes, muitos em pranto. A imagem é depositada no florido altar armado de frente ao coreto, onde empoleiram crianças vestidas de anjo, lado a lado, entoando:

> *"Salve, oh, mimosa*
> *flor de pureza!*
> *Encanto sois da natureza!"*

O rei deposita o cetro nas mãos da imagem e a rainha, a coroa. Madalena ouve. Perde a oportunidade de assistir à coroação, mas contenta-se que o Bispo lhe valha mais que mil coroas.

Corta atalho, enfrenta poeira, entra no meio do povo como faz o cupim rasgando a madeira. Tudo para não perder essa chegada que considera ser uma fresta aberta no céu diretamente sobre sua vida. O coro põe-se a cantar o Hino ardente de louvor ao Bispo:

> *"Aos céus um hino ardente de louvor, agradecendo esta data singular..."*

Do alto do carro alegórico o Bispo distingue a mocinha esbaforida. Ele torce por ela. Ela consegue uma brecha, justo no ponto em que ele passa. Seus olhares se encontram e se inebriam — o dele, com o jorro de lágrimas que esguicha dos olhos dela, e o dela, com a chuva de água benta que ele asperge diretamente sobre ela. Reverente, ela considera ser uma chuva divina lavando sua alma em atendimento às suas súplicas. Seu coração dispara, a esperança situa. Não canta nem agita bandeirolas como estão fazendo os escolares, mas chora. Tampouco acena lencinhos como a multidão. Mas, neste corredor que se emendou desde a fronteira desta diocese até o paço episcopal, sob sol escaldante e deste céu primaveril, ninguém ali vibra mais que ela. A tal ponto que quebra a indolência e apatia de dom Tibério Hermes Cerqueira, que se vê apoquentado em cima do carro alegórico. Feito padre por bondade à mãe e honra ao pai, e fazendo-se bispo por anseios políticos do irmão deputado conluiado com aspirações missionárias, ali ele faz cena, enquanto seu desejo seria irromper que nem a primavera.

Na natureza, que não segue anuário traçado pelos homens, cai uma chuva que ninguém esperava. Riem do banho, riem do nada, riem de tudo. Quem é de bar, entra nos bares. Quem é de igreja, entra pra lá. O Bispo cumpre as formalidades. Madalena fica ali.

A CONFISSÃO

Sozinha naquela rua nova. Faz-se a par de tudo. O que se apresenta é parecido com o que imaginava, pelos sons das obras.

Vê a multidão de fiéis ensopada pelas águas da chuva, entrando para a catedral, aspirando o incenso que lhes vem ao encontro.

Vê as crianças serem recolhidas ao pátio da escola, às ordens, para tomarem o caneco de mingau e cumprirem a programação da tarde. Bate em seu coração a dor de não mais frequentar escola, de não ter colegas e aulas. Contudo, vê-se livre, igual a um passarinho em viveiro. Tem galho para pular, chão para ciscar, água para molhar o bico; mas voar mesmo, bater asas no céu que para ela seria a escola, não, não. Viver no bando de colegas, não, não. Porém, pode respirar completamente e o faz, como enlevar-se na troca de olhares com o Bispo. Experimentou uma sensação onde está o pecado que ela traz para o Bispo absolver.

Pelo som do alto-falante sabe que está acontecendo dentro da catedral a solenidade com a primeira missa cantada, concelebrada por mais doze padres e o arcebispo, consagrada a nova imagem da padroeira. Madalena aproveita o escoamento do povo para reparar a cidade nova, onde tudo é tão novo e novidadeiro, com casas de alpendre, sobrados com comércio embaixo. O novo mundo a assusta, sente medo de se perder.

No vestido murcho e com os cabelos colados às costas, está Madalena, assim como estão as folhas das fruteiras guardando os botões que irromperão no bafo em resposta à chuva. Desnorteada, por um instante, respira mansamente. A ventania sopra as brasas de seu borralho e acende labaredas de si. "*De minha febre não me queixo. Mais quero é ver o Bispo.*"

Sem dar fé do tempo, vê a missa acabar. Fugindo da enxurrada de fiéis que sai da igreja, Madalena toma o caminho para casa, apurando os avisos do alto-falante. Pela Primeira Comunhão já passara bem aos sete anos, assim como pela crisma, quando da última visita do Bispo na cidade, há cinco anos. Horário de confissões... "*Isso sim. Confessar*". Mais arrepios, corre de volta.

Chega, está o tio na tora, cutucando o pé com o canivete, espiando o povo passar, jogando charadas a quem conhece capaz de decifrá-las. É o que faz em seus intervalos de roçar, comer e dormir, inalterado com o que possa acontecer fora disso, mesmo sendo a chegada de um bispo. Ele barra a pressa dela jogando o desafio da hora:

— <u>Mais uma vez</u>, <u>o fim de todos nós</u> <u>**acabou de chegar**</u>.[3]

— "*Mais uma vez*": bis; "*o fim de todos nós*": pó; "*acabou de chegar*"... Tio, essa é fácil demais: Bispo.

Madalena entra e sabe da avó, no quarto de costura, posicionada na reta da greta da janela por onde espia o que passa lá fora, sem também mudar sua rotina, nem falar seu parecer. Ela troca a roupa nova pela roupa de ficar em casa, com prazer em tê-las. Põe o vestido no varal, vai para a cozinha. Atiça o fogo, põe a água e o fubá na panela de ferro, refoga o arroz na panela de pedra, busca na despensa o caldeirão que guarda a carne atolada na gordura e corre na horta para apanhar a couve enquanto o alho frita para jogar sobre o feijão. Lava, pica e passa na frigideira. "*Pronto!*" Cumpre anunciar na hora certa. Quando acha que agora é só correr para a fila da confissão, entram casa adentro os três irmãos da avó, brincando sério: "*bota água no feijão*". De fato. Isso lhe causa atraso, mas ao mesmo tempo dá-lhe conforto, pois é um bom momento para se ausentar. A chegada dos irmãos é o único fato que põe sua avó a cantar, quando pegam o violão que fica guardado na sala de fora.

Arruma a cozinha. Na bica que vem duma nascente na serrinha, molha a nuca, sobe e veste novamente sua roupa nova pra sair, sem se esquecer de pegar o terço e o véu. No caminho, arrepia-se e sua.

Chega à catedral, manja que há vários confessionários e uma fila única, liderada pelas freiras vindas para este jubileu. Supõe estar o Bispo atendendo no confessionário central, o de madeira mais torneado. Pensa em usar seus poderes, a conexão com seus ancestrais que a ajudam a conseguir o que quer, para ir parar neste. Surpreende-se ao ver ali ajoelhado o doutor Farmacêutico. "*Que pecado terá esse homem? Santo é que não é.*" Enfrenta o comprimento da tal fila, conformada, pois terá tempo para se preparar. Exame de consciência. Põe-se a indagar o que mesmo a leva ali. Era um tormento que agora está sendo um desejo. Retoma-se. Conforme aprendeu no catecismo, reza o Ato de Contrição. Inicia faltando a contrição sincera, mas empenha-se:

> "*Senhor meu Jesus Cristo, Deus e Homem verdadeiro, Criador e Redentor meu. Por serdes Vós quem sois...*"

Delicia-se com esta recitação na segunda pessoa do plural. É o que acha de bom na Igreja, a segunda pessoa do plural. Também as palavras e as músicas. Por isso suportou o rigor de sua catequista dona Ção, até não aguentar mais.

Sua reza é quebrada quando a fila lhe cobra mais um passo. Curva a cabeça coberta pelo véu, aperta o terço entre os dedos e procura por seus pecados que parecem já apagados desde a troca de olhar com o Bispo. A bem da verdade ela se encontra alegre, mas busca sua condição de pecadora, contrita e arrependida, que não pode esquecer que tem o tal sangue escuro que mancha sua roupa, já há umas três luas cheias. "*Estou sendo castigada, como excomungado e punido foi meu pai com doença ruim, como desonrada está minha mãe.*" Ensaia sua confissão:

"Padre, dai-me a vossa bênção porque pequei. Perdoai-me por não saber qual é minha culpa. Sei de mim que já venho pagando meus pecados desde que me despedaçaram. Fui afastada bruscamente da minha madrinha que era meu colo, dos irmãos que eram meus pulmões, da mãe que era minha cabeça e do pai que era meu coração. E arrancados foram meus olhos quando me tiraram da escola com meus professores e colegas. Caí na fossa que é a casa da proverbial e ventriloquista avó, tendo de rebarba o padrinho de cabeça enigmática. Vivo na lembrança de rir com meus irmãos, brincando de circo no pé de goiaba. Mas é hora de pensar nisso? Devo caçar meus pecados. Onde estão?"

Mais um passo na fila. Sente vontade de se deitar. *"Ai, um chá de fedegoso que abaixe minha febre. Santa Marta! Eu tenho que chegar neste bispo. Cadê meu exame de consciência?"*

Dá mais um passo na fila e puxa o fio da meada:

"Era domingo, nem bem havia clareado o dia. Mamãe me sacudiu na cama, dizendo:

— Levante que eu vou lhe deixar com sua avó.

Eu saí da cama dilacerando-me de meu irmãozinho que dormia no meu canto, colado em mim. Enquanto punha meu vestido por sobre a combinação, Zefina entrou no quarto e fez uma trouxa das minhas roupas que ficavam dentro de um baú. Como sabia que mamãe nada me explicaria, ela disse, tremendo o queixo segurando para não chorar:

— Sua mãe vai se mudar daqui com seus irmãos que são meninos-homens, mas você, que é menina-mulher, sua avó disse que é pra ficar com ela.

— Eu quero ficar com você, Dinha. — Sem nem saber o que se passava. Nisso, mamãe foi entrando no quarto, pegou meu embornal escolar dependurado atrás da porta junto com meu uniforme e me tirou. Passamos pela sala, onde Zefina, chorando, já amarrava as roupas de meus irmãos em trouxas. Do lado de fora havia três cavalos, sendo dois cavaleiros montados. Mamãe passou por eles de cabeça baixa, quase me arrastando por andar depressa. Senti que ela estava ansiosa, mas não

triste. Não tive tempo de olhar para trás para ver meus queridos irmãos, mas tive a sorte de mexer com os dedos dando ordem ao Mazurca, cachorrinho meu desde filhote, que me acompanhasse.

— Já volto — foi o que mamãe disse a eles.

Quase me arrastavam enquanto eu tropicava de escuro e de mal acordada. Encontramos padrinho Vando que veio ao encontro. Ele nos sorriu solícito, soltando sua charada:

— Quem pisa sem pê, berra igual cabrito e é roubada de noite pelo ***capeta***.[4]

Chorei e agarrei-me ao braço de Zefina.

— Chora não, ô fia. Ele tá é brincando.

Elas riram porque Izabé era, na história de assombração da dindinha, a moça que o capeta vinha buscar de noite, cantando enquanto o cachorrinho dela latia espantando-o: 'Izabé, mata a sua cachorrinha que eu vim te buscar.'

Mamãe se descontraiu e respondeu:

— Mas quem veio me buscar não é o capeta, será? Pois é com ele que eu vou.

Eu olhei para Mazurca, que olhou para mim.

O tio veio com outra charada, eu sem entender nada:

*— Eu enxerguei a fruta que a raposa comeu e **você não será mais**.*[5]

Após curta parada, mamãe decifrou a charada, riu sem graça e apresentou o resultado: 'viúva.'

Mamãe voltou a falar sério:

— Ajude a tomar conta dela. — O que não foi pedir carinho por mim, mas demonstrar não querer deixar estorvo para eles.

— Pode deixar — respondeu ele com a cara doce de fruta madura.

Chegamos à casa da vovó. Ela estava na fornalha, assentada no aterro, tomando uma caneca de café com farinha, em plena madrugada.

Paramos. Mamãe disse:

— Com a permissão da senhora, onde posso deixar?

Ao que vovó respondeu, apenas apontando com o queixo, o quarto do corredor, anterior à cozinha.

Mamãe arrumou minha trouxa dentro da canastra, dependurou meu uniforme e o embornal com cadernos no prego detrás da porta e, levantando a coberta da cama, disse:

— Pode dormir mais um tiquinho.

Rebuçou-me apertando em mim a coberta. Como o abraço não reveste nosso afeto, foi assim.

Voltou à cozinha. Eu fiquei com os ouvidos atentos às falas. Ela disse:

— Bença, mãe. Já vou indo.

— Sua alma, sua palma — foi o que eu escutei.

Sendo domingo, vovó não foi para as costuras. Dormi e acordei com a voz de Zefina:

— O que eu faço com os troços da casa?

— Eu lá é que vou saber? Tá aí o paiol. Arrume com Vando.

— Mas que maçada é esta, Donana? — Zefina quis comentar.

Vovó conversava quase nada. Mas, ou porque mexeram com questão de honra da filha, como ouço falar, ou porque é sua prima com quem aparelha idade e devem ter brincado juntas na infância, se soltou. Falou um tanto que eu ainda não a vi repetir.

— Vanda não esfria cama. Saiu com Assunção a jogar isca pra peixe...

Assunção entrou casa adentro, pescando o assunto:

— Bença, tia!

— Bençoe!

Assunção assegura:

— Eles é que vieram rabiando nós duas, a cavalo, até a porta da casa de Vanda e de lá se foram.

— Anzol sem isca, peixe não belisca.

— Foi sim, tia. Pode ter certeza. Vanda andava muito murcha, então mamãe mandou que eu a chamasse pra dar uma voltinha no coreto, ver o movimento da quermesse.

— Hã. Caçar preço. — Malicia a avó.

— Ela estava de braço grudado ao meu, até me unhando de tão sem graça, coitada, porque era a primeira vez que saía sem o luto. Fez questão de ir bem arrumada, com aquele vestido godê estampado num verde com roxo, em cima do joelho, que foi a senhora mesmo que fez para ela tirar o luto. Calçava pouco salto e nem um batom usava; só prendeu o topete com um frizete e pronto. Ela estava discreta, tia.

— Hã. 'Jogando mel pra mosca.'

— Não sei o que deu nos dois de aprumarem os cavalos na nossa frente, mostrando graça. Nós esquivamos e o mais loiro deu uma tacada no cavalo e falou pra nós escutarmos: 'Vamos, Alazão, que o mar não está pra peixe.' E passou beirando nós. Vanda me falou: 'Valha-me, Deus. Os olhinhos dele parecem uma pedra de anil, mas que brilha.' Eu falei: 'Mas cruz credo, Vanda. Você olhou nos olhos dele?' Ela falou: 'Foi assim, sem nem ver.' 'Então, você deu o lance.' 'Que lance, Assunção? E ele lá é bezerro no leilão? Se bem que ele parece bezerro mesmo, de tão novinho.' 'Quanto a isso, não, porque menino é que vira homem.' Nós nos pusemos a rir. Quando demos fé, olha ele trotando bem ao lado dela e jogando uma ponta: *'Enquanto você ri, meu coração chora, seu olho verde não esconde que você me namora.'*

Vovó ri num deboche:

— Aí, 'a andorinha caiu na esparrela'.

— Não. Nós apertamos o passo para casa. Adiantou? Eu ia mesmo dormir lá na casa com Vanda para não voltar sozinha depois. Quando nós chegamos lá, parece que surgido do nada, ele e o primo encostaram os cavalos e apearam. Só nos saudamos, cada um perguntou a graça de uma de nós e falou a deles. Eu logo reconheci que eles eram gente da família do Sô Lando. O meu...

—O 'seu'? Ora, pois!

— Meu, no modo de dizer. Falo do que pegou na minha mão, falou que se chamava Zé Aparecido. O que pegou na mão da Vanda falou que se chamava Ciro e se tinha a permissão de conversar. Nós duas pedimos licença na hora e entramos pra dentro de casa. Ficamos só olhando pela janela os dois, montados, debaixo daquela árvore do outro lado da rua, até a luz do poste apagar. Foi coisa de amor à primeira vista.

E a avó, maliciando, provoca:

— Pois, sim. E agora no sábado seguinte, estava era já apeado, com cavalo amarrado e ela bem na janela como quem não quer nada. O Nonô foi muito esperto, então!

—De fato nós espantamos... Mas Nonô é informante do irmão, o padre Ni, a senhora sabe como é...

— Cês deram o ouro pro bandido. Que maçada.

— Assim que demos com Nonô de tocaia, fechamos a janela e fomos deitar. Depois, já passado bem umas horas, foi que eles voltaram já com o pai de Ciro, espevitados, combinando de fugir com Vanda, antes que a coisa azedasse de vez. O pai contou que os rapazes mandaram o cachorro que anda com eles atrás do Nonô, que ficou mordido e rasgado e desafiando: 'Vocês vão ver o nome dela apregoado na missa das dez.' O cavalo deu uma pisada nele. Eles nem sabem ainda onde acertou. Ele ficou no chão, gritando, com perdão da palavra: 'Gigolô. Cafetão. Querendo comer o ordenado da professora. Amanhã cês vão ouvir no sermão da missa das dez horas.' Aí que Ciro correu pra casa, a mãe dele apoiou e resolveram sumir com Vanda pra ela não ficar mal falada. Honra, a senhora sabe, é que nem vidro, se quebrar não solda mais.

— Por mim, entrasse no ouvido, saísse no franzido. Que falasse. Onde não há honra não há desonra.

Zefina recorreu:

— Que besteira, Donana. É sua filha e vosmecê sabe bem quem é esse padre. Foi Vanda que exigiu que eles viessem pedir sua permissão

quando eles apareceram lá na casa dela, querendo sumir com ela e os meninos.

— Aí, tia — disse Assunção —, eles vieram de pronto. Como foi?

Vovó narra:

— Bateram na janela do quarto de costura. Sabe-se lá que horas eram. A voz que veio no escuro: 'Donana, com todo respeito, nos dê uma palavrinha. Sou o Lando mais meu filho Ciro.' Falei: 'Apeia. Quem fala de cima de cavalo é soldado mandado.' Peguei o lampião e abri a porta. Entraram os dois. O pai empurrou o filho pra falar, que, aos meus olhos, pareceu ser um frangote com papo de galo de briga: 'Venho pedir à senhora a mão da sua filha em casamento e tem que ser agora, a senhora me desculpe.' 'Mas o que houve?', indaguei. Ele contou isso tudo que Assunção acabou de narrar e o pai arrazoou: 'Ele há de provar a ela e à senhora que não quer ordenado de mulher e que vai honrar ela e cuidar dos filhos dela. É o que eu e minha patroa apoiamos pra evitar, Deus que nos livre e guarde, termos que calar a boca desse padre e do seu irmão, de vez.' 'E vão levar ela pra onde?'— eu indaguei. 'Eu tenho uma gleba junto das propriedades do meu irmão, lá na Samora. Ciro vai se ajeitar com ele lá. Com a permissão da senhora, nós vamos apanhar Vanda agora, antes do galo cantar.' Veio o frangote: 'Com sua bênção', e inclinou com o chapéu no peito. Deu pr'eu reparar nele mais honra que barba.

— Aí a senhora aprovou.

— Mas, como 'a gato pintado não se confia o assado', fui chamar por Vando, que já estava de prontidão, e mandei que buscasse a bichinha.

Houve um curto silêncio que Assunção quebrou:

— E a bichinha ficou aqui? Cadê ela?

Assunção e Zefina entraram no meu quarto. Com elas saí de lá. Eu quis ir para o colo de Zefina, mas, pela rabada de olho de vovó, nós duas acanhamos. Zefina me deu a bênção, choramos. Vovó, após limpar os olhos e fungar o nariz, fez dindinha pausar a saída para ouvir dela:

— Aquela grota da serrinha que disseram que ficou para mim na divisão de herança, fique com ela. Dizem que tem até um rancho e boa água.

Ela ouviu e se foi.

Tomei café, lavei as vasilhas, chorando. Almocei, arrumei cozinha, sem mais chorar. Compreendi que não seria consolada. Fui para meu quarto, onde fiquei o resto do dia, buscando alegria em meus cadernos. Dormi e quando acordei amanhecia. Vesti o uniforme e já saía do quarto com a pasta quando vovó passou no corredor para me barrar:

— Tire essa roupa. Escola acabou. Sua mãe não está lá. Se bem andou, longe está.

Chorei. Como chorei. Chorei até dormir de novo. De repente o caminho da escola sumiu, pesadelo."

Chega sua vez, mas o doutor Farmacêutico não saiu ainda dos pés do Bispo. Ela pede à pessoa que está depois dela que passe à frente, pois precisa falar é com o Bispo. Dona Ção chega junto para bisbilhotar e diz:

— Quem é você, sua pirralha. Lá é só para gente grande. — Pega Madalena pelo braço e manda-a para outro confessor.

Ela foge para o final da fila do Bispo e fica matutando: "É a praga da catequista, com a pior cara que sabe fazer. Essa *dona* Ção *parece querer vingar em mim a inveja que deve ter da mamãe, só pode. Mas não vou deixar praga de urubu pegar em cavalo gordo, como diz vovó."*

Recosta a cabeça na parede, sentindo-se ainda confusa quanto ao que confessar: "*Por minha culpa, minha culpa, minha máxima culpa. Eu não sou santa. Não amo minha mãe que não me levou com ela pra onde foi. Pecado mortal. Mandamento da Lei de Deus. Pelo papai eu sinto amor. Raramente o via. Sempre saía de casa antes que acordássemos e, quando voltava, nós já havíamos deitado. Assim que papai voltava a sumir com seu companheiro de caçada e anarquia, era a hora que mamãe se esmerava numa arte fora de casa. Para nós, mingau. Zefina é quem salvava nossos folguedos com passeios no ribeirão dos fundos da casa da vovó para tomarmos banho, os meninos pelados. A água fria ia nos molhando, a pele arrepiando, os seixos miudinhos massageando os pezinhos, os olhinhos encharcando e o catarro derretendo. Risos, mergulhos e prazer, correndo atrás de girinos ou tentando pegar um lambari com as mãos. Depois tinha a caneca de café com leite, rosquinhas e biscoitos de goma servidos pela vovó no aterro da fornalha. Enquanto isso, vovó e Zefina conversavam, os meninos cochilavam e eu de orelha nas prosas. O domingo acabava e tinha a segunda-feira de escola. Saudades!"*

Madalena nem sabe se sabe, imaginou, julgou ou assim entendeu. O que encontra em seu exame de consciência são claras recordações e revelações surpreendentes. Sabe que seu pai foi excomungado pelo padre Nivaldo, que sua mãe foi desonrada por perseguição do irmão do padre, o Nonô, e vovó teve também sua desventura por influência deles: "*Por que a praga pega? Será que faltou rezar? Maior é Deus, eu penso. Eu falo, mas eu mesma caí nessa maldição e nem sei por qual pecado. Por isso vou contar tudo. Vou ficar aos pés do Bispo igual o doutor Farmacêutico. Eu vou zerar meu povo. Já ouvi uma vez que estava no ribeirão, passei por uma madorna e vi eu mesma refletida nas águas dizendo isso. Acordei com essa fala: 'Você vai zerar.' Pode ser porque confiei nas rezas. Pensando agora, buscando na minha consciência, o que eu sou é neta de uma avó reclusa, filha de uma mulher livre e de um homem insurgente. Mamãe gostava de papai, é o que penso agora. Na doença dele, ela cuidou. No dia que papai morreu, mamãe chorou o tempo todo ao lado do caixão. Mas foi-se embora com outro homem que nem bem conhecia, pelo que eu vim apurando. E fiquei para pagar por essa indecência dela? Vovó não deixou que eu os acompanhasse porque eu era menina. Só os meninos-homens foram com eles. Eu quero crer que esse sangue saindo de mim e essa tocha de cabelo nascendo nas partes feias sejam a última purgação, que apareceu pouco tempo depois. Vou contar tintim por tintim ao Bispo que me veio como atendimento às minhas súplicas. Eu creio. Para quem mais contaria? Ao padre Ni não poderia contar, pois ele é o punidor."*

Dá mais um passo na fila. "*Como vim a ser quem sou, hoje, aqui, agora, se ele me perguntar?*"

Confere que a lembrança está viva e vai ensaiando falar: "*Fazendo aqui as contas, eu tinha feito nove anos de idade. Isso já vai para quanto? Começava o terceiro ano na escola quando me vi sozinha. Sonhei um tempo com colegas, recreio... Depois resolvi abrir minha escola com todo material que ficou no paiol deixado por mamãe, cujo aluno mais aplicado é* Mazurca, *que é cachorro e mais me puxa em quase tudo, estudioso e cumpridor de seus deveres, voluntariamente. No mais, tudo é aluno: folha, formiga, passarinho, lagartixa, raio de sol, gota d'água, nuvem, teia de aranha e vento que, a bem da verdade, mais me ensinam. O ar me conta coisas, o murmúrio das águas também. Voltei em todos os compêndios, ábaco, dicionário, atlas... quatro anos, até dar-lhes o diploma. Eu vejo que tudo sou eu mesma. Fiz de minha cabeça um livro onde eu posso abrir páginas a tudo. Cada palavra com seu significado, como eu entendo que possa ser, em ordem alfabética. Não tem nada melhor. Nas noites de lua em que perco o sono, fico lendo minhas ideias e anotando. E o bom é que é só meu. Eu posso controlar em que página abrir. Vasculhando-me por dentro, esbarro com o coração. Esse aí funciona descontroladamente. Tem hora que aperta, enraivece, envergonha, gosta, desgosta ou não gosta. Para isso eu tenho que ficar respirando devagar, senão eu sucumbo. Gente mesmo para ficar junto era só Duda, mas eu, querendo esconder dela meu tormento, falei que eu não poderia mais brincar. Ela ficou de mal. Daí, passei a fazer de mim quem eu quero, até descobrir que é isso mesmo: só existe o eu na terra e o Bispo caído do céu. O importante é falar do meu sangue pra ele, que aparece em toda lua cheia desde que fiz treze anos, fica uns três dias e some. Eu até pressinto sua chegada, fico alterada uns dias antes. Meus peitos cresceram e nasceu cabelo nas minhas partes feias, como diz dona Ção, onde não pode nem pôr a mão porque Deus vê. Gostava de me esfregar no galho da goiabeira quando brincava com a Duda. Isso tive que parar. Dona Ção diz que Deus vê debaixo das cobertas e lê nossos pensamentos. Assim como eu, muitas de nós estamos presas a seus catecismos e marcando passo nesta fila com problemas sérios debaixo da roupa, das cobertas e dos pensamentos. Se é feio, vou pedir ao Bispo que me ensine a parar de desejar. Mas a mancha do pecado está aqui. Que castigo é este? Disto quero me livrar. Vou dizer tudo isso a ele ou abrir meu livro e deixar que ele leia."*

Quando Madalena vai dar mais um passo na fila, aparece bem perto dela dona Ção. Abaixa a cabeça e, na mania de sua avó, recita: "*Pensa no diabo, aparece o rabo. Recobre-se com o véu. Raios que a partam. São Longuinho, cegai.*" Mas entra em conflito: "*Olha aí eu pecando por pensar mal dos outros. Pecado venial. Nem vou gastar o tempo que terei com o Bispo para confessá-lo. Pensei e está bem pensado. É. Mas, graças a ela, eu aprendi as orações, as palavras benditas e as músicas. Ave Maria.*" Finalmente chega sua vez. Ela se assusta. "*Céus. Doutor Farmacêutico saiu agora? Quanto tempo ficou ajoelhado confessando? Já repassei minha história quase toda com ele lá. Que pecado cabeludo é esse? É, mas pode ser que eu também fique muito tempo... Já vou.*"

Preocupada que ainda não achou sua culpa, qual é o seu pecado, resolve por uma síntese: "*Então, eu assumo que meu pecado é mortal, que pequei contra Deus e pronto. Só preciso da absolvição que, por fé em Santa Terezinha, o Bispo é enviado para livrar-me do tormento, já que recebi a rosa durante a novena pedindo isso.*"

Dá seu duro passo rumo ao confessionário. Que susto! Aquela freira que sobe no altar vai dar um aviso...

— Atenção, fiéis! Serão encerradas as confissões com o Bispo, que irá repousar. Os que estão na fila podem permanecer, pois os padres irão atender, após a celebração que iniciará em breve, às 18h.

Jamais, por nada abriria mão dessa chance. Tão ansiosamente esperou por sua vez... Então avança para o confessionário do Bispo, de onde o doutor Farmacêutico acaba de sair.

Dona Ção a pega pelo braço. Madalena escapa, num safanão. Dona Ção pega-a pelos cabelos, puxando-a e maldizendo:

— Sarça do deserto. Menininha malina.

Madalena se desvencilha e, morta de vergonha, mas irredutível e aos prantos, entra no confessionário, quando ele já levantava. O Bispo, com um gesto de mão para fora, barra a catequista e acolhe Madalena.

Madalena e o Bispo reencontram o olhar.

Com o vento entra o cheiro das flores das mangueiras. A primavera desabrocha. Os botões se abrem em flor. Do infinito ecoa o Ângelus. A luz penetra pelos vitrais e escurece a visão terrena.

O Bispo com Madalena transpõe a sacristia alvoroçada de padres, sacristão e coroinhas escalados para a celebração das seis horas. Freiras prestam-se nos bastidores, enquanto eles encontram o caminho óbvio dos aposentos.

Mergulhado nos olhos dourados molhados dela, por onde ela entrega todo seu desflorescer, Tibério deixa escorrer seu grão. Dos pés à cabeça, do mundo ao desmundo, do sopro ao sopranino, há um embalo que vai e quer ficar, que é tudo e quer mais…

O vento se cala. As águas escutam. Movimenta-se o universo com o que há. A ordem é dada e tudo obedece. Quem está vendo, se está vendo, não sabe contar.

A bacia permanece cheia de água no quarto de banho, contíguo ao de dormir. A mesa posta com a sopeira para o jantar na antessala fica sem fumegar. No quarto, a cama com colchão de molas recheado de capim, coberta com lençóis anilados, ampara. Na mesa ao lado da cama, a água no jarro dentro da bacia de louça, sobre a toalha branca de crochê, espera. Mas isto é terra. O ato acontece noutro plano, fora dos planos. É vivido, sentido. Respiram. Ela chora derretidas lágrimas. Ele as afaga com sua palma, sua boca. Imo em imo, engomados.

Mulher do padre

Ele tem trinta e três anos. Até aqui, pensava nunca perder a intenção de reter a vida ao agrado do Criador. O porquê, ainda não havia questionado. De menino, Tibério aceitou ordenar-se padre, celibatário, a ministrar os sacramentos da igreja. Aprendeu assim, assim ministra. Agora, ordenado bispo, vê-se com sono, com veias esvaziadas. Dorme, some...

Padre Henrique é o seu devotado coroinha. Desde que foi seu aluno no seminário, busca toda forma de estar a seu serviço. Dom Tibério o acolheu com bondade em sua confissão, mostrando-lhe a forma de sublimar o amor, direcionando-o ao divino. Por isso, mais o ama, mais o serve, mais se purifica.

Nesse dia de programação intensa, padre Henrique é o último a sair da atedral. Acompanha o fechamento das portas. Desce as escadas e resolve espiar a movimentação do povo que se espalha na avenida. Segue o som de um acorde de viola e se depara com um senhor de cabelos brancos, roupas enceradas pelo tempo, chapéu, sandálias e embornal de couro, sentado no banco da praça, traduzindo em sua viola a crônica em tempo real, num calango. O povo que ainda pegaria estrada, a pé ou a cavalo, também arrodeia o violeiro, sendo assim distraído. Era Sô Tião Cabeludo, que com sua viola descreve a movimentação.

"Essa é uma multidão abduzida
que se vê transportada a outro mundo, em vida.
A Rua de Trás fica lá parada com a Mãe subtraída.
Um novo portal se abre porque vem sendo assim.
Tá nos Anais. Cadê os Anais?
Mas os homens de boa vontade creem no melhor e aproveitam do festim,
dão de suas panhas, arrematam leilão e pagam pela fé.
Abecê nem mais é. Deflorada. Inchada.
Vai ficar no mapa como um município, diocese com bispo consagrado.
Uma catedral foi construída,
mas não já tinha um templo eficiente?
Criaram uma escola só pra gente diferente.
Mas o povo gosta de ver acontecer. Pois, brinca e cogita:
— Abecedê?
Mas tem coisa que não dá pra ver.
Ô, lelê calango dê, ô lelê calango dá
Se tornar remelexar, pois eu torno a te deixar."

Padre Henrique não entende o enredo nem a intenção do calango e volta para a casa dos padres cantarolando a frase que nele impregnou: *"Mas já não tinha um templo eficiente?"* No entanto, Sô Tião Cabeludo buscava, ali na praça, distrair o povo para dar tempo de Madalena adiantar no caminho que tomou, evitando que fosse perturbada em sua saga de cruzar as sete freguesias para liberar o encanto da mula sem cabeça, já que se fez mulher de padre. Sô Tião sabe que o que será, será. Tem de cor os Anais...

Pois Madalena passa pelo meio do caminho do povo, presa apenas ao fio que lhe entra pelas narinas. Tão leve é o ar, tão amena a noite! Nunca viu tanta luz acesa. Sem cabeça, perpassa a multidão. Cheia de graça, vai morro acima, por onde nunca tinha andado. Sobe toda colina, desce pasto, salta pinguela, sacia sua inocente aspiração de perceber o que há por trás dos montes. Agora, alcança o pasto de capim meloso, viçado pela primeira chuva da primavera. Sente o roçar do veludo de suas folhas e o cheiro de almíscar. Galopa agarrada à crista em fogo que sai de dentro de si. Ela emite o grito fanático de gerações. Ecos dos seus gemidos assanham galinheiros, currais entram em reboliço. Lampiões acendem e o povo que trilha os caminhos de volta da festa da cidade fica hirto, esperando sumir de suas vistas aquelas labaredas que gargalham.

Até que, vencidas as sete freguesias, os pés de Madalena se afundam na nascente de um animado ribeirão de fartas águas, enchente da benfazeja chuva que despencou na tarde. É dragada. De bater os braços, entrega, afunda. Plena que está de ar, boia e dá-se conta das rajadas do amanhecer com o cantar dos galos e da passarada.

O latido do seu cachorro a traz de volta a este mundo. Reconhece a fonte onde lava roupa, à beira do ribeirão. Ali patina na lama até que se estanca.

— Que foi, Mazurca. Sou eu: Madalena. — E vão subindo. Quer contar o que aconteceu, mas não sabe nem para si, o que é somente sensação. Mazurca saltita em compreensão.

O caminho da fonte à casa, lavado e farfalhado pela enxurrada da primeira chuva, vai se secando ao sol. A bicharada manifesta e as árvores mostram o desabrochar. Madalena se apraz ao conferir as folhas vermelhas protegendo os botões das mangas vingadas ao temporal. O ar é agradável e sua respiração está inteira. Ela, de alma lavada.

Encontram Vando vindo à fonte lavar a cara e se descarregar na moita de bananeira. Com um amarrotado sorriso, sem responder ao pedido de bênção de Madalena, nem julgar pela roupa encharcada dela, ele joga-lhe a charada:

— Começa multiplicar, no oposto daqui, onde tira tudo, por cima do pescoço, **a mulher do padre**.[6]

Madalena decifra, mas não quer revelar por sentir haver um insulto na charada:

— Credo, padrinho! Com esta o senhor me pegou.

Sofre um escorregão, bate com os joelhos e as mãos no chão e se vê na lama. Percebe a transparência do vestido molhado que gruda à pele. Por pudor, vale-se de folhas da parreira de uva. A charada do padrinho a faz sentir-se nua: "*mula sem cabeça*". Entra na cozinha, aparece a avó arrastando os chinelos feitos de pano, com sua toalha de rosto no braço, indo rumo ao pote encher a caneca. O olhar da avó seca as folhas da parreira. Madalena joga-as na boca da fornalha sobre os gravetos que ali estão para começar o dia. Sopra as brasas que ficaram guardadas debaixo das cinzas. As labaredas sobem, mas esbarram nas folhas, provocando fumaça. A avó vira para a janela onde cospe o bochecho de sua primeira higiene e benze: "Fumaça pra lá, São Bento pra cá". Faz vista grossa para o vestido novo enlameado. Pois Madalena lê o provérbio que está na cara da avó: "*Quem o seu não vê, dá ao demo*". Será? Continua o silêncio, o dito não dito que tão bem sabem decifrar. Deixou de saber. Seu corpo se seca, a argila a envolve do jeito que ela se acha — terra com água, com fogo, com vento. Corre na bica, lava-se com vestido e o deixa no varal para aproveitar do sol que vem. Cai na cama, rebuçada em silêncio. Nem ouve os sinos da catedral e os da igreja velha que anunciam o Ângelus das seis horas da manhã.

O domingo começa. A avó toma seu café na companhia de Vando e volta a espionar os transeuntes pela fresta da janela. Fica a botar reparo nos modelos. Todos de roupa nova, umas dão-lhe gosto ver, algumas dão é o que rir. Vando ocupa seu lugar no toco para brincar com os transeuntes com suas charadas.

Dali saem para receber os três irmãos que entram porteira adentro, cada um vindo de uma banda, chegando juntos para a missa das dez, sem terem relógio. Mazurca sai do chão onde dorme em vigília à sua dona, indo, primeiramente, latir às patas dos invasores para, em seguida, acordá-la. Madalena escuta a avó brincar em recepção, eles já amarrando os cabrestos no cepo:

— Dia.

— Panela no fogo, barriga vazia.

— Como é que vai?

— Saí com escuro hoje e topei os Braga descendo a serra dizendo que enxergaram mula sem cabeça pasto a fora.

— Bença, tio Amâncio. Bença, tio Naninho. Bença, tio Bizé. Mula sem cabeça?

A avó escarnece:

— Tomara eu ver.

— Escutei o povo passar com essa conversa — diz Vando.

Aí é que Madalena pula da cama e aparece, amarrotada.

— Bença, tio. Bença, tio. Bença, tio.

— Olha o sapo aí — caçoa um deles.

— Quê isso, menina, dormiu com as leitoas? — Outro tio injuria com o sujo de lama.

Ninguém mais dá importância a esta marmota, pois o dia de encontro deles na casa da irmã Donana é de muita alegria. Nisso, Madalena se aproveita para voltar ao ribeirão que corre farto e já límpido. Tem uma tremedeira após banhar-se.

— Meu Deus, o que me aconteceu?

Volta de galope para soltar o almoço na hora certa. O feijão já estava no fogo desde ontem, cata o arroz na peneira e o lava na cuia, torra-o na caçarola de ferro, o põe para cozinhar enquanto a carne armazenada na gordura é colocada no último suspiro. Frita umas bananas, refoga a couve e arremata com molho de cebolinha e pimenta. Cuida de deixar água para o café e tição capaz de garantir brasa para o ferro de engomar da avó, perdida que está do dia da semana, e volta a dormir ardida de febre.

Cidade velha

Todo programa vem se cumprindo religiosamente, ali no plano. Fora dele, é com cada um.

O Bispo, que não tomou da sopa, não rezou para dormir, já está com os alvos aparatos cobrindo-lhe o corpo limpo. Comparecerá ao café da manhã compartilhado com padres de todas as foranias visitantes, celebrará a missa solene das dez na programação festiva, ministrará crisma à tarde e bênção de encerramento à noite. É lenitivo deixar a memória adormecida para só se ater ao dever. Encerrou a programação querendo entregar-se urgentemente ao sono para não dar brecha a pensamentos. Está desabotoando o colarinho, padre Henrique se prontifica a ajudar no desmonte da batina, mas dom Tibério reage abruptamente com um tremelique e, sem encará-lo, emite uma ordem para surpresa de si mesmo:

— Deixe-me, padre Henrique, pois devo cuidar de mim sozinho. A partir de amanhã, fique a serviço do padre Nivaldo. Ele, sim, precisa ser assistido, em favor dos fiéis. O que faria por mim, faça por ele, amanhã e enquanto for preciso.

Daí, volta ao sono.

Sem dar as costas, padre Henrique puxa a porta proferindo a saudação de todas as chegadas e saídas: *"Louvado seja Nosso Senhor Jesus Cristo."* Encabulado com o desvio do olhar do Bispo sobre ele e com a ordem dada, cumprirá. Entende ser uma missão mediadora, por ter ouvido, também, muita confissão dos fiéis que sofrem com o temor e terror que o pastoreio de padre Ni implanta com a alcoviteirice do seu irmão Nonô. Compreende que essa incumbência tenha recaído sobre ele, preparado para tantas funções na diocese.

Segunda-feira de manhã, encontra padre Ni na sacristia a se paramentar. Após a reverência e saudação, passa a servi-lo como um coroinha. Padre Ni apenas o olha torto, celebra a missa de todos os dias, rotina que cumpre religiosamente há vinte e um anos. Não dá sinais de que a mudará. É um ser raivoso, que entende de condenar o povo pelos pecados que lhe são confessados e os que são vigiados e informados por seu irmão Nonô, que faz ronda noturna com esse fim. Porém, poucos fiéis permanecerão fiéis depois desse novo portal.

Tina, Dina e Lina estão lá acendendo e apagando as velas, abrindo e fechando as portas da igreja. Essas três servas que ninguém sabe quem é uma, quem é outra — atendem por qualquer desses nomes —, continuarão mantendo a igreja limpa, as indumentárias engomadas e as flores nas jarras. Não deixarão de acompanhar as rezas até a ladainha toda santa noite e até fechar a igreja. Moram e zelam pela chácara do padre, contígua à igreja, cuidando do cafezal, das criações, dos copos-de-leite e dálias com que enfeitam o altar. Recebem e servem almoço ao povo que vem das roças para a missa das dez do domingo e que passa pela cozinha delas, sem que tenham que fazer mais comida que de costume. Segundo a crença popular, elas têm a virtude de multiplicar a comida nas panelas. O senhor Anízio, irmão das três, também cumprirá guardar o paramento na mesma dedicação, contar, anotar e entregar as espórtulas ao padre. Não fica com um tostão. É encarregado, ainda, da lavoura, beneficiamento e comércio do café, de onde tira seu salário com o quinto do que é vendido. Nonô, que dorme o dia inteiro num banco do armazém, é o fiscal. Mesmo dormindo, sua atemorizante presença faz os apontamentos do senhor Anízio serem a prova dos nove. Ali funciona o moinho para o milho, a máquina de limpar café, o armazenamento e negociação de tudo que é recolhido.

Padre Henrique espera pelo padre Ni na saída pela sacristia. Sabe que toda prudência será necessária, pelo que ouviu dele pelos confessores, embora o padre nunca se atrevera contra outros colegas, ficando sempre recolhido. Toda sua perversidade é manifestada sobre os fiéis, especialmente as mulheres, no que tange a luxúria.

Depois da saudação, seguem juntos, porque padre Henrique o acompanha, cabisbaixo, o outro, tolerando. Ao chegarem frente à cancela do alpendre, padre Ni indica com a mão a entrada para padre Henrique. Dona Antoninha o recebe com seu sorriso. Fica entendido. Dona Antoninha põe mais uma xícara e um prato fundo. Etelvina serve-lhes o mingau de fubá quente tirado da panela de ferro no último suspiro. Já adoçado com rapadura, eles o completam com uma fatia de queijo e polvilham por cima a canela. Fazem-no esfriar com o leite fervido deixado morno na leiteira sobre a mesa. O que o padre da casa faz, o recém-chegado repete. Nonô chega pelos fundos, tira o chapéu, olha atravessado para o novato, assenta e se farta gulosamente, despejando o resto que a colher não apanha, boca adentro.

— Dona Antoninha, a senhora pode deixar reservado este lugar à mesa para mim. O Bispo designou-me secretário nessa igreja.

— O senhor fica para o almoço?

— Com a permissão da senhora, só para o jantar e café da manhã.

Padre Ni comendo está, comendo fica. Ao raspar o prato, enfia a mão na batina e entrega-lhe um molho de chaves, dizendo:

— É da sacristia.

Levanta-se e vai para o quarto deitar-se para só se levantar para o almoço. Nonô sai atrás e entra no mesmo quarto. É a hora que vai enredar ao irmão os suspeitos pecados capturados, para depois plantar-se de espião na limpação de café.

Etelvina acompanha padre Henrique para fechar a cancela. Ele repara que a Casa Paroquial é a última, abaixo da igreja. Etelvina se entende de orientá-lo, apontando com o braço esquerdo, para trás:

— Daqui pra lá é a Rua do Breu, por onde o senhor entrou neste lugar. Bem lá adiante puseram a represa da usina. Mexe e vira o povo vai pra lá nadar e vadiar na cachoeira e barragem. Eu não, cruz credo, Ave Maria! Mas desse outro lado, no pé dessa colina e por aí adentro, tem as ruas onde mora esse povo.

Parado fica, com vontade de embrenhar-se ali sem batina, sem atender a pedidos de bênção, com os pés no chão. Afasta-se para o centro do largo em frente para contemplar a esplendorosa arquitetura e construção da igreja. Queda-se a observá-la e deixa o dito do calango ressoar em seu coração: *"Mas já não tinha um templo eficiente?"* Caminha, com prazer, pelo lugarejo que o calango conta antes de Abecê virar Abecedê.

Retornando ao caminho para a catedral, sente o aroma dos lírios do brejo que margeiam o córrego entre bambuzais até a ponte que salta para a cidade nova. Antes, porém, há uma pinguela. Passa por ela e embrenha-se pelo engana-bode num caminho estreito e cheio de pequenas curvas. Sobe o caminho bem varrido, ladeado pela coleção de crisandálias, que guardam o cafezal que se espalha na encosta da colina. Chega ao terreiro da porta de uma casa feita de adobe, paredes caiadas de tabatinga e chão batido barreado com estrume verde de vaca. Várias pedras boas de assento abrem o terreiro, cercado de mais flores em matizes.

Padre Henrique não precisou chamar — a pequena cadela já deu sinal e as três donzelas chegam, vindo correndo cada uma de uma banda. Magras, negras, pano branco amarrado na cabeça, sorriem mostrando timidez. Uma a uma, saúdam o visitante, beijando-lhe a mão.

— Desculpem-me por incomodar vocês. Eu sou o padre Henrique, vim para a companhia de dom Tibério, mas ele designou-me ajudante nesta igreja junto ao padre Ni — disse padre Henrique.

— Sim, senhor — responderam as três.

Padre Henrique faz com que uma a uma diga o nome, com a resposta *"a minha graça é Albertina, vulgo Tina, sim, senhor"*, *"a minha graça é Bernardina, vulgo Dina, sim, senhor"*, *"a minha graça é Carolina, vulgo Lina, sim, senhor"*. De tão acostumado a usar processos mnemônicos, rapidamente o padre reconheceu uma ordem alfabética e pensou no interessante desta construção em pessoas que julgou serem analfabetas, mas vem constatando que por esta redondeza não tem analfabetos e que falam de forma culta.

— Vamos chegar? É só não reparar — diz a que deve ser a mais velha. Entram numa sala de duas pequenas janelas, com quatro tamboretes alternados por vasos plantados com lírios de São José floridos, uma mesa pequena de pernas compridas no canto, toalha bordada e jarra de vidro cheia de margaridinhas e beijinhos matizados. As paredes têm dependuradas latas pequenas com samambaias verdejantes e um espelho. Uma cantoneira sustenta uma imagem do Sagrado Coração de Jesus.

É indicado o tamborete ao padre, Tina ocupa outro e as outras duas ficam em pé, com o cotovelo na janela.

— Então, Tina, qual é o serviço de vocês aqui? — O padre puxa assunto.

— Nós fazemos de tudo, não é? Mas eu cuido mais é da cozinha.

— E você, Dina?

— Nós fazemos de tudo, não é? Mas eu cuido mais é da lavação e passação de roupa.

— E você, Lina?

— Nós fazemos de tudo, não é? Mas eu cuido mais é de tratar dos porcos e das galinhas.

— E das flores, quem cuida?

— Tanto faz, mas quem molha é Dina, que já está na bica mesmo, enquanto a roupa quara.

Olhando um monte de espigas de milho secando no terreiro, pergunta:

— E do milharal?

— Mais é a Lina, que trata das galinhas e dos porcos, mas na hora de debulhar pra levar pro moinho, fazemos juntas. O senhor aceita café? É só não reparar — responde e pergunta já levantando.

Todas se levantam e vão, com ele atrás, para a cozinha que é ampla, de chão batido, duas janelas, com bancos rodeando as paredes. Sem mesa. Na fornalha branca arde o fogo que cozinha o feijão. Linguiça defuma na vara de bambu amarrada acima. O bule de café está em banho-maria dentro da panela do último suspiro. Tina tira a caneca do prego na parede e, usando um prato de ágata de bandeja, vai enchendo-a devagar à frente do padre até ele dar sinal de basta. As outras duas chegam com um prato de biscoitos de goma e outro de rosquinhas. Ele agradece, dizendo:

— Só o café. Já, vou almoçar.

Dali o padre vê uma bela horta dentro de um cercado de bambu cravada de rama de chuchu. Um rego d'água sai da bica e escorre lá para dentro. Com a caneca na mão se interessa e vai até a porta:

— Quem cuida da horta?

— Tanto faz, mas mais eu, que faço a comida mesmo.

— Posso ir lá? — pergunta, já entregando a caneca e saindo para o terreiro da porta da cozinha.

As três o acompanham e Tina destramela a cancela. Ele se encanta com o verdor das folhas de couve, o viço da alface, as cebolinhas graúdas, touceiras de salsa, repolho fechando, pencas de tomatinhos. Cruzando os dedos e juntando as mãos à altura do coração, exclama:

— Que saudades da minha mãe de leite! Ela se parecia com vocês.

O velho relógio da igreja bate às nove horas e ressoa no morro do final da cidade. O padre desfaz seu gesto, coloca a mão direita sobre a cabeça de Tina e a esquerda sobre um ombro de Dina e diz:

— Vou à presença de dom Tibério, mas quero voltar, e muitas outras vezes.

— Estamos às ordens.

Uma por uma foi pedindo bênção e beijando-lhe a mão. Acompanharam-no até o engana-bode. Sem voltar à rua, vai por uma trilha esburacada e com mato, contornando a cerca de arame da chácara de um lado e do outro salpicada de casinhas e casebres. Confirma que subindo por ela sairá na cidade nova. Apressa-se.

Chega, enfim, à avenida nova, de várias casas prontas, outras em construção, lojas de comércio abertas. Palmeiras crescem no canteiro ao centro que divide mão e contramão. É o sinal de novos ricos, desenvolvimento, progresso, novas palavras. A avenida termina com um jardim cuidadosamente desenhado. O largo calçadão com bloquetes de concreto está pronto. Um moderno coreto rebuscado em ferro compõe a frente da catedral, junto de caramanchões de Primavera de diversas cores recém-plantadas, mas já florindo. Bancos de praça em ciranda dão poesia ao lugar. Daí para trás está erguida a catedral, gótica, escadaria, torres, sinos, vitrais, mármores, granitos, cristais e ferragem.

Padre Henrique detém-se ali, de frente para o único presente, o mais antigo nativo vivo, assentado em pleno direito no banco da praça voltado para a avenida. Esse afasta-se a dar lugar a quem chega. Padre Henrique assenta e captura um capítulo da história deste lugar e deste povo e pensa que será bom fazer anotações. Arranhando a viola, Sô Tião enreda:

Obra do povo, dinheiro da tulha.
— Olhem o buraco da agulha—,
murro no púlpito e espuma na boca,
arranca do povo valor em café, cabeça de gado,
vara de porco e de quinto em quinto
enchendo porão, baú e caminhão.
O que fazia com todo apurado?
— Nada. De sorte que dinheiro para as obras fartou.
O padre do avesso tudo entregou,
mas a obra mesmo nunca visitou.

Ignorou.
E o povo, até criança, trabalhou,
mulher, artesão e artista
ainda deram o que tinham em ouro, prata, pedraria.
A capoeira sagrada
que nem o padre Ni, com toda sua ganância, ousou violar,
foi pra serraria.
Peroba, jacarandá, ipê, cedro, mogno,
entregue ao carpinteiro, marceneiro, marcheteiro,
santeiro e artistas das belezas como há.
É como lá diz: a Deus é servido.
Pronta está
Diocese com colégio pra graduar quem pode pagar.
O povo sem história, — sumiram com os Anais —,
não vindica, só entrega.
O senhor me dê licença, que eu não sei por que falar.
Ô lelê calango dê. Ô lelê calango dá.
Se tornar remelexar, pois eu solto o de soltar.

Ao sair, padre Henrique esbarra em um rapaz alto, de chapéu, que não sabe de onde surgiu. Com voz tenebrosa sussurra ao padre, fazendo gesto de quem quer mostrar sinal de loucura de quem fala:

— É o doido desse lugar. Feiticeiro.

Padre Henrique reconhece ser o Nonô. Ocorre-lhe perguntar:

— O senhor sabe que ele é o mais antigo nascido neste lugar?

Nonô faz cara feia e padre Henrique continua:

— E o senhor, que veio de fora, a que veio?

Ele sai sem responder, parece que resmungando qualquer coisa. Padre Henrique vai para o colégio, à secretaria. Assume ser o Secretário Geral desta instituição, pois mesmo Tibério querendo tê-lo longe de sua consciência, necessitará muito dele.

— Onde está dom Tibério? — pergunta ao frei Gusmão, quem ele acaba de nomear seu secretário.

— Está em reunião com o Prefeito e as freiras, no colégio — responde com sorriso iluminado.

Padre Henrique lá se intromete, passa a fazer parte da comissão que elabora o programa da inauguração, junto das freiras, do Prefeito e da filha, que é professora normalista já formada na capital e atual diretora do Grupo Escolar. Fica aprovado que a entrega de diploma do grupo será no mesmo dia, com a presença do Deputado, que será paraninfo. O Bispo informa sua repentina ideia de presentear com bolsa de estudo completa quem tiver a melhor nota no diploma. Que, se o vencedor for menino-homem, a bolsa será para estudar no internato da arquidiocese; se for menina-mulher, a bolsa será para o colégio dessa diocese.

Mesmo querendo insinuar que sua fala é para demonstrar compromisso do Deputado com a educação na comunidade ou as eleições que virão, o que transparece ao padre Henrique e o implica é: "*O que eu ainda não sei... Me manter a distância... Não ter discutido o projeto da bolsa de estudos comigo antes...*" Mas padre Henrique o ama sobremaneira. Quando ficam a sós, dom Tibério, sem olhar para padre Henrique, volta à recomendação de que seja dedicada toda atenção da alma ao padre Ni. "*A razão desta ordem, ainda não sei... Da minha parte, obediência... Pelo menos dedicarei tempo à escrita da história do lugar que venho capturando e à procura dos Anais que eu espero encontrar.*"

Pois chega a hora. Ali na mesa após a sopa, dona Antoninha pergunta se pode pôr a água para o escalda pés. Ele consente, mas banha primeiro os pés de padre Ni, que aceita, desaba a chorar e, chorando, vai se deitar. Dona Antoninha ergue as mãos postas até a altura do rosto e exclama:

— Louvado seja nosso Senhor Jesus Cristo.

Padre Henrique entende que esse será o meio de obter o que for necessário com o padre Ni.

Etelvina apresenta-lhe o quarto de hóspedes pronto. Ele se alegra ao ver mesa e lampião. E demora para crer no que vê no armário — dois livros antigos, escritos a pena sobre papiros.

Na manhã seguinte, após tomar o prato de mingau com queijo e canela, dona Antoninha pergunta:

— O senhor fica para o almoço?

— Só para a sopa e o escalda pés.

Caminha conferindo o que memorizou das histórias apuradas, na expectativa de captar outras revelações a emendar nas histórias que vêm nos Anais.

Admissão

Madalena passa a semana realizando o encontro do seu interior com a natureza. Sua respiração dá-se o quanto lhe é. Seus sentidos entregues. Sem conversa. Nem Mazurca a interrompe. Sabe que chegou outro domingo porque ouve o chamado dos alto-falantes. Pensa em ir à missa. Quer ver o Bispo. *"Que nada."* Acha melhor deixar como está pra ver como fica.

Entra dia, passa semana, viram luas. Um sol ou outro aparece, abrindo as flores das mangueiras. As abelhas enlouquecidas juntam-se nas jabuticabeiras que estão parecendo vestidas para primeira comunhão, de véu e grinalda. Mas Madalena não dá de aproveitar. Uma tontura a acomete e ela tem que vomitar. Morde folha de pasto-de-abelha, bebe água, mas parece que é pior. Sonda: *"Eu, hein! Outro tormento? Aquele do sangue na lua cheia acabou mesmo, pelo tanto que rezei e pela graça me confirmada pelo Bispo. Para este passa-mal d'agora não vou rezar. Vontade é de ir direto ao Bispo."*

Faz um tempo de silêncio, sem querer ter o que fazer. Faz nada. Mais dorme.

No final da missa desse outro domingo já terminando o novembro, avisam pelo alto-falante que estão abertas as inscrições para o curso de admissão ao ginásio do colégio das freiras, que se inaugurará no próximo ano.

"Quem me dera!" Madalena suspira e olha da janela aquele tanto de mangas verdes. Dá nela uma esperança, assim como sabe que elas

vão crescer e ficar docinhas. "*Mangas crescem, sem encomenda. As jabuticabas agora só servem a abelhas, quase secando já. Vai ter goiaba, araçá, jambo... Tudo dispersado à nossa vontade. Mais que isso, quem quiser, vai ter que pedir. Rezar é pedir ao além o além. Aí Ele cobra fé.*" Isso pensa e já vai pedindo: "*Eu poder estudar neste colégio imenso que construíram atrás da catedral.*" Imagina-se vestida de normalista, como já viu nas revistas de figurinos da avó e na capa da cartilha. Sentir este desejo já lhe traz ansiedade. "*Quero ver o que ainda se tem a aprender lá. Mais palavras, mais vocabulário? Mais tempos verbais, além do mais-que-perfeito? Números maiores, infinitos? O que se faz com eles, além da conta de mais, de menos, multiplicação, divisão com três algarismos... A fração que dá pra todos e deixa resto. O milagre infinito da dízima periódica. Rodar o mundo sem sair do lugar. E depois, poder ensinar. Ser professora como mamãe, que vontade! Santinha de minha devoção, Santa Terezinha do Menino Jesus, ponha-me neste colégio sem que eu saiba exatamente como aconteceu!*"

A vontade de rezar volta para ela com muita força, então suplica à Nossa Senhora que ordene aos anjos esta providência.

Acaba de rezar e acha que está pedindo demais, se nem diploma tem. Mas vai adiante e volta atrás, pois não quer duvidar nunca deste poder que adquiriu pela fé.

Pois o sinal de que seu pedido foi atendido lhe chega. E desta vez quem lhe dá a rosa é ela mesma. Ensaia esta realidade e cria a festa de entrega de diploma à turma de alunos que nestes quatro anos frequentaram sua escola imaginária no paiol, preenchendo a ausência de sua escola real. Mazurca, sem uma falta, forma com nota máxima. Mazurca faz o discurso na festa de entrega de diploma na tarde de domingo e entrega um buquê de rosas em gratidão à professora. De rosas. Quando Madalena o recebe, é que lembra da novena que está fazendo. Está valendo. Valendo do mesmo jeito. "*A fé não deixa ponto sem nó*", diria sua avó.

Vem a noite, ela revira na cama ao clarão da lua, matutando nas ideias: "*Como é que esse milagre poderá acontecer, se eu nem terminei o primário e não tirei o diploma, como já tirou Duda e minha turma do grupo? Mas que eu vou estudar neste colégio, isso vou. Como, já não é comigo. O pedido já está feito e a rosa já está recebida. Agora é com quem é anjo ou santa.*" Pensa ainda antes de dormir: "*Ainda bem que, tendo ido embora tudo que eu tinha — papai, mamãe, dindinha, meus irmãos, escola e colegas —, ficou-me a fé. Tudo que peço a Santa Terezinha e aos anjos, recebo. Já pensou eu naquele colégio?!*" Abraça o travesseiro, agarrando-se na fé. Sente arrepio ao pensar se, estando no colégio, ficará perto do Bispo, mas são dois desejos. Dois em um? Um em dois? "*Vá dormir, sua lambisgoia.*" — Ouve isso no murmúrio das águas e ri, ri até dormir. Pois, antes da novena acabar, as providências lhe chegam, brotadas naquele confessionário, onde o Bispo teve a confissão do Farmacêutico que o associava à avó de Madalena.

Nessas circunstâncias, nesse encabular, dom Tibério pede a padre Henrique que procure, com a sutileza de um anjo, pelo Farmacêutico. Com poucas palavras, o doutor Farmacêutico entende o recado e procura pela diretora da escola, que se sente muito feliz em ressurgir com Madalena à escola. É feita a inscrição dela para o exame de admissão, mas antes terá que passar pelo teste que lhe confira o diploma. Os benévolos ficam nas nuvens enquanto a diretora cuida da comunicação. Madalena desata o riso e a urina.

As inspetoras vêm da delegacia de ensino aplicar o teste de admissão aos candidatos ao ginásio. Madalena é levada a fazer pelas mãos da diretora. Tira dez nas provas, na leitura oral e na arguição. Acerta o nome de todos os rios do Brasil, com seus afluentes, nascentes e foz. Não tem nenhum erro ortográfico na composição. Resolve os desafios que envolvem regra de três. Assim como em tudo, as contas fecharam e seu diploma será assinado.

— Como é que pode, menina? Quem lhe ensinou?

— Aprendi na minha escolinha no paiol.

Chegando de volta a casa, encontra o tio já assentado no toco, cutucando o pé com o canivete. Ele lança a charada, em pergunta:

— Quase dia pulo sem 'u' que não é boa, **no canudo**?[7]

Ela ri e comenta:

— Até Mazurca tiraria esse di-plo-ma.

A avó, com cara de ora-veja, faz seu deboche:

— Admissão. Conversa pra boi dormir. Quem aqui tem panca pra pagar esse colégio? O povo que nem besta, construindo esse mundo pra quem já tem. É como diz: "O rio corre é pro mar." Fazer o quê!

Larga o prato na gamela, pega a caneca do bochecho e sai. Madalena e Vando quase explodem em riso, mas se apartam, ficando Madalena triste e só.

Dois dias depois, a própria inspetora vem com a ex-professora de Madalena. Pedindo licença a Vando, vão entrando casa adentro. Pegam Madalena passando a tabatinga na fornalha, depois do almoço.

— Madalena, minha filha, você acertou tudo nas provas, vai receber o diploma com nota dez!

Madalena ri com bochechas vermelhas. Joga água nas mãos, enxuga e abraça as duas.

A inspetora sussurra aos presentes:

— E vai ganhar bolsa de estudos para o colégio. O Deputado mandou me pedir o nome de quem tirou o primeiro lugar.

Choram.

O tio, ali, desata-as com a charada:

— A regra está na relação de **quem vai formar para professora**.[8]

Madalena ri com a solução e deixa as professoras a matutar.

— Responda, Madalena, se é que você sabe.

Madalena protela um pouco em respeito a quem foi sua professora, respondendo, por fim:

— Norma-lista.

O tio ri satisfeito e a professora confere:

— Regra é norma; relação é lista. Que gente danada, vocês! Não é à toa que esta menina sabe tudo sem ir à escola. Olha, Madalena, vai ter a entrega de diplomas no primeiro sábado de dezembro, no Salão Paroquial que vai ser inaugurado também nessa festa. Vem um deputado irmão do Bispo que vai ser o paraninfo da turma. Você vai receber seu diploma também. Peça a sua avó para fazer-lhe um vestido bonito, convide alguém para ser seu paraninfo e vá.

A avó que sonda tudo de longe pensa já no tecido que usará e no modelo.

Madalena sente um arrepio de insegurança, pensando na vergonha de reencontrar as pessoas da sua escola. Mas muda a cabeça para escolher o paraninfo. Olha para o tio, que já diz:

— Talvez no fim do braço **está seu paraninfo**.[9]

— Simão? Doutor Simão? Por mim será o senhor, padrinho.

— A preta sente pena da **minha resposta**.[10]

— Sabia que seria negado. Nega-dó.

Sai, deixando Madalena rindo de sua charada.

Para a avó nada fala, mas no dia seguinte suas medidas são conferidas que estão aumentadas em tudo: ombro, cintura, quadril, busto, altura, mais barriga. No final da semana, é deixado em cima da cama um vestido modelo de revista, com laço do lado, numa cor verde musgo, em tecido failete. Ideia tirada do último figurino que Sô Egídio Mascate trouxera da capital, adaptado ao corpo e à classe de Madalena, em alta costura. Enquanto almoçam, sábado, tendo tomado banho da cabeça aos pés, aparece experimentando o vestido novo. Quer abraçar, beijar a avó, mas não tem desenvoltura para isso. Só diz:

— Chique e à vontade!

A avó, largando o prato sobre o aterro, sem olhar para ela, resmunga:

— "Pra quem é..." — dá aquele risinho meia boca e sai. Mas volta para dizer: — Venha depois ao quarto de costura escolher sapatos.

Madalena arruma a cozinha num pulo e para lá caminha, tão emocionada que parece que não ia chegar nunca. Diante do armário que se abre, não conta quantos pares vê na prateleira. Fica um tempo pasma. Escolhe o sapato a conta certa do seu pé e acertado com o vestido. Verniz, com botão de lado, pouco salto. Leva-o para o quarto e se delicia com o brilho que aquilo tem sem precisar engraxar. Tem um cheiro sentido recentemente, mas que ela não sabe o que é. Algo que dá prazer. Veste de novo o vestido, calça o sapato. Desfila. Sente arrepio de frio. Sente calor. Sente sono. Mas é hora de colher roupa no varal, trazer os gravetos para dentro e fazer a janta.

Só vai dormir quando a lua já é vista tombando. Janela aberta por onde a luz rouba-lhe o sono, cantarola. Mas acorda cedo, pois Mazurca lhe pede aula, ao que responde:

— Não há mais o que lhe ensinar, Mazurca.

Ao mesmo tempo, fica condoída. O que será de Mazurca...

Vai cair toró. Chama Mazurca para o quarto e tenta lhe falar do colégio interno, mas engasga e embroma.

Certidão de nascimento

No tempo que veio sucedendo, a cidade cresce mais que praga. Movimentação incomum, nem sempre popular. Hoje, a pensão de dona Tila, transferida para a casa nova na avenida, está lotada de gente de fora. Aconteceu pela manhã o descerramento da placa do Educandário, com banda e fogos. Agora é servido o almoço para autoridades. Durante este, o Paraninfo, que é o Deputado, pede à inspetora que veio da Delegacia de Ensino que revele o nome do aluno que tirou o primeiro lugar nos exames, para mencioná-lo em seu discurso como ganhador do prêmio da bolsa de estudo que ele oferece.

— É uma mocinha que estava fora da frequência escolar. — E diz o nome. — Estudou sozinha.

Os olhos do Bispo com o do doutor Farmacêutico esbarram e disfarçam. O Deputado olha a todos.

Dá a noite e o Clube Social, construído no largo da catedral para funcionar festas e cinema, está iluminado. Madalena chega linda, de pastinha cortada pela avó na última hora, tendo também esparramado pó-compacto em sua cara, para seu sufoco e incompreensão. Certo é que a morena das bochechas rosadas sorri ao encontrar seu paraninfo na porta. Ele finge servir apenas a esta formalidade, mas está muito emocionado. Entram lado a lado e se assentam onde indicado. O som do microfone é ouvido por onde as serras não barram. Todos ouvem — menos a avó que faz questão de ignorar —, o chamado de um por um, ordem alfabética. O Paraninfo, senhor Deputado, entrega os diplomas e toda mesa composta confere-lhes os parabéns. Depois, vai a discurso e anuncia o que tem como presente, que é a bolsa de estudos completa, para estudar no colégio das irmãs inaugurado hoje ou para estudar no seminário da Capital, caso o ganhador seja um menino. Cria-se o suspense. É bolsa com internato e material escolar, até o último grau. O vencedor é a aluna ou o aluno que tiver a maior nota no diploma. Se houver empate, será desempatado com a nota do Exame de Admissão. Após os murmúrios emocionados, passam a palavra à Inspetora Escolar, que declara o nome da vencedora, Madalena Lima da Silva. Palmas sem fulgor da plateia, salvo dos componentes da mesa. Ela respira, respira, respira, livrando-se de desmaiar. Com embaraço, abaixa a cabeça, sem saber o que fazer. Mas por um instante retoma sua destreza como quando professora no paiol e levanta-se. A controlada troca de olhar dela com o Bispo acontece, quebrada imediatamente pela voz ao microfone pedindo que ela suba ao palco para receber os cumprimentos. Na vez do Bispo, beija o anel da mão gelada. Ao encerrar a cerimônia, padre Henrique cuida de dar instruções ao doutor Farmacêutico sobre as providências a serem tomadas e ele repassa a ela a lista do enxoval e da necessidade de encontrar sua certidão de nascimento.

Sempre aos domingos, a avó se ocupa fazendo quitandas para encher as latas e, nos intervalos de assar, arruma canteiros da horta. Madalena fica rodeando, com o diploma na mão, ela amassando biscoito de goma na enorme gamela. Vando varre as brasas do forno ao chão, com vassoura de ramo de assa-peixe, e salpica sobre elas água reservada numa cuia. A poeira das cinzas e a fumaça sobem e fazem Madalena lagrimar. Ela aproveita como disfarce para o nervosismo, cria coragem e fala para a avó:

— Vovó, ganhei a bolsa de estudo para o colégio que as freiras abriram no prédio novo. Dizem que vai ser internato. Morar lá e estudar lá. Vem gente de tudo quanto é lugar. É o que falaram lá.

A avó fica mais calada que nunca, vira-se colocando as latas dentro do forno para assar os biscoitos. Madalena a acompanha e prossegue:

— As matrículas começam a partir de segunda-feira.

Mais latas mostram sua intransigência. Madalena enfrenta:

— Disseram que tem que levar certidão de nascimento e esse diploma que eu recebi ontem, para matricular — mostra o canudo com laço de cetim.

A avó tampa a boca do forno, pega o retalho encharcado de gordura com que vai untando mais latas que vão ser enchidas de rosquinhas feitas no ar. Na rapa da tigela arrota impropérios:

— Canudo de humilhação.

Vando reage:

— De onde a senhora tirou isto?

— Da vida, a tudo que se exalta.

Não ri, ninguém ri. É tenso.

"Inadmissível! Não pode ser!" Com o fôlego descompassado, Madalena sai para o fundo do quintal e bota os pés dentro d'água. Sente raiva até de Mazurca que fica ao lado, dos sapos que puxam conversa com ela, do céu que só pensa em chover e do incômodo do vento. Dado um tempo, Vando passa por trás dela com essa:

— Esbarrei com a mulher do sapo, **que é minha mãe**.[11]

Madalena sente ódio dessas charadas. *"Será que ele sabe que é toupeira essa palavra e não 'topeira'? Disgreta! Bostereco! Nunca me foi dado xingar. Isso ninguém me ensinou, mas agora eu queria saber. Merda! Cu d'anta!"*

Depois de um tempo, decide: *"Só sei rezar. Não sei outra coisa. Ou vou direto ao Bispo? Não. Não tenho essa coragem."*

Por fim, exige dos anjos. No dia seguinte, intui uma ação. Quer ir à farmácia pedir a intercessão do doutor Farmacêutico. Aquela confissão demorada dele com o Bispo deve ter sido um ato de bravura, então ele deve estar louco para ser corajoso o quanto precisa. *"Além de ter se tornado meu padrinho, ele é um pecador arrependido. Deve estar precisando fazer uma boa ação."* Ri de nervoso.

Cheia de vergonha, segue sua intuição. Não quer chegar pra ele falando doutor Farmacêutico.

— Qual é o nome dele, padrinho?

— A sétima nota musical na ponta do braço **é o que você quer saber.**[12]

Sai séria sem dizer a resposta.

O doutor Simão ri contido após ela dizer:

— Um remédio. Fiquei doente após minha avó dizer que não vou para o colégio.

Ele suspende o queixo, coça o pomo-de-adão e, vermelho de tanto que esconde verdade, enfrenta:

— Tome Pulsatilla dissolvida na água, quatro vezes ao dia.

Depois do almoço, vinte quatro horas depois de tomar a homeopatia, o padre secretário chega à casa para conversar com a avó. Sem se assentar, como um oficial, diz apenas das formalidades. Quando sai, a avó fala a Madalena entregando os papéis que ele deixara.

Madalena abre e lê "Lista de Enxoval" e Documentos Necessários: Autorização dos pais, Certidão de Nascimento, Diploma...

— Dê cá essa lista. Certidão e Autorização arrume por lá com sua mãe.

— Posso ir atrás dela?

No resmungo:

— Se bem anda, longe está.

Madalena traça o que deve ser feito. Apela por Vando, sem tempo de respirar:

— Padrinho Vando, você sabe onde minha mãe mora?

— A dona habita **perto do arraial Raimundo**.[13]

— Como chegar nesta Sa-mora?

Vai aonde encontra a prima da mãe. Assunção se assusta ao vê-la:

— Espia, que menina que já virou moça, gente.

Mas Madalena não dá a esse assunto. Quer que ela a leve até a roça Samora, no distrito de Raimundo.

— Eu devo colher uma assinatura da mamãe nesse papel e pedir-lhe minha Certidão de Nascimento, para eu poder matricular no colégio que vai abrir.

— Trem! Nós aqui escutamos do alto-falante — diz Assunção. — Bem merecido! Pena que você vai ser professora formada e ocupar o lugar que a Vanda deixou vazio. Não houve professora igual a ela, verdade seja dita. — A prima reconhece.

— Você vai comigo lá, Assunção?

O pai de Assunção, que é tio torto de Madalena, casado com Iracema, que é irmã do pai — únicos parentes desse lado —, grita do paiol, sem parar de descascar e debulhar o milho que levará aos porcos, às galinhas e ao moinho:

— É na roça do Sô Tavico, entrando na picada para a Boca D'água. Seguindo em frente, chega na Samora, antes de chegar no Raimundo. Daqui lá dá umas três léguas. Melhor marcar pra manhã, antes do sol. Perguntem lá na casa do meu compadre Lando, que é pai do Ciro, que eles ensinam o caminho direito.

Correm lá. Ali combinam, com alegria, que as irmãs de Ciro, de idades próximas à de Madalena, irão a passeio também, no dia seguinte, dispondo a andar até mais de quatro horas para chegar. Duda se recusa a ir, desdenhando da história. Assunção fica muito feliz por ir rever a prima Vanda. Criam um piquenique.

Madalena nem dormiu direito. Todos encontram-se após o primeiro cantar do galo, em frente ao coreto da igreja velha, ponto central da rua velha. Com o coração radiante, assistem ao romper da aurora. Vão animadamente, andando muito depressa, com Mazurca acompanhando. Assunção fala, fala, mas Madalena está sonhando com sua vida daqui para frente. Um jovem tropeiro do Sô Lando aparece frente ao grupo de excursão, valentemente a guiá-las, por ordem da patroa. Elas marcham com alegria. A princípio, seguindo a do cavalo, depois mais lentamente, deixando-o ficar no vai adiante, volta atrás. Assunção leva uma matula feita com farinha na sobra do caldo de galinha da janta do dia anterior. Cici e Bela trazem, cada uma num samburá, biscoitos fritos na madrugada. E Madalena leva os papéis protegidos no fundo do balaiozinho, mais três piorras que pediu ao tio que lapidasse com seu afiado canivete, para presentear aos irmãos. Tomam a trilha que corta um matagal, abundante em perfumes e sons. Aspiram a névoa que levanta das touceiras do capim gordura. Fazem ora silêncio de nuvem, ora bando de maritacas. Pisam córregos, bebem em bicas que escorrem nos barrancos, fazendo conchas com folhas de chapéu-de-couro que depois usam como sombrinhas. Madalena é a primeira a enxergar amora e juá, que come com apetite de grávida.

Escalam a serra em asas rasantes. A alegria é a condução. O tropeiro que vai adiante e volta atrás comunica que só falta mais uma serra. Um silêncio protege o cansaço da turma. Madalena delicia-se com o contato com companheiras, recuperando o tempo que viveu sem amigas no convívio. Absorve o ar até a raiz dos cabelos, expirando-o até o mocotó de dentro dos ossos. Dançam galhos, dançam membros; contorcem águas, remexem as tripas. Coração bate, passarinho canta. Sensação própria de quem sabe seus pecados perdoados.

O tropeiro Valentino está apeando. Correm em risinhos. Seja lá porque for, Madalena é a última que chega. Pela escada do paiol desce meia dúzia de meninos e duas meninas pingadas, com o embornal atravessado nos ombros e a cara baixa. Neles, Madalena, sob arrepios, enxerga o Girassol, a Dália, a Espinheira-Santa, o Funcho, o Coentro, a Margaridinha, enfim, a lista de seus alunos do paiol lá da casa da avó. Mazurca encosta nela, surpreso por também reconhecer, depois pula no meio deles quando no chão. Madalena também quis correr e abraçá-los, mas aparece a imagem da mãe, circunspecta e bela, no alto da escada. Ao encontro, seguram ambas as barrigas, porque algo ali estremece. Estáticas por um instante, explode a saudação:

— Bença, mãe!

— 'Çoe!

As outras visitas quebram o embaraço, com euforia. Vanda expressa alegria ao ver a prima e constrangimento ao ver as novas cunhadas. Madalena, aproveitando-se disso, escapa e procura pelos irmãos. Mazurca encontra um, debaixo de um pé, a comer goiaba. Mudado para cinco anos, tão outro de há quatro. Tímido, apenas passa a mão na cabeça de Mazurca, que fica fagueiro. Madalena enxuga duas pequenas lágrimas.

— Lalico, sou eu, a Madalena. — Entrega-lhe a piorra, ele fica a sorrir. Pergunta pelos irmãos, que já se aproximavam, esperando coragem para darem as caras. Vem o mais velho, beirando os quinze anos. Mais falante, comenta com uma voz de taquara rachada:

— Você cresceu, você engordou, Lena.

Sorrindo, ela lhe entrega a piorra. O do meio vem e abraça. Repete:

— Você cresceu.

—Você também. — E recebe a piorra.

A mãe caminha com as visitas em direção à casa. É uma cabana de sapé e chão batido, entre pés de urucum e de limão-capeta entrelaçados por rama de chuchu, ladeada de farto rego da água que escorre de uma bica d'água, onde copos-de-leite prosperam. Madalena prefere subir a escada para ver o paiol por dentro. Na enorme lousa acha escrito com tabatinga "ESCOLA PRIMÁRIA". Os bancos e bancadas de pau amarrados de cipó onde os alunos sentam e escrevem causam-lhe inveja. Lagartixas balançam a cabeça para ela e fogem pelas gretas. "*Eu bem que posso fazer uma escola como essa, ensinar a gente que ainda não sabe ler. Há de chegar minha vez!*" Desce correndo e se junta aos irmãos que seguem o cheiro da comida que a chaminé avisa. À mesa de dois bancos compridos, a farinha, a pimenta, a alface lavada e um limão cortado, Vanda diz para não repararem que não há nada de especial. Hora em que vai entrando, muito animado com a presença das irmãs, o homem, o tal. Saúda uma por uma tirando o chapéu e, mais formalmente, a prima e, embaraçosamente, a enteada.

— Vocês já pegaram a boia? — é o que ele diz.

— Viemos comendo bobajada pelo caminho — respondeu a prima.

Dirigindo-se à mulher que já picava banana verde para fritar, de inteira ao cardápio, graceja:

— Tem que pôr mais água no feijão, Vanda?

— Que nada! Onde come um, come dois. A bananinha é para fazer os gostos de Assunção.

Após jogá-la na gordura quente, coloca feijão no prato e entrega ao marido, que serve da farinha e põe a misturá-los. Faz o mesmo para Assunção e para as cunhadas. Ela e Madalena embaraçam-se com a troca de papéis, mas Madalena decide rápido e põe-se a servir aos irmãos, ficando a mãe cuidando da fritura da banana. Depois de todos servidos, as visitas acham lugar nos bancos e nos tamboretes e completam o prato com alface, espremem limão por cima e pimenta. Ciro toma a talagada do aperitivo. Vanda traz na espumadeira a banana frita para o prato de cada. Madalena arreda seu tamborete para perto do banco encostado na parede, onde estão os irmãos, com seu prato. Mazurca deita-se ao meio. Quem quebra o silêncio é sempre Ciro, perguntando por pessoas que deixou para trás. Ousa familiaridade com Assunção, que responde:

— Seu primo Zé esteve lá em casa dia desses.

— Ê-ê. Caçando o quê? — Riem.

Ela muda de assunto:

— Aquele Abecê que vocês conheceram é outro! Vocês vão sentir que estão chegando em outro lugar, em Abecedê.

— Quero saber de uma coisa: não tiraram a Nossa Senhora Auxiliadora do altar original dela pra levar para a tal catedral, não, não é? Foi a única investida que fiz para essa obra. Fui umas tantas vezes atrás do Seu Manuelzinho, interceder e vigiar. Ele sempre me garantiu que não. Que viria uma imagem nova e grande e um Sacrário novo.

— É tudo novinho lá! — responde Assunção.

—Você fala de um jeito que parece que não sabe o valor que tem esse altar. Um povo que não conhece sua história vira presa fácil.

Mas Assunção não entra na questão e continua:

— Sabe aquele terreno que tinha depois da ponte da gameleira, indo lá pros Iberê? Pois é, passaram trator naquilo tudo, fizeram um descampado. Sem contar que acabaram com a matinha sagrada, isto você acompanhou.

—É, quando nós saímos de lá o trator já estava comendo a cabeça da serra do lado de cá. Disseram que fariam cemitério por lá. Fizeram?

— Aquilo virou outro mundo! A ponte que era de pau virou um troço medonho de passar caminhão lotado. Os comerciantes quase todos já construíram sobrados grã-finos, com lojas embaixo. Ainda tem muita obra em andamento. Não sei de onde apareceu tanta gente pra trabalhar. A pensão da dona Arminda teve que abrir uma puxada do lado de fora para servir comida aos peões.

— Ainda mais, peões! De onde surgiu isso? Nosso povo lá está aceitando esse tratamento? Falta de respeito com quem presta serviço. Ali nunca foi assim — Vanda fala com cara de choro.

— É o jeito que eles chamam os trabalhadores. Quando vocês saíram era o povo de lá mesmo que trabalhava. Depois passou a chegar caminhão de gente e materiais de acabamento. Cê não crê que o filho de dona Tila já construiu, na avenida da rua nova, um hotel? Chama-se Mundo Novo. Dizem que é um luxo, com chuveiro e vaso de louça, água encanada e ladrilhos.

Vanda prende no coração muita amargura para não sair pela voz, quando pergunta:

— E o tal colégio será pro povo de lá?

Madalena, do meio da brincadeira com os irmãos, assusta-se e fica de orelha em pé:

— Vanda, do céu! Aquela tal avenida está toda iluminada, com coreto de quinas feito quiabo com um telhado parecendo uma folha de embaúba. Cercado de guarda-corpo de ferro torcido em cima descendo de guarda-mão pela escada. Debaixo dele, fecharam um espaço deixando quatro janelas para realizar leilão. Esse coreto parece uma lanterna da China. A praça é calçada de pedra em volta toda, que dá para passear e circular carro. Aquilo sim é que é lugar para a moçada rebolar. Ai nosso tempo!

Nesta hora Ciro vai para a janela e acende um pito que trazia atrás da orelha.

— Quem sobe depois dessa praça, entra para um pedaço de rua que do lado direito só vê cerca com um pomar plantado. Mas do lado esquerdo, rapaz, é um mundo de construção. Nos domingos eles deixam a gente passear lá de nove às onze da manhã, e as irmãs, que vieram antes e moravam em barracões de tábuas, mostram que é para duzentas moças internarem para estudar. Vem gente até de cidade grande, de quinze bandas, pra fazer formação para professora. Tem portão grande e uma casa bonita na frente que dizem que é recepção, sala de estar, secretaria de um lado e capela do outro. Mais adiante, casa das irmãs, e aos fundos, as salas de aulas e dormitórios, formando um quadrado com o pátio ao centro. E ladeando a catedral por trás, é um prédio comprido que tem uma escada que sai no pomar, que é dos padres. Mas como foram fazer o acabamento, colocar piso e pintar, proibiram a visitação, então eu só faço ideia de como ficou lindo. Eu imagino aquilo cheio de normalista...

— Que graça que tem? Escola para ricas, quem pode pagar. O povo de Abecê vai ver com os olhos e lamber com a testa.

— Nisso você tem razão. Dizem que umas cinquenta meninas começam no colégio esse ano e depois vão aumentando ano a ano até duzentas. Depois que formar isso tudo professora, aonde que eles vão pôr pra trabalhar? Se bem que as que são daqui mesmo são poucas. As outras voltarão para suas cidades.

— Saí na hora certa. Agora as "normalistas" vão tomar o lugar das leigas... Você já pensou nisso, não é? Por que não dar estudo para vocês?

Silêncio. Ciro adianta:

— Aqui, Vanda é mais respeitada que o papa.

Ao que ela retruca:

— "Em terra de cego, quem tem um olho é rei", mas espera pra ver. Já, já, tomam isto de mim...

Ciro pula para acudir:

— O povo aqui é: mestra Vanda pra lá, mestra Vanda pra cá. Não tem mais aluno, porque o paiol não cabe, mas os moradores daqui estão levantando uma casa de escola em mutirão. Não falta quem ajude. Dão muito valor aos ensinos dessa aí. Já tem mocinha aqui no ponto de ensinar. Tem turma de adulto para aprender a ler e escrever, pelo menos assinar, fazer umas contas e estudar o Novo Testamento, no fim do dia.

Vanda, com azia, vai saindo para passar o café com a garapa que fervia, jogando escárnio sobre si:

— "O que dá fama dá desdém", bem diz mamãe.

Nesta hora, todos já estavam com os cotovelos apoiados na mesa. Vanda coloca ao centro o bule de café que acabara de coar e as canequinhas. Assenta-se também na ponta do banco, bem próxima ao companheiro. Madalena fica encabulada com esta cena, revirada de ciúmes, prazer, vergonha, mas isso não demora. As cunhadas que não viam novidade no casal junto, pois não é a primeira vez que passeiam lá, saem dizendo ir à casa grande, onde mora o tio e a tia deles.

—Vamos, Madalena?

Ela não vai, fica no terreiro tentando rodar as piorras com os irmãos, aguardando a hora de falar com a mãe. Os adultos ficam mais à vontade, tomando café.

— E o primo Zé, quem sabe ainda dá conversa?

— Mas ele é muito novo!

— Mas menino também vira homem, não é, Vanda?

Vanda não dá assunto. Assunção espicha a conversa:

— Ciro! Eu já apanhei um jeito de ser sem marido.

Ciro bebe um golinho do café e fala:

— Cês fiquem à vontade, que "passarinho que não quer dever já está com o pé na roça". Até mais logo!

Assunção aceita entrar para o quarto e estica-se na cama dos meninos.

Vanda senta-se ao lado. Riem um pouco do nada e vão às falas:

— Mas que história que está dando certo, não é, Vanda? Falaram, falaram, respingou até em mim por andar com você e na pobre da Madalena e vocês estão se saindo bem. Você bem-casada e Madalena normalista.

— É?! Pois, arrume por lá. Nossa amizade, então, foi manchada.

— O povo fala, você sabe.

— "*Entrasse num ouvido, saísse no franzido*", como diz mamãe.

Assunção respira fundo.

— Tire seu cochilo.

Vanda sai para o paiol a mexer nos cadernos dos alunos, sem nada ver ali, exaltada. Madalena, que estava de orelha em pé, pensa: "*Se Assunção quis introduzir o assunto, agora melou.*"

Renegando este embaraço, com bravura, sobe as escadas, toma fôlego e começa:

— Mãe, eu ganhei bolsa de estudo para o colégio de freira que vai ter agora lá, porque tirei nota dez em tudo.

— Hum — resmunga, pegando a pilha de cadernos. Mas aos poucos se apropria do assunto e dos nervos, sai o dito que fala para si mesma:

— "Criei cobra pra me picar. Vai ser a primeira a me exonerar."

Madalena, pensando, *"criou foi nada!"*, prossegue:

— A senhora precisa assinar os papéis para eu me matricular. — Entrega-lhe os papéis e urina perna abaixo.

A mãe lê e assina. Abre a caixa de couro que fica guardada ali, tira a certidão e entrega-lhe na hora. Madalena preferia abraçá-la, mas foge dali de medo de perder o que conseguiu, ignorando o estado emocionado da mãe com a mexida nos fatos passados. Coloca as duas folhas em seu balaiozinho, junta-se ao seu irmão caçula e Mazurca e vão para o ribeirão, onde chora e ri.

Até que alguém grita pela janela da casa grande:

— A janta está pronta.

Todos correm para lá. Vanda vai ao quarto retomar com Assunção. Encontra-a com o lenço no nariz.

— Será que não vamos mais ser amigas? — diz Assunção.

— Ora, como você disse, o tempo mostrou que deu certo. Vamos pra festa.

Vai aparecendo na cozinha do senhor Tavico, um a um, que pega o prato no aterro, a colher no garfeiro de pano bordado dependurado na parede, entregam para a dona da casa que os enche de sopa. Cada um, na mesa, acrescenta o torresmo, a folha de alface, limão e pimenta. Comem em silêncio. O dono faz a brincadeira de perguntar por que está todo mundo calado, cuja resposta é a risadinha. Terminam, botam as vasilhas sujas na gamela ao lado, dizendo "*Deus aumente*", e vão saindo, ocupando a varanda da frente. Com uma lamparina, alguém vem acendendo os lampiões. Os moradores da redondeza se achegam. Instrumentos musicais sendo afinados. Madalena se surpreende ao ver Vanda ao bandolim, o marido ao violão e o irmão mais velho já acompanhando ao pandeiro. Testemunha que sua mãe mantém o título de mestra, pois cada pessoa que chega a saúda como tal. A turma se diverte. Madalena, que se via avexada com o embate, ao ver a mãe reinando, permite-se ficar amontoada num canto junto a Lalico e Mazurca. Quando o relógio na sala bate oito horas, todos se movimentam para sair. É tarde da noite. Na palhoça, desenrolam esteira de taboa pelo chão de terra batida, onde espaço encontram. Madalena recorda com os irmãos a brincadeira de fazer bicho de monte. Assunção fica na única cama de catre que tem. A mãe e o homem dela saem para dormir no paiol, o mesmo da escola. Madalena suspira com a presença dos irmãos, pela certidão em mãos, assinatura no papel, bulhufas para a mãe e vontade de estar com o Bispo. Ao passar por uma madorna, tem a sensação de que algo em sua barriga se mexe.

Antes de o dia clarear, a panela tilinta com o copo que tira a água fervendo para o café. O marido, depois de espreguiçar, tira batatas doces do borralho, com que quebram o jejum. As viajantes se despedem. Madalena pede benção à mãe e ao padrasto. Quer chorar e o faz ao abraçar o irmão caçula, ainda no chão dormindo.

— Volta mais — diz Ciro. — Até lá nossa casa já vai estar pronta e o barrigudinho já vai ter nascido.

As irmãs se entreolham, Assunção responde:

— Pois, sim.

Madalena bambeia as pernas, levanta os olhos para a mãe e pela primeira vez se abraçam rapidamente, chorando. No ventre de ambas, algo se mexe.

Pé na estrada, depois de um tempo calada, a alegria vai se retomando com os primeiros raios de sol que penetram no meio das árvores. As bolas de geada vão se desfazendo e as gotinhas brilham no pasto. Pássaros esbanjam sua piedade. Madalena respira as delícias da conquista, entrando menos nas brincadeiras. Quer mais é chegar.

Matrícula

Na tarde deste mesmo dia, passa na farmácia. O doutor, vaidoso por ela, indica-lhe o local para a matrícula, no conjunto arquitetado contíguo à casa episcopal. Fica extasiado, olhando-a dirigir-se para lá. Madalena segue controlando o acanhamento que aumenta a cada passo, ao imaginar deparar-se com o Bispo.

Construção nova, primeiras pisadas. As duas bandas da larga porta que dão entrada ao colégio estão escancaradas, deixando ver a redonda irmã Vicência emproada em uma cômoda cadeira, para o procedimento receptivo e encaminhamentos. Emoção e confiança disputam as narinas de Madalena, fazendo os pulmões arfarem. Sente vontade de correr e se sentar no colo dessa irmã que mais lhe parece uma bruxa do bem, bem familiar. Quando ela lhe dirige a palavra, sua voz parece com sua ancestral com quem dialoga em meditação. O sorriso dá-lhe coragem de aproximar. Depois se vê atendida pela irmã Tereza, secretária do colégio que bondosamente reconhece Madalena da cerimônia que a premiou. Os embaraços vão se desmanchando. Recebe a explicação da lista do enxoval que deverá ser preparado e marcado com o nome. Como a matrícula dela é especial, não sabendo como proceder, irmã Tereza vai com ela até o padre Henrique pedir orientações. Ele tem muito prazer em recebê-la, mas a vontade dela é que o Bispo lhe apareça para quebrar seu temor de uma vez. Depois que irmã Tereza sai para abrir sua pasta de arquivo, preencher seus papéis, padre Henrique lhe diz:

— Quando terminar com a irmã Tereza, vou lhe apresentar ao Bispo.

— Mas eu o conheço.

Ficam-se quedados, entreolhando-se, experimentando a surpresa de serem almas gêmeas, Madalena e padre Henrique. Madalena é a pessoa que vivencia com o Bispo o que a obediência religiosa desse padre jamais lhe consentirá, abnegado e consagrado ao amor divino que é. E Madalena experimenta a vibração platônica de estarem apaixonados pelo mesmo homem.

Deixa Madalena com o Bispo, com a sensação de entregar-lhe o seu próprio corpo.

O Bispo muda do gabinete para o parlatório, antessala a seu dormitório, que tem um lindo confessionário entalhado na madeira, pequeno numa peça só, para atender confissões de padres e freiras.

Vem a ela uma vaga memória com que reconhece aquele lugar. Ele lhe apresenta o genuflexório para ajoelhar-se aos seus ouvidos frente a uma pequena cortina e assenta do lado de dentro. Abre a cortina, mas seus olhares vivenciam no cristalino, no calor do sangue, na gosma das bocas, o estado do amor. Tão naturalmente, reconhecem os amantes que são, que em ato está consumado. Ele se levanta de repente:

— Vá. Por favor. A irmã lhe espera.

Ela suspira profundamente e se recompõe para sair, mas volta-se para comunicar a ele o que acha que lhe deve:

— Estou salva! Aquela maldição que manchava minha roupa não acontece mais. Apenas meus peitos estão inchando e eu sinto que doem se tocados.

O Bispo puxa-a de volta e pede, já levando as mãos, com ânsia:

— Posso tocá-los?

Aflora-lhe o ardente desejo, abre os botões da blusa dela. Força para baixo a combinação e toca suavemente o bico de um peito com a melosa língua, enquanto acaricia com a mão o outro. Ela expõe sua vontade de se entregar mais. Ele entra com ela no quarto quase a carregando, deixa-a em cima da cama. Apenas com a batina levantada, esfrega-se nela até que diz:

— Por favor, não posso mais que isto. — E a enxota.

O Bispo quer muito chorar, por todas as fontes. Ela quer muito um quê que não sabe o que é. Sai, querendo ficar. Passa conturbada pela irmã Tereza, que a chama de volta:

— Você já vai? Ainda tenho que lhe apresentar o colégio.

Ela aceita acompanhá-la, absorta. Sua atenção só atualiza quando é mostrada a biblioteca:

— Não!

Seu desejo passa de ser penetrada a penetrar em todos os livros.

Corre os olhos nas estantes, irmã Tereza sorri e diz:

— Vamos. Terá muito tempo para ficar aqui.

Ela volta para casa, cai na cama. Dorme de uma vez e sonha que anda de bicicleta, que esta bicicleta sobe morro, desce voando, uma aventura que a leva até o mais alto grau de excitação. Igualzinho quando teve o primeiro encontro com o Bispo e esse último. "*Eu quero estar mais com este Tibério.*" Sofre.

Quanto ao Bispo, não desce para o jantar. Fica na janela até ver o sol mostrando raios compridos, passarinhos cantando e a brisa mais fria chegando. Não faz as orações do fim do dia. Permite-se zanzar como um pagão. Assim que lhe trazem o jarro de água quente para seu escalda pés, derrama-o no corpo, tentando lavar-se dos estilhaços da bomba que rebentou em seu peito: a fala de Madalena. "*Estou salva. Aquela maldição que manchava minha roupa não acontece mais.*" Ele começa a tremer e a bater os queixos. "*Será?*" Enrola-se na toalha, procura logo se recompor e deita. Teme resfriado. Encolhe-se em posição fetal, sente falta profunda da mãe, chora seu abandono até dormir. Sonha com um bode rasgando seu hábito no varal. Quando vai espantá-lo, esse avança contra ele, que o leva ao chão. É quando acorda. Está no horário religioso, todos de pé para entoar o Ofício. Ele é o chefe desse rebanho, procura essa consciência. Lança-se nos trabalhos, faz um bispo muito empenhado na edificação de sua diocese.

Quarto de costura

A avó assume a lista do enxoval de Madalena. Dá-se empregada no próprio viver. As peças de tecido em algodão, linho e seda que estocou, por anos, nas passagens periódicas do Mascate, revelam agora o valor de existirem.

Madalena é chamada ao quarto de costura para a avó tomar-lhe as medidas. Vai com o coração disparado por medo de não entender suas sempre proverbiais comunicações. Fica sem respirar com o toque da avó em seu corpo. Intimidade súbita. Acanhada, vai entendendo que é para levantar os braços para a avó circular a fita métrica bem à altura do mamá, parte brotada e bem intumescida. Por um leve toque nos ombros, vira para ser medida de clavícula a clavícula. Meia-volta, volver. Altura do corpinho, do ombro à cintura. A avó vai anotando na caderneta a fileira de números, enquanto pensa: "*essa menina virou uma bruaca*". Quando mede cintura, seu atilamento é insultado, porém, desconjura: "da minha rama e no meu nariz? Tô caçando é chifre na cabeça de cavalo". Mede os quadris e cisma, mas põe sua cabeça a se desenganar: "*O tambor é barulhento, por dentro só tem vento*". Mas a irritação insiste e ela quer aplacar as evidências, ludibriando-se: "*Isto é lombriga. Vou arranjar uma erva de santa-maria com rapadura e boleira para ela. Deixe estar. Quem sua vida complica, seus cuidados multiplica. Pois vou também alargar seus vestidos e descer-lhes a bainha*". Enfurece-se com as insistentes suspeitas, tira o lenço que diariamente traz prendendo seus cabelos, decide que seja uma coceira e delibera:

"*Arruma-me lá. Quem não quer ver estrela que não olhe para o céu*". Por fim, manda às favas: "*quer saber, bisneto nem é parente. Tomara eu ver*". Mas está irritada, a boca fica amarga. Pensa no seu rabo preso ser a razão para estar procurando chifre em cabeça de cavalo: "*o que tem a ver o cu com as calças*?" Melhor é quebrar o silêncio. Enrola a fita métrica e pergunta:

— Sabe, pelo menos, enfiar a linha na agulha?

Contorcendo envergonhada, rindo, responde com aceno de cabeça que não.

— Busque lá um vestido seu. Melhor, todos.

Madalena sai apressada e volta, num pé lá, pé cá. A avó pega um, solta as costuras laterais dele. Marca com ferro quente os lados, alinhava na beiradinha do pano. Remarca a bainha. Vira-se no tamborete para o lado de Madalena. Pega a agulha, o pedaço de linha, molha a ponta na boca, enfia no buraco, acerta ponta com ponta, molha o indicador na língua, dá o nó. Alinhava a barra. Entrega à Madalena com a instrução:

— Dois fios do avesso, do lado direito um só, para a bainha não ficar desmazelada. Quando fizer a roda toda da saia, fala para aprender a arrematar.

Enquanto Madalena faz uma, a avó deixa os outros vestidos no alinhavo.

Chega a vez de mudar os botões, alargando a cintura.

— Não sabe pregar um botão? Hum. Prepare a linha na agulha. Assim. Deixe o nó por dentro, o botão por fora. Vai e volta quatro vezes. O arremate eu ensino. Botão tem que dar laçada.

— Agora a casa do botão. Ponto caseado.

Nada volta para ser refeito. De agora em diante, é a lista do enxoval. Outro dia inteiro, ficam prontas as quatro saias sociais, pregueadas, feitas na casimira, e os aventais diários feitos na tricoline xadrez. No cós, fileira de três casas e três botões para darem folga ao crescimento do corpo, o que a avó prevê. "*Vai inchar com nitrito no feijão que, dizem, as freiras colocam para esfriar as pererecas em chama...*"

Escarnece e ri sozinha. Blusas sociais em cambraia de linho e as diárias em fustãozinho.

Para combinações e anáguas foi-se quase uma peça do morim.

Até aí se consome mais de uma semana. Madalena vê a lua crescer a cheia. Agora, com a janela aberta por onde a força do luar rouba o sono, cantarola. Só vai dormir quando a lua já é vista tombando. Vem diluindo sua excitação registrando o novo vocabulário encontrado na atual lida. Tem mais que carretel: canelinha, retrós, bobina, pedal, alinhavo, arremate etc. Põe em ordem alfabética nas folhas do caderno recuperadas, apagando lições de séries primárias.

Assim que toma o café, encontra a avó estendendo tecidos novos nos varais. Gostou mesmo dessa lista. Madalena chega perto, a avó faz saber que tem que molhar o pano antes de colocá-lo no molde, para tirar a goma, e assim encolher o que tiver de encolher.

Molde. Essa palavra entrará no caderno logo mais à noite.

Nesta tarde, as calcinhas são cortadas bem diferentes das que Madalena sempre teve, amarradas de fita. Mais moldes, pilhas de peças ainda por entender a que servem. Forros acolchoados nesse dia, pula para o outro dia, até que Madalena é empregada na fileira de botões. Sentindo-se bem mais à vontade com a avó, atreve indagar:

— Vovó, para que tanto botão?

— Prudências onde há ardências.

Madalena fica por entender. Continua enfiando agulha, dando nó, arrematando e cortando a linha. Outras peças de outro molde, outro tecido, lese, várias cores. A avó, o que faz é pedalar, pondo pano quente nas perguntas. As peças que vai empilhando ficam sem explicação, salvo como pregar colchetes. Mais uma semana de peças íntimas sem intimidades, guardadas pela avó.

Nova semana, abrem-se fardos. Varais cheios. Com o ferro de brasa passa pedaço medido. A avó dobra e redobra auréolas e lados, marcando a ferro a bainha. Tudo feito, leva para a máquina. Levanta o pé da agulha, acerta linha da agulha com linha da canelinha, puxa a correia no sentido de levantar o pedal e começa a costura reta no primeiro lençol.

A melodia da máquina faz cócega no interior de Madalena. Em intervalo para trocar de peça de pano, Madalena indaga:

— Pedalar eu vou aprender?

— Não! Não vai ser professora?

O tom soa a ironia. Sente uma dor feral traspassar-lhe o ventre. A falta de pai, mãe e divindade lhe estonteiam. Mas num pé só, tendo o outro preso na altura do joelho da outra perna, finca o cotovelo na ponta da mesa, mão no queixo e engrena-se na música da máquina de costura. Começa a rodar abraçada ao carretel, depois embarca na linha, passa pelo buraco da agulha, cruza com a linha da canelinha. De repente, *créc.*

A avó pragueja:

— Que encrenca dos enfogo! — Com uma raiva enrascada, pega a tesourinha e corta o bolo de linha que formou no avesso da costura. Madalena leva um susto que a tira do delírio. Acha melhor pensar que está devendo o café da tarde que pensar no sonho que acaba de ter nesta madorna.

Por fim, o dia se encerra com losna do quintal para esfriar o fígado da avó e folha de santa-maria para expulsar as lombrigas da neta.

Quem diz que Madalena consegue pegar no sono fácil, agora na cama? O que faz é tentar juntar peças e alinhavar, na cabeça, o sonho que teve no cochilo na beira da máquina de costura da avó. Tão nítido! Resolve escrever a revelação onírica, sentindo em sua pele o amor vivido por sua avó e Simão.

Na tarde desse outro dia, deixou de saber. Madalena se instala na mesma posição na beira da máquina. A avó dá a partida com a mão na roda, Madalena logo engancha na correia da máquina e gira. A avó sente o pedal pesado. Para. Levanta para pegar, na prateleira, uma lata verde pequena que tem um bico fino e comprido. A avó tira a tampa vermelha dele e pinga em vários orifícios o óleo de cheiro peculiar.

Madalena se vê embebida nessas gotas, se faz leve na música, pedala e roda.

Chega num ponto que a perna Pererê se dobra, a cabeça se solta da mão. Madalena enxuga a baba que de sua boca escapole. Tonta e com enjoo, quer correr para a janela.

A avó desconjura:

— Que soneira é esta, ô, bruaca?

— Aqui crença **no que acorda**[14] — diz o tio, chegando com o bule de café e três canecas.

Madalena ri sem graça e apresenta a resposta:

— Aqui = cá; crença = fé. Fácil, café.

E encabulada com o sonho que teve, novamente pergunta:

— Nosso povo teve vó com nome de Danu?

— Lenda.

Mas aquilo não lhe sai da cabeça. De noite, na cama, relembra todo sonho que considera revelação. Faz a ponta no lápis e pega o caderno que ainda tem páginas em branco. Anota que mergulhava numa profundeza pelo buraco da agulha, agarrada à linha do carretel. Após cruzar com a linha da canelinha, subiu deixando pontos no pano, fazendo a estrada que a levaria para dentro do baú. Numa volta, ficou dentro da bobina, redonda e brilhante, refletida em passado, presente e futuro. Ali, um ser se revelou com nome Danu. Deixou saber à Madalena que ela, Madalena, iniciará uma nova geração. Dito mesmo foi só isso e isso bastou para Madalena tirar da cabeça agora e pôr no papel que seu avô é o doutor Simão, o doutor Farmacêutico. "*Cruz em credo! Mas é a pura verdade. É tão crível o que sonhei!*"

Nesse outro dia a rotina se estabelece, após arrumar a cozinha de almoço. Solta um suspiro depois do vacilo com os joelhos e acorda. Olha atônita para a avó que está absorta ao ofício da costura, como só sabe estar. Madalena exclama:

— Nó! Dormi em pé.

A avó fala:

— Cama que é lugar quente.

Sem graça, responde:

— Não, vó.

Madalena não sabe se passando por esta madorna sonhou ou se de fato viu uma linda colcha de retalhos.

A avó lhe surpreende:

— Aqui ainda demora. Se quiser serviço, pega aquele saco de retalhos ali e pensa numa colcha.

Madalena entende a premonição. Separa por cores e estampas. Tesoura, agulha, linha, e, na outra ponta da mesa, sabe que vai fazer o que anteviu pronto.

— Vovó, nós viemos dos pretos, dos índios ou dos hi's? — Sendo que esses tais hi's são os brancos que descenderam do irlandês que apareceu por lá com a saudação *Hi*, recebendo, por isto, dos habitantes encontrados, o nome de Raimundo.

— Osso de todo mundo é da mesma cor. Arranja-me lá.

— Ui. — Fura o dedo na agulha. A avó se assusta e proverbia, apresentando-lhe o dedal:

— Costureira sem dedal, coze pouco e mal.

— Estava distraída pensando na primeira avó branquela, na avó escura da cor da dindinha Zefina e na que nem índio igual a senhora. O avô da senhora é o mesmo da dindinha Zefina. De qual banda?

— Enterre os mortos. Faça a colcha do seu gosto. — Responde, junta o pano que está na máquina, corta a linha, cata os chinelos e sai do tamborete num batuque, a cantar:

Muriquinho piquinino ô parente na cacunda
Purugunta adonde vai, ô parente, pro quilombo lá dos Dunga.

Vai para o terreiro a tirar os panos de molho. Enquanto isso, Madalena arruma o almoço pensando em tudo.

A avó sobe, pega o prato, silêncio mortal.

Mas como silêncio irrita o diabo, a porta da rua quebra-o com seu chiado. Entra, batendo o tamanco no assoalho, Alzira.

— Êta, não falo mal dessa casa!

— Às horas de comer, sempre o diabo traz mais um. Brincadeira, pegue o prato. — É Vando quem fala.

— Agradeço. Já defendi o meu.

Donana põe o prato no aterro, pega a caneca, enche-a da água do pote e vai para a janela cuspir o bochecho.

— Donana, trouxe outra batina do Ni para ver se a senhora pode fazer aquela carreira de casas nessa, para mim.

Ao que responde:

— Deu com os burros n'água. — Sai para o quarto de costura e Alzira acompanha-a, falando:

— Tô num mato sem cachorro, então!

— Se puder esperar...

— Ele lá tem pressa nada. A pressa dele é ir à costureira. — Gargalha.

— Pois, arrume por lá. Olhe onde amarrei minha égua. — Mostra as peças empilhadas sobre a canastra.

Alzira abisma revirando as peças.

Madalena entra com duas xícaras de café e flagra a avó mostrando:

— Os porta-seios estão prontos. Foram pedidos cinco.

Madalena se assusta, pois não os vira antes. Foram feitos em surdina, por ser peça íntima. Ficaram muito lindos. Feitos da lese azul, amarela, branca, bege e cor-de-rosa. Recortados bem redondinhos, maior do que a manequim, para acompanharem seu crescimento. Agora entende os colchetes pregados em três fileiras para ceder ao afrouxamento. Bem pespontados, com forro acolchoado. Madalena sente emoção. Alzira olha os seios inchados de Madalena e brinca:

— Já pode usá-los. Senão começa a bater sino. — E balança os próprios seios, mostrando como é bater sino.

A avó, nervosa com a intimidade da visita, espanta Madalena:

— Já bota isso na sua caixa.

Madalena deixa um deles debaixo do travesseiro, para provar às escondidas, à noite, escondida de si mesma. Volta curiosa por mais apresentações. Alzira está pegando a pilha das tais quarenta toalhinhas higiênicas que consta na lista.

— Isso tudo?

— Melhor ter do que faltar.

Pergunta, na bucha, para Madalena:

— Você já regula?

— De que maneira?

— Já descobriu a América? Você não tem sangue de mês? Sangue, ó, que sai daqui. — Bate no próprio corpo em meio às pernas.

— Tive, mas sarei.

— Como?

— Benção do Bispo.

Alzira explode uma risada. A avó sorri desconcertada e manda Madalena ir recolher os tecidos que já deviam estar secos no varal. Sai do quarto querendo despachar a visita, mas, desorientadas, vão até a cozinha. Donana atiça a lenha, faíscas explodem e na consciência de ambas clareia repúdio. Alzira tem o repente de dizer:

— Dê lá a batina de volta.

A caminho de casa rasga a batina, metendo-a no meio das lenhas de seu fogão, assim que chega. Chora o resto do dia, desconjurando o abuso da inocência no mundo.

A avó experimenta remorso por ter se fechado tanto em si mesma. O dito "quem aos seus não olha, dá ao demo" apoquenta sua consciência. Apenas Madalena apressa-se feliz a completar a colcha antes de ir para o internato. De vez em quando experimenta em sua espinha certo delírio, contrário ao que vinha sofrendo desde a transferência da casa da mãe para a casa da avó, a falta da escola, a puberdade. O nebuloso sangue, a confissão com o Bispo e, finalmente, a suspensão das regras.

Mas à noite não tem jeito... Lua míngua, cresce, e a vontade de estar de novo com o Bispo fornica.

De volta para o quarto de costura, encontra a avó com uma caixa aberta cheia de meadas e novelos de linhas, em cores *dégradé*, matizadas, presas por um anel de papel preto escrito em dourado.

— Sabe fazer um ponto-atrás? Ponto-cruz nem pensar, né? Saiba que vai ter que marcar as peças do enxoval, tudo, com seu nome. Pegue uma peça qualquer aí. Escreva, numa beirada, seu nome a lápis — intima a avó.

— Hum. O nome todo?

— Ponha seu primeiro nome e a inicial do sobrenome.

— Quem escolheu meu nome, vovó?

— Nome a gente traz na data do nascimento — diz, e aponta para a folhinha, amarelada, pregada na porta. Madalena vai conferir:

— Mas meu nome aqui na data que nasci é outro.

— Sua mãe é como eu. Respeita ditame, não. Tirou esse nome de cantoria, é o que ela sabe fazer...

— Hum.

Madalena está muito encantada com as linhas. Escuta o que diz a avó:

— Agora é achar o fio da meada. — E diz de si para si: *"Perder é fácil."*

Já bordando, íntima que se julga, questiona:

— Vovó, com quem mamãe aprendeu a cantar?

— Com a vó dela.

— Não vejo a senhora cantarolar...

— Quem canta de graça é galo — ri.

— É errado a formiga bater a porta na cara da cigarra.

— É. De que serve, então, ter ferrão?

— "Prateia a serra, tudo prateia..." Que mais, vovó?

A avó aceita completar as lacunas onde Madalena vacila. Vão puxando os versos como puxa a linha a agulha. O tio escuta e se achega até a porta do quarto, onde fica com a mão segurando o portal com seu sorriso brejeiro, até elas terminarem todos os versos da canção. Após respirar o bom ar reinante, solta a charada proposital:

— No começo dos lucros, a atmosfera **desponta na serra**.[15]

— Lu-ar. — Madalena decifra.

O padrinho aplaude a rápida resolução e abre a janela lateral.

Quando olham, uma enorme lua aparece. A avó levanta a cabeça, tira o pano com que sempre a esconde e deixa à mostra os olhos. Madalena encara-os. Olhos gateados, pele jambo, salta-lhe indígena, galego, em suma beleza. Corpo sem nenhum excesso em vestido talhado à feição, aberto à frente, bolsos e gola. Cabelo ondulado cortado por ela mesma, rente aos ombros, tendo um frizete elevando o topete de lado. Oculta, silenciosa, bonita. O verso da música é encenado e trinado:

"Vendo a lua, sorrateiro, ergue a mão, tira o chapéu."

A cena se desfaz ali, guardada no coração.

Na leve janta, Madalena ousa, mas mal aclama "Vovó", Donana leva a caneca à boca para o bochecho, após resmungar: "A rã subiu na pedrinha, quer ver Calcutá." Sai.

Cá-cá-cá-cá, até Vando soltar a charada da vez:

— Um pouco digna de dó, sem dó de quem faz doce, **é que nem mula piada.**[16]

— Bem difícil essa, padrinho.

— Essa é. Mas veja: Digna de dó é coitada; quem faz doce é doceira; sem dó é ceira. Então, coiceira.

— Mas vem amansando... — Madalena garante.

Visita

Janela aberta, lua entrando, Madalena faz contato íntimo com as mudanças pelas quais está passando. "Mulher ter peito, ela ser mulher" é a constatação d'agora. Sente arrepio. Veste o porta-seios. Vem-lhe um querer mostrar para o Bispo, tudo, até as peças íntimas.

Descobre em si uma moça, sem saber que já é uma mulher, gestando para ser mãe. Esta mulher carece deste Bispo fora da batina, neste momento. Fica inquieta. Quando vai pegar no sono, uma questão lhe assalta: "*Mas todas as mulheres têm esse sangue e recebem dele esta absolvição? Não!*" Levanta-se atacada por uma lança de ciúmes. Quando pensa em rezar, renega. "*Ainda bem que meu tio despachou a catequista numa boa hora. Ele diz que ela fez uma cara de três olhos, esconjurou e foi-se embora. Já usei de tudo que aprendi no catecismo até minha absolvição. Chega. O canto, as boas palavras, sustentarão minha fé. Decorei e dei na ponta da língua a arguição dos Dez Mandamentos que se encerram em dois, o quanto basta. O tanto de não, não, não, serviu pra ela me escorraçar.*" Só se acalma indo pé ante pé para o quarto de costura, fechado só por uma tramela. Tira, como que roubando, peças prontas a serem marcadas com bordado. Pega lamparina, pois energia elétrica tem só até às dez horas. Até se cansar, ponto atrás e ponto cheio trazem-lhe sono. Anseia por experimentar outros pontos de bordado. Logo cedo, busca aprender os matizes. Poucas aulas. Tira riscos.

Depois, com carbono por cima das viras dos viróis e fronhas, risca, borda em azul, rosa, verde e amarelo.

— Vovó, gostaria de fazer a volta toda de minhas camisolas com essas guirlandas, nas cores vermelho e branco, mas o risco é muito grande.

— Grandes riscos, grandes feitos.

Madalena teve que rir sem som. Ainda provocou:

— Dará tempo?

— De grão em grão a galinha enche o papo.

Baú fechado que só vai ser aberto depois, já no colégio. Pede ao tio que o leve até o paiol. Enxoval completo. Como foi bom fazê-lo. Ajeita com capricho um canto para guardá-lo, tendo que afastar um pacote embrulhado com papel manilha, ainda não vasculhado, das coisas que vieram parar ali, deixadas pela mãe. Quando vai ver, são cadernos em branco. Tudo de bom neste momento. Em ordem alfabética ali mesmo faz os registros dos verbos e substantivos brotados a partir de uma lista de enxoval: bordar, costurar, pedalar, alinhavar, casear, embainhar, cerzir, arrematar... Carretéis, bobinas, linhas, retrós, agulhas... Mais que isso, agora será emendar os retalhos, formando a colcha que irá rebuçá-la. E de seu tempo tirará momento para escrever as revelações dos sonhos que tomam lugar na sua cabeça antes que esvaeçam.

Como pode ter um sonho assim tão completo! Picado. Um dia sonha uma parte. Noutro dia, outra. Sempre a mesma impressão de alguém em manifestações diferentes. Tem vez que aparece uma senhora gordinha, chapéu pontudo na cabeça. Que, também, é em cachoeira. Ou uma gruta por onde corre toda água que transpassa esse nosso povoado e nossa gente, por dentro e por fora. Que quando acorda é o som das águas. "*Entender não entendo, mas me implico.*"

Ao levantar, vai cedo para a costura. Como dormiu tarde da noite, o cochilo vem antes do almoço.

Embalada na máquina que a avó pedala, sonha: o buraco da agulha é a boca de uma cobra onde a linha se enrosca na bobina e sai do buraco da agulha e atravessa em meio à água, borda o lago, despenca em cachoeiras, volta a rodopiar, em cores bordando o chapéu da cabeça de Danu e da sua, que é a mesma pessoa em espelho de cristal, sentadas sobre a pedra da margem, mergulham, sobem. Madalena percebe a cobra, avexa-se em medo e não olha para Danu, que ordena em um bafo quente:

— Vem saudar sua hospedeira. Ou vais fingir que não a conheces? Vives viajando dentro dela.

A cobra circula as duas. A respiração de Madalena sofre um colapso.

Danu acode:

— Assim afogarás. Terás que manter a respiração no ritmo constante, aconteça o que acontecer. Aí sucederás do zero.

Madalena obedece, fecha os olhos e, suspensa, sente, com prazer, a cobra engolindo-a, de baixo até o topo da cabeça, exalando em arco-íris sobre a cachoeira que altera seu cantar. O prazer de Madalena transmuta-se em medo novamente. Danu doutrina: Retoma-te. Quantas vezes falhares.

Madalena vê a terra de novo sob seus pés e os barulhos revelam-se sendo os de dentro do quarto de costura.

Nem está mais ansiosa para que chegue o dia de ir para o colégio. Calma. Quer encher o caderno e completar a colcha. História de Abecedê. História de seu povo, regredindo até arrematar com o nó no retalho que é seu. Deixar o caderno sem autoria na encantadora biblioteca do colégio e ter uma colcha com que se rebuçar em paz. Verdades ou não, no caderno estão as histórias captadas e a colcha é como sai.

— Tio, na horta está tendo quiabo no ponto de panha já? Não aguento de vontade de comer quiabo.

Outro dia:

— Padrinho, faz um tanto de tempero pra mim que eu não estou aguentando de enjoo do cheiro na hora de cascar alho.

— Começa emprestar o que serve para lavar vasilha e entrega **quem sente enjoo**.[17]

— Nessa eu boiei. O senhor está falando de quê? — Dentro de si decifra a charada: "começa emprestar" = em; "serve para lavar" = bucha; "entrega" = dá. *"Embuchada. Eu, hein?"*

Outro tormento, de enjoar, assunta sua natureza, mas ela decide: *"Pra isso eu não vou rezar. Eu não sei se ele é bom ou do mal — o desejo de estar com o Bispo."*

Vando enche o balaio dos gravetos para o dia seguinte. Madalena, enterrando o tição no borralho para guardar o fogo, pergunta:

— Padrinho, o que é amar?

— Assim sem sim, onde Jesus não afundou, **é o Mandamento.**[18]

Madalena vai descendo terreiro abaixo, comentando com seu cachorrinho:

— Entendeu, Mazurca? Amar.

Senta num degrau e fica olhando para onde a vista alcança o quarto do Bispo. Ali fica tempo que dá para esquentar a cabeça.

O Bispo participou de terço, ladainha, ofício. Tomou sopa em seus aposentos... Pôs seu camisolão, viu o céu estrelado sendo coberto de nuvens fazendo escuridão. Acende o lampião, que já passa das dez.

Nessa hora, aquela luz ataca Madalena num acesso de fogo.

— Eu tenho que ir lá. São Longuinho, cegai! Única estrela que vejo, dai-me tudo que eu desejo. Mazurca, Mazurca.

Ainda bem que não chove, uma única estrela a acompanha nas brechas de nuvens. Mazurca encafifa, mas a acompanha. Passam capoeira, pinguela, brejo, adentram a horta, até o pé da escada.

Só ela sobe, está dentro do quarto do Bispo. Puxa o alvo lençol que o cobre e vê levantar um fantasma de camisolão branco. Esse, em susto, tapa-lhe a boca:

— Psiu! — E foi lhe dando o que pedira à estrela.

Ela volta pra casa no mesmo passo, procura pela estrela e pela respiração. Pisa leve quebrando quiabos da horta que mal haviam perdido a flor. Come-os com vontade. A baba é o único álibi de não ter sido sonho.

NATAL

Madalena só dá fé que é Natal quando acorda com a porteira batendo e ouve um tropel de cavalos. Identifica nas conversas os irmãos da avó amarrando os cavalos no cepo certo para isso no quintal. Cada um vindo de onde mora, mas a chegada é sempre na mesma hora. Riem nos cumprimentos, sem respeito à madrugada. Aí que Madalena ouve o som que vem da igreja. Acompanha a missa da meia noite. Ouve o Bispo falar em sermão, mas não quer entender. Prefere pensar no encontro que se deu, no prazer que sentiu e na saudade que experimenta. O céu está estrelado, isso ela encara, até que voltam os irmãos de Donana, Amâncio, Naninho e Bizé. Entram pela porta da cozinha que a avó prontamente sai da cama para abrir. O tio também passa pelo corredor. Madalena acompanha os movimentos e as falas. A avó abre o forno da fornalha e o cheiro de leitão assado exala. Risadagem. A fala do tio Amâncio lhe chega:

— Ocê é osso duro de roer, pois não é, Donana? Nem no Natal aparece numa igreja.

— Pois estou farta e minha taça transborda. Quem tem olhos que o veja. — Mostra o garrafão do vinho da safra da jabuticaba.

Eles riem com vontade.

— Mas a ceia é sagrada — diz Naninho.

— Há que servir às boas-vindas — diz Donana.

— Mas se não é pelo nascimento do Maioral, babau. — Tira o chapéu, eleva-o e exclama: — Glória a Deus nas alturas!

Os demais tiram o chapéu e respondem:

— E paz na terra aos homens por Ele amados!

Todos colocam os chapéus no cabide do corredor e voltam aos tamboretes. Bizé, o simplório entre os três, repete o final das falas, como um eco ou um repeteco.

A avó tira da prateleira os embrulhos no papel manilha e entrega a cada um o seu. Abrem a alfaiatada camisa.

— Mas que presentão, mana? Quê que deu em você?

— Revirei o quarto e desentulhei esses panos.

Amâncio se levanta e vai ao alforje que deixou encostado no chão da cozinha para descansar o cavalo e tira pepinos e milho verde para ofertar:

— Os primeiros, mana. Já deixei um tantinho desses no presépio da igreja. Já vou deixar o milho assando no borralho.

Pega do outro lado do alforje uma melancia que entrega para Vando, dizendo:

— Fiquei vigiando essa amadurecer para trazer pr'ocê.

— <u>O cabrito berra</u>, <u>a ovelha tem</u> e o <u>resumo da companhia</u> é **<u>meu presente</u>**.[19]

— E a fruta de Vanda sempre foi a manga. As primeiras que amadureciam. Cadê a bichinha? Trouxe e vou dar para ela.

Nisso, Madalena pula da cama e aparece na cozinha.

— Bença, tio. Bença, tio. Bença, tio.

— Toma. O Papai Noel de sua mãe fica para você.

Ela mete os dentes naquelas perfumadas mangas, com tanto gosto que os fazem rir. Depois o tio pega uma abóbora madura e entrega-lhe também, dizendo:

— Depois cê tira as sementes, põe na chapa pra torrar e come pra acabar com as lombrigas.

Todos riem. Padrinho Vando oferece-lhe um pedaço da carne, mas Madalena agradece e volta pra cama, meio judiada, mas acostumada com troças que sempre os mais velhos fazem aos mais novos, além de irada com o jeito com que esse tio a olhou.

Chega a vez de Naninho abrir seu alforje. Vai dizendo: "depois de velho, gaiteiro". E entrega o presente a um por um. Ficaram bestas de ver a perfeição da gaita feita de madeira.

— Rapaz, rapaz! Cê né desse mundo, filho duma boa senhora!

Põem-se a testá-la. Até Donana tira seus acordes. Bizé, com a dele no bolso da camisa, permanece a repetir a última palavra das conversas, de pernas cruzadas, a de cima balançando, ganhando tapinha de compasso.

Vando corre para pegar o violão e o bandolim, mantidos no quarto de fora. O bandolim Donana tem de presente do falecido marido, tendo aprendido a tocar duas músicas e só. Vanda bem o dedilhou. O violão foi comprado na esperança que Vando aprendesse, o que nunca o interessou. Mais uma rodada do vinho, cantam. Duetam aquilo tudo: "A Sempre Viva… Roxa Florzinha do Prado… Quando ela partiu, só a dor deixou, solidão..."

Vem o solo de Donana ao bandolim, o de sempre: Saudade de Matão e Saudades da Minha Terra. Depois, num lamento em três vozes: *"Faz um ano que ela foi e não voltou…"* Por fim, a que sempre fecha o sarau, porque lhes fecha também a garganta: *"Eu vou contar pra vocês o que na vida eu passei…"* Madalena cisma: *"Estou sabendo. As histórias que sonho são lembranças legadas. Nada fica escondido, a vida é eterna, acabo de crer. Esses quatro irmãos ficaram órfãos de pai. Outro homem apareceu e levou a mãe consigo, deixando-os sozinhos. Deve ser por isso que repetem essa canção, engasgados, sempre. Minha mãe repetiu esta história melhorada. Um homem a levou, mas ela carregou junto os filhos homens. Eu fiquei com minha avó sob pretexto de que guardasse minha honra. Está guardada? 'Quem o seu não vê, dá ao demo.' Mas dos sonhos com Danu ficou que minha história é zerar — ela é o número sete. Tal retalho ainda não achei, pois me falta saber qual é o da minha avó. Onde encaixa o doutor Farmacêutico."* O silêncio que o trote dos cavalos vai deixando dá entrada a palavras inquietantes: amor, solidão, abandono, paixão... Perfídia, dor silente, ilusão. Dói em Madalena o sentido do amor que abstrai das cantorias: "*amar é sentir vontade de sabe-se lá o quê, é a dor numa parte da gente que o ar não penetra pra aliviar*".

Pensa no baú, tudo tão lindo, engomado, anilado... O medo a abraça. Arrepia ao pensar no Bispo dentro do colégio, tanta gente que não conhece... "*Como vai ser deixar a avó? Cadê a dindinha Zefina para essas horas? Mazurca nada acrescentou além de mim.*"

Sem dormir, chora o que dá para encher o mundo.

Amigos. Amiga. Amizade. A palavra que acende é o que lhe vem em falta. "*Se pelo menos eu tivesse amigas, muitas, poucas, uma...*", pensa e chora.

Enfim, levanta decidida a procurar Duda.

— Duda?

— Mãe, olha quem tá aqui.

— Bença, tia!

— Espia! Resolveu procurar os pobres.

— Não fale isso, tia Iracema, que amizade é a maior riqueza que eu posso ter. — Desanda a chorar.

Abraça Duda e ambas choram. O avô de Duda chega, põe o balaio no chão e despista a situação mostrando a quantidade de manga madura, das mais gostosas e cheirosas. Madalena come em soluços. A coisa não está para rir. Restaurar a amizade foi uma fiança. De volta, Duda a acompanha até a calçada da igreja velha quando combinam de escrever cartas uma para outra. Madalena retorna, pelo menos vislumbrando a possibilidade de fazer amizades no colégio. Consegue imaginar aquela escola cheia de moças conversando, rindo, cantando, brincando, estudando, amigas para sempre... Melhora sua alma, seu coração, sua respiração, sua confiança.

Quando Duda entra em casa de volta, a avó lhe pergunta:

— Madalena comentou alguma coisa? No choro dela tem amargura.

— Falou não.

O avô interferiu:

— Vai ver que está com dó de deixar a avó sozinha. Devia ficar mesmo em casa pra ajudá-la.

— Tomara eu ver! Homem quer ver mulher é só com o umbigo no fogão, né? — reagiu a avó. — Se eu pudesse, estudaria pelo menos Duda, pois a última leva de professora leiga vai ser esta de Assunção, que já, já perderá a vaga para as normalistas.

— Cadê a madrinha dela, a Zefina? Tem que dar um jeito de mandar recado pra vir acudir essa menina que está sofrendo, mas quem vai lá naquela grota?

— Sofrendo agora. Estará nos humilhando daqui a pouco — diz Iracema.

Passam dois dias, chega Duda entregando duas caixetas de goiabada cascão, dizendo que é para Madalena pôr no baú. Que presentão! Conta para Madalena que a mãe fez uns vinte quilos e o pai construiu as caixetas, sob encomenda de um fazendeiro, para as três filhas dele levarem para o colégio.

Esse doce adoçou bem a vida de Madalena. As duas foram para o quintal, onde Duda pôde perguntar o que estava deixando-a avexada.

— Ô, amiga, nem sei contar. Só de você estar comigo... é disso que eu preciso. É como canta vovó com os tios: "*como definir o que eu só sei sentir...*" Mas uma coisa me incomoda, que minha mãe e minha avó já sentem o mesmo: por que não vai você, aquelas meninas todas do nosso grupo escolar para lá, continuarem os estudos? — Chora.

— Boba, você mereceu! No mais é pra quem pode.

Chega o domingo e em todo domingo a avó faz o jardim. Madalena vai para perto dela. A avó está podando o alecrim e explica:

— Alecrim cura dor no peito, abafamento. Mas ir-se embora não é o que você quer?

Quase a chorar, pega um galho, esfrega-o nas mãos e leva o sumo ao peito. A avó continua limpando folhas velhas das dálias e outros cuidados aos canteiros. Madalena ajoelha, põe-se a afofar a terra e chegá-la nos pés das plantas. Assim vai se aliviando um pouco desse tormento que a acomete e que ela não sabe definir. Pela cerca de bambu que separa o jardim da rua dá para ver o tio sentado no toco. Sobe vontade de ir lá e se abrir com ele para entenderem o que se passa, mas já o imagina ficar bem vermelho e soltar uma charada para o resultado "perdida", mais ou menos assim: Quase perto do fim da mordida, **nada encontra**.[20] Mas não admite a brincadeira. "*E se eu fosse confessar ao Bispo?*" — pensa. "*Se eu fosse falar ao meu avô?*" Pergunta, e ela mesma responde: "*Que avô que nada! Eu não tenho ninguém, eu sou só. E de onde que eu tirei isso que o doutor Farmacêutico é meu avô? Mas a vontade, que eu não posso negar, é de ir falar com o Bispo. Eu posso dizer a ele que não está certo escola só para ricos se o dinheiro e o empenho de toda obra foram de todos.*"

Chora tanto que vai ao fundo do poço. No fundo do poço abre-se uma sala onde lhe aparece a tal avó das antigas. Esta, após dar-lhe uma calma de sono, deixa-a dormir para assim falar-lhe em sonho.

— Está ruim o quê?

— A falta de pai, de irmãos, de mãe, de família, de amigos. E a falta de quem me defenda naquilo que eu penso. Estou com vergonha de ser diferente. Quero eu igual a todos e todas iguais a mim.

— Vai esperando! Vai esperando. Aconteceu comigo e eu tive que me buscar, saber onde eu estava e me pôr do meu lado. Assim não me deixei ser queimada na fogueira em corpo e alma. Daí gerei um filho. Tu buscaste na fonte da volúpia achando que enganava a castidade. Agora, quem vai parir és tu.

Madalena diz brava:

— Por isso me trata na segunda pessoa?

— A letra de fêmea serve para amarrar **quando basta de dormir**.[21] Madalena decifra que é "Acorda", mas entende é nada ao ver-se de joelhos, no fundo do quintal, sendo acordada pelo tio na hora que o alto-falante da igreja solta o último verso do Ângelus.

O tio ri e Madalena o acompanha para dentro de casa, quando vê que já jantaram, empilharam as vasilhas sujas na gamela e salvaram seu tanto no coité no calor da fornalha.

CINZAS

Carnaval para a agenda desse lugar sempre foi um período que antecede a quaresma, simplesmente. Ninguém dança a mais nem canta a menos. Padre Ni intimida seus fiéis com cinzas na testa: "Tu és pó e em pó tu hás de tornar." Na catedral entoam o mesmo rito, porém num tom brando que esse povo nem supunha que pudesse ter.

Na casa de Donana o movimento se dá com a chegada do irmão mais velho de Madalena, galopando um cavalo com Paulo na garupa e Lalico, não mais caçula, na cabeça da sela. Os três riem após apearem no terreiro. Não sabem abraçar, mas o vermelho na bochecha morena diz o quanto o coração está quente. Madalena, de mão dada a Lalico mais os dois, vai à presença da avó, que está socando a paçoca de amendoim no pilão, por tradição, pois, tendo rompido com a igreja, não atende ao jejum nem à abstinência de carne.

Saulo e Paulo pedem a bênção. Padrinho Vando também chega, levanta o casquete e os abençoa. O cheiro da rapadura com farinha de milho e amendoim torrado provoca uma fome em Madalena, que aproveita a pausa, enfia a mão e enche a boca num desejo intenso. Saulo dá logo o recado, anunciando com valentia, na voz de taquara rachada:

— Mamãe mandou avisar que ganhou mais um criado às ordens. — Madalena engasga, tosse e segura a barriga que estremece. Respira, respira e pergunta ao irmão, cuspindo farinha:

— Ele é também meu irmão?

— Claro, sua boba. Por parte de mãe.

A avó volta a pegar a mão do pilão e soca, soca. Diante do silêncio, para e pergunta:

— E como vão chamar o pagão, se não pode ser batizado?

— Pode. Um padre apareceu lá na Samora hoje, almoçou no Sô Miro e celebrou. Avisou que o Bispo passará por lá na Páscoa e vai ministrar tudo enquanto é sacramento. Então minha mãe nos disse que vai casar com o Sô Ciro e batizar o menino com nome de Vitório. Pediram pra apregoar. Já estão pensando numa festança.

A avó, que perdeu o jeito de mostrar amabilidade, quer vexar:

— É. Casando e andando.

Ninguém acha graça. Ela, irritada, ataca:

— Pegue os troços que ela deixou entulhando meu paiol.

— Sô Ciro disse que pode botar fogo. Não quer nada que ficou dela.

A avó mais exaspera e debocha:

— Já canta de galo!

— Ele até que é bom de tratamento, vó! Nós não podemos reclamar.

Faz-se um silêncio desconcertante. Madalena sente vontade de urinar, mas as pernas não querem se mexer. Muita fuzarca: os irmãos aparecem; a mãe ter outro filho; o casamento, o ciúme da avó; o Bispo ir à casa deles lá... Saulo faz um movimento para ir-se embora, mas o sino da igreja velha os surpreende com música fúnebre. Estacam-se por um minuto. Madalena corre para a privada. Do alto-falante soa: "Atenção, paroquianos. Cumprimos o doloroso dever de participar que acaba de entregar sua alma a Deus, nosso reverendíssimo vigário da Igreja Nossa Senhora Auxiliadora, padre Nivaldo..." Madalena volta e desanda a chorar. A avó, com um sorriso estranho, preso, pega uma colher da paçoca e enche a mão de Madalena. Faz o mesmo para os outros netos. Ali no terreiro comem, sentem a acolhida terna no gesto da avó, nunca dantes percebida. A avó se volta raspando a paçoca do pilão com uma colher de ferro e armazena-a em uma lata. Madalena vai engolindo o restinho do choro como o barulho de quem chupa cana. Entram para a cozinha. Lalico ata a mão com Madalena. A avó pega duas canecas com leite fervido na panela de angu e prepara a jacuba com a paçoca. Serve a todos. De novo, o toque do sino, a música fúnebre interrompida para o pesaroso comunicado do velório que acontecerá dentro da igreja velha. A avó malicia:

— De boi brabo, depois de morto, todo mundo segura o chifre.

Olham-se, avó e neta, liberando pesar do rosto, quase a sorrirem.

Ficam assim num clima de paz, quebrado com a saída repentina dos meninos.

Madalena vai para a cama com sono profundo, embalada nas emoções do dia. Não quer saber de velório. Donana muito menos. Os irmãos da avó, que vieram para as Cinzas, se distrairão na movimentação do velório.

No dia seguinte, Donana, da greta da janela, acompanha o enterro... Máquina de costura em silêncio. Sonda se vê Alzira. Nada. A última vez que a vira, foi acompanhando uns crentes que mudaram para Abecedê e arrebanharam uns e outros. Abriu a roda das saias e as encompridou, além de trazer os cabelos soltos nas costas. "*Pelo visto, Alzira desvestiu um santo pra vestir outro. Agora é Testemunha de Jeová. 'Cada Santo quer sua vela.' Isso deve ter levado o padre à morte.*" Pensa, e depois: "*Que Deus o tenha.*" Não volta às costuras. Madalena larga seus afazeres e acha uma greta no paiol por onde espiar. Enxerga a catequista dona Ção no cortejo. Ela e o sacristão controlam o povo que quer experimentar histeria e idolatria a quem não arriscou execrar. Não vê o Bispo, que celebrou a missa de corpo presente e deixou a quatro padres da diocese o desfecho do funeral. Rezam, balançam o turíbulo e aspergem água benta. As freiras respondem ao terço puxado pelo sacristão, agarradinhas umas às outras. Vê Nonô, o irmão do padre, olhando para um lado e outro com a cara mal-assombrada, dona Antoninha, a mãe, com o santo sorriso, e Etelvina, a acompanhante de dona Antônia de anos, com o lencinho embolado na mão a enxugar os olhos.

O caminho para o cemitério passa em frente à Casa da Ponte e o cortejo está ali. Nesse ponto não falta quem emita censura a quem tem coragem de não estar acompanhando, feito Donana e Madalena. Com a ausência da avó, o povo já se acostumou. Têm com eles que, desde que ficou viúva, se apaixonou de tal forma que se fechou para o mundo. Vive para o trabalho, costura para longe. Ninguém de sua terra tem acesso a seus produtos, que são do Mascate que lhe traz encomendas e retorna com as malas cheias. Só produz para homens. Tem ojeriza de costurar para mulheres, embora namore os manequins das revistas, sonhe com os modelos e estoque tecidos e acessórios. Fabrica casquetes de brim, calças, camisas e suspensórios com que o Seu Egídio Mascate negocia em outras freguesias. É esquecida em sua comunidade, mas o enterro do padre passando diante de suas janelas levanta essa poeira, poeira da rua. Censuram, também, Madalena, que agora entrou em evidência com as honrarias da bolsa de estudos para estudar no colégio de freiras que o Bispo trouxe para a cidade e que se inaugurará já depois do carnaval. Por eles, era para Madalena estar ali, mansinha. Dona Ção quer beliscá-la, como sempre fez nas aulas de catecismo. As freiras, que quase nada conhecem da comunidade, queriam tê-la visto. As mães acham-na desmerecida. Mas o que permeia o silêncio de avó e neta é o que proverbiam para esse momento: "entrou no ouvido, saiu no franzido". Unem-se no quarto de costura, as duas a desembolarem linha. Voltam com as meadas para a caixa, dobram os retalhos, enrolam os fardos. Nova ordem. Padre Ni está sendo enterrado. Varrem o quarto com sal grosso e vassoura de alecrim.

— A janta está pronta.

Donana não consegue impedir o dito, ao pegar o prato:

— "Deixa morrer quem morre, que quem fica ainda tem fome."

Na verdade, nenhuma das duas tem apetite. Não comem. Padre Ni remexe no estômago delas.

O tempo está quente, abafado. Saem a escaldar os pés no ribeirão, com a desculpa de lavarem os panos da limpeza do quarto de costura.

Ocorre-lhes lavarem sentimentos, cada uma com seu tanto. A avó levanta o corpo, ergue-se ao céu e diz:

— Que Deus o tenha... longe de mim.

Escutam barulho alterado da cachoeira. Madalena assusta e pergunta:

— A senhora também escutou?

A avó foge da água, dizendo:

— Sapo que salta, água não falta.

Madalena, vendo a quantidade de sapo pulando fora d'água, faz o mesmo. O barulho da cachoeira vai chegando mais perto.

— Deu cabeça d'água — a avó explica.

— Zerará... Zerará... Zerará... — As águas emitem esse som com bravura.

— Ouviu isto, vovó?

— Arrume-se lá. À morte e à sorte, ninguém foge. A morte a todos iguala. Tudo vira cinza.

— Esse, que Deus o tenha, variou a sorte de muita gente, não é mesmo, vovó?

Resolve por dar um forte mergulho e sai fora sentindo zerada. Ao sair, já vê a enchente chegando. Corre, fecha as janelas, assiste ao povo voltando apressado do cemitério e a ponte sendo suplantada por águas turvas. Constata em silêncio: *doutor Farmacêutico também não estava no enterro.*

A avó acende sua lamparina no fogão e sai para seu quarto, sem querer saber de janta. Vando, que espiava tudo assentado em seu toco, entra trazendo Sô Tião Cabeludo, a quem propôs que entrasse para se secar na fornalha antes de ir-se embora. Madalena vê ali um livro a pesquisar. Oferece a janta que comem, os três. Madalena, sentindo ânsia de ouvi-lo, propõe que, se o tio quiser ir dormir, ela ficará mais com o senhor. Houve silêncio. Ambos cochilaram, até ele dar um acorde na viola, abençoar e se arribar. Mas, na cama, Madalena escreve a história que praticamente abstraiu daquele livro, sem saber se é fato ou se passou por uma madorna e é sonhação. Porém, condiz com o que trama nos retalhos: seu avô é este farmacêutico. Conforme vem apurando, o marido de Donana adoeceu de morte e já tinham o filho Vando. O doutor Simão era o rapaz farmacêutico que ia em casa aplicar injeções. Padre Ni descobre o romance e está pronto para importunar os dois. Quando Vanda nasce, Donana já era viúva e o doutor já estava casado. Enfia agulha, puxa linha, ajusta o ponto, com a sensação das vezes que estava com o Bispo e o desejo de mais e mais era que nem. Assim vê o amor de Donana pelo Farmacêutico, a entrega, o delírio e o choque da desunião.

— Santo Deus! Eu não vou me cobrir com uma colcha assim.

Arranca todos os retalhos em que viu a intromissão do padre Ni na vida de sua família, desde a má sorte de sua avó com o amante por terem sido separados por maquinação dele, da mãe de não ter conhecido o verdadeiro pai e por ter de fugir de casa, deixando sua vida animada de professora e promotora de cultura para resignar-se a ir para roça com uma pessoa que nem conhecia. O pai não fora excomungado e pegou uma doença que o matou? Ela viver hoje sem mãe nem pai nem avô tem lastro com padre Ni!

— Fica aí a colcha com seus buracos!

Sai e queima todos os retalhos que completariam com a presença de padre Ni na vida dessa família e joga as cinzas na latrina.

— Às merdas.

Dias seguintes, Donana não vai para o quarto de costura. Fica em estado de luto, com seu passado remexido. Anda tirando mato do canteiro de alho plantado na Quarta-feira de Cinzas, chegando terra em seus brotos e outros quefazeres. Madalena, também enlutada, remexe em seus guardados, despedindo de tudo sem choro. Entra no paiol e fica horas sentada, com a mão na cara, controlando a ansiedade que a assola por esperar pela segunda-feira de começarem as aulas. Mazurca encostado nela.

Internato

Até que anoitece o domingo, desanda o choro, mas busca o ar e, no respirar, retoma seu poder. Olha o morro que sempre vê da janela de seu quarto e indaga se o verá da janela do quarto onde vai dormir. Deseja que sim — seria garantia de continuação de vida. Olha as nuvens grandes e brancas entre estrelas. Elas passarão, mas sempre terão outras. Pensa nos novos personagens que entram em sua história... O Bispo como um raio de luz que a fez brotar depois das tantas podas. O avô que se revela. O Deputado que lhe promoveu a vaga. "*Foi ou não foi caído do céu? Parece que tudo tem lastro. A gente é que emende os retalhos, rebuce com a colcha e se entregue ao sono.*" Dorme.

É dia, é hora, Madalena não quer nem saber: pede ao tio e ele sobe a rua com ela, levando sua caixa com o enxoval. Olha para trás e vê as asas dele a abraçarem a pesada bagagem nos ombros. Está com vontade de chorar. Pensa se Mazurca compreende que vai voltar com ele. Olha longe onde ficou a avó guardando seu luto. Não soube dela para se despedir. Lembra de Duda que voltou a sumir de suas vistas e chora de pesar. Zefina não está sabendo de nada, ou está?

— Padrinho, a dindinha tá sabendo?

— Vou lá contar.

Quando chega à porta, alegra-se com a porteira, irmã Vicência, baixinha, idosa e sorridente, recebendo outra aluna que chegou à frente. Esta aluna está com o pai e chora. A irmã confere o enxoval, seguindo a lista. Aprovado. Dá sinal ao pai e os conduz à sala da Madre

Superiora para as apresentações e acertos. Nesta abertura de porta, irmã Irani, que se posta ao lado da Superiora acompanhando tudo, reconhece a bolsista e as veias dela inflamam com vigor para escrachar. Toma a competência de irmã Vicência, que mantém um resignado sorriso, tentando não vexar a bolsista. Primeiro, cobra de Madalena a presença dos pais. Ela apresenta os papéis assinados, mas a chata exige a presença. Madalena sente uma vertigem e busca imediatamente profunda e lenta respiração. Quando se recompõe, vê que o tio assume uma postura mais que de um carregador de mala e coloca a pesada caixa de madeira muito bem lixada e encerada com cera de abelha sobre a mesa. Irmã Irani perde um pouco a panca. No mesmo momento aparece o Bispo na imensa porta de madeira com vidro que separa a sala de recepção do largo corredor. Madalena tem outra vertigem, recupera-se e imita a saudação que vê todos fazerem, que é reverência, pedido de benção e beijo no anel, porém, evitando seu olhar. Ele sai sem explicar a que veio. Irmã Irani volta à caixa, ainda pensando que o que encontraria lá dentro justificaria seu rigor disciplinar. Mas cada peça que abria desmontava seu preconceito. Larga tudo ali sem dizer uma palavra e sai pisando duro. Irmã Vicência conclui o atendimento com muita meiguice. Abre a grande porta e manda que ela aguarde sentada no tamborete perto da porta da Superiora até ser chamada. Madalena afaga Mazurca, despede-se do tio que pega o casquete, mete-o na cabeça e voltam para casa.

Madalena ouve choro. É a mocinha que sai lá de dentro, inconformada ao se separar dos pais. Quando vão saindo, a linda Madre Superiora, irmã Inês, alta, branquinha, com leve sotaque italiano, reconhece Madalena, a bolsista, e se alegra. Dá ótimas referências dela ao pai da novata, para que os pais sintam que a filha está em boa companhia. E busca entrosar as duas, confiando a Madalena o encargo de ser a companheira. São deixadas no pátio onde acontecerão os recreios. Conversam sobre nomes de irmãos, pais e sobre as empregadas que praticamente as criou. O nome da colega é Sauvelina.

— Eu nunca vi um nome como este. Eu tenho uma tia pelo lado do meu pai que se chama Salvina.

— É que meu pai se chama Saulo e minha mãe Jovelina — fala, e abre a boca a chorar. Madalena põe a mão em suas costas, sorrindo. Está achando tudo uma maravilha.

Um homem desce as escadas carregando a caixa de Sauvelina acompanhado de irmã Tereza. Elas os acompanham com os olhos e vê que entram por uma porta. Ele volta, desce de novo trazendo o baú de Madalena. Irmã Tereza chega à janela desse quarto e dá sinal para que elas entrem. A emoção das duas parece ser igual. Assim, elas conhecem o dormitório e decidem pelas camas e armários vizinhos. Irmã Tereza diz:

— Pronto. Podem arrumar suas coisas no armário e colocar a mala e baú vazios debaixo de suas camas. — E sai.

Elas fazem isso com risos e conversinhas. Até que uma sineta presa a uma porta desse andar térreo é tocada. Irmã Tereza dá sinal para que as duas se aproximem. Apresenta-lhes o refeitório em L. Um dos lados contém quatro mesas compridas e vinte tamboretes em cada uma, duas largas janelas que dão vista a um imenso pomar em formação. O outro lado é arrumado com três mesas e vinte cadeiras cada, que é para as três turmas do curso normal. A janela desta parte dá para uma horta com muitos canteiros já bem viçosos e para uma touceira de bambu à margem de um ribeirão. Madalena queda-se em suas águas. Sente sua umidade lhe percorrendo as entranhas até brilhar em seus olhos, no pacto de intimidade. "*Meu ribeirão está comigo*" — sente. Conclui a paisagem reconhecendo, distante, a colina de muitas árvores de espatódeas, coités, jaqueiras e o céu com suas horas. Está segura e em êxtase, o que irmã Tereza quebra:

— Esperamos receber este tanto de alunas ainda para este ano. Cada uma terá seu lugar de assentar aqui para o café, almoço e jantar.

Entram na cozinha. Uma alta cozinheira de avental e de lenço branco amarrado à cabeça sorri vermelha de timidez, enquanto preenche de comida dois jogos de seis grandes marmitas, uma para cada iguaria, e as enfiam nas alças. Lá encontram irmã Irani dando as ordens à cozinheira Dalva, que é apresentada à Sauvelina e diz que hoje poderá servir seu almoço ali nas panelas mesmo, até que tenham mais alunas para inaugurarem o refeitório. E para Madalena aponta as marmitas, dizendo:

— Antes de pegar seu prato, leve as marmitas aos refeitórios das irmãs e dos padres.

Sauvelina dá um prestativo passo, mas a irmã barra-lhe a ajuda, fazendo-se de simpática ao apresentar-lhe o prato para que se sirva. Constrangimento para lá, sai Madalena cumprindo feliz a ordem. Irmã Tereza acompanha-a para orientar as entregas:

— Suba aquela escada e toque a sineta que está no portal. Depois, volte aqui para buscar as outras marmitas e levar ao refeitório dos padres. Lá de cima eu mostro onde é.

Elas atravessam o pátio e sobem uma escada externa que leva ao segundo andar. Irmã Tereza toca um pequeno sino quando uma freira bem nova, magra e sorridente, menos bonita, de roupa bem branca com avental, abre a porta. Irmã Tereza a apresenta:

— Esta é irmã Otília, nossa copeira.

Madalena fala com alegria:

— Oi.

Irmã Tereza ensina com bondade:

— Você deve cumprimentar às freiras e aos padres assim: "Louvado Seja Nosso Senhor Jesus Cristo."

Madalena assim repete, e irmã Otília, também com bondoso sorriso, diz:

— Para sempre seja louvado.

Irmã Tereza mostra como entregar o jogo de marmitas dos padres:

— Para ir lá você caminha pela direita até aquele muro, abre aquele portão, atravessa o jardim até a porta da outra casa e toca onde encontrar a sineta. É a casa dos padres, a casa paroquial.

Tudo tão novo, cheirando a madeira, a tinta, a cera, a um mundo novo, totalmente. A emoção, a vida insonhável. Madalena se sente muito feliz cumprindo este mandado. Custa-lhe suportar a fome que lhe sobe, mas é a hora de viver o prazer em carregar a comida que o Bispo vai comer.

Ela sofre tonteira quando o frei abre a porta. Senta na soleira. O frei se preocupa. Ela quase desmaia, mas respira lentamente várias vezes, diz que está bem e sai.

Na mesa da refeição o frei comenta o ocorrido. Foi o mesmo que enfiar um espinho no coração do Bispo, mas ele cerra os dentes, segura o ar e não deixa nada transparecer. Engole a seco. Perde o apetite. Não faz a sesta dormindo — indigesto. Senta na cama e não sabe rezar. Quer justificar a si mesmo estar incomodado pelo fato de a bolsista estar sendo tratada como serviçal. Põe-se a andar no quarto preparando o sermão para a madre superiora. "*Madalena não está ali por caridade e sim por prêmio de merecimento.*" Mas teme que a intervenção demonstre seu particular com ela. Até o dia seguinte, não acalma. Na hora do almoço, aproxima-se da janela de seus aposentos no segundo andar que dá para o jardim. Fica esperando pela hora da entrega das marmitas. Até que vê a menina do alto, inteira. Sua mulher, é ela. Vista por ele, pela primeira vez, em terra. Como ela está bela! Ele fazia ideia dela bem mais menina. É uma mulher, cresceu. Os cabelos estão grandes e soltos. Inebriado, sonha em ir a seu encontro e abraçá-la. Acompanha-a subir as escadas, consegue ver seu sorriso feliz entregando as marmitas ao frei Inocêncio, que a recebe como a algo doutro mundo. Ele experimenta ciúmes. Toma um copo de água tentando se arrefecer. Persigna-se e benze-se. Quer ajoelhar, mas as pernas não dobram. Sai de arranco para almoçar. Faz-se solene e passa o dia muito bem, acha fácil relevar. Só na hora do almoço do outro dia é que não resiste a ignorar a aproximação da sua mulher. Desce e pede ao copeiro que deixe-o receber as marmitas, decididamente. Frei Inocêncio sobe para terminar de compor a mesa, envergonhado por pensar que o Bispo o condena por sentir alegria de receber a moça. Madalena leva tanto susto! Entrega as marmitas olhando nos olhos dele. As mãos se tocam. O sorriso dos dois é quente e úmido. Ela segura na barriga e senta na soleira da porta. O frei aparece e pergunta:

— Ela tonteou de novo?

Madalena sai correndo e o Bispo fica sem nada dizer.

Ao se retirarem para a sesta, porém, ele sussurra ao padre Henrique que sonde se está tendo ordem para a aluna premiada com a bolsa de estudo entregar as marmitas. Se há entendimento que ela deva prestar serviços e, se sim, que serviços seriam estes. "*Não que seja desonroso trabalhar, mas ela deve estar nas mesmas atividades das demais alunas*" — justifica.

Quem recebe esse encargo é frei Inocêncio. Sempre servil, o que mais transita na ala do internato, vai no instante do mandado. Passa por irmã Irani com Sauvelina, saídas do refeitório para outras bandas. Na cozinha, depara com Dalva, a cozinheira, entregando o prato para que Madalena se servisse ao fogão. Por ali fica rondando, vê que elas comem juntas numa mesa dentro da cozinha. Na conversa, Dalva fala sobre parentes de Madalena que conhece, pois é nascida e criada em Abecedê. Madalena, com gracejo, diz que quer tudo em vida nova, quer renascer ali. Despede dizendo que vai arrumar seu armário no dormitório.

O que o frei tem a relatar é que o almoço dela não foi no refeitório, como fora da outra colega. O Bispo, querendo apenas ser o bom pastor dessas ovelhas, explica as razões de sua reprovação e ordena que seja ele, frei Inocêncio, a buscar as marmitas na cozinha, diariamente. Madalena, ao receber esta informação por Dalva, chateia-se, pois perde a chance de chegar perto do Bispo todos os dias.

Nesta tarde chegam mais quatro colegas. Sauvelina assegura que sua cama seja ao lado de Madalena.

A cada dia chegam novas internas e em todos os dias tem choro. Termina o mês de fevereiro com o quadro completo de alunas. São cinquenta e três alunas para iniciar o colégio com duas turmas, uma de primeiro ano ginasial e outra de segundo ano, de alunas transferidas. O colégio tem capacidade para mais cinquenta, para os próximos anos.

Pela diocese e pela prefeitura é promovida uma festa de inauguração. Os pais foram informados e convidados ao fazerem a matrícula, sem deixarem as internas perceberem para que não criasse ansiedade. A condição é que a filha só participará se for acompanhada dos pais. Foi dado o prazo certo da quaresma, tempo para adaptação e os pais terem um espaço que justifique uma visita, sendo que alguns moram a muitas léguas dali e nem virão.

Irmã Irani já tem este trunfo para jogar sobre Madalena, que o faz quando pessoas da comissão vêm trazer informações da programação às alunas.

— Você não vai ao baile. Você não tem papai — fala, cantando insulto feito uma moleca.

Madalena fica transtornada. Murcha-se. Em meio ao rebuliço que instala entre as internas e à movimentação com ensaios da programação, pensa em um jeito de participar. Busca a força que tem sobre seus desejos e, nem demora tanto, age. Arranca uma folha de caderno, faz dois bilhetes e põe na mão do jardineiro. O tio lê seu bilhete e entende que é para fazer tudo sem que a avó veja: entregar o outro bilhete para o Farmacêutico. O porquê de envolver Simão ignora, mas mesmo assim, a caminho da farmácia, o tio ri sozinho ao criar a charada: "Onde se caga sem co possui companhia **depois que confessa**."[22] Escreve-a no verso do papel que devolve ao jardineiro para que o entregue à Madalena, que, ao receber, a decifra e ri: "*Isto mesmo. Penitência. Recebeu penitência do Bispo depois daquela demorada confissão. Agora, pague.*" Vando e Madalena, cada um em si, tentam montar o quebra-cabeça e só vislumbram que aí tem coisa. Chegam perto da percepção das diferenças entre Vanda e Vando, mas os dados são vagos demais para uma conclusão, então escolhem, Vando ficar na brincadeira das charadas, Madalena na de realização de seus quereres com seus poderes.

Toda tramoia tramada. Doutor Farmacêutico comparece à secretaria, com a cara e com a coragem, assina o compromisso de acompanhar Madalena ao baile e deixa para ela o vestido que usou na formatura, liberado pela avó e transitado pelo tio. As religiosas guardam no sacrário interior seus maus pensamentos, porque pretendem comungar durante todos os dias desta quaresma, mas dentre elas, tem quem tente ligar os pauzinhos… *"Claro que aí tem coisa.* Mãe mal-vista. *Avó suspeita. Isso pega mal para um colégio de elite. Esse Bispo não poderá consentir"* — rumina irmã Irani. Mas o bando de colegas bate palmas e exclama:

— Eba!

O vestido não entra. Seu corpo está alterado demais. Tem a adolescência que explode em crescimento; tem a gravidez que dobra, quase, o corpo da mãe; e tem suposto remédio, conforme boato que corre, que é colocado na comida das mocinhas para terem a libido bloqueada e que engorda. Em um mês tem suas roupas arrochadas. Ainda bem que a avó deixou pano para soltar. Certamente cuidará disso nas férias de julho. Mas como resolver agora sobre o vestido? Madalena trama novos bilhetes falando do baile e da necessidade de ter um vestido novo. Sabe-se lá como se dá, o certo é que a avó, de um dia para o outro, corta um tafetá de cor bonina. Ia usá-lo quando? Foi comprado do mascate conforme último figurino. Realiza uma quimera nesta alta costura, sem suspiros; frasco fechado. Cheiro do doutor Simão nem de longe passa nesse remelexo. O mesmo redemoinho que levou o marido dela para a cova levou também a tal miragem da felicidade. Quanto a Simão, ele cumpre o que lhe aparece e com o que possa contribuir para se redimir, mal sabendo que tem um bisneto vindo. Agora atende aos folguedos da neta. Espera-a na porta do salão, depois de ter deixado a esposa em uma mesa ao canto, na companhia de amigas. Nunca aparecem juntos em público, e os dois filhos que tiveram, estudaram fora, por lá vivem.

O Bispo está muito confuso e tenta ignorá-la. Toca-lhe as mãos assim como nos cumprimentos com todos e todas, sem coragem de olhá-la. Ele é assediado na saída, pelos que buscam beijar-lhe o anel.

Na aglomeração, os dois se encontram. Ela tem tempo e iniciativa de sussurrar-lhe de raspão:

— Lindo!

Ele consegue beliscar seu braço com a mão escondida na manga da batina. Madalena se estagna sem saber se acha bom ou ruim.

Ele e os padres não ficam para o baile. A orquestra começa a tocar e as mocinhas dançam a valsa com seus pais. Madalena dança com seu avô, tímida, mas vai dando tudo certo, até que ele se aparta. Os rapazes da cidade ficam olhando de longe. Certo alguém a tira para dançar. Irmã Irani quer dar uma rasteira na regateirice dela, crava-lhe o olhar. Ela pede licença e se junta às colegas. As freiras estão todas sentadas na mesa mais próxima do palco e da pista. Alguns pares da sociedade local vão entrando no baile e outros se formando.

Às dezoito horas foi celebrada a missa. Dezenove horas e trinta minutos começaram as cerimônias, vinte horas e trinta minutos começou o baile, vinte e duas horas: cama. Algumas choram ao largar os pais. Já estava definido que seria assim.

Domingo de Páscoa, os pais vêm de onde se hospedaram para o café no refeitório com as filhas e missa festiva das dez. Recolhem os vestidos do baile e adeus. Choro, depois muita conversa no almoço. Fazem rodízio de sobremesas com os doces vindos de casa.

Na segunda-feira, irmã Irani solta seus cachorros:

— Circula, circula. Penca de três, capeta que fez — diz, espalhando as meninas pelo pátio do recreio.

A rotina restabelece. As falas sobre o baile se esgotaram. As guloseimas que os familiares trouxeram de casa acabaram, ficando o pão com manteiga que a padaria nova, surgida nesta expansão da cidade, entrega toda manhã. Para Madalena, esta novidade em pão é boa demais! O passatempo nos recreios volta a ser falar de si, de suas famílias, de suas cidades ou contar os sonhos que tiveram. Já são vinte e cinco mocinhas, idades entre onze e dezessete anos, mas ainda falta chegar mais para completar as cinquenta inscritas.

Madalena sente roçar em seu coração a alegria de ter normas, alguém ditando sua rotina, mesmo que em alguns momentos preferiria ficar em reminiscências ou devaneios. Mas as colegas sempre procuram estar com ela. Seus casos são e não são deste mundo.

A rotina que se estabelece só é alterada aos domingos, porque a missa deixa de ser na capela para ser na catedral. Quando elas colocam o uniforme de gala e saem pela porta da frente é o único momento que podem pisar do lado de fora do internato. A excitação entra em rebuliço. Outras alunas externas ou moças da cidade passam de braços dados, cheias de inveja e causando inveja nas andorinhas. Os rapazes ficam nas calçadas com um pé encostado nos muros das casas, assistindo ao desfile. Irmã Irani circula com irmã Inês por toda a cidade na Rural verde e branca ofertada pelo Deputado à diocese. Só irmã Irani sabe dirigir; seu pai é médico na capital — ela está sempre a dizer isso. E, pelo visto, é rico e liberal com as filhas. Elas aprenderam a dirigir e têm carro em casa.

Por que irmã Irani largou essa vida modernosa para ir para o convento é curiosidade para muita gente. E ela é arrojada. Corta Abecedê de fora a fora, parte nova, parte antiga, deixando todos admirados. Os rapazes e as moças ficam hirtos quando ela passa, pois ela é capaz de buzinar e dar-lhes advertências sobre moralidades. Desce para enfiar o dedo a rasgar bainhas de saias. Irmã Inês sempre está ao lado dela, sorrindo frente a seus atrevimentos.

— Pererecas em chamas! Pozinho em dobro na sopa de hoje — comenta com irmã Inês quando passa pelas internas a passeio, excitadas na avenida.

Termina o passeio com a missa na matriz. Madalena entoa o *Ave Verum Corpus* que irmã Vicência acompanha ao harmônio. Ao final, para quem não é de elogiar, irmã Irani surpreende ao comentar que irmã Vicência está a caducar, mas que, de vez em quando, tem uns lampejos de excelência.

Esta missa de domingo é solene e celebrada pelo Bispo. Geralmente a missa das sete é participada pelos idosos e por quem tem trabalhos para o dia. É celebrada pelo gordo padre Gusmão, escrivão dos livros de registros financeiros da diocese. A missa das dez é das crianças e do povo que vem da roça, celebrada pelo animado padre João, capelão e professor de Religião. Porém, a missa das seis da tarde tem todo esplendor social, na celebração das virtudes celestiais às vicissitudes terrenas, com o Bispo. Comparecem os casais elegantes e jovens de roupas da moda. É um evento. E de moderno, os bancos são ocupados por homens e mulheres, ao contrário da igreja velha onde homens ficam de um lado, mulheres do outro e crianças nos primeiros bancos, com dona Ção ralhando.

A vida de folguedos gira em torno da igreja. A cidade velha está apagada. Apenas as vendinhas de lá que seguram sinuca, bebidas e comidas continuam com os clientes que não se aventuram mesmo em enfrentar lugares novos com a moçada. Passeios de braços dados, vozes, rádios ligados, paquerações, desfile de modas, é o mote da cidade nova. Mas as internas só desfrutam desse mundano nas tardes de domingo, depois reclusam-se com sonhos e fantasias. Voltam à rotina de sonhar por saudades de casa, trocar histórias de suas vidas ou cismar. Na última lua cheia, Zilá cismou que tinha visto um vulto passando na janela do dormitório. Correu para a cama de Madalena. Outras se juntaram a elas. Madalena riu e disse que poderia ser alguma nuvem que passa na frente da lua ou um galho que balança. Mesmo assim, não arredaram de perto dela, que é a mais segura ou mais vivida ou mais sofrida do grupo — e que tem sido a mais divertida.

— Assombração é ação da sombra e o que faz sombra na noite é lua cheia — Madalena diz. — Já tive medo. Depois que aprendi a olhar a noite, perdi o medo.

Foram dormir.

Enroscada em si, Madalena sente saudade dos irmãos e de Zefina.

Pensa na mãe e procura pelo sono. Suspira:

— "Medo assombra com sombra", diria minha avó.

Vira contadora de histórias, e na noite seguinte pedem que ela conte outra, mas ela sugere que seja nas sextas-feiras, pois no sábado acordam às sete horas e não às seis.

Pois, na sexta-feira, um grupo maior amontoa em torno de sua cama. Mas ela está com tanto sono que, sentando na cama, diz que não está se lembrando de nenhuma.

Berenice, a grandona, sai da última cama com o travesseiro na mão e soca-o em Madalena:

— Embrulhona, conte qualquer coisa. Vá, uma de assombração de assombrar gente grande. — E senta-se no chão junto à turma que vai formando. Mas Zilá resolve chamar a atenção para si, dizendo que vai falar uma coisa que não aguenta mais segurar:

— Gente, eu estou apaixonada! Domingo nós nos olhamos nos olhos. Não vejo a hora de ele vir falar comigo. Segredo, gente. Se as irmãs souberem, cortam nosso passeio na avenida.

Neuza malicia:

— Irmã Irani já avisou que chama o pai e devolve para casa a moça que se assanhar na rua.

Ana aterroriza:

— Disse que os rapazes nos olham é com maldade, lembram? — E remedando o jeito da fala: — "Ai da moça que der cartaz para eles. Ficará pra titia. Eles ficam testando se a moça presta para escolher pra casar."

Pois, nesse instante, irmã Irani abre a porta do enorme dormitório.

Todas se encolhem. Berenice deita-se no chão, Neuza enfia-se debaixo da cama.

Irmã Irani chuta Berenice e puxa os pés de Neuza.

— O foco do burburinho está é aqui, não é? Neste sepulcro caiado. — Refere-se a Madalena.

Berenice se levanta abraçada ao travesseiro querendo explodir em riso e todas caçam seu rumo. Sem falar mais nada, a freira sai pisando duro. Deixam passar um minutinho, o riso toma conta.

Outro domingo chega. Tão esperado. Uniforme muito bem engomado, roupa de ir à missa. Vão dar o passeio pela nova avenida, contornar a nova praça. Desce aquele bando, enfileiradas, que o povo na rua já chama de "as andorinhas da irmã Irani". A maioria delas só cuida de olhar para o calcanhar da colega da frente, para não tropeçar, agarradas par a par no braço uma da outra, aterrorizadas com as palavras de irmã Irani: "Olha, é uma vez só. Quem se assanhar, será entregue ao pai de volta. Moça é para se comportar. Nós não estamos aqui para educar mulheres regateiras, assanhadas, mal-amadas, ouviram?" Do outro lado estão os rapazes, doidos para desafiarem as freiras. As moças da cidade passeiam com seus vestidos novos. Mandam olhares de deboches para as andorinhas. Madalena é olhada por alguns conterrâneos que a reconhecem e admiram sua conquista, ou outros que criticam sua ousadia e a invejam. Dona Ção é uma dessas que prefere não olhar, fazendo questão de passar por ela de cara virada fingindo ler em um missal. Madalena ri para aquelas e dessas. Seu humor está em estado de graça.

— Nunca fui tão feliz! — Requebra.

Zilá agarra-se ao braço dela e, na primeira volta no passeio em torno da praça, faz Madalena saber quem é o tal rapaz por quem está apaixonada. Dura de vergonha, quase sofre um desmaio quando seus olhares se encontram, num lampejo. Resmunga:

— Madalena, estou sentindo tentação. Será que posso comungar? Parece que vou desmaiar.

— Respire... Entoe o Ângelus: "Eis aqui a serva do senhor, faça-se em mim segundo a vossa vontade." É o amor, sua boba. Vai nessa de pecado, não.

Entram para a igreja incensada. Zilá aperta a mão de Madalena, que sussurra em seu ouvido:

— Respire... É o amor.

Irmã Irani dá uma olhada cruel para Madalena que a deixa com vontade de rir.

Durante o recreio da segunda-feira, o assunto é a excitação. Zilá confia seu segredo a Berenice, que é grandona, a mais velha da turma com dezessete anos, tem a risada aberta e lê fotonovelas às escondidas.

— Berenice, é segredo, olhe lá. Eu e o tal rapaz nos olhamos. Foi tão rápido, mas parece que alguma coisa entrou em meu corpo e foi parar no coração que não para de bater. O que eu faço?

Berenice não controla a altura da risada. Ela lhe tapa a boca. Mesmo assim Berenice consegue falar ao seu ouvido:

— Leia fotonovelas que você aprende como fazer. — Zilá a solta. Ela continua: — Lá em casa mamãe lê e esconde debaixo do colchão. Eu e minha irmã que já se casou tiramos do esconderijo e lemos todas. Eu acho que ela sabe disso, mas faz de conta que não vê. Estou doida para entrar de férias... Saudades das fotonovelas.

É quando irmã Irani passa por elas no meio do recreio e, batendo palminhas, diz:

— Andem, circulem. "Trinca de três é capeta que fez."

As duas respondem:

— Cruz credo, Ave Maria! Nem contar ela sabe. Onde ela está vendo três aqui?

É que Madalena acabava de se achegar. Irmã Irani enfurece com o que ouve e se vinga em Madalena, ordenando a ela que busque baldes d'água para jogar nas privadas. Berenice fala que também vai. Zilá fala que também vai. Sauvelina, que flagra a situação, também diz que vai. Irmã Irani fica vermelha e, apontando o dedo para Madalena, diz:

— Me acompanhe.

Madalena acompanha de cabeça baixa até o parlatório, onde é deixada ouvindo resmungos de irmã Irani do lado de fora, dizendo que vai buscar o Orientador Espiritual para tentar dar um conserto nessa piorzinha.

Chama exatamente o padre Henrique, que nem orientador espiritual é, mas é o que ela encontra:

— Padre Henrique, esta menina está liderando certa rebeldia no colégio. Outro dia, no dormitório... — conta o que bem quer. — Agora no recreio... — conta o que bem quer. — Não tem boa índole. Se continuar assim, será caso para expulsão, senão começaremos a perder alunas, pois os pais estão experimentando essa escola. Por favor, depois o senhor a conduza para a sala de aula.

Ótimo, pois padre Henrique pode estar com Madalena:

— O que houve?

— Nada, a bem dizer. Ela falou para eu ir jogar água nas privadas e algumas colegas falaram que iriam também e ela não gostou.

Padre Henrique ouve, mas nada pergunta. Enreda imediatamente a situação ao Bispo. Ele dá um pulo da cadeira; não consegue se conter. Depois, tentando normalizar-se, cruza as mãos e as coloca na altura do peito, andando de um lado para o outro. Respira fundo mais de uma vez e diz:

— Traga-a aqui, padre Henrique, por favor. Ou melhor, eu vou lá.

O Bispo invoca que o Divino Espírito Santo o livre de ser induzido de novo ao pecado. Madalena o recebe com alegria. Ele não sabe que cara fazer até se moldar na dela e perguntar o que houve. Sua versão é passada para ele:

— Não houve nada. Minhas colegas não gostam que eu faça serviços aqui sem que elas façam também. Eu não me importo. Imagina. Gosto da atividade. São realizações, enquanto o mais é sonho acordada. Estou amando. Estou apaixonada.

Dom Tibério estremece, mas ela emenda o falatório.

— Esqueci a morte de meu pai, perdoei o abandono de minha mãe, conto histórias na falta de Zefina, colegas me fazem as vezes dos meus irmãos, Dalva e o Sô Geraldinho representam meu povo e o ribeirão me deixa ligada a meu tio e a Mazurca. Escuto a fala de minha avó no silêncio, alegro-me por ter me livrado do jugo do padre Ni e esquecido dona Ção. Tive que passar por tudo que passei conforme o senhor ouviu em minha confissão, mas o senhor me absolveu e eu conheci o amor que não pensava que fosse assim e foi revelador para mim. Estou livre da mancha do pecado. O sangue que eu expurgava cessou e no lugar ficou aquele amor que conheci. Só que sumi de mim: não sou mais nada sem o senhor.

De toda confissão, essa destampa algo já ouvido e olvidado, por subterfúgio da alma:

— Livre da mancha do pecado?

— É, o sangue — diz, oferecendo-se em meiguices.

Ele bem que queria envolvê-la com ardor, mas o pânico eclode. Tanto tem orado para resistir às tentações, agora está atrapalhado pela revelação da complicação em que se vê metido. Começa a suar e a tremer. Nisso o sino que encerra o recreio toca e ele a manda de volta para a sala de aula. Pânico! Olha pela janela Madalena atravessando o pátio a caminho da sala de aula, seu corpo grávido, sem dúvida. Sai para urinar, sente frio, calafrio, tremedeira. Pensa em adoecer e se afastar para longe desta diocese. Morrer. "*Mas e ela?*" — pensa. "*Agnus Dei, qui tollis peccata mundi, miserere nobis.*"

Padre Henrique o acode. Senta-se na cadeira do confessionário e o Bispo ajoelha no genuflexório. O Bispo diz:

— Padre, dai-me a Vossa bênção porque pequei.

O padre por detrás da cortina diz:

— Conte os seus pecados.

O Bispo abdica da teatralidade dessa cena, levanta-se e fala com o padre:

— Vamos para o meu gabinete.

Entram, fecha a porta, assume postura realista:

— Padre, estou me lembrando de quando o senhor confessou-me seu pecado de estar apaixonado por mim. Lembro-me que entendi tão bem e dei ao senhor a penitência de entregar esse amor a Deus. Parece que o senhor conseguiu, e hoje eu gostaria de ouvir o mesmo, mas há um agravante.

Fica de pé, anda um pouco esfregando as mãos e volta-se para padre Henrique:

— Tive um ato com essa menina e ela está grávida.

— Não, reverendíssimo. Como sabe disso?

Confessa tudo ao padre e ainda comenta:

— Como pode uma menina tão inteligente e tão ingênua em certas coisas.

— Mas tudo desta matéria é ensinado como pecado ou mistério. A igreja e a escola têm que repensar isso — reflete padre Henrique.

O Bispo quase grita:

— Padre, eu não tenho futuro. É para agora.

Assenta e continua a confissão:

— Padre, eu sempre reprimi qualquer manifestação da tentação, resignei a todo desejo da carne.

Padre Henrique tenta brincar:

— Ficou entre a cruz e a espada.

Riem descontroladamente, até enxugarem lágrimas. Depois, um silêncio; dom Tibério fica por um instante absorto e põe-se a divagar:

— Penso que tive bronquite porque minha mãe sempre me vigiou para não pegar friagem. Com isso não saltei córregos, não nadei, o que seria o certo. Desde que aprendi a falar, repito orações, que foram aumentando com a idade. Transferiram meu curso primário de perto da família para o seminário onde já estudava meu irmão mais velho, primos e outras crianças em iguais condições. Fiquei, então, à sombra. Sempre repetindo até decorar, do clarear do dia ao escurecer, palavras, orações, ações, com os ideais voltados para o céu em oposição ao inferno. O seminário punha nossos olhos fixos nos livros, cegando à vida. Os cinco sentidos ficavam no compêndio para só serem expostos em arguição. Os sentidos existiam para o combate ao pecado. Esse vivia de tocaia para manchar minha alma a qualquer vacilo. E por mais que punha minha temeridade atenta, é o que tinha sempre a sensação de fazer. Tínhamos que confessar, penitenciar e sermos pecadores contumazes. Mas o pior:

entreguei toda minha carreira neste ofício de carregar a bandeira do pecado à frente dos "Degredados filhos de Eva". Ser um ministro do pecado dos outros, semeando a crença num diabo fora de si, assim como um Deus alheio a nós. Eu... Eu... Eu... Eu não tenho tempo para ir tão longe na infância nem tão adiante, buscando me justificar. Hei de saber de mim hoje, para ver como faço hoje ainda. Cheguei aqui ordenado bispo para consolidar a zona eleitoral para meu irmão, veja isso. Ordenado. Veja bem isso. Como posso assumir isso se, com todo estudo de Filosofia e Teologia, a única coisa que sei de céu e inferno é o que de criança aprendi no catecismo? Nosso Mestre é Jesus, e Ele nunca me chamaria de pecador. O Amor que era, e é, sua bandeira, a gente não sabe lidar com ele. — Chora, cobrindo o rosto com as mãos.

— Não, reverendíssimo. Quando eu confessei meu amor pelo senhor, o senhor me disse que não via nenhum pecado nisso. Que esse sentimento é a manifestação em nós do que chamam de Deus. Que nós o sentimos em encarnados, sejam homens ou mulheres, dependendo das emoções que trazemos. Pode-se amar entregando esse amor no centro do peito, na cruz, derramando o sangue como Cristo nos ensina. O senhor disse: "Pode me amar neste sentido e eu retribuirei como amo a Cruz."

O Bispo grita o tanto que pode:

— Ela está grávida. Aquela menina grávida. Valha-me... Não. Não quero chamar por Deus. Quero encarar a mim mesmo. E agora, ela e um filho? Entendeu agora por que ansiava para que você ficasse junto ao padre Ni, desmontando as bisbilhotices dele e do irmão?

Com a mão no queixo, padre Henrique responde:

— Entendi.

Semana Santa

Na rotina de Madalena tem alegria, sempre cantarolando canções que lhe vêm à cabeça, ouvidas desde tenra idade. O sentimento que sempre aflorava quando ouvia, agora vem em corpo e alma: "Amo-te muito como as flores amam...", "É a ti, flor do céu que me refiro, nesse trino de amor nessa canção...", "O nosso amor traduzia felicidade e afeição...", "Eu guardei meu coração para te dar...", "Conheci o amor, não existe mais dor...". Cantando ou sussurrando. Aliás, é a primeira vez que solta a voz, salvo em coroações. Outro dia, irmã Tereza teve que chamar sua atenção para o silêncio na biblioteca. No recreio exibe-se às colegas. Irmã Afonsina já a convocou a compor o coro, para onde foi levando novidades aprendidas com sua mãe, que nem sabia que sabia.

À noite, desassossega-se. Sobe-lhe a vontade de falar com ele. Está boa parte desta noite de hoje sem pregar os olhos. É lua nova, escuro feito breu. Assim é que ela gosta de passear pelas estrelas, rastreando o que deseja. Quer um jeito de ir até o Bispo sem que alguém veja. Neste afã, abre-lhe um claro na mente com a lembrança de uma certa prosa de seus tios-avôs, na cozinha da vovó Donana. Relembra: *os três irmãos que vieram pra missa estavam em volta da fornalha, vovó fritando biscoito mais para segurá-los ali, eles bebendo café da tarde e pitando. Padrinho Vando a delirar-se, encostado na janela aberta para o quintal. Ela, escutando do seu quarto, imaginando a cena. Contavam, um e outro, como conseguiram escapar de serem recrutados para a* *guerra pelos soldados do exército quando passaram por essas bandas. O tio Amâncio dizia: "Rapaz, quando eles apontaram na cabeça da serra, eu disse pros meus filhos, já rapazinhos 'Não escondam. Peçam a quem nos trouxe até aqui em vida que escureçam as vistas deles sobre vocês. Fiquem onde estiverem e deixem o arrastão passar.' Foi o mesmo que um vento. Passaram sem ver uns aos outros. Nós só vimos as plantas pisadas. Eles entraram casa adentro, remexeram colchões, reviraram as tulhas, entraram até no quarto das meninas-moças. Se eles bulissem com elas, eu abriria fogo, mas precisou não. Ninguém viu ninguém." Ria, ria, ria. Parou para completar: "Cê acredita, rapaz, que um soldado mijou no pé do Tavinho, que estava encostado no mourão da porteira? Ele não pôde fazer nada. Ô trem que tá livre! Sair de casa pra matar os outros a mando de soldado, eu não! Ês caçam as brigas por lá e nós temos que entrar?" Tio Naninho tirava a cinza do pito, buscava uma brasa com que o reacendia e trocava a perna cruzada para prosseguir com sua versão: "Pois lá em casa foi o poleiro de galinhas que alvoroçou. Os bestas nem pra desconfiar ver tanto galo num galinheiro. Nós tudo criamos pena e crista, eu e meus filhos e uns camaradas. Ainda bem que eles levaram só frango novo pro almoço. Os galos mais graúdos, que éramos nós, eles devem ter achado difícil pra cozinhar, largaram." Riram, riram, riram, antes de ele fechar: "*Cê já pensou, rapaz, nós tudo num caldeirão pra encher barriga desses soldados? Que trapalhada! Mas se eles dessem de nos pegar, a espora comeria, *cê besta!" Ela escutava de tio Bizé, como sempre batendo na perna direita, que ele cruza sobre a esquerda, com seu sorriso banguela, a exclamação: "É triste..." Vovó, a caçulinha deles, sabe desses casos desde não sabe quando. Sempre ouviu que o pai tinha esses poderes e que todos herdaram. Ela usava-os para não ser vista quando bem quisesse.*

Não dorme. Várias colegas também remexem na cama. Elas estão inquietas porque vão retornar a suas casas para passarem a Semana Santa, pela primeira vez depois de internas no colégio. E Madalena, agora, passa por uma constelação nebulosa que a deprime, porque, na sequência dos casos dos tios, tem a avó indo buscar o violão. Vem a toada chorosa que contagia Madalena.

De repente, seus devaneios são perturbados, com sua cama enchendo de colegas querendo histórias. Ela fala:

— Ah! Eu vou contar histórias que eu estou lembrando agora, da vovó e meus tios. Eles têm poderes de tornarem-se invisíveis. Verdade — conta.

As colegas pedem outra. Ela diz:

— Então, já que eu estou nas recordações, vou cantar a música que eles cantavam que eu acho que é a história real deles.

Canta em tom choroso, o que para ela é a clara revelação de que, assim como na letra, a mãe da avó ficara viúva com quatro filhos pequenos e que a mãe fora embora com outro homem, deixando-os sozinhos. Pela cantiga, sabe-se que o mais velho assumira a responsabilidade pelo serviço da roça e da educação dos irmãos. No lamento, ele pede a Deus que o ajude a suportar a batalha e a solidão. Ainda invoca a Virgem Santa que, lá do céu, cuide da mãe, pois dela eles têm saudade. Madalena chora enquanto canta, levando muitas das colegas a chorarem também, pelo amor e saudade que carregam longe da família. Dá-se um chororô.

Madalena ainda demora a dormir pensando na vovó Donana que guarda seu jeito nostálgico. Acredita que a letra da música versa sobre a história deles ao pé da letra, pois os tios mais a avó gostam de reviver essa dor irmanada. Uma dor que lastra nos sanguíneos, que deixam doer quando se encontram.

Esgotada dessa depressão, Madalena quer fugir, pensa no cavalo e sente vontade de ser roubada no meio da noite, que fosse o diabo. Queria sair trotando com ele no escuro dessa lua nova, com toda velocidade e distância que se fizesse quarto crescente, cheia, minguante e ela subindo e descendo, tirando faíscas nas estrelas. *"O diabo não é tão feio como se pinta, não é vovó?"* A história que Zefina gostava de lhe contar, na infância, lhe vem à memória.

Pois nessa outra noite as meninas invadem seu leito, de novo...

— Vai ser a história de Izabé, que eu não gosto só porque a cachorrinha é morta, mas foi assim que aconteceu, conforme Zefina é testemunha: conta-se que lá pras banda da serra dos Silveira, vivia um povo que tinha uma filha só. E o Demo vivia de querê-la. E ela bem que estava atentada de querer ir simbora mais ele. Pois 'o que é do bicho, o homem não come'. Diz que deu de ser numa noite escura, sem gretas de luz. Apareceu uns tropéis vindo dos quinto dos inferno: pracatau, pracatau, pracatau. A cachorrinha da casa danou a latir. E o que era, com uma voz que parecia um ronco de porco, cantou: 'Izabé, mata a sua cachorrinha que eu vim te buscar.' Pois a diaba da cachorrinha respondia no latido dela lá: 'Izabé já lavou, Izabé já rezou, Izabé já deitou, Izabé já dormiu.' Aí o tropel deu de voltar serra acima. Na noite seguinte, 'o que era' volta com a mesma insenga: 'Izabé, mata a sua cachorrinha que eu vim te buscar.' E a danada late, late na cantilena: 'Izabé já lavou, Izabé já rezou, Izabé já deitou, Izabé já dormiu.' Pois o Cruzcredo meteu o dedo na binga e espocou na bichinha. A bichinha tombou e, morta, ainda cantou: 'Izabé já lavou, Izabé já rezou, Izabé já deitou, Izabé já dormiu.' O diabo zunou serra acima e, antes de quebrar o espinhaço da serra, ainda ouvia o latido. Pois, no dia seguinte, antes de ter lua no céu, vem o tropel rasgando a calada da noite: pracatau, pracatau, pracatau. Aquilo parecia um Deus nos acuda, de chegar a tremer. Até as águas davam de calar. E um vozeirão cortava os ares: 'Izabé, mata a sua cachorrinha que eu vim te buscar.' Parecia vindo dos infernos. E a bichinha já na carniça, respondia, por debaixo da terra que a própria Izabé tinha lhe enterrado: 'Izabé já lavou, Izabé já rezou, Izabé já deitou, Izabé já dormiu.' Pois o Demo não apascentou. Na noite seguinte, foi de conforme eu venho contando. E a bichinha já era cinza, que a própria Izabé incendiou. Pois as cinzas indo pro córrego abaixo, sendo levadas pelas águas, ainda cantou. Foi que o povo do lugar levantou um cruzeiro em honra de Nossa Senhora, a lua deu de crescer e, antes que fosse cheia, o cavalo do diabo empacou, não desceu a serra, e um cheiro de enxofre esparramou na baixada. A bichinha calou e o povo voltou a dormir no sossego. Cruz em credo, Ave Maria!

Berenice solta sua descontrolada risada, esculhambando:

— E a pobre da Izabé ficou sem galopar no cavalo do Diabo. Vai ver que era tudo que ela queria.

Dali, umas saem desconjurando o comentário de Berenice, outras achando graça, outras refletindo.

Madalena volta a comichar, continuando com a vontade de ver o Bispo, identificando ter ele se transformado em seu amor romântico, assim como agora reconhece-se entre as pessoas dos romances, de sua família e outros, que namoram, casam-se, desejam-se e outras coisas mais.

Sem dar tempo ao azar, apodera-se da herança familiar nesta madrugada mesmo, antes que a lua volte a clarear. Com sua camisola de ciranda de flores sobe as escadas, tateando. Chega à saleta que tem três portas. Uma dá acesso ao refeitório dos padres. A outra é para um longo corredor, onde estão as salas de aula. Da outra, começa uma varanda que circunda um agradável jardim, cheia de celas individuais onde dormem as freiras, até encontrar o refeitório pelos fundos. Ali, encontra-se uma escada que dá acesso ao pátio onde as alunas fazem seus recreios e por onde entram para a biblioteca, auditório e banhos. Fica perdida, sem confiar em nenhuma orientação de como encontrar o Bispo. Tenta um poder abstrato, meditando no centro do jardim, onde a lua crescente já aparece entre poucas estrelas. *"Primeira estrela que vejo, dai-me tudo que eu desejo."* Escorrega o corpo no pedestal que ostenta ali a Virgem Maria e pega no sono. Quando a intolerante pessoa da irmã Irani vem com sua sineta gritando desde lá do alto "Viva Jesus!" para elas pularem da cama respondendo "Para sempre em nossos corações", vê aquele caracol se desenrolando na orvalhada relva. Ambas levam um susto. Irmã Irani corre para a cela de irmã Inês. O que conversam não chega à contraventora. Porém, à tarde, depois das horas de estudo, Madalena é encaminhada ao gabinete do Bispo.

Ficam a sós. Ele tem um semblante triste a evitar seu olhar. Ela vê nele uma criança perdida. Toca-lhe as mãos. Elas estão frias e repelentes. Ela se levanta e aproxima-se dele para tocar-lhe os ombros, ele recusa bravamente:

— Madalena, por misericórdia. Não me tente ao pecado. Estamos em plena Quaresma.

— Mas precisa ficar de mal? A quaresma é tempo de entender os mistérios da paixão, não de negá-los e fingir até a Páscoa, esse foi seu sermão.

— Por favor... — exorta-a a sair. — Isto é tentação do diabo.

Ela, muito contrariada, desce e encontra grande agitação das internas arrumando para o retorno à casa para passarem os feriados de Páscoa. Madalena não sabe o que fazer. O que menos quer é afastar-se dali.

No sábado, a cada hora é uma que sai. Irmã Irani aparece na portaria quando a charrete do pai de Lúcia afasta-se levando a última delas para os feriados, ficando Madalena com os olhos cheios de lágrimas, atônita. Irmã Irani diz:

— Irmã Tereza não disse que é para você ir para a casa de sua avó? Não vai ficar nenhuma interna.

— Vou amanhã depois da Missa de Ramos, pois vou ensaiar os cânticos com irmã Vicência e treinar ao piano que ela está me ensinando.

De fato, sai dali a procurar pela irmã Vicência, que aplaude a ideia e vão para a capela ensaiarem. Treina até sentir que está tocando. No mais, passa a noite sozinha, imaginando um jeito de voltar a se entender com o Bispo.

Acorda no domingo, mais tarde do que de costume, tanto porque foi pegar no sono já de madrugada como porque a sineta da irmã Irani não tocou. Sem o café no refeitório, encontra goiabas no pomar e bananas maduras na despensa. Ouve grande movimentação na rua, em torno da catedral. É Domingo de Ramos, reconhece. Volta-se para vestir o uniforme de gala. Ela entra no meio do povo entre ramos de palmeiras, alecrim, dálias do brejo e mirra. A missa das dez começa e o celebrante é o Bispo. Ela vai para o coro cantando com as irmãs. Na hora da comunhão, busca o olhar do Bispo e sente a recusa por parte dele. Depois da bênção dos ramos, inicia-se a procissão. O Bispo é sequenciado por outros padres em paramentos de cor roxa, turíbulos incensários. Ela fica no desassossego, sempre se enfiando no meio dos fiéis tentando aproximar-se para ter o olhar dele. Num ato de exagero, aproxima-se como vê outras pessoas fazerem para beijar-lhe o anel. É o momento em que ele, fingindo conceder-lhe uma bênção, sussurra-lhe veemente:

— Suma da minha frente. Afasta de mim...

— Esse cálice... — ela completa num grito. — Aquele beijo dado em mim era o de Judas? O Amor tem dois donos? A qual Vossa Reverendíssima serve?

Grita entre o Hosana dos fiéis, sem saber se o Bispo, mantendo o olhar perdido, está escutando ou não.

Ela não tem mais pernas para caminhar. Abraça sua barriga e atravessa a praça. Padre Henrique acompanha toda movimentação, vê Madalena cambaleando sem rumo. Toma o lugar do Bispo num passo de mágica, dando-lhe a ordem "suma". Os sinos vibram forte. Há uma rápida confusão que volta ao normal, ajudada pelas vozes das cantorias que padre Henrique faz elevar. Sem darem notícia do Bispo, vão se arrastando em rezas e procissões. Finalizada esta celebração, padre Henrique encontra o Bispo em seus aposentos, pálido, sôfrego em taquicardia, suando. Pega da bilha o copo de água e o serve em silêncio. Sem outros comentários, sugere, praticamente ordenando:

— Reverendo, os cavalos estão arreados para minha viagem à Samora, onde eu celebraria hoje à tarde, lembra? Vá o senhor, e lá informe-se de um lugar seguro a um retiro e fique até o Domingo de Páscoa. Justificarei com as pessoas daqui que o senhor necessita desse retiro, pois desde sua chegada o senhor não descansou. Os coroinhas que iriam me acompanhar já estão esperando. Conhecem a todos e poderão apresentar-lhe as pessoas do lugar. São os mesmos meninos que acompanharam o Deputado na campanha eleitoral dele.

O Bispo aceita a saída que lhe é apontada. Os coroinhas entregam-lhe a capa gaúcha e o chapéu de viajante. Esperaram os cavalos recuperarem-se, pois, há pouco, relincharam, aprumaram e deixaram riscos dos cascos no cimento da escadaria, com a crina arrepiada. Os dois coroinhas tentam detê-los pelas rédeas para padre Henrique meter as marmitas nos alforjes, feita do banquete que as freiras prepararam para todos os prelatícios, após a encenação. Perguntam pelo Bispo, e padre Henrique tomba a cabeça deixando que abstraiam santidade na informação de que "o Bispo saiu para um retiro espiritual".

O Bispo monta. Outro grito alvoroça, de novo, os cavalos. Os meninos dizem "cruz credo", persignando-se. Há estranheza por ali. Veem remexidas dentro do canavial à esquerda. O Bispo repete "cruz credo" e saem pela direita.

Mula sem cabeça

O que é, embrenha-se no meio da plantação, para onde ninguém olha. A cidade está movimentada. As vendas, as lojas, apinhadas de gente que compra, come, bebe, conversa. Nas casas de parentes servem o almoço farto. Alguns poucos carros, caminhões, charretes, carroças e cavalos fazem o trânsito ficar amontoado. Muito excremento nos largos de amarrar os cavalos. Até que cai a tarde e, temendo a enchente de São José que ainda está por vir, os peregrinos vão dando o fora.

Madalena, depois de um tempo perdida em canaviais, dá de seguir o rastro da lua que brilha em crescente, cada vez mais brilhante na sua contramão. A doida varrida, ainda com as mãos presas aos ramos bentos, perpassa vales, salta córregos, num disparate medonho, sendo engolida pela noite que fecha. O povo que vê aquele vulto jura que, o que é, solta faísca. Esperam ver rastros de três dedos na estrada, pelo clarão da lua. Madalena ouvia sons das estradas. Agora que a lua já lhe coroa, só ouve seu coração e seus passos. Corre, chora e se ensimesma sem se dar a conclusão. Ainda não conhece seu destino. Foge em desatino, sem saber se há lugar, se há certeza, o que é que há. A certa altura, depois de ter atravessado sete freguesias, como diz a lenda, resolve se conter, calar seus obstinados gritos e se perguntar o que vem do além, já que um clarão da aurora desponta no horizonte. Avista uma grota, lá embaixo, à frente, no meio de uma serrinha, com um rancho. Reconhece onde mora Zefina. *Madrinha. Dindinha.* Agora, a caminhar com os ramos bentos em cruz ao peito com os quais entrara na procissão. "*Eu quero colo. Bença, dindinha. Nessa hora tão aflita, aparece a senhora pra me amparar. Não é* à toa *que existe madrinha e eu tenho uma madrinha que me batizou. É ao encontro dela que meu ser deu de caminhar. Madrinha, madrinha, madrinha. Pra mim, eu já estava era debaixo da terra sem ar. Olhe ela lá.*" Até lá, ainda sobe e desce, parando na serrinha de onde avista o limpo do terreiro varrido com vassourinha de São Pedro, o que Zefina faz todos os dias, antes do dia clarear, na fé de que é para Nossa Senhora passar. O cheiro lhe chega às narinas. Corre o mais bem acordado dos caminhos. Zefina se assusta e encosta o cabo da vassoura no estaleiro. Pega com o coité a água do balde da cacimba. Bebe, lava as mãos, bochecha e passa o resto nos olhos. Madalena espera sorrindo e chorando num mesmo canal. Zefina, já fiando na visão, abre-lhe os braços:

— Isso é vosmecê, fia? Que tamanho você pegou!

— À bênção, dindinha. Guarde para a senhora botar no fogo para amansar raios e trovões — diz, lhe entregando a cruz feita com os ramos bentos.

— Agora mesmo vou usá-los para desencantar você desse enredo. Bençoe! Deus a livre e guarde dos maus enredos. Que arranheira é essa, com os braços e pernas sangrando? Veio pelos matos, que nem uma mula sem cabeça? Creio em Deus Pai. — E persigna-se.

Adentram o cômodo comprido, que é sala, copa e cozinha, com uma fornalha, um banco e um pilão. De uma janela só, sem arremate. Zefina enfia os ramos pela boca da fornalha e a fumaça com cheiro de mirra começa a incensar o casebre por dentro e por fora pela chaminé. Madalena vai para o quarto, com uma esteira de taboa sobre uma esteira de taquara levantada por quatro pés de pau que servem de cama. Ali se deita, a desmaiar. De um tamborete ao lado, Zefina faz massagem no corpo de fora, riscado por garranchos do mato, de capins suaves a unha de gato e cansanção. Madalena chora de soluçar. Zefina resolve pelo banho. Deita a gamela que fica encostada ao lado da cama e sai. Volta trazendo a chaleira que dormira com água na fornalha.

Despeja ali, adiciona um tanto da arnica curtida na cachaça que fica numa cabaça tapada de sabugo guardada no canto e bota a afilhada nua a se banhar, esfregando nela a bucha de São Caetano. Adivinha:

— A menina se meteu em desafeto. Seu choro tem muita paixão.

Ela mais chora, a ponto de as lágrimas queimarem o canto dos olhos.

Mostrando vergonha, desculpa-se com a madrinha:

— Dindinha, olha que tocha de cabelo feia que foi nascendo aqui antes de eu ficar sangrando. O sangue parou, mas ficou esse cabelo.

— Ora, pois, fia. É de certo.

Zefina toca na barriga de Madalena e percebe:

— Mas vosmecê está embuchada. Cê plantou no pó.

Ela levanta-se de uma vez, pega nas mãos da madrinha e recita o versículo:

— "Como, se não conheço varão?"

— Cruz credo, Ave Maria!

Apressa-se a enrolá-la no pano, tirando-a da gamela. Veste nela um vestido de algodão fiado ali mesmo. Ajeita-a para dormir e fica um pouco velando seu sono, que dura o resto da Segunda-feira Santa, como Jesus o fez na casa de Marta e Maria.

Na terça, foi só o galo cantar para as duas pegarem o sol com as mãos e lavarem as caras na bica.

— Vamos dar milho para as galinhas — decide Zefina, diante da zoeira dessas no terreiro.

Já invadiam a cozinha e faziam muito cacarejo. Zefina pega umas espigas de milho do balaio debaixo do aterro. Fazendo brutique-tique-tique, junta todas em volta de seus pés no terreiro e por onde espalha o milho. Daí a pouco, um galo copula numa galinha. Zefina, didaticamente, pergunta:

— Foi assim que quem fez, fez?

— Não estou entendendo.

— O galo faz assim para a galinha botar e nascer pinto. O boi engancha na vaca para ela ganhar bezerro, e o homem faz assim com a mulher para ela ganhar filho. Quem fez isto que você embuchou?

— Cê besta, madrinha? Vê só!

— Vossa senhorinha nunca falou assim comigo, ora pois! Tem trem ruim te sucedendo.

— Trem ruim, dindinha?! Eu ver aquele que me fez conhecer o Amor, amor de sentir de verdade, de gozar na carne, livrou-me da mancha do pecado sumindo com meu sangue, que cortou as pragas do padre Ni? — Começa a chorar. Depois esconde a cara, dizendo que pecou por isso.

— O padre...

— É bispo.

— E o sangue sumiu?

— Por esta cruz. Eu vi a absolvição acontecer, depois tudo ser negado? — Desaba no choro.

— Ele te machucou?

— Agora sim.

— Misericórdia! Esse vai ter que comer com o suor do rosto e vosmecê vai parir com dor.

— Que nem Adão e Eva? Esta é que é a história do pecado original? Mas tudo isso não acabou com o batismo que a senhora foi minha madrinha junto com o padrinho Vando e depois eu quis que fosse a senhora mesma para me crismar? Não quero mais saber de pecado. Confiei plenamente em todos os ensinamentos até atingir o Amor. Acabou. Se ele é dos tais que ficam rodando essa história sem nunca gozar da redenção, sem crer na ressurreição, eu não. Eu conheci o amor, não existe mais sangue derramado nem o mal. Eu amo. Fiz não foi ovo nem bezerro: eu me dei ao amor. "*Eu conheci o amor ao te encontrar...*" — cantarola nervosa.

— E a suspensão das regras, fia, é nisso que a senhorinha tem que pensar.

— Que regras, dindinha?

— O sangue do mês, na sua volta de lua. Ninguém nunca lhe falou isto?

— Quem? E eu tenho alguém? Vivo decifrando tudo sozinha, igual decifro as charadas do padrinho Vando. As conversas, os livros, as águas, os quintais, ensinam muito. Mas tem coisa que vem da boca de uns aos outros e que ninguém me falou ainda. Sobre umas toalhinhas do enxoval que tem menina lá que lava escondido e que tem sangue no meio, eu nem sei pra que usar as minhas. As amigas ainda não falam tudo, pois tem muita vigilância e muito pudor. Disso que a senhora está me falando agora, eu não havia dado por fé.

— Tem coisa que fica guardada na inocência e que os sentidos da gente vão se revelando. Buliram com a sua inocência. É o que mais acontece. Não deve ser assim. Vê se vocês agora, com tanto estudamento, tantas letras, livram a inocência de ser abusada. Parar de deixar que o sagrado se vista de pecado para depois bulir nele. É que nem botar raposa pra tomar conta do galinheiro. É bem bonito decifrar os letreiros, mas a mente de cada um tem de traduzir. Tem que parar com esse imbróglio de gente gritando para fiéis que pecado é o que eles querem que seja. É ler as escrituras e deixar o povo pensar e debater na confiança, com amigas, amigos. Igreja deve ser para isso e para louvar e invocar a Luz.

— Como é que a senhora sabe disso?

— Desde que eu me entendo por gente, ganhei ensinamento de letras e números, e contam os antigos que escola sempre teve por todo lado desse nosso rincão. Faziam papel de folhas secas, lousa de pedra... Que entender de curar com o que achavam pros matos afora era certo e que um chegado de além-mar trouxe remédio manipulado que nos ajuda até hoje. Gente de fora, nas missões, trouxe muitas novidades e infringiu muitos pensamentos, louvor e adoração, mas que tem um lado que infernizou que é o exploramento do pecado. Vêm e falam que Jesus livrou-nos do pecado, mas vêm outros, tipo esse que ministra aí nos últimos anos, que é só condenação. Eu fico no meu canto. Agora me trazem um bispo com colégio que comete uma asneira dessas com você, filha, que eu desconjuro.

— Dindinha, a senhora que sabe ler e entender, pode muito bem ensinar em escola... Eu quero virar professora e passar o que aprendo com a senhora.

— Vire professora, mas ensine a ler a palavra e o que ela vem a ser. Nas Leituras Sagradas, Deus que me perdoe, também é tudo muito enevoado. Cê espia só. Expulsar Adão e Eva do paraíso porque comeram do fruto proibido. E o fruto, origem do pecado que nós todos nascemos com ele, foi criado pra quê? Isso deve ter uma outra leitura por fora das letras que a gente não decifra.

— Dindinha, eu estou tonta. Eu quero comer.

— Venha quebrar o jejum.

Entram para a cozinha e Zefina abre o borralho de dentro da fornalha, onde estão enterradas as brasas de ontem que acendem o fogo de hoje. Retira pelo último suspiro da trempe duas batatas doces que ficaram assando de um dia para o outro. Vê Madalena comendo-as com a boca boa. Cruza gravetos, sabugos e palhas rasgadas. Com um sopro, as labaredas sobem. Um pequeno caldeirão de ferro é colocado com água do pote. Um taco de rapadura e folhas de erva cidreira ficam ali abafadas. Comem com a boca boa, mas a mente de Madalena trabalha respostas e perguntas, assim como a de Zefina:

— Pra morrer tem a hora certa. E pra nascer, tem escolha?

Não viu ter falado para ser ouvida, mas Zefina rebate:

— Você era inocente, ele não era. Cê não queria era ser deflorada e ficar embuchada, pois era?

— Dindinha, mas eu quis me entregar. Eu cri no amor. Ele tem culpa?

— Deu no que deu: parir com dor e o homem ter que trabalhar pra comer. Cê tá é num mato sem cachorro. Esse não vai trabalhar procês comerem, não. Aí, sim, deu-se numa mula sem cabeça.

Madalena recorre de sua sabedoria:

— E tem como ser diferente, dindinha?

— O homem é bispo, deflorou vosmecê, embuchou e não pode casar.

— O que é ser deflorada?

— Fia, no meu entender, o botão se abre em flor, vem a vida e se instala nela, ela se fecha em fruta. Era pra tudo ser assim, sempre virgem, só abrir pra vida. Mas com a tentação, que é o comichão, o homem não espera a flor abrir e rasga o protegimento, a virgem é coitada para sempre. Diz que Nossa Senhora teve filho virgem e permanece virgem porque se entregou ao amor. Então é eternamente Virgem. As coisas devem ser feitas assim, quando você sente que é pra ser. Não na violação.

— Pois se é assim, eu sou virgem. Busquei e encontrei o amor. E gozei.

— Menina malina. Cruz credo! Nós 'tamos na Semana Santa, doida. Como é que me fala uma coisa dessas? Jejum não deve ser só de comida: de asneira, também.

Madalena chora. A madrinha exclama:

— Qual? Vai saber. E precisa saber? Pois não foi o querer saber do mundo que encrencou Adão e Eva e nós todos pra sempre? Deixe a ver. Só acho que inocência e segredo são um particular de cada qual com seu cada qual. Violar é o pecado.

Madalena sai pelo quintal, deixando sua madrinha para lá, na sua pura rotina. O ar está manso, no céu dissiparam os sinais da chuvarada. A natureza está vivificada e Madalena unida a ela. Come araçá, gangorra na goiabeira, segue trilha de formigueiro, imaginando o diálogo das formigas quando se cumprimentam. Passa-lhe nas ideias: "*Então, se é tudo mistério, pode ser que seja, mas também pode ser que não seja. No colégio falaram que cientista pesquisa, experimenta e prova. Mas também pode ser que seja, como também pode ser que não seja. E pode ser que a verdade não seja dita, mas que a gente só sabe mesmo depois que a vive. Eu estou vendo que a flor cai e é aonde nasce a goiaba. Deflorar. Vou ter que abrir esse novo vocabulário no meu caderno. Vou me lembrar quando chegar lá: virgindade, deflorar, embuchada..."*

O chamado da madrinha para o de-comer desconserta suas abstrações.

Angu de banana com quiabo, abóbora no feijão e almeirão foi a mistura apropriada a dar sono.

Dorme. Devem ser umas três horas mais ou menos. Ela volta para as folhagens, dando trela à cabeça e aos pulmões. Está feliz e não está. Assenta encostada ao tronco de uma velha mangueira, põe-se a respirar e passa por uma vertigem. Encontra-se com a Mãe, Mãe Terra, que lhe chega tão perto, de onde sai sua ancestral. O encontro delas é íntimo e ela se acorçoa a dialogar. Mas o entendimento é por dentro, no coçar do ar que entra e sai.

Baixa o sol, Zefina encontra-a com o semblante radiante:

— Vamos buscar uns mandis mode jantar?

Na beira do ribeirão, Madalena afronta o silêncio para as indagações:

— Dindinha, o que está pra ser é o que se pede ou é feito a vontade de Deus? Eu escuto "pedi e recebereis" e rezo "seja feita a Vossa vontade".

Zefina fica séria e se levanta para mudar o anzol de lugar, aponta para o fundo do translúcido ribeirão e desconversa:

— Estão as nuvens lá dentro d'água e lá em cima no céu. Se é que é, eu não sei. Vamos mais pra perto da pinguela que nesta água limpa desse jeito não vai vir peixe.

— Mas, ô dindinha, se é daquele jeito dos galos com as galinhas que nasce o que tem de nascer, o que é virgindade?

— Não tem frango, franga, novilha, leitoa? Pois, então?

— E a senhora, dindinha, é o quê?

Ela gargalha e responde:

— Agora dá pra nós conversamos nessas traquinagens. Tudo enquanto é homem e mulher mexe com essas coisas, seja dum jeito ou de outro. Tudo gosta. É um jeito do mundo vir a ser. Lá nas grotas onde fui criada, tinha as furrupas. Sempre um ou outro armava um jeito de juntar o povo mode dançar. Era o Ané com o pandeiro, o Chiquito com a sanfona e aparecia um tanto de violeiro. Vez era na sala, vez era no terreiro varridinho. O pau comia. Quando supitava um querer comichar, nós cá se largava um do outro e parecia que o querer juntava nós no mato, num escuro, e a gente se dava a trepar. Quando aquilo dava por satisfeito, voltava-se pro meio do povo que dançava. Vez acontecia de novo, vez ficava por isso mesmo. Vez nem se sabia quem era o tal. Quando garrava de ser sempre o mesmo par, acabava que o homem pedia a moça em casamento e se casavam.

Madalena gargalha.

— Pois, então! Tudo acontecia sem o medo do pecado infringido pelo padre Ni. A conversa era no aberto quando nós moças íamos pra fonte lavando roupa. Muita narrativa do feito nós contávamos ali, mas só pra rir e divertir. Acontecia da gente, só de falar, ficar desejando, então, umas às outras se roçava, chupava os peitos.

Madalena ri e comenta:

— Eu mais a Duda...

—Tinha caso de companheiras ficarem de não querer se largar, e só entre elas se devotar. A Tereza do Tibúrcio e a Ana Querosene fizeram rancho e moram juntas até hoje. Homem também, gostar de outro homem, podia ser. Era tudo debaixo de um quieto, mas não tinha esse negócio de pecado e maledicência, não. Fui ver citação de muita coisa como sendo errada foi nos ralhados do sermão, que pouco entendo. Eu acho que o mundo é do jeito de cada um ser, senão como é que a gente vai conferir nossa inocência diante de Deus?

— A senhora nunca deu de casar?

— Até que quase que deu, menina. Eu e um tal de Ambrósio estávamos se gostando de ficar, mas sua mãe mandou me buscar. Quando eu apareci por lá de volta, ele já estava amasiado com outra tal. Quis saber de mais ninguém, mas ainda sinto o intrometimento dele roçando em mim. Aí eu toco a imaginar ele me acochando até passar.

Vez ou outra aparece um mortal aqui na grota pra pedir uma água ou mesmo pra recordar um passado bom, nós coisa e fica de repetir quando der.

— Mas como não nasceu menino da senhora?

— Toda vez que tinha furrupa pras nossas bandas, cada uma cuidava de saber se a sua lua tava de pegar menino ou não. Se tivesse beirando descer regra ou se tivesse uma lua depois, nós poderíamos ficar no coito. Se também escorregasse, era chá de buchinha até as regras descerem. Deixar nascer menino, só se o pai do cujo tivesse casa de morar. Assim era.

Voltam para casa. Zefina entra na cozinha e já pega a panelinha de barro de detrás da fornalha, com a gordura que ali vive armazenada. Atiça a lenha, entremeia palha de milho e sopra as brasas para chamejar em labaredas. Madalena se amontoa no aterro da fornalha. Seu corpo molhado vai passando a seco e o abraço do calor do fogo com a brisa fria que desce dos matos dos morros a envolve em nostalgia. O mandi descansa no prato para ser incorporado ao sal e fubá. A faca afiada feita de taquara vai descascando quatro bananas verdes. Zefina afasta o tição de lenha, abre o borralho com a colher de ferro, enterra-as ali, deixando-as bem cobertas pela cinza quente. Acompanhando nota por nota do fazimento, Madalena sente executando a canção do luar na flauta de sua espinha. "*Prateia a serra, tudo prateia...*"

Zefina pica um fumo e enrola um pito na palha, único do dia.

Em alta noite, a lua indo para cheia, faz-se em tiras pelas gretas da janela. Madalena está inquieta, sem sono, deitada aos pés de Zefina sobre a esteira de taboa estendida nas ripas tramadas de cipó. Com o pé empurra a janela e prega os olhos na lua, que parece disparada entre nuvens, sem sair do lugar. Sua cabeça se agita em pensamentos e lembranças, ora boas, ora ruins. O ar nas narinas acessa o fogo de sua base. Excitada, ri e comenta:

— Não é à toa que diz vovó: "Não há paixão sem cheia nem moça que não anseia."

Zefina já ronca. Amanhece e o dia é recebido com a sua virtude. Vai para a beira do ribeirão lavar a cara, aliviar o bucho e se banhar. Madalena chega um pouco depois. Zefina fica por ali quebrando umas canas para a garapa. Madalena suspende a roupa, agacha, deixa a água lamber seu senso nu: "*Mas não é isso mesmo? É isso mesmo!*" — cisma. Com as duas mãos no fundo sobre os seixos, segurando seu corpo assentado, tomba a cabeça para receber o sol na cara. Dá risada com o que desvenda: "*Sol, água e pedra, porque assim aprendi que se chamam. Mas não se chamam. Eu é que as chamo e não sei nem de mim. Mas está tudo tão lindo!*" Ri que nem boba. Zefina pergunta o que se passa. Ela pega em seu braço para saltar fora d'água e diz que está tudo muito bem e sai ciscando que nem galinha pelo meio dos matos. Tudo lhe revela a criação.

— Mas quer dizer que é tudo obra de macho e fêmea. Até as cobras?

Zefina, rodando a engenhoca, inteira:

— Cobra eu nunca vi, não. Sei que elas cruzam e umas botam. Tem ninho de cobra. Mas nosso pai disse que já viu elas cruzando e parindo também. Nada escapa.

Aproxima-se entregando a cuia de garapa. Sai e volta com a cuia de milho que joga às galinhas. Madalena canta "*Que nem uma borboleta vagando triste por sobre a flor...*"

— Pare com isso, menina. Semana Santa é de silêncio e jejum pra ter indulgência. Espia só. Indo pra meio-dia, nenhum passarinho ou qualquer bicho do mato cantou. Se bem que vosmecê neste estado não precisa jejuar não.

Arranca duas folhas de taioba, passa-as na bica. Madalena pede para rasgá-las. Zefina transfere duas bananas verdes que passaram a noite cozinhando no caldeirão junto com o feijão para a panela de ferro e, com a colher também de ferro, vai amassando-as e pingando água e amassando-as. Quando já está um angu, divide-o em dois coités. Naquela mesma panela, frita o alho e refoga a taioba e deita o feijão por riba. O cheiro que subiu aumentou o apetite de Madalena.

Assim que almoçam, vão debulhar o amendoim que secava no estaleiro. Enquanto Zefina o torra na panela de ferro, Madalena deita no banco e dorme. Quando acorda, a paçoca já está socada e o café coado.

Madalena acorda e puxa conversa com Zefina:

— Dindinha, eu sonho e acho que é deveras.

Tinha sonhado com a mãe. Está com vontade de tê-la em carinho, mas a pergunta que lhe ocorre é:

— Mas como é que há de ser? Nascer como?

— A galinha não bota o ovo? Parece.

— Mas é bicho. E como é que é ser homem e ser mulher? Agora é que estou dando fé disto. Não diz que o homem foi feito do barro e a mulher da costela do Adão? Eu, hein?

— Numa comparação: quando vamos tirar a tabatinga, primeiro está o barro. Cavando, encontramos a argila. Explica o homem ser feito do barro, primeiro. A mulher feita da costela… aí não sei. Só se o que se chama de "costela" é a argila, que vem depois. Nascer homem ou mulher vai depender da posição da Mãe Terra com o Criador. Cruz, cruzamento. Filho, Cristo, Cruz, tudo que nasce. De certo é que tudo é do mesmo feitio. A gente vai aprendendo com as escutas e com os zóios no mundo de meu Deus que nós, tudo, é uma maçaroca de um Pai só. Se for ver, esse seu filho é filho de não sei quantos, uns mais, outros menos. Nós bebemos o leite da vaca, comemos os ovos da galinha. As minhocas alimentam os passarinhos que espalham sementes e vai de assim, assim. Deixa o mundo rodar que vai tudo como Deus quer. Pare de espezinhar.

— É. Mas quem vai parir sou eu. — Ri demais.

— Mas eu tenho cá pra mim que não vai ser com dor, devido a que, pelo que me chega, seu filho não é da carne, é do amor. Dói é quando é da carne. Agora, com o Bispo pode até ser que ele também esteja absolvido. Passar o carro na frente dos bois complica. Mas saber o certo também não é certo. Diz que não é pra comer da árvore da sabedoria... vai saber.

De tanto que dormiu de dia, Madalena não entra em sono para romper essa sexta-feira. Teve vontade de instigar mais a madrinha, que dorme enroscada aos seus pés, mas não quis acordá-la.

Sai mais cedo da cama e zanza pelo quintal. O ar parado faz ter estranheza de viver.

Zefina bebe água na cuia e fala:

— Cê não precisa jejuar, não.

— Mas não quero nem um araçá.

Fica uma pra lá, outra pra cá, silêncio, mas silêncio de tudo. Bastando o sol, a água e o respirar, pisando na terra. Dá três horas, pelo visto, as pernas de Madalena bambeiam-se e ela agarra na barra da saia da madrinha que lhe chega.

— Deita aí no chão e respira que é assim que as forças voltam — ordena Zefina.

— Dindinha Zefina, acode! Estou perdendo meu homem para uma cobra. Ela está vingando de mim e matando meu homem — delira.

— Calma, filha! O que é do homem o bicho não come. É a raiva dela vingando dele querer negar comer da maçã. Garra com Nossa Senhora e com nossa avó, a tal do zero. É único jeito.

— Salve Rainha, Mãe de Misericórdia! Danu do Céu!

Na mesma hora a cobra vomita o Bispo e foge.

A matéria escarrada pela cobra chora como quem acaba de nascer. Fica ainda na posição fetal, frágil e incompetente, com o sol machucando sua lambuzada pele, delirante, órfão de pai e mãe. Zero.

O vento que corre em redemoinho muda de toada, ouve-se o dueto na cachoeira orquestrado pelas folhas de bananeira em tenor, soprano do milho seco e o contralto dos bambuzais. Entra a voz de Madalena no recital da ópera:

— Respire, filho de uma jararaca, se não quiser virar esterco agora mesmo.

Ele obedece, porque é sua mulher quem rege e ele vê que isso é muito bom.

Madalena dá uma gargalhada como deu quando mula sem cabeça, levanta e exclama:

— Quer vai querendo. Pega no pé e sai roendo.

Zefina acode:

— Falando com quem? Faz força não, fia. Cê tá num estado interessante.

Ela sai do chão, onde esteve desmaiada. Zefina chega com o chá frio feito com folha de laranja-da-terra esfregada na água da bica dentro do coité. É o que tira Madalena do vago em que entrou após a clarividência de que, nessas alturas, o Bispo, seu homem feito Deus — por ela —, teve que enfrentar toda a Bíblia, da expulsão do paraíso ao Apocalipse. Viveu seu calvário, a ponto de ser sacrificado, morto e ressuscitado.

A lua é cheia e a cabeça de Madalena vazia.

— Cada qual no seu canto, sofre seu tanto, pois santo é o que ninguém é — resmunga Zefinha.

Espectro

O Bispo dá por si, em pele e osso, nu, na padiola feita de bambu e couro de boi, subindo a serra, carregado pelos homens mais certeiros de lugares arriscados, com suas espingardas nos ombros, chapéus de couro, roupas surradas, embornais prevenidos, acompanhados de seus exatos cachorros. Param com ele no chão, dão-lhe de beber. Ele abre os olhos, senta e ordena espevitado, como uma alma penada: "não matem a cobra!" Cai para trás, desfalecendo-se de novo. Os homens ficam se entreolhando sem entender. Sô Tião Cabeludo, que se mantivera em sua palhoça, presciente, onde passou toda Semana Santa, coça a barbicha enfumaçada e diz:

— É mandada. Cobra mandada.

E Seu Aurelino diz:

— Por quem? O senhor pode dizer, senhor Tião?

— Não, senhor, porque mesmo não sei. Só sei que é assim — Seu Tião responde muito sério, para manter o respeito a um feiticeiro.

Chegam ao arraial com ele carregado na padiola, o que a euforia, mais as ondas transcendentes, fizeram-no ser visto num andor. Mestra Vanda, vendo o corpo do Bispo queimado às borbulhas pelo sol, corre em casa, providencia folhas verdes de bananeira, murcha-as no calor da fornalha, lubrifica-as com óleo de mamona. Deitam-no por cima e o envolvem no lençol de algodão. Unta seus lábios e deixa a seu lado o soro caseiro. O cerimonial, que já estava com os paramentos engomados, veste o fantasmagórico Bispo como fazem com as imagens que ficam guardadas na sacristia esperando a ocasião, e as cerimônias acontecem: casamentos, batizados, crismas. Ouvem o sermão, cada qual com seus ouvidos, sua alma, sua palma. O banquete é esparramado. Tocam, cantam, dançam e bebem todo vinho que puderam fazer do jenipapo, da jabuticaba e da laranja. Sanfona, pandeiros, caixas de tambores, cavaquinhos e violões. Bandolim só um.

Quando Vanda vai buscar uma caneca de caldo de mandioca para ele, Luiza chega, puxando assunto:

— Ouviu? O Bispo disse que Deus sela só a sinceridade do coração. Vou largar desse Ernestino e me juntar com Leôncio!

O Coronel mais dona Etelvina chegam com o tacho de galinhada quentinha, exaltando:

— Viva nós! É como disse o Bispo: "Se um firma numa alça e o outro na outra, o casamento está seguro! Foi benzida a nossa Bodas de Ouro!"

Justino conversando com Sô Preto:

— Se for olhar conversa de bispo, as mulheres vão trepar em nós! Se nós dermos essa moleza que ele falou no sermão, elas pularão a cerca!

— Rapaz, mas se a gente pensar bem, quem gosta de mulher tem que tratar elas é bem! É fazer da nossa a melhor, mode "não desejar a mulher do próximo!" Tá certo!

A família de Ciro estava toda lá e as cunhadas conquistando os rapazes. Cibele disse:

— Cê ouviu, né, Vanda? Mãe fica nos vigiando, pra namorado não aproximar. Ainda bem que o Bispo disse que isto contraria a vontade de Deus. "Deus é Amor." Tomara que ela tenha ouvido e entendido.

Ciro aproxima-se dela e quase lhe molha o pescoço, dizendo:

— Casada. Não é mais viúva.

— Casada. Grandes coisas. O que muda?

— Vamos lá em casa, aproveitar que estão todos pra cá, experimentar se mudou alguma coisa.

Ela revira os olhos. Vê que sumiam com a padiola rumo a Abecedê. Entende que um mistério se completa, larga o copo e foge. Caçando jeito de ninguém o acompanhar, Ciro vai atrás. Passa a tramela da porta do quarto e fecha a janela.

Depois de muitos suspiros, ele exclama:

— Que a senhora tá mais entregue, isso tá.

Ele sai, Vanda fica a contemplar o mistério: "*Mamãe privou-se desses prazeres. Não sorria, no entanto, ela deixou que eu cuidasse de mim, eu me cuidei. Mas... e minha filha? Tenho a sensação que cuidar agora do Bispo é alinhar-me com ela.*"

De emoção, quer chorar. Senta-se na cama se recompondo. Se usasse da vidência hereditária, desvendaria o que ocorre, mas não. Toca em frente.

A COBRA

A redenção do Bispo começou quando padre Henrique o compeliu a embrenhar mata adentro e lá viver sua Via Sacra. Já não aguentava mais a aflição dele no caso com Madalena e ao que supunha em conflito interior. Cuidou para que o povo soubesse que esse retiro fazia parte de sua purificação. Pensou no conforto e proteção para que ele saísse o mais rápido possível. Contratou os dois espertos coroinhas que sabia ter campeado todo o município a serviço do Deputado para servirem-lhe de guias. Envolveu o Bispo na capa e chapéu de boiadeiro, instruiu aos meninos-guias que o conduzissem até a freguesia Samora, mas que fizessem uma parada para almoço, contanto que chegassem a tempo de rezar a missa de Ramos para eles lá. Tudo muito bem entendido e atendido. Saiu montado na melhor mula, macia em marcha. Ficou padre Henrique preenchendo a ausência dele.

Todos cavalgando sem desperdiçar o silêncio. Quando acharam por bem, os viageiros pararam em um rancho. Os coroinhas tiraram suas matulas. Comeram com toda satisfação, sem antes terem rezado. E melhor, sem se absterem de carne, conforme os preceitos da igreja. O Bispo levanta-se da pedra em que está assentado, observando-os e refletindo. Num ímpeto, disse:

— Meninos, deem-me um pouco desse torresmo de carne.

Os meninos correm mais que depressa para servir-lhe. Ele inveja a falta de culpa dos hereges e olha para o céu. Chora sem rezas, respirando curto.

Depois de curta sesta, voltam a montar e com mais uma légua entram direto no terreiro da capela, amarram os cavalos. O Bispo desmonta de si, assenta no banco debaixo da gameleira querendo ser ninguém e que pudesse descansar. Mas os recepcionistas chegam avexados com o despreparo, pois a expectativa era da presença de um padre. O Bispo, tentando parecer-lhes apóstolo, presta esclarecimentos:

— Vim porque quero fazer um retiro espiritual mata a dentro, por isso devo ser deixado a sós. Porém, pretendo voltar para celebrar a Ressurreição e ministrar batismo, crisma e casamento a quem quiser, desconsiderando a regra da Igreja, que é apregoar antes.

Dispensa as insistentes gentilezas de comida e cama.

Depois de se livrar deles, fecha a porta azul da capela, deita-se no chão da sacristia borrado de cocô de andorinha. Cochila apenas. Percebendo o povo com a atenção voltada para o teatro do Domingo de Ramos, se esquiva e dispara mata adentro. Só, sente medo se um galho o toca, assusta com uma folha que caia, pensa em onça, pensa em cobra, mas vai. Quando já é de tarde e o calor o exaspera, chega numa clareira, onde há um lago. Acolhe-se, arria o alforje, tira as sandálias e põe-se a andar na areia. Absorve o ar. Repara a cachoeira que cai de um paredão entre avencas e samambaias. Constata que esse recanto é pouco visitado, acesso difícil, mas que ainda não é perfeito para seu retiro. A sensação que tem é que numa gruta escura, onde não ouvisse nada nem visse nada, muito menos um céu, seria melhor.

Pega o porrete que usou de bengala nas barranceiras. Finca-o na areia. Anda em círculo, sentindo a vegetação o encarando. Quando pensamento lhe vem, aperta o passo. Até que escuta só sua pisada no mesmo som do coração. Roda, roda, roda. Sente-se cansado, ajeita seu corpo assentando na pedra ancorada na margem. Puxa o alforje e confere a matula que ainda tem. Não lhe apetece. Abandona a marmita aberta ali na praia. Resolve arrancar as roupas. Puxa o ar levantando os braços. Quer saber-se nu a desafiar o pudor, a honra, entregar-se sujo.

— Aqui, ó! Aqui está o meu santo bispo — fala ao pênis em suas mãos, sem deixar de temer o olhar de Deus e conferir se não estaria sendo visto por alguém. Está disposto a entregar-se à sinceridade. Até que se faz luz da tarde em sua mente e ele volta a deitar-se na pedra quente. Rebuça-se com a capa e ali fica.

Este estado meditativo dura não se sabe quanto, até a hora em que a sensação de uma leve massagem pela barriga o acorda. Espera para entender, sem imaginar o que possa ser. Sai e alonga. Vai para outra grande pedra, oval e achatada, parada no outro lado do lago. Olha a mata que circunda o ambiente formando um cesto acolhedor. Assenta na pedra e volta a olhar o céu. As bordas do azul já ganham um anel alaranjado. As nuvens andam. No passo delas, põe-se a respirar. A cachoeira serve-lhe paz melodiosa. Pensa que é a primeira vez em seus trinta e três anos que percebe o ar que lhe entra e sai. Sente que é tudo tão novo, ele um recém-nascido neste cesto. Pensa em comer. Vai até a marmita. Surpreende-se por encontrá-la vazia. Olha derredor.

— Céus! Eu não estou sozinho. Eu queria estar sozinho. Que ilusão! Mas não devo temer mal algum. Ou devo?

Enrola-se na capa e vai ao seu objetivo. O choro e a respiração são coisas novas para ele, então ele os cultiva. Depois, procura pelo que trouxe no alforje para comer, mas desiste de dar trabalho ao corpo que pede cama. Enrosca-se sobre a pedra e dorme.

Apaga. Acorda muito cedo, junto com a passarada, lindo orquestrar. Ainda com o tempo meio escuro, alonga e põe-se a andar, com seu porrete, a formular:

— Não estou aqui para brincar. A minha situação é: eu sou uma pessoa. O mundo é um teatro. Todos têm seu particular e seu papel para a plateia. Enquanto ator, tive o texto pronto decorado e um diretor dizendo como atuar. Difícil é quando o meu particular me cobra um improviso em cena. Onde está o Tibério pessoa, esse cabotino?

Desacelera o passo, assenta e tenta a paciência consigo. Vontade lhe vem que sua vida volte para quando nasceu e que ele, tendo consciência de si, faça tudo de forma diferente. Experimenta ver o que guarda de si em sua memória. Primeiro que se chama Tibério e que nunca tivera apelido.

— Sempre tratado pelo nome inteiro por meu pai e por minha mãe, e assim por todos. Depois, chamado de padre, e agora de bispo.

Mas retoma-se ao Tibério. Sente-se bem e acredita que seguindo com essa regressão encontrará o jeito de continuar vivendo. Pensa na mãe. Aquela santa que ficava sempre aos pés de outra Santa que a ajudasse a não faltar como religiosa, esposa e mãe.

— É. Eu me afligia e fazia de anjo para atendê-la antes deles. Ficava por perto cumprindo seus mandos, com perfeição. Minha mãe me ofereceu a coroinha. Meu irmão, mais velho, ficava para ajudar o pai no livro caixa. Não me recordo da relação dela com o primeiro filho. Parecia que o outro era filho do pai e eu, filho da mãe. "Filho da mãe!" — exclama, como a um xingamento.

Alonga-se, respira. Que é Segunda-feira Santa, é, mas calendário ali não o atinge. O dia se abre, esplendoroso. Força-se em exercitar o corpo com a máxima: "*mens sana in corpore sano*".

— Que novidade, não é, Tibério? Um religioso recebe o dia é com orações. Segunda-feira Santa, mais próximo da Páscoa, o desenlace final. Salmo 26, "Examina-me, Senhor, prova-me; esquadrinha os meus rins e o meu coração". Pare, Tibério. Largue de ser rezador, seu ímpio! — fala para si mesmo.

Quer se banhar na divinal cachoeira, depois de muitas braçadas em natação. Dá um mergulho profundo e se vê dentro da queda. Dali, olha para o barranco de pedra que a margeia. Pedras que formam nichos. Vai até lá. De mão em mão na parede e de pé em pé sobre as pedras, vai rodeando por detrás da cachoeira. Uma visão o paralisa — uma cobra enrolada com a cabeça por cima, bem olhando para ele, dentro de um dos nichos. Faz-se homem de uma vez e perna pra quem tem. De volta, do lado de cá do lago, olha e seus olhos recuperam a visão para o local da cobra.

— Pois terá sido ela a comer minha comida, a passar em cima de mim enquanto eu descansava na pedra?

Como que preso à sua senha, paralisado, não tira os olhos do refúgio dela. Até que aparece a fita amarela, retinha, atravessando as águas do lago. Sua cabeça vaza na margem, levanta-se majestosa, vira para o lado dele, desvira e segue em frente até atingir a mata, sobe no pé de jatobá, de galha em galha se arrastando, de árvore em árvore some.

É um recém-nascido que chora, chora, chora. Um choro visceral, cujas lágrimas vão lavando seu cérebro, seus ouvidos, sua garganta, espirrando com os bombardeios do coração. Ele, hirto, só depois do meio do dia acha perna para se mexer e beber água. A água lhe percorre canais sedentos, e ele, livre de ter sido comido, não se vangloria disso. Sobe-lhe o pânico. Seu coração dispara, suas pernas bambeiam. Senta-se. Mesmo sem humor, vem-lhe o dito: "se correr o bicho pega, se ficar o bicho come". Também por já ter ouvido falar assim desde criança, borra-se de medo. Frio e calor. Depois de suar, baixa-lhe a resignação:

— Pronto. Solucionado está. A cobra vai me comer. Sou sua próxima refeição. Então foi ela que passou sobre mim, comeu minha comida. Ela voltará nesta tarde. Será que me comerá? Lógico que vou tentar me esconder. Mas onde? Não vejo saída.

Doem-lhe os rins. Busca se aliviar, pensando:

— Pelo menos ficarei livre de enfrentar meu drama. Perfeita solução. Mas lamento perder a oportunidade de rever minha vida, o contato comigo. Vou-me embora sem saber quem sou, ao que vim.

Olha ao redor tentando descobrir por onde escapar dali, mas, além de se sentir fraco, com medo, está imbuído da necessidade do enfrentamento para usufruir do valor do sofrimento. Quando se vê, está ajoelhado sobre a pedra, coberto com a capa de viajante, em plena tarde ensolarada, tremendo de frio. Pensa em entrar em orações, mas revolta-se, pois gostaria de encontrar soluções por si mesmo, além de se julgar indigno de Deus. Mas pede por misericórdia, perdão e salvação pós-morte. A toda hora olha assustado, com medo da aproximação da cobra. Muda de pedra ao perceber-se na mesma pedra onde ela provavelmente passará na volta. Sofre arrepios.

— Que diabo! Eu posso fazer o seguinte: escondo-me atrás de uma árvore na direção da saída e fujo assim que ela passar.

Mas quando assim pensa, ela já vem. Ele ainda olha para dentro da mata, mas a percebe escura, sem sol e não encontra coragem. Até que a cobra passa por ele, olha-o, entra no lago, some atrás da cachoeira. Ele ainda tem ímpeto de fugir, mas a mata se fecha para ele e diz: "*Tudo se esvai.*" Volta os olhos para o lago que está um espelho refletindo a última luz do dia, de onde ouve: "*Que é do borrão que já nem é nem será mais?*" A cachoeira é pura gargalhada e ele em si concorda em se entregar. Lava as lágrimas, vai para dentro da água, bem devagarzinho para não provocar a fera. Lava-se. No interior do lago encontra calor. Sai, examina sua aquiescência em conviver com a cobra, com o que encontrar. Pensa no dilema de Adão, que vivia as delícias do paraíso com sua Eva, até que aparece esta cobra que os incita a serem os criadores. É a tentação do diabo. A mesma que crava em sua cabeça o garfo vermelho: a gravidez de Madalena. Perde totalmente a força nas pernas. Volta a tremer, tremer de bater o queixo. Enrola-se na capa sobre a pedra do lado e dedica-se:

— Meu Deus, a paz é enganadora. Tudo muda por sombra rindo de um sofredor. Meu espectro de casto ri de mim, de para onde me trouxe.

O sono o abate. Acorda na terça-feira, com o sol já queimando.

Olha ao derredor, para o redondo de onde está. Contempla a mata, as quaresmeiras floridas, o azul do céu, a cantoria dos bichos. Contempla a cachoeira tão cristalina, mas intriga-se com o fato dela abrigar na sua composição um ser peçonhento, além da cobra, outros tantos bichos, assombrando esse que se acha o filho de Deus.

— O medo. Quero ser muito, usando meu anel de bispo. E se eu o oferecer à cobra?

Senta-se na pedra, outra — naquela não. Encolhe as pernas, cruza-as com as mãos e, por não ter outra orientação, entra na Via Sacra:

— Terça-feira, Jesus anuncia a própria morte. *Salmo 70: "Senhor, apressa-te em ajudar-me."* A dor, sim, essa me atemoriza. Posso então preparar-me para a dor. Tenho medo da dor. Os dentes venenosos da cobra vão entrar na minha carne, isto vai doer. Ela vai deixar seu veneno. Será rápida a morte? Até quando respirarei? Posso voltar para o fundo do lago. Doerá mais me afogar ou ser comido? Cobras comem como onças? Como é o comportamento das cobras? Teologia e filosofia nada me ensinaram sobre sobrevivência nas selvas. Estudei sobre diferentes religiões, seus textos sagrados e rituais. Mas agora preciso resolver questões sem hermenêutica. Sei da cobra na Bíblia, sei da cobra na filosofia, sei da cobra na mitologia. Ordenei-me bispo, mas que saber poderá me salvar agora?

Olha o anel de bispo, mas não o tira.

Lá vem ela deslizando nas mechas douradas da água. Sua cabeça aponta na areia, avança um tanto, um quarto do corpo. Para. Vira a cabeça para o lado do Bispo, que está de joelhos, com os olhos fitos nela. Ela o olha com a língua trêmula a antenar. Já que não foi comido, o Bispo estuda de novo a possibilidade de fugir, mas a frase ronda seu cérebro com humor: "*se correr o bicho pega, se ficar o bicho come*". Descarta essa possibilidade ao ver intransponível o rio que escorre da queda da cachoeira: por um lado mata íngreme, e fechada por outro. Pensa em ir entregar-se de uma vez quando ela voltar, mas o suicídio não está em seus planos, ainda mais que acredita ser inevitável o trucidamento. Decide olhar para o céu e dizer: "*nas Tuas mãos entrego o meu espírito*", mas acha que não é bem assim. Quer mesmo é estar resolvendo essa situação terrena, humanamente, como gente, mesmo que seja para morrer em seguida.

Pois a cobra segue o caminho dela.

"Tenho chance? É um dia inteiro para decidir. Bem, que chance? Ficar e preparar para a morte é o que me resta. Bem, e se não morro, perco o

tempo que tenho de chegar a um acordo comigo mesmo ou de vasculhar minha fé e encontrar em Deus a saída. Se Deus perdoou Davi de um pecado também cabeludo, posso pedir o mesmo através do Salmo."

A cobra volta, se entoca, e ele pra lá e pra cá. Pensa em comer, mas coloca o jejum absoluto como ato penitencial. Sacode a cabeça desolado por se ver ainda como religioso e excomungado. Deita e chora e dorme. Não sabe quanto tempo já passou, até que um manto gelado vem tomando-o na pele. Puxa a batina sobre si, faz travesseiro de seu alforje e, mesmo que chova, não quererá mais se mover. Nem comer, para deixar seu corpo à disposição desta regressão. É a primeira vez que a vida representada nesse santo teatro ganha repouso. Estorva-se com a sobrecarga de um bruto erro fora de cena prestes a perder a máscara e mostrar o cabotino que é. Por agora, o cenário é um cesto que o acolhe. Suspira e recita, mas desta vez querendo ser um ateu: "*Confio a minha alma no Senhor, nele está minha esperança.*" Dorme com este embalo da noite. Sonha que está num mato sem cachorro querendo sair e que uma enorme parede de mármore branco o impede de atravessar. Cai de um barranco contra esta parede que desmorona feito flocos de hóstia. Quer comê-las, mas vê que do outro lado vem a água onde tudo é desmanchado em uma lama branca. Quer salvar algumas hóstias porque tem fome. Mas tudo amolece e ele atola. Com o desconforto, acorda. A madrugada é anunciada por vozes de pássaros variados. Parece que um canta e o outro responde. As cores do arrebol dão-lhe alento, porém, sua preocupação ocupa o lugar de qualquer louvor. Resolve comer logo seu inhame, um taco de rapadura e beber da água, tudo pouco para não afugentar seu processo.

— Onde eu estava mesmo? Sonhei. Nada de José do Egito, mas o sonho quis me trazer alguma reflexão. Insisto em ser um pecador, mas aparece em mim um vislumbre de não ter pecado, embora busque me condenar. Morda-me, cobra.

Fica o resto do dia invocando a Deus na mesma súplica de Rei Davi que cometeu crime hediondo matando o marido de Bate-Seba depois do adultério com ela. Vislumbre de uma nova consciência lhe desce:

— Bobagem, eu deveria ter ido logo atrás do meu irmão e ele ter sumido comigo e colocado outro em meu lugar. Talvez até ter fugido com ela, azar. Mas não soube fazer isto. Não me ocorreu. Foi tudo tão fora do prescrito. Bem, fugir com ela ainda pode vir a ser pensado... ser possível. Este pensamento me agrada. Parece-me que tudo que é gente, diante dos pecados, perde o tino, seja pagão, seja bispo. Por que este que hoje sei ser farmacêutico Simão não agiu assim com Donana, que hoje sei ser a avó de Madalena? É prática dos clérigos apagar da mente os pecados ouvidos em confessionário, mas o que ele me confessou me contagiou. Eu ofereci a ele várias passagens bíblicas que pudessem fazê-lo crer no perdão divino e dei-lhe penitências que o indultasse, desde que não voltasse a pecar. Mas o que ali ouvi, com riqueza de detalhes, nunca antes ouvida, excitou-me a práticas libidinosas. Exausto que me encontrava do bom-mocismo, recebo na sequência dele uma menina-moça, sedenta de amor. Amor por mim que já havia sido reconhecido desde que trocamos olhar. Foi um encontro mágico e incitado. Encontramo-nos e eu não sei dizer como tudo se deu. Amor, prazer, relação, influência. Porém, há a gravidez que altera o contexto. Não é só perdão.

Seu corpo está debilitado, sua pele queimada, treme e tem febre. Passa mal a tarde toda e dorme, enquanto lá vem ela, uma cobra chegando da caça, atingindo a areia para alcançar o lago. A lua faz o couro dela brilhar. É amarela com rajadas marrons. É grande, dá dois metros. Vem com a cabeça em pé, majestosa. Pouco antes de entrar na água, levanta-se um pouco mais a cabeça, apruma o peito e se vira com elegância para o lado do visitante. Os olhos dela o atingem, ele desespera. Apenas se olham, ela volta-se para frente sem deixar dica do que pensou. Ele não sabe que ela chega da caça, satisfeita e cansada, quer é dormir. Entra lago adentro, passa por baixo da queda d'água e some por lá.

Num ímpeto, ele se lança no lago. Trêmulo, olha. Não dá para enxergá-la. Sem causar movimento na água, lava-se. Não tira os olhos no trajeto da cobra que a lua da madrugada ilumina. Com o frio da água em sua emoção, sente-se gelar. Quer sair e se enrolar na capa, mas não tem coragem para dar um passo além, medo de insultar a fera. Silêncio. Todo silêncio é necessário. E quietude. Sabe-se presa.

Amanhece.

— É Quarta-feira da Paixão. Como sei, não sei. Hoje é o encontro de Jesus com sua Mãe.

O medo da cobra tirara dele todas as virtudes, mas ele confere a consciência, com desejo de conviver com a cobra o quanto antes, sem resistência.

"Que medo é este do inferno? Inferno é isso que estou vivendo. Por quê? Porque em vida não respirei corretamente, não abri os braços para olhar o céu com meus olhos, nem tão pouco com uma luneta. Segui um caminho como um cego, deixando apenas ser guiado pelo que está escrito, não pelo que está no meu coração. Medo de mulher, por medo de cobra. Quase me matam, mulher e cobra. Certamente Adão pecou por medo da cobra. Se é bíblico, resta-me a fé.

Tenta gritar, mas sua voz está muito fraca. Então, sussurra em tom de prece:

— Venha em meu favor, mulher. Salva-me, mulher.

Está de joelhos. Ao ver a cobra vindo, levanta os braços com a intenção de entregar-se a ela. Ela passa direto após levantar a cabeça e dar apenas uma olhada, mostrar a língua como um desdém e seguir. Mas ele desmaia e, em delírio, sente entregando os pés, dedo por dedo. Não há dor. Depois, os calcanhares, até os tornozelos. Que bom o que sente. Entrega as batatas das pernas, os joelhos, chegando a sentir cócegas. Considera seu prazer maior que o da cobra. As coxas, por dentro dos ossos, e vira-se para entregar as nádegas. Delicia em suas carnes. Quando entrega seu pênis, sente a inocência sendo libertada do medo. Toda sua espinha é engolida em espiral, passando por estações sensacionais, em mutações de cores ajustadas. Vai até o fim da cobra e volta até sua garganta, sentindo seus músculos se relaxando prazerosamente. Pega seu coração com as mãos para preservá-lo, pois o reconhece como o sacrário. Sopro nos pulmões e sente respirando. Está aliviado do peso do corpo. Entrega os ombros, deixando que a cobra estraçalhe a culpa que os enrijece. Entrega a garganta e espera pela glória do silêncio. Quer preservar o nariz, mas é tarde. A cobra menospreza sua intenção. E sem furo vão-se os olhos. Assim fica morto.

— Estou morto — diz.

Acorda na quinta-feira consciente de estar vivo, que esta solução de ser comido pela cobra não se concretizou, que, tendo vida, deveria cumprir com seu dever de reunir seus religiosos e demais fiéis, na catedral, para celebrar a comunhão diocesana e abençoar os Santos Óleos. Seu espectral corpo sofre arrepios, pois neste momento lembra que vai celebrar a missa no Sábado de Aleluia na comunidade de Vanda. Está confuso.

— Vivo ou morto, "se tens fé". — Chora, chora a não poder mais e dorme. Dorme ou desfalece.

É sexta-feira. O gorjeio dos pássaros não é ouvido. O cheiro da terra e da vegetação faz sua alma penada perceber que tem corpo, busca outra posição e os olhos são provocados a se abrirem. Respira sem respirar, num tempo desentendido. O recém-acordado vê o que vira antes, amorosamente. Sente-se bem. O espelho do lago reflete o azul do céu, onde algumas nuvens passeiam calmamente. Ele chora como o bebê quando sente o primeiro ar invadindo seus pulmões. Vai esticando, mas seu corpo dói. Está queimado. Considera que fora comido pela cobra, que esta é sua vida após a morte. "*Já, já, Nossa Senhora do Carmo virá buscar-me, ou pode ser que demore...*" — ele pensa. Ou está queimando no fogo do inferno. Resigna-se, por fraqueza do corpo.

A cobra vem para sua caça matinal. Ele está muito confuso, pouco sabe de si. Mas põe as mãos sobre o peito. Reza, convencido, com toda alma, "nas tuas mãos entrego o meu espírito!" É Sexta-feira da Paixão, assim revela seu subconsciente.

Sente ganhar uma luz. Por essa luz, entrega-se a Deus, nu e transparente, assim como O comprende:

— Confesso a minha verdade. A vida inteira dei-me a santo. Ou melhor: fui dado a santo. Agora enxergo minha alma nua e só, presa a uma cobra. Ainda querendo o perdão daquilo que, na verdade, fiz e quero fazer. Enganar a quem? "Deus sonda os rins e o coração." Não vejo pecado em mim em fazer o que fiz com Madalena. Esta é a verdade que transparece no que resta de mim. Mereço o castigo de ser atormentado pela cobra, enquanto não estiver sendo sincero. Esse, sim, é o pecado do mundo. Eu lhe encaro, cobra, e confio em Deus que criou o Homem e a Mulher para o amor. Eu amo! E, se me for dado sobreviver, cumprirei os votos que já foram feitos, de simplicidade de vida, renunciar à paternidade de poucos pela paternidade de muitos, cuidar da terra e da educação de todos. É o que está em meu coração, porque Jesus é o meu Mestre.

A cobra o cerca. Fica em círculo à sua volta o dia inteiro. Silêncio total. Silêncio absoluto. Por ser Sexta-feira da Paixão, nem os pássaros cantam. Ele não sabe se ela o olha. Ele não. Até lhe parece que são três horas da tarde. *"Dia de abstinência de carne"*, ele pensa. *"Ela não vai me comer!"* Mas ela abre a boca toda e engole o que lhe é homem. Fecha-a. Depois essa boca se abre, ele é cuspido.

É o Sábado de Aleluia. Foi justo nessa hora que a voz de Madalena ecoa vindo de um vento quente da mata. Ela reza a Salve Rainha Mãe de Misericórdia. Ela não quer que morra seu homem recém-nascido.

Danu está ali desde o começo. Esperou que se cumprisse. Agarra o rabo da cobra, roda com ela três vezes e solta-a cachoeira a dentro.

Apuro

No colégio, as freiras estão passando por um apuro medonho: ninguém sabe de Madalena. Envolvidas com as encenações da Semana Santa, não agiram conforme se preocupavam. Mas amanhã é domingo. As internas retornarão e o pânico acorda com irmã Irani, antes de irmã Tereza tocar o sino para entoarem o ofício das cinco horas do sábado. Sendo o dia mais calmo, com missa da Aleluia só à meia-noite, sobra tempo para ir à busca.

— Eu sabia, *ma soeur*! Não devíamos ter aceitado essa menina. Aqui não é orfanato, não. Aqui não é prostíbulo. Seguramos até agora para não contrariar o Deputado. Mas não tem condição. As internas regressarão dos feriados de Páscoa e temos que dar conta dela e cortar o mal pela raiz. Já vou colocar as coisas dessa menina do lado de fora. Quando ela aparecer vai entender que aqui não entra mais. Que dirão os pais das alunas ao descobrirem o pregresso dessa menina? Misturada com aluna até de nove anos de idade. Que responsabilidade é essa nossa. Gentinha. Temos que evitar que os pais, pagando tão caro para confiar a nós suas filhas, saibam que existe esta mistura.

Irmã Inês junta as mãos no peito e diz:

— Calma, irmã Irani, lembre-se do Bispo e do Deputado. Temos que respeitar.

— Só me basta ela ter ido pro retiro com ele.

— Não calunie!

— Vou atrás do padre Henrique.

— Não seria melhor esperar? Mande seu Geraldinho da chácara ir até a casa da vó dela sondar sorrateiramente, pois não podemos fazer alarde.

— Já mandei. Não está.

— Jesus crucificado, misericórdia.

— Vou atrás do padre Henrique. Esperar, uma ova.

Esmurra a janela da cela onde dorme padre Henrique. Ele atende de camisolão, muito assustado.

— Padre Henrique, o senhor sabe que a menininha protegida dos senhores saiu sem ordens e não aparece desde o Domingo de Ramos?

— Irmã, calma. Temos que esperar o Bispo chegar. Amanhã ele terá chegado.

— Esperar uma ova. Quem manda em mim é o Bispo. Como ele não está, manda a Madre Superiora. Como ela é uma panaca, sendo praticamente eu quem mando nela, vou mandar soltar os cachorros atrás desta fedelha.

— Irmã Irani, respeito! A senhora terá que esperar pelo Bispo.

— Eu, hein. Até o senhor, padre Henrique? — E sai caminhando torto com a penca de chaves pendurada em seu cordão da cintura, golfando o que lhe sobe: *"a gente fazer tanto sacrifício, tanto louvor, tanta reza, tanto estudo e tantos votos... tanta privação, para servir a quem é de vida livre... A avó é uma mulher suspeita. A mãe tem sua mancebia — chupa o dente e bate à porta"*.

No barulho de seu silêncio, na conversa de si para si nos dez minutos da meditação que fazem antes do almoço, labuta com seus nervos. E na sesta, sem cochilar, pensa: "*Mas confesso a mim mesma que adoraria beijar os lábios dessa rapariga, seus peitos e suas partes. Desde menininha eu experimentava isso com as filhas das empregadas que trabalhavam lá em casa. O que poderia ter sido normal, mas meus pais perceberam e me conduziram a ser freira. Tive que estudar em colégio interno onde namorei a Orientadora Espiritual. O aliciamento nos separou sem trair minha natureza, pois logo aceitei consagrar-me a*

Deus crendo na misericórdia Dele. Certa da hipocrisia dos homens, fui me safando. Mas não é fácil. Vou dar mole pra quem é livre?"

Sai e esmurra a porta da pequena casa onde mora o tomador de conta da chácara. Ordena:

— O senhor vá à casa da avó daquela interna órfã e pede que a tragam ainda hoje ou amanhã cedo, sem falta, ou ela perderá a vaga. — E deu as costas.

Casa da Ponte

Na roça de Zefina, o ar parado é quebrado com latido de Mazurca, abrindo a Aleluia. Pipoca corre e late mais forte. Madalena corre ao encontro, pouco, pois o esperto Mazurca lhe chega. Abraçam-se, cheiram-se. Pipoca e Mazurca logo se entendem. Estende a mão ao padrinho em pedido de bênção. Ele, com seu sorriso brilhando nas bochechas altas, encharada:

— Quase um mais dois, num pedaço de esteira, **dá rasteira em cobra**.[23]

— 'Tou pouco somando — renega ela.

Zefina ri, porque sabe que dar rasteira em cobra é ser treteira. Madalena decifra a charada, porque sabe que o tio calcula que no seu sumiço tem treta. Descem e entram para a cozinha, tomarão do café que vai vazar agorinha mesmo. Madalena sai com Mazurca e Pipoca para a beira do ribeirão.

Mazurca e Pipoca estão se cheirando, e Madalena fica manjando... então chora. Arranca uma folha do pé de araçá que tomba para o ribeirão. Mastiga aquilo buscando um gosto novo, algo travoso que lhe desvie de contatar com sua realidade, mas num repente resolve enfrentar a situação. Volta para a cozinha, pressente que o tio e Zefina conversam a seu respeito. O tio olha-a longamente com o sorriso de sempre e propõe:

— Depois de nove, requeremos **adeus**.[24]

Fácil assim, Zefina decifra:

— Despedimos. Mas antes de comer?

Vando sossega no banco e Madalena sai para pôr seu uniforme.

Zefina entrega o coité para Vando, que se levanta e põe nele a farinha de fubá torrado e o entrega a Zefina, que põe por cima o melhor pedaço do frango com caldo e ora-pro-nóbis.

Madalena resolve:

— Bênça. — E já sai correndo morro acima, com Mazurca atrás. Vando despede com meia mão dada a Zefina.

— Com Deus. Lembranças à Donana.

Madalena e Mazurca esperam pelo tio no alto da serrinha, debaixo de um ingazeiro, abrindo uma vagem que comem. Emparelham e descem em silêncio. O dia é quente, de sol, mas parece que vai cair chuva. Neste pedaço da estrada com árvores dos dois lados, refrescam-se.

Quando pensam que não, lá vem a Pipoca, cachorra magrela e amarelada, companheira de Zefina, arfando atrás deles.

— Ué. — Olham pra trás e eis que surge Zefina com uma trouxinha na cabeça e uma penquinha de banana ouro na mão.

— Que que houve, dindinha?

— Sei lá o que vai dar essas novidades com Donana, fico eu por perto.

Vando sente fôlego para brincar:

— Entrega o final da bananeira que é **enrascada**.[25] — E ri.

Madalena põe outra charada pra resposta, dando a entender que decifrou a dele:

— Pequena, perto de nós **a tal daneira**.[26]

— Palavra inventada. Mas sei: inhaca — diz Vando.

Riem às gargalhadas. Ele se sente à vontade para perguntar-lhe:

— Quem fez a mazela?

— Nem sei se é isso.

— Cê tá de acordo?

— Bobo é ovo. Pateta é gambá. Quem me xinga de bobo, bobo será. — Explodem em riso.

Já para entrar na cidade, que poderiam pegar a esquerda para ir à casa da avó ou à direita para ir ao colégio, o tio propõe a charada:

— Se tira o rumo, encontra o **fado**.[27]

— "Se tira": des; "o rumo": tino; "fado": destino. Até agora não sei.

Virando-se para Mazurca, que brinca com Pipoca, pergunta:

— Pra lá ou pra cá?

Mazurca corre para cá, dando a certeza. Zefina troça:

— Não demora, Pipoca entra no cio e vancê sabe bem no que isto vai dar.

Passam pelo caminho antigo, vazio e abandonado, guardando o resto da Paixão que resplandecerá em Aleluia na missa da meia-noite na cidade nova. Descem o pouco que tem para chegar na casa da avó. Entram, e na cozinha está a avó animada com a presença dos três irmãos, lá arranchados para as celebrações da Semana Santa. A avó disfarça a atenção pegando um pau de lenha debaixo da fornalha para atiçar o fogo. Não esconde o ciúme da madrinha com Madalena. Os tios levantam-se dos tamboretes e estendem a mão em saudação à prima Zefina, a quem prezam muito.

— Ei, Zefina, cada vez mais fina. — Comentário desde a infância.

— E aí? Depois das preces é que assombração aparece — diz o outro.

— Como vai? — Zefina estende a mão à prima Donana, que corresponde de bem.

Madalena aproveita o movimento para se evadir, tanto por não querer ver a cara dos tios como por estar constrangida de se mostrar com o uniforme de casimira azul e blusa branca de fustão cheia de botões, por cima da combinação. Entra para aquele que era seu quarto e procura por suas roupas. Sente ternura por parte da avó, que as manteve lavadas e engomadas. Pega nos desprezados vestidos, experimenta um por um. Nem os que tiveram as costuras abertas cabem mais naquele seu corpo expandido. Desvia dali para o quarto da avó. Abre o guarda-roupa dela e procura por algo que lhe sirva. Encontra um vestido guardado sob um manto, que lhe parece fácil de vestir, feito de um delicioso algodão acetinado, levemente dourado, brocado com ramagens brancas, já encardidas pelo tempo. Com gola arredondada acompanhando trespasse que se possa prender a outra parte de lado por um laço a folgar-se na expansão do ventre. Madalena não compreende a razão desse vestido. Estende-o sobre a cama da avó e aprecia sua importância circunspecta. Reveste-se dele antes de vesti-lo. Vira-se, fecha a porta desse guarda-roupa e no velho espelho nele emoldurado se vê tantas vezes repetida, na sua linhagem, na vida de tantas mulheres. Neste instante se dá conta do pertencimento. Enlaça a barriga, se vê e vê a avó que surge ao fundo. Primeiro entreolham-se pelo espelho. Madalena volta-se de frente. Leituras transparecem na fina musselina. Ambas se estonteiam. Madalena se desequilibra e tomba sobre o espelho, que se trinca inteiro e se estilhaça no chão, caco por caco, no mesmo estilhaçar do coração da avó, que explode com o último suspiro. Madalena ajoelha e fecha os olhos quentes da emoção que a fuzilara.

Por um grito de Madalena, aparecem os irmãos vindos da cozinha. Primeiro atônitos, abrem um chororô desarmônico, cada um em um tom. Vando, por mando de Zefina, busca o Farmacêutico. Mazurca deita-se ao lado do corpo. Madalena fica calculando como cada caco do espelho possa se encaixar, mas eles não se firmam em imagem alguma. Até que aparece, em pedaços, Simão. Ele bate o olho no corpo de Madalena transparecido sob o vestido verde-água e, dentro do corpo, um feto de bisneto. Por este, o coração do bisavô desiste de morrer, contrário ao de Donana, que assim o fez. Ele, sendo homem, vislumbra e aceita a chance de exercer-se homem na validação do gozo de uma breve felicidade. Na realidade, acena com a mão para que os três irmãos se retirem, encosta a porta, debruça sobre o corpo e chora de soluçar. Depois que sai, avisa aos irmãos, sem os encarar:

— Esperem que o caixão chegará aqui. — E a Madalena pede: — Por favor, ponha esse vestido nela.

Madalena troca o vestido por um preto desse guarda-roupa, deixando o outro sobre o corpo no chão. Vai, instintivamente, ao quarto de costura, abre as janelas e a porta que separa esse quarto da sala de visitas. Desocupa a mesa de costura e pede ao padrinho que a empurre até lá. Abre gavetas onde encontra quatro velas e castiçais. Arruma-os formando um retângulo em volta de três tamboretes ao centro. Chegam os três tios mais Vando já trazendo o corpo que tinha passado pela bacia d'água na cozinha, vestido por Zefina e coberto por dálias e margaridas dentro do caixão. Vando se posta na cabeceira, chorando e acariciando os cabelos da falecida mãe. A casa enche-se de repente. Café é coado, um atrás do outro, por mãos de benévolas e de Zefina. No quintal, homens conversam, cachaça aparece e a lua fornece a luz que mingua branca madrugada a fora.

Madalena se intriga por deixar escapar o som do solfejo, a toda hora: *"O primeiro foi seu pai, o segundo seu irmão, o terceiro foi aquele... — Que ódio"*, mas vem-lhe outro solfejo: *"Sossega, língua ferina..."*

Rompendo o dia, ainda no escuro, chega Vanda com seus filhos e os novos parentes. O aviso chegou a galope no final da festa e eles largaram tudo, dando a certeza de que no dia seguinte estariam de volta. Entremeia-se no povo que tem prazer e satisfação na curiosidade em vê-la pela primeira vez depois do sumiço com o tal rapaz. Ela recebe as condolências e chora ao lado do irmão, tendo seu neném no colo e seu homem, com os seus, do lado de fora. Muito se importa, mas pouco se liga. Ouve a alma de sua mãe dizer: "*Quem vela que apague a vela.*" Madalena recebe os irmãos com ternura e os recolhe no quarto sobre a cama da avó. Estão felizes com o reencontro. Ali pegam no sono, os quatro, grudados. Lalico, claro, o mais próximo dela. Paulo do outro lado e Saulo aos pés deles participando do que conversam, mas dormem logo, com muito sono. Clareia o dia e Vanda os acorda, dando a bênção a Madalena, pegando em sua mão. Sem esperar pelo enterro, volta para seu mundo, para a vida que lhe abriu e que, na íntegra, assume. De montaria em seu cavalo baio, com o bebê preso ao seu peito, mesmo que chorando, toca para frente com a força de seu marido e filhos.

O enterro é anunciado no alto-falante, antes e após a missa festiva de Páscoa das dez horas, nas duas igrejas, para as quinze horas do domingo. As freiras não tocaram no assunto, mas irmã Irani sente que este é o momento de saber de Madalena. Pede — ou ordena — à superiora que designe irmã Tereza e irmã Vicência para representar o colégio no enterro. Mas cria o momento de sussurro para dizer à irmã Tereza que garanta a volta de Madalena na segunda-feira, cedo. De padre só aparece padre Gusmão, que unge o corpo e faz a encomendação da alma, pois padre Henrique ocupa-se com batismos.

O povo da cidade está presente em peso. O povo vai. Além de ser um afazer, é um dever que todos sentem. Não é o momento de julgar nem de cobrar nada dos mortos. Mas para os vivos não há trégua — a avó é um mistério para a cidade e Madalena é alvo de curiosidade de muitos. Mães e filhas manifestam inveja por ela ter tido a sorte de estudar em colégio de freira, o que seria só para ricos. Amenizam esse sentimento com a troça do corpo desfeito pela barriga grande e peitos aumentados, julgando ser do nitrito que, dizem, é colocado no feijão para aplacar a libido. No entanto, Madalena anda de cabeça erguida e exala sua singela beleza, o que as confunde ainda mais. Mas o que mais se efetiva é a satisfação da curiosidade sobre a Casa da Ponte. Uma casa bem feita, madeiramento bem entalhado, janelas sem gretas, barrotes alinhados. Com eira e beira e pintada em branco nas paredes e verde nas madeiras, que, por terem sido muito bem lixadas, mantém-se até hoje. Então, os homens admiram sua construção. Gostariam de conferir o assoalho e passar a mão no alisado dos portais e no frisado dos rodapés. Mas as mulheres se aprazam com a invasão da intimidade a que supõem. Cansaram de bisbilhotar a vida da dona dessa casa que se enfurnou dentro dela e não deu a graça do existir. Mantinham na mente a frase "*entrou no ouvido, saiu no franzido*", para qualquer suspeita de rumor. Agora estão ali nos buchichos. O tal do "dizem" correu solto a noite inteira. Alzira, que poderia revelar alguma coisa, agora é dos crentes e é outra categoria de gente que não agrupa mais, nem ela com elas, nem elas com ela. Também, o que Alzira teria a dizer era nada. Ter caso com o Mascate, não tinha. Dizer o quê? Sabiam era de nada. E quem sabia não era capaz de dizer... "O silêncio é o amigo que nunca trai" — diria Donana.

Quem curte também essa Casa da Ponte é a meninada, especialmente as mocinhas de hoje, colegas de Madalena da infância. Não se aproximam dela. Não sabem o que dizer.

Irmã Tereza e irmã Vicência apresentam-lhe os pêsames, e a encarregada diz:

— Amanhã, às seis horas, você poderá voltar para as aulas?

Madalena abaixa a cabeça e chora.

Elas saem. Quando voltam para o colégio, irmã Irani pergunta:

— E aí?

Irmã Tereza responde, andando:

— Está de luto. São sete dias.

Irmã Vicência nem levanta a cabeça.

Para a casa da avó voltam Vando, Zefina, Madalena, Pipoca e Mazurca. Chegam do cemitério direto para esquentar água. Vando tira água na cisterna, pois as bilhas e potes estão secos. Madalena traz os gravetos e Zefina arruma o coador. Os irmãos da avó aparecem já desocupando o paiol onde arrancharam nesta Semana Santa e arrumando o alforje na garupa dos arreios. Vando traz o café servido na caneca. Tomam, choram, montam e picam a mula. Os da casa cuidam, cada qual, de suas lágrimas. Madalena não os encara. Pressente que não mais os terá ali, sente dor, dor de morte, mas terá que ser assim.

Antes de fechar a cozinha, aparece Sô Tião Cabeludo, na intimidade. Levanta o surrado chapéu e dá, com tímida mão, a um por um, os pêsames.

— É mesmo, Sô Tião. Que se deu que só agora aparece?

— Senhorinha. — Faz ar de segredar no pé do ouvido de Madalena, ela sai com ele pela porta da cozinha para dar evasão. Ele continua: — Corri pedindo auxílio aos caçadores da região da Cachoeira Um, mode resgatar o Bispo que passava por provação além das contas.

— Ele chegou?

— Na contramão do enterro da senhora sua vó. Cumpriu o calvário, fez a celebração dos sacramentos e agora é só aprumar. A senhorinha, que vê além dos olhos da cara e escuta pelas ideias, há de saber como tudo se deu, se é da presunção de nossa avó Danu. Escuta pra senhorinha vê. Tá tudo nas ordens.

— Por que eu vejo essa Danu e além?

— Porque, que nem ela, viveu três anos, pelo menos, sozinha, conversando e escutando as coisas, de estrela a grão de areia.

Levantando o chapéu, despede e sai. Deixa Madalena olhando para o lado do quarto do Bispo, vendo luz acesa.

Antes de acabar o Domingo de Páscoa, Vando, que já tomou banho, deixa o tacho cheio de água quente para as duas e sai para dormir. Elas arrumam a bacia com Mazurca no chão ao lado. Madalena toma banho primeiro, veste uma camisola de cambraia que fora da avó. Zefina troca a água só para o meio banho e pés. Deita ao lado na mesma cama, fica a passar a mão na barriga de Madalena por sobre a camisola. Este afago é o bastante para retomar a história:

— Dindinha, por que doutor Simão chorou tanto com a morte de vovó?

— Isso nunca foi da minha conta saber. Até porque, quando o redemunho passou, fiquei com Vando no colo debaixo da mangueira. Só vimos a poeira. Depois nasceu Vanda e eu distraía eles com duduneném, até saberem andar e comer sozinhos. Para eles serem batizados, tive que levar lá pra roça, na ocasião do jubileu. Meu pai e minha mãe que foram padrinhos. O nome, eu escolhi. — Ri. — Sua avó não queria saber de nada. Agora chega. Deixa sua vó descansar em paz.

Noutro dia, acorda antes do sol e o choro do luto está confundido: *"Eu quero voltar. Eu amo irmã Irani também, todas elas, benditas. Quero acordar cedo, contar os sonhos para as mais próximas da cama, fazer tudo com pressa, animadamente, e não faltar às atividades. Comidas na mesa, aulas, aprender por fora de mim: francês, psicologia, partitura... e o que possa explicar minhas regras."* Chora. Junto às lágrimas vem a incerteza sobre sua história com o Bispo. Mais chora. Zefina acorda. A mão de Zefina procura o rosto de Madalena para enxugar as lágrimas.

— Ô fia. Garra com seus poderes na fé de que vosmecê vai fazer o melhor com o que está feito, que dá erro não. Por fim, nós acabamos e tudo fica na mesma continuação.

— Nas conversas com o vento e com as águas, quem diz ter começado do zero diz que eu vou zerar. Na colcha que faço tem pedaços que não fecham. Eu poderia terminá-la agora, mas não sei se zerar é desistir de concluir ou concluir?

— Quem quer saber tem que inventar a partir do que está pronto. Quem haveria de dizer que eu ia estar aqui esperando nascer filho seu?

— É, dindinha? Então vamos levantar.

Na greta da janela já entra clarão. A rotina deslancha sem chefia. Vando passa água do pote na cara, bochecha os dentes, cospe pela janela e bebe do último gole. Vai ao canavial plantado atrás do paiol, por onde não se passa. De lá, traz o tanto da garapa para o café. Leva direto para a panela, com Zefina cruzando varetas sobre as brasas que permaneceram de ontem para hoje. Madalena quebra um ovo na pequena gamela, junta a ele um pouco de melado, pitada de sal, fubá, pitada de bicarbonato. Põe a gordura para esquentar e pinga os bolinhos para o desjejum, pois as quitandas deixadas pela avó se extinguiram no velório. Mazurca e Pipoca deitados tomando sol, certos de que em suas cuias será despejada a sobra de comida de ontem. Agora que o tio já saiu com o balaio e a enxada lá para o roçado e Zefina debulha milho e joga às galinhas, Madalena estala uma vez os dedos para Mazurca, que sai correndo para chegar ao paiol primeiro. Madalena o abre e todos os seus pertences escolares herdados da mãe estão lá cobertos por uma fina camada de poeira. Neste mesmo momento em que a emoção a invade, plena de saudades, ouve o rebuliço que os meninos fazem ao passarem na ponte rumo ao grupo escolar. Pega o espanador deixado pendurado ali, que ela mesma fez com penas de galinha, e vai limpando suas evidências. Fala:

— Mazurca, cada um de nós é uma bola dessa, um globo. Espie só. Uma bola, imagine. Um tanto de terra, dois tantos de água. Se eu for repetir tudo que aprendi naquele colégio, você vai me deixar falando sozinha, preferindo rolar na terra com Pipoca... Acho que é a gente que vai ter que transferir a ciência para a sabedoria. Lá tem um lugar que chamam de laboratório. Eu gostaria tanto de decorar tudo que aprendo lá, mesmo que seja só para repetir. As mestras, as ordens, a biblioteca, o pátio repleto de amigas, o coro da irmã Vicência tão velhinha e tão harmoniosa... Eu quero voltar... Há um querer me pedindo para ir lá...

Agachando-se para alisar o pelo de Mazurca, conserta:

— Se bem que você não precisa de colégio, não é, Mazurca? Tudo que lhe faz ser cachorro você já sabe desde que nasceu. Nunca vi você titubear. Morreu vovó? A vida não aumenta nem diminui. Já passaram muitos e outros virão no ajuntamento de dois, na instiga do Amor. E isso é sofrido, Mazurca. Isso é sofrido. Mas tudo vive é na redenção desse amor. Parir é que são elas.

Mazurca levanta as orelhas, então Madalena continua:

— Do jeito que acontecer, aconteceu. Nós não temos escolha. Nascemos da cruz. Nós, cruz de sol com a terra. O tempo todo cruzando e tudo brotando, sem repetição e sem novidade. O tempo não para e não deixa repetir. Aqui pra nós que nascemos neste planeta, somos filhos do sol com a terra. Dos outros planetas e de não sei de que mais, pode ser que seja filho de outras estrelas. O querer é que é a competência nossa. Mas até o querer eu acho que é confluência. A cobra! Que cobra é essa? Por que que ela aparece na história? Mas eu quero. Quero passar por dentro do colégio. Agora.

Mazurca levanta as orelhas e encara Madalena, que confirma:

— É.

Levanta-se para sair dali correndo, olhando por entre lágrimas na direção em que está o colégio. Escuta isso pela voz de Zefina, que surge atrás dela.

— Dê seu jeito. O querer é que não é pra ser, pois o que é, é, pois. Mas se deu de querer, há de parir com dor e comer com o suor do rosto. Se ficar com o desejo engastalhado, há de penar, que nem o Bispo.

Some dali. Mazurca fica enroscado sobre a mancha de sol, enquanto Madalena assiste as internas chegando no refeitório, conversando demais, apresentando doces e quitandas trazidas de casa. Falando do que viveram nesta semana de feriado, casos dos irmãos, casos das primas, dos namoricos que encontraram e ficaram em seus mundos externos... Passa pelas freiras, pelos padres, sente a ausência do Bispo. Seu coração acelera os batimentos. Volta desse devaneio, irritada.

Quando Madalena aparece no terreiro para essa segunda-feira, Zefina já amarra a vassoura de alecrim com a embira de taboa. O tio chega abraçado à ramada de cipó, que foi deitando na água que deixara ferver no tacho da fornalha do terreiro.

— Quê isso, tio.

— Bati na taça com uma bebida forte e um resto de cimento **para o luto**.[28]

— Epa. Pra mim, não. Nunca vi vovó ir ao enterro de ninguém. Ela não ia querer saber de "tingimento" pra luto.

O tio ri até e larga aquela touceira para lá. Senta no pilão, tira o casquete, coça a cabeça suada e se põe a rir. Zefina se achega ajustando o cabo na vassoura e a experimentando ali.

— Mó de barrer a casa.

— E com sal grosso, isso sim — diz Madalena. E virando para o tio:
— De que o senhor ri, tio?

Mais ele ri, e entre risos conta:

— A mãe. A mãe e as dela. Um dia chegaram os três irmãos dela aqui pro enterro do Sô Lando. Aqueles não perdiam um nada de velório. Pra justificar com mãe, tio Naninho falou: "Hein, Donana, você é dureza, hein. Não vai em enterro de ninguém. Quando você morrer não vai ninguém no seu." A mãe respondeu…

— Conta, homem de Deus — Madalena cutuca.

— A mãe respondeu: "Importa-me lá. Andando é que eu não vou." Riram de chorar e terminaram chorando mesmo, os três.

Varrem toda a casa salpicada de sal grosso e rezas que Zefina sabe pronunciar. Do quarto da avó tiram a roupa de cama e reviram o colchão feito de pano de saco, recheado de capim, muito bem costurado e recosturado com barbante preso em arremates de fuxicos de flanela vermelha. Mesmo que de tempos em tempos tivera sido renovado o capim, este já estava bem esfarelado. As duas arrumadeiras resolvem se desfazer dele. Pegando uma de cada lado, levam-no para o terreiro, onde pensaram em botar fogo. Por sorte, resolvem aproveitar o pano para limpeza. Surpreendem-se com uma fronha servindo de saco para guardar dinheiro, ali dentro. São muitas notas de cinquenta cruzeiros, dez cruzeiros, cinco cruzeiros. Certamente que as de um e dois cruzeiros e moedas ficaram para querosene, sal, agulha e linha, que era quase tudo que era comprado. As contas pagas ao Mascate foram com confecções de casquete, camisas e ceroulas. Despejam cuidadosamente o capim e não encontram mais nada além desse dinheiro. Fica o fogo encerrando a manhã. Voltam para a cozinha, onde o almoço já está esquentado pelo tio. Zefina joga os torresmos na gordura quente como complemento. O tio põe seu prato e assenta no banco de sempre. Ele está silencioso, triste. Madalena brinca, pondo o saco nos ombros dele. Ele olha, não compreende do que se trata. Madalena fala com jeito terno:

— Os que já foram com agá no começo e ene no final, é dona **do que deixou para os órfãos**.[29]

— Herança. — Ri. — Que herança? — Passa a mão pela cabeça e coça a nuca.

— Este saco. Estava dentro do colchão da vovó.

Ele ri sacudindo a cabeça para dizer "ora veja". Ela diz:

— Assim que achar por bem, procure mamãe, entregue isto a ela e fale que é para ela comprar o pedaço de terra para eles saírem do paiol com os meninos e o marido dela. Assim eles ficam no que é deles e o paiol fica só para escola. E esta casa daqui, tio, fica para o senhor.

— Junto, serve para amarrar, com pena, **pra ficar de acordo**[30] — ele consente.

— Com-corda-do. Entendi — responde Zefina. E continua com a pergunta: — Quer que tinja sua roupa, traz lá.

— Que nada! Faço o luto só da barba.

— Tá certo. Mas prega uma tira de pano preto na porta, por esses sete dias. E outra: vá atrás de quem arrume outro espelho. Tenho cisma de espelho quebrado.

Madalena vai para o paiol, rever sua escola primária. Fica um tempo revirando livros e objetos. Pensa como seria bom voltar a ter esta escola, pois já não vê como voltar para o colégio depois de tanta revirada em sua vida. Quer chorar. Suspira com emoção por tudo que tem a chorar. Pensa na suspensão da felicidade. Pergunta por que tudo isto existe e se esvai... Por que o bom e o mau se intercalam e há momentos em que se deitam juntos? Sempre confrontando a indiferença da mãe e o colo da madrinha; o vexame no grupo escolar e o quintal com os irmãos; o silêncio na Casa da Ponte e o vozerio no colégio; a universal escola do paiol e a biblioteca do colégio; a sensação na esfrega no galho da goiabeira e o êxtase na cama com o Bispo; a gravidez e o desamparo; as descobertas e as incertezas. Olha o céu e sente em seu coração a presença silenciada da fé em Santa Maria Goretti, tantas vezes suplicada. Santa Terezinha do Menino Jesus, tantas vezes confiada. Folheia ali a Bíblia com a mesma questão de quando criança: "pedi e recebereis", ou "seja feito a Vossa vontade". O que será? Voltar para o colégio? Como desejaria. Ama encontrar tantas colegas vindas de lugares desconhecidos, outras terras, parentes, nomes, vocabulário, histórias, comidas, saudades... Entrar em uma biblioteca. Ler além dos quatro livros de primeiro ao quarto ano, vencer na Admissão. Agora que está certa de que atrás de monte tem monte e a dízima periódica pode se converter em fração, acha-se vagando num limbo.

Lá no colégio já terminou a volta das internas do recesso escolar. Nenhum comentário está sendo feito sobre os incidentes, nem do Bispo, muito menos da morte da avó de Madalena. Vozes em tom de sussurros fazem a rotina dos dias seguintes no colégio, sem Madalena. Padre Henrique coordena toda paróquia. Irmã Irani manda em todo colégio às costas de irmã Inês, a Madre Superiora subjugada.

O vazio e as interrogações sobre Madalena geram fantasias entre as colegas, sem espaço de serem elucidadas, enquanto o desejo de Madalena de voltar para o colégio acende.

AVÔ

Quando entraram na cidade com o Bispo, os moradores já estavam tomando seus banhos e colocando suas roupas de festa. Freiras e padres tomavam um bom café da tarde, antes de iniciarem a missa festiva da Ressurreição, quando padre Henrique toca o ombro de irmã Tereza, que tem as chaves de tudo e a discrição na alma. Todos presentes na casa percebem, alteram a respiração, mas não se intrometem. Irmã Tereza abre o ambulatório e traz os remédios. A clerezia aparece na porta, depois todas as freiras.

— Está respirando — diz padre Henrique.

A Madre Superiora chora, a noviça Elisa a abraça e irmã Irani enxota as outras freiras:

— Para a catedral.

Três padres ficam para cuidar do Bispo. Avaliam que o estado dele é grave. Um deles ia sair para chamar o Farmacêutico, quando padre Henrique larga o que está fazendo e os antecipa, informando que isso ficará por conta dele.

Na segunda-feira, cedo, a caminho, padre Henrique, ansiosamente apressado, estuda o que vai falar com o Farmacêutico: "*tenho que confidenciar a ele*". Este pega sua maleta, seu chapéu e, vestido com seu jaleco branco, acompanha o padre. O Farmacêutico vai como quem tratará de um corpo, mas não sabe de que remédio a mais irá precisar. Constata que entre as freiras têm as enfermeiras, que para emplastos e hidratação servirão bem. Não medica nem dá retorno. Sai muito encabulado com a história que ouviu.

Pois o doutor, desejando esta oportunidade de adentrar e reviver a Casa da Ponte, justifica-se em buscar detalhes junto a Madalena. Ela o recebe assentada no banco da pequena varanda que serve de alpendre. O mesmo onde Donana outrora o esperava, no provocante vestido, no visgo do embalsamado óleo, com a trança ladeando até o decote. Zefina chegava com o café na bandeja e tomava-lhe Vando do colo. Cumprido o atendimento, o café esfriava no quarto contíguo, onde, a portas fechadas, tanto a que saía na varanda quanto a que emendava com a do quarto do casal, o idílio se realizava. Madalena quebra o devaneio com a questão:

— Eu quero voltar para o colégio.

— Você tem ideia de como fazer para voltar ao colégio? Imagino que seu estado vai dificultar, porque vão querer esclarecer o fato, saber detalhes.

Ela se encolhe, chora. Ele pergunta:

— Quando isto aconteceu?

Ela responde irrequieta:

— Isto o quê?

— De você ficar grávida.

— Isto eu não sei.

— Para você ficar criando filho na barriga, alguém tem que ter posto a semente dentro de você. Como isto aconteceu? — ele pergunta sem vontade de desistir.

Ela esfrega as mãos e não responde.

— Aonde vocês encontraram quando ele mexeu em você, tocou em você?

As palavras vão surgindo, se ordenando, e ela se soltando:

— A primeira vez foi quando eu ia confessar com o Bispo, deu hora de começar a missa, ele quis me atender, nos transportamos para o quarto dele. Eu chorava muito, porque queria me curar do sangue que saía de dentro de mim. Hoje eu sei que todas as meninas têm isto, mas à época eu ainda não sabia e pensava que era praga do padre Ni. Esperava a absolvição dos pecados que eu tivesse cometido que me fizessem merecer isto. Pus muita reza e fé. Então o Bispo me apareceu e eu quis muito me entregar. Muito, muito, muito. Ele falou de Amor e eu compreendi o Amor.

— Chega. Então isto foi logo que ele chegou...

— No dia — ela esclarece.

— Então o filho nascerá no final de junho, faltam dois meses. — Doutor Simão pensa e completa: — Será o início das férias que começarão, creio, depois de São João. Você acha que consegue frequentar as aulas até lá e manter a naturalidade?

— Ué. — Ela pondera.

— Vamos dar um jeito e você retornará na segunda-feira. Volte para lá do mesmo jeito que você sempre foi e justifique suas ausências com o luto de sua avó. E sobre engordar, especialmente a barriga, nada a falar. Todas engordam no internato.

— Eu mesma cresci e engordei depois que estou lá. Vou levar tesoura, linha e agulha — diz Madalena, quase saltitante.

Ele se despede dizendo para ela também dar o jeito mágico de viver lá. Vai ser preciso muita magia.

Doutor Farmacêutico dirige-se ao colégio. Ele passa pela secretaria para informar à irmã secretária que Madalena irá retornar ao colégio assim que tirar o luto de sete dias. Irmã Tereza diz ansiosa:

— Vou chamar irmã Irani, o senhor conversa com ela.

Ele diz categórico:

— Não. Já disse. Fale a senhora mesma com ela. — E sai.

Madalena fica a ajeitar o que vai ficar. Zefina inventa de coser à mão roupinhas de pagão, com linhas que fia e retalhos que encontra nas trouxas da falecida.

Vando toma posse da casa que sustenta, agora como um dono. Cresceu em felicidade, tudo produz e aumenta. A horta tem cerca de bambu nova, no jardim reproduzem as rosas e crisandálias. As galinhas ganham os cercados delas com poleiros e ninhos. Aparece menina com recado de mãe quitandeira procurando por ovos para comprar e ele tem e tem vendido. Dia desses chegou em casa acompanhado pelo tio, pai de Assunção, e o primo, trazendo um rádio debaixo do braço do mesmo jeito que ele carrega galinha para vender ao dono do caminhão que leva produção para a capital e que lhe atendera a esta encomenda. Passaram a tarde instalando-o, espichando arame preso numa vara de bambu até o pé de manga, testando e pondo o rádio para funcionar. Madalena faz café e põe a mesa. Que alegria! A casa se enche de música. Madalena canta junto, o que continua fazendo quando está desligado. Outra coisa mudou: risadas. Não se ria nesta casa. A falecida era tão sisuda que quando ria era em deboche, meia-boca, mais ocasionalmente com a fofoqueira Alzira e sempre que recebia visita dos irmãos, que aí era felicidade mesmo. "Já ri que chega", parece ter dito.

Vando chega dos afazeres já ao cair da tarde. Antes de se lavar e pegar a boia deixa o rádio esquentando. Depois, com o prato na mão, vai rodando os botões até sintonizar na música. O que só se ouvia na voz de Vanda, está ali vibrando entre os chiados do rádio. Aperta a noite, aquilo se cala para o repórter, depois mais canções e vozes. Quando tudo se apaga e a noite volta a realçar seus grilos e latidos, o coração de Madalena se inquieta com a iminência de voltar para o colégio.

Por sorte, enquanto toma o café com Zefina, Madalena avista Sô Tião Cabeludo passando na rua. Não corre para pedir a ele a bênção, como fazia quando era criança para apaziguar o medo que tinha dele por causa de seu feitiço, sem nem saber o que isso significava. Desta vez ri de pensar na ingenuidade com que assim fazia. A cultura já adquirida em poucos dias de passagem por um colégio é aplicada. Aprendeu sobre folclore, sobre etnias e suas tradições, o que é corriqueiro no batuque que chegou lá com seus parentes do lado de Zefina e no carimbó da banda dos indígenas. Chama-o com sorriso. Ele estende-lhe a bênção. Ela o convida a entrar. Ele a acompanha até a cozinha. Ela lhe serve um café. Padrinho Vando e Zefina rodeiam. Madalena provoca:

— Sô Sebastião, o que o senhor toca nesta viola?

— As memórias guardadas, o que os murmúrios das águas e dos ventos revelam e o porvir escrito nas estrelas.

Ali ele solta o calango, assentado no tamborete à beira da fornalha, com o batido na viola. Zefina e Vando o acompanham no refrão e vão fazendo o repente, intercalando com versos.

"Ô lelê calango dê, ou lelê calango dá,
Veste as calça pra cabeça
Paletó pros carcanhá..."

Quando ele dá o acorde de saideira, Madalena o acompanha até a porta, cria coragem e pergunta:

— Sô Sebastião, quando eu estava no grupo, a meninada via o senhor e falava que era feiticeiro. O que vem a ser isso?

— Vai que tem a ver com meu proceder com a viola de folião. Mas também porque benzo e mais porque o padre Ni, o padre ao "avesso", assim me apregoava. Mas feiticeiro é quem dá ouvido aos poderes.

— Poder de quê, numa comparação?

— Cortar cobreiro, espinhela caída, mau-olhado... Se é mal nas carnes, é feito uma panaceia com os paus do mato e o barro da terra. Eu pergunto aos de cima se é pra ser. Meu corpo recebe a resposta, conforme os arrepios. Quando nós reúne na mata escura, de frente pra Cachoeira Um, nós bate o tambor, dança e canta, aí nós agradece os pedido que vigora. O que tiver de ser, será. A pessoa que se cuide.

— É um tipo de feitiço do bem?

— Isto é de certo. É um jeito de processar os poderes, consultando os mestres, primeiro Jesus Cristo que é o Filho original, depois Nossa Mãe, a quem sucede Mestra Danu e quem a veio sucedendo. Pode até dar cura.

— Como me tornar feiticeira?

— Vosmecê tem o poder da escuta e do ver, que nossa avó já lhe nomeou de seguir para começar do zero, eu sei. Assim seja. Pelo poder do mundo, podeis.

Benze-a. Ela sente o poder se firmando. Pensativa, pergunta:

— Nós temos um parentesco? O senhor falou em Danu, dindinha Zefina tem um pouco da cor do senhor, vejo um pouco de índio em nós aqui de casa, olhos gateados das europas...

— Diz que nos começos era tudo de montinho em montinho. Índio nas suas malocas por lá, negros nos seus quilombos por cá, os nativos nas ocas do Pagé e do Druida. Os casamentos foram misturando. Vieram fazendo muita festa junto, cada qual mostrando sua tradição. A senhora sua mãe gostava de juntar as festas da tradição no largo da igreja, mesmo com o padre do avesso opondo e pondo o povo contra. Tanto gritava nas homilias contra nós que o povo só vê nós assim. Mas feiticeiro qualquer um de nós pode ser. E o feitiço, tanto bom quanto ruim, entra na pessoa, se a pessoa também tá pedindo pra ganhar. A cruz de Cristo é que livra nós, isso é de certo.

— No caso tem a benzeção e a maldição, é assim?

— Você sabe que tem o "avesso" em tudo. Depende de quem manipula e de quem é jugulado. Tem governo só pelos avessos usando a bíblia do lado direito. Tem gente que serve aos dois lados. Poder criado é de muitos tronos e de um só rebanho.

A emoção de Madalena é tão supitante que remexe seu filho no ventre. Acredita que isso ela vai apurar, mas guarda tudo para a certeza de um depois, porque agora quer ver o Bispo. Sente necessidade de alguém, de pertencimento. Tudo que quer é ver o Bispo. Liga-se em ser mulher e gerar filho com ele. É outono, o céu muito estrelado está azul, pode-se ver. A paixão por aquele homem aflora em seu ser. Muda toda conversa e fala com Sô Tião Cabeludo:

— Sô Tião, meus tios todos tinham poder que nem o senhor. Eu quero ir num lugar debaixo de um sumiço, como eu faço?

— É de certo que nós tudo tem nas veias esse poder. Vá indo.

Sacudindo a cabeça, rindo com o pensar "*quando uma mulher quer, não há tatu que a resiste*", põe a mão sobre a cabeça dela, benzendo.

Ela só entendeu que estava pronta para ir. Não dá dois tempos: chega à chácara do colégio. Entra em seu pomar, enfiando-se entre os arames da cerca. Ali Mazurca fica. Ziguezagueando entre os pequenos arbustos de frutas, depois da mandala de flores, está na porta.

Está no quarto do Bispo com coração compassado, respiração serena.

— Beba de seu cálice! — é o que exclama sem qualquer ensaio. Ele estava pronto para deixar o corpo, quando esta voz o inebria. Ele fala:

— Nas tuas mãos entrego o meu espírito.

Ela ri, ri, ri e brinca:

— Mas que heresia, monsenhor. Confundindo uma mulher com Deus? Olha que o senhor está quase morto por desafiar uma serpente, hein?!

Ele arregala os olhos, e ela, pela boca, pelas narinas, pele, mãos, transmite-lhe ar, fogo, terra e céu. Põe as mãos dele sobre sua barriga e vai sobrepondo as dela, deslizando-as lentamente, desde a cabeça até seu coração. Levanta-se e toca os joelhos dele e fica a lhe massagear os pés. Sua pele está frágil, mas curada. Deita sobre ele, de forma que o redondo de sua barriga toca o fundo da dele, encosta-se em seu peito, até que seus corpos se espicham na cama, suavemente.

Mazurca está lá em silêncio e as águas que vão ao distante mar retinam nos riachos deste grotão.

Amanhece e nem Madalena nem o Bispo sabem se o que aconteceu foi em corpo ou só em alma. O certo é que o doutor Farmacêutico, em sete dias de trituração, solubilização e dinamização, vem subindo a escada com a malinha de salva-vidas para estar com o senhor Tibério. Já no alto, enxerga Madalena vindo lá embaixo, subindo para a cidade nova rumo ao colégio, uniformizada, em vibrante alegria, acompanhada por Vando e por Mazurca. Ele apressa-se em entrar no quarto, para não misturar as coisas. Não vê o Bispo no leito, nem no quarto, só sente o cheiro de vivos e viventes. Espera um tempo e desiste de procurá-lo. Está se sentindo mal, achando difícil enfrentar esta situação tão intrincada. Enquanto isso, Madalena está sendo atendida pela irmã Tereza, ao primeiro toque da sineta afixada ao portal. Essa a acolhe com igual alegria, ordenando com palminhas apressantes que ela deixe suas coisas no dormitório e que vá direto para a sala de aula.

Depois de um tempo embasbacado, ali do alto da escada, o doutor Simão se põe a contemplar o límpido céu. Senta-se no degrau. Põe a mala de glóbulos no colo, tenta montar nele um tabuleiro de xadrez. As peças: "*Madalena, a neta, grávida, rainha do Bispo. Minha rainha é Donana. Tibério é jogador comigo ou somos os reis?*" Encara o tabuleiro. "*Quem contra quem? Agora não sei qual é minha jogada, porque a vida é cheia de combinados sem prévias. Aprendi a diluir e sacudir substratos sem escutar águas e ventos. Sem saber mexer as peças, sempre espero que elas me mexam. Tibério sabe repetir bem as palavras, A Palavra, filosofa, salmodia. Terá aprendido a ouvir as águas e o vento, saiu do jogo ou não está para brincadeira? Não está para meu atendimento. Madalena me deixa em xeque e saltita feliz a caminho do colégio.*"

Levanta-se e vê que o esplendor da aurora já se dissipa e o ar está mais carregado. Vai-se embora e vem-lhe a conversa das águas. Então a escuta a caminho. Vem em sensação, trazendo-lhe a morena de cabelos longos em trança, corpo com cheiro de mato quando esfregado, boca com gosto de romã quando aberta. Reconhece que esta sensação fora absorvida pelo Bispo quando no confessionário. Fora tão explícita sua confissão, onde buscava eximir-se da culpa que carrega pela morte de Ramiro e pela desfeita à Donana. A lascívia contagiou o exausto Bispo assim como a ele próprio. Excitaram-se. Madalena, cheia de graça, recebe deles dois essa energia, igual a que preenchia a natureza em seu momento primaveril.

"Como é concebida a vida! Meu amor por Donana é vivo e fecunda. Quem mais compõe esta história? Concebemos e geramos. Todos. Após deixá-la morrer, por não saber jogar, volto para o mundo dos vivos a cuidar dos vivos e de nosso bisneto."

A MATERNIDADE

Ela está linda. Grande mulher. Estado interessante. Em seu tamanho total, acrescida nos quadris. No fundo do corredor, aparece irmã Irani que vem em sua direção. Madalena custa achar a posição do corpo, mas eleva a cabeça. Irmã Irani reconhece seu amor por ela. Aceita odiá-la, achar um motivo para maltratá-la, assegurando os votos de castidade, obediência e humildade. Mas a verdade é que este desejo sempre volta a atormentá-la. É quando, então, fica furiosa, envolta no hábito e no véu. Passa por Madalena dizendo "para sempre seja louvado", antes de ser da que chega, a saudação. Madalena fica surpresa por não ser o esconjuro de antes de seu sumiço. Chega à sala e encontra as colegas já copiando do quadro o esquema da aula de Introdução à Psicologia, passado pela alva irmã Margarida. A turma não pode exclamar em voz alta, mas emitem zunzum de alegria ao vê-la. Irmã Margarida olha para o livro de onde transcreve para o quadro a lição. Diz à recém-chegada, com expressão bondosa:

— Depois você copia de uma colega o que já foi passado.

A cabeça de Madalena lê no quadro palavras como "*psiché*", "*logos*". Depois "mente" e "corpo", mas o que ela sente é a cachoeira desabando sobre sua cabeça e seu corpo nadando no lago profundo que reflete o céu. "*Será que essa mulher não vai parar de copiar desse livro? Será que já nadou? Terá escutado conversa das folhas quando o vento passa?*" Sente pena da professora, que tem os olhos guardados para verem o céu só depois que estiverem debaixo da terra.

No recreio, todas querem saber coisas do mundo de fora. Com uma breve pausa para considerarem o luto, que fora a desculpa dada para o sumiço, esperam por seus casos, tão peculiares, cheios de quadros fantasiosos. Todas, achando que ela está muito gorda, tomam isso como normal. Seus cabelos tendo saído daquele corte de menina, estão crescidos e soltos. Em breve serão prendidos, pelo regulamento interno. Ela conta do rádio do padrinho, mas muitas das colegas já têm este aparelho em casa. Acaba conhecendo mais novidades que poderão ser sintonizadas nele, como as novelas, e ela fica muito ansiosa para experimentá-las na próxima externação.

A semana passa com muito falatório. As freiras oram no íntimo, agradecendo pela volta dela. Julgam, no fundo de suas almas, que o Bispo teria morrido sem ela. Pecado inconfessável, este mau pensamento. Aceitam queimarem-se no purgatório. Passaram a tratá-la com sutileza, diante do mistério que ela representa. Irmã Vicência, que aprecia muito sua segunda voz no coro da igreja e nas sessões cívicas, convoca-a sempre para ensaios.

O dormitório está em silêncio, tarde da noite. Madalena pensa no Bispo e seu ser experimenta o desejo de estar com ele sempre, incômodo esse que a desvirginagem deixou: *"Ele é bispo. Ter mulher não é direito. Se bem que todo direito tem um avesso. Poderá ele deixar de ser um bispo, morar comigo e, nós dois, todos os dias, nos insubordinarmos"* — suspira com a estreia desta paixão. Mas ele trabalha como um homem que "comerá com o suor do seu rosto". Constrói um prédio para ser creche, sempre encontrando seus fiéis ajudantes. Padre Henrique o substitui por amor ao Amor e, além de vigário na igreja velha, é aliado ao doutor Farmacêutico, em grande campanha para a construção da creche.

É fim do semestre, provas e mais provas. Algazarra de arrumação de malas das alunas que partirão para suas casas amanhã. Abraços e choros nas despedidas, Madalena sente-se nostálgica.

Deixa o colégio e vai direto para o ribeirão na Casa da Ponte, onde fica olhando as formigas que, enfileiradas, cumprem uma sentença. Senta-se com os pés n'água, pensando que os peixinhos, os girinos vêm também do nascer. Olha o céu azul, amarelando nas bordas. Os passarinhos voando para o entardecer lhe dizem a mesma coisa — o nascer. Acaricia sua barriga e faz inferências: "*então eu vou parir, vai sair de dentro de mim. De um jeito ou de outro, tudo nasce*". Ela vê a primeira estrela que brilha e quer pedir um desejo, mas uma dor lhe desatina. Em sua mente perpassa a realidade à vista da profusão de seres nascidos, a profusão de brotos. Chegou sua vez — vai parir. Parir com dor. "*Não sou eu. É a vida acontecendo. Eu sou apenas um canal. Deixa passar.*" Agarra-se ao ar, fazendo dele a corda que lhe liga ao mistério. "*Como vou saber se sei? E se é*" — vagueia. Vem-lhe do vento a resposta: "*Deixe estar.*" Mas passa... No sábado em casa faz a areação de vasilhas, caia a cozinha com tabatinga, lava a casa esfregando o assoalho com folha de piteira e ainda acende o forno onde assa quitandas. Zefina e o tio, animados, ajudam em tudo. O tio tira a água da cisterna, controla a lenha no fogo. Tira os ovos dos ninhos. Zefina surra areia com cinza e limão nas panelas de ferro. O tio traz braçadas de crisandálias, copos de leite e rosas. Tudo em apoio. Quando Madalena passa perto deles, Zefina zomba, olhando para o tio:

— Ai, ai, ai. É hoje. — Riem. Ela se zanga, por não entender.

O tio brinca:

— O que tira a terra a gargalhar é que **vai soltar**.[31]

Ela ri sem graça para o tio. Zefina mostrou que não entendeu, ela explica brava:

— Tira a terra — pá; gargalhar — rir. Parir.

O certo é que Zefina conhece bem o dizer que no dia que a mulher vai ganhar o neném, dá nela uma disposição feito a que Madalena mostra estar tendo. Conta isso ao padrinho, Vando, que providencia uma galinha presa debaixo do balaio. Zefina diz:

— Pensou bem. Mas cê sabe que a sopa de galinha no resguardo é só desculpa pra entrar na salsa? — pontua Zefina.

— É? Pois é como tem na horta — diz Vando.

Madalena dorme feito uma pedra, com a casa e a alma lavadas. Acorda com a camisola molhada. "*Cruz credo. Mas eu mijei?*" — pensa. Ainda nem clareou de todo, as ancas de Madalena vão contraindo numa dor descomunal. Respira, respira, respira. Ela apressa-se para o ribeirão para lavar-se do molhado e deixar seu intestino se soltar. A água está quente, contrapondo ao tempo invernal que se inaugura. Nova contração tira-lhe as forças das pernas, ela então assenta nas pernas, acocora. O sol bate nas águas onde faz tremular um véu de lantejoulas. O brilho assenta em Madalena. Uma coroa de fogo se abre com o grito dela. Solta-se na translúcida água uma cabeça empelicada e, em mais uma torção, o rebento queda sobre o brilhante cascalho. As mãos de luz da antiga avó acolhem o rebento, mãos que vão ensombreando até serem as do Bispo. O Bispo, à sua frente, retira o filho de dentro da água e põe sobre o peito dela. A água quer puxar tudo, mas Zefina prende o cordão com suas pernas, pega duas pedras maiores com que o corta a quatro dedos do umbigo do infante. Caminha para debaixo da mangueira, cava um buraco com as pedras onde o enterra com placenta e tudo. De volta, molha a mão e derrama água na cabeça da criança. Sem olhar para o casal, diz que o menino trouxe o nome de João e sai com ele enrolado no avental. Limpa-o mais ou menos, lambuza seu umbigo com óleo de mamona e pó de fumo, bota-lhe os panos, enfaixa bem com o cinteiro, deixando-o no quarto escuro, onde garante que ficará por sete dias, até poder abrir os olhos. Enquanto isso o casal se olha, ele a amparando, ela entregue, ambos completando o ato sexual. Ele a toma nos braços e a leva para a cama, enrolada em sua batina, que fica ali rebuçando mãe e filho. Depois sai pelo portão à rua, de calça arregaçada e camiseta molhada.

O que tem é gente para dizer, de nada sabendo: "Esse Bispo tá doidinho da silva, coitado. Mas antes essa doideira do que a do outro padre — 'Que Deus o tenha'. Esse é doido manso."

Vai ele bater na porta da casa do Geraldinho, que está de folga dos serviços do pomar, e lhe diz:

— Procura saber quem tem menino por esses matos afora e precisa ser amparado. Manda entregá-los na Casa da Ponte, que nós estamos montando uma creche lá.

— Creche?

— É. Uma casa pra amparar menino enjeitado.

Geraldinho, o chacareiro, pica a mula na mesma hora entendendo o tudo do nada, e aparecem, no fim do mesmo dia, dois meninos recém-nascidos, um da freguesia do Soim e outro do Uri, alguém trazendo e sumindo. Providências acertadas com base nos segredos do confessionário, gerados no movimento das festanças de inauguração da diocese, quando ainda vigoravam os poderes dos irmãos futriqueiros. Madalena já amamenta aquele que partejou e passa a amamentar os outros dois. Com a boa assistência do doutor Farmacêutico, dá até para pensar em coisas, como maliciar aquela confissão demorada, mas ela não quer se ocupar de fustigar a vida de ninguém.

Zefina quer botar a graça nos meninos, se já chamava o que copartejou de João.

— Desconjuro. João todo mundo desse dia é. Acácio é o que vai ser, não é, neném?

— E esses dois agora? — diz Zefina.

Madalena tira o neném do peito e sai caminhando igual a uma galinha choca. Olha um, ri com todo afeto. Olha o outro, enroladinho nuns panos bem rotos. Um chora, depois o outro, às vezes os três. Zefina acode logo com os banhos.

Depois de todos os dois enroladinhos, deitados atravessados na mesma cama, a amamentação vai-se revezando. Zefina, recolhendo os panos e a gamela do banho, instiga:

— Quero saber dos nomes.

Madalena, reparando com ternura, define logo:

— Abel, que vai ser o primeiro nome da chamada, e Abílio o segundo. Acácio fica sendo o terceiro filho. — E ri, imaginando que já tem alguém para responder à chamada da escolinha. Olha para Mazurca, que está ali sentado, acompanhando tudo, e, rindo para ela, pergunta:

— Será que vamos chegar ao nome Zaru?

Ele se levanta, levanta as orelhas e fica abanando o rabo. Zefina resmunga:

— Sabe-se lá. Nascer e morrer é Deus quem decide. — E volta a inquirir: — Mas quem é o primeiro?

Depois de reparar, Madalena fala:

— Esse, que já veio com o umbigo caído, é o Abel.

— É. Já deve ter bem uns dez dias — diz Zefina. — E o outro? Também não nasceu hoje. O umbigo já tá por um fio. Deve estar com sete dias, já abre o olho.

— É o Abílio — conclui Madalena.

— Ficou o João de caçula — insiste Zefina.

— Pode ser Acácio João, dindinha? — Madalena tenta acordo, com meiguice.

O tio aparece na porta do quarto, vindo das colheitas. Com um cotovelo no portal e a mão coçando a cabeça, sorri. Madalena o olha e diz:

— Aí, padrinho. Quer dar o sobrenome? Já não é sem tempo de ser pai.

Ele, com as bochechas vermelhas do sangue e do sol, diz:

— Serve para tirar a terra no final das pedras da segunda pessoa **pra ser pai de quem não o é.**[32]

— Não, tio. Pa-dras-to, não. Fica de tio mesmo. O senhor, de tio-avô, fica bom demais.

Ele sai, abrilhantado, para cuidar da galinha para o almoço. Madalena comenta com Zefina:

— Dindinha, o tio nunca mexeu com casamento...

— Nem com rabo de saia. É desses virgens — ela inteira.

— Mas tem homem virgem também?

— É de certo que tem, ora, pois. É desses que já nascem inteiros, não precisam de caçar a metade, não.

— Esses é que deviam ser padres. Celibato por obrigação, ou é ou não é. Impostura — sofisma Madalena.

Zefina deixa os novatos ali e vai providenciar folhas de mamona e azeite, rapé e teia de aranha, que é com que vai curar os umbigos.

Quando chega com a tigela de sopa da galinha ao quarto, teve que voltar com ela para a panela, pois todos ali dormiam, no escuro.

Lá fora, no clarão do dia, o povo só sabe que o Bispo teve insolação no retiro e que parece doido. Muito magro, tido por ressuscitado, zanza pra lá e pra cá, trabalhando. Deixou os serviços da catedral e colégio por conta de padre Henrique e outros. Criou o prédio da maternidade com a ala para meninos enjeitados para encobrir seu filho — ideia exata, com os recursos com que vive a sua diocese. Mobiliza seus fiéis. Dentro deste mês de julho já estão criadas pastorais para todos os movimentos. As "Filhas de Maria", as "Luizinhas", o "Clube de Mães", "Vicentinos", "Clube de Jovens", "Catequistas", grupos para atuarem como voluntários para os finais de semana. Os padres e as freiras, assustados com o dinamismo do Bispo e por ele dinamizados, entram em ação. A tal creche é transferida para a nova instalação. Os visitantes veem no berçário somente recém-nascidos cujas mães estão presentes e na creche outros desconhecidos que chegaram depois, transferidos da Casa da Ponte. Estes somem no final do dia sem serem notados, pois o decretado é que essa ala da Creche esteja sob os cuidados de Madalena e dona Zefina. No balaio de palha que o tio-avô vem para carregar, tudo debaixo dos panos, descem os três nenezinhos, para no outro dia cedinho estarem todos de volta, rendendo as duas freiras plantonistas da noite. O cuidado com o resguardo é mantido conforme comando de Zefina: "Não tome vento. Não molhe os pés na bica." E a sopa de galinha com salsinha.

— Carne de porco pode não, né, dindinha?

— Só não pode se for porca cuiuda.

— Pois, então, coma sossegada — adjunta o padrinho.

— Abóbora, 'ês falam que seca leite. Bestagem. Eu cá não sei. Mas não custa evitar — resmunga Zefina.

Acaba-se o resguardo, acabam-se as férias, acabam-se as obras. A rotina desta segunda-feira é outra para Madalena, que comparece na sua hora da creche, trazendo um deles, sem distinção, amarradinho junto ao peito, outro num cestinho de vime que era da sala de costura da avó, e Zefina com outro nos braços mais a trouxa de panos na cabeça. Coloca-os no berçário ao lado de mais um que está lá recém-chegado e vai cuidando de dar o peito, antes de subir para o colégio.

O Farmacêutico, bisavô, passa, olha um por um e informa de que será assim, rotineiramente. Pede que avisem a ele do que precisarem.

Nenhuma das freiras comentou diretamente com ela este assunto, mas foi passado pela irmã Tereza à Madalena que ela só frequentará as aulas curriculares pela manhã e está dispensada das atividades da tarde. Para as colegas, Madalena arranjou emprego na creche.

Ao final dessa primeira semana, descem do ônibus que chega da capital três freiras especializadas em obstetrícia e puericultura, que se revezarão no plantão noturno. Já encontram a debutante Madalena, assumindo toda administração, escritas, marcando rouparia, ordenando vasilhames da cozinha, costurando colchões para o tio encher com palhas de milho, macias e esfiapadas. Já embainhou peças de cretone deixadas pela avó para serem fraldas, fronhas e lençóis de berços.

Os peitos de Madalena sempre esguichando leite, ela amamentando a todos por debaixo dos panos. Torna-se aluna externa, conforme arrumação de doutor Simão com padre Henrique, que sustentam a ocultação enquanto são guardiões da história real. Pensa pouco para responder: "Vamos lá." Zefina e Vando cuidam logo de plantar no quintal da maternidade um canteiro com salsinha e fechar um galinheiro com bambus, para que não falte a sopa nos resguardos. Zefina recebe comunicação das novas gerentes que ela está contratada, pois souberam que ela é parteira também. Então, de manhã, Zefina sobe com Madalena até a maternidade. Os caçulinhas Acácio, Abel e Abílio ficam escondidinhos na despensa — quarto contíguo à cozinha —, tomando leite deixado por Madalena nas mamadeiras, enquanto ela vai para o colégio. Quando volta para seu posto na maternidade, Madalena amamenta no peito os três para depois almoçar com Zefina ao lado do fogão a lenha.

As irmãs obstetras já visitaram os arredores do município na Rural da irmã Irani e trouxeram duas gestantes que a qualquer hora poderão inaugurar a maternidade. Essas duas freiras que revezam no plantão à noite confiam a Madalena e Zefina todos os cuidados, sob o aviso:

— Quando alguma delas entrar em trabalho de parto, corra uma para nos chamar.

Ficam as duas, tão afeitas ao compromisso, além de que Madalena amamenta os três sem deixar que apareça para o povo. O anúncio de que receberão filhos enjeitados ou órfãos carentes continua. Aí, sim, poderão encher o berçário, mas esses que estão já com elas serão delas, decidido entre elas e pronto. Como vai ser quando eles se puserem a engatinhar, não sabem. Por enquanto fica assim: vêm de manhã com eles da Casa da Ponte e voltam de tardinha. Quando passa a hora das rezas das seis horas lá na capela do colégio e servida a janta, as freiras retornam e liberam as duas, que voltam para a Casa da Ponte. Lá, Zefina faz a janta para comerem com Vando, que a requentará de almoço no dia seguinte. Madalena estuda à luz de lamparina, até os olhos cansarem-se e o padrinho desligar o rádio. Sábado e domingo a rotina é outra. Ficam em casa.

As crianças já estão amparadas pela assistência institucional de freiras, caridade da comunidade, maternidade de Madalena e desprendimento de Zefina. Ninguém sabe que Acácio nasceu de Madalena. Ela mesma já não faz distinção a ele, se de qualquer forma ela é mãe de leite de todos. A freira que assina pelo orfanato e pela maternidade se sente meio perdida quando vai fazer os relatórios para a diocese, porque pouco participa das obrigações. Madalena e Zefina dão conta de tudo. Pergunta para Madalena e escreve o que ela responde, quanto a nomes, datas, origem, situação e manutenção da instituição. E não entende o embaralhamento ou faz vista grossa.

De pernas de calça e mangas arregaçadas, certa visita as surpreende. Madalena faz troça, após reconhecê-lo:

— Cê tá parecendo homem.

— E eu não sou?

— Ué, cê né bispo?

Calado, fica. Pouco ou quase nada falam. Ela, por falta de saber o que dizer. Ele, por ser homem e mostrar-se muito ocupado em suar o rosto. Porém, ela não tira seu sentido do dele. Já o viu no colégio aparatado. Estranhou: magro dentro da batina grande. Ele sempre a vê no colégio. De uniforme, arrumada. Também estranha sua transfiguração.

Agora o identifica na roça ou na construção, de calça arregaçada, botina, chapéu de couro, camisa de mangas também arregaçadas, ela fica — e ele também —, pensando em coisas iguais. Pensam que ele é um homem comendo com o suor do rosto. Sente-se incluído como os demais mortais. E ambos enfrentam suas condições com amor. Nem Madalena pariu com dor, nem o Bispo está achando ser praga suar o rosto. É um monsenhor ocupado, feito homem como os demais. Os fiéis o reverenciam. Os demais padres e as freiras não têm o que dizer, senão trabalhar também. Padre Henrique o salva em seu ministério.

Madalena, porém, não fizera votos. Está a serviço do que ama. Mas sente que lhe falta um preenchimento... também tem cólicas, menstrua, já sabe do que se trata. Sabe até qual é sua lua de não engravidar.

Com a chuvarada de final de ano, férias do colégio, fraldas de meninada, a vida fica apertada. É estender panos para secar dentro de casa, em volta da fornalha, passar ferro a brasa. É uma peleja. Quintal escorregando, não dá para levar os meninos para brincar. Eles ficam inquietos, estão na idade que não pode tirar o olho que sobem e caem, puxam toalha, derramam o prato de comida.

— Cadê um pai pra dar uma volta com esses meninos, ao menos pra eu encapar meus cadernos do ano que vem?

— Vai esperando. Se não são as mulheres, menino assa — rebate Zefina.

Livro

Assim vai: segunda série ginasial, terceira série ginasial, quarta série. Consegue cuidar dos filhos, da creche — com a força da madrinha e do tio —, e entra pela noite adentro escrevendo no caderno que quer que seja um livro para a biblioteca.

Suas notas são ótimas. Aprendeu francês com a irmã francesa. Do latim, o que mais gostou foi de ver em letras o que sabia de ouvido em sua frequência à igreja. Constatou que padre Ni sabia de fato o latim e por ele agora sabe *ipsis linea, Magnifica, Tantum ergo, Laus perennis.* Sempre quis aprender o canto da Verônica "*O vos omnes*", que sua mãe cantava e ainda deve cantar na Procissão do Senhor Morto e que não está tão longe da letra correta, que agora sabe. Da matemática, os teoremas lhes são versos, poesia. E toca piano, harmônio, lê partituras, pois irmã Vicência encontrou nela uma ótima aluna.

Enfim, o curso ginasial termina e grande festa é prometida. O Deputado aparece com mais autoridades do governo. A população é convidada, pelo alto-falante, a comparecer na prefeitura para tirar seus Títulos Eleitorais e colocar o voto na urna para a eleição de prefeito, vereadores e deputado, cuja posse será neste sábado, com grande festa. E mais, será feito o emplacamento das ruas.

Madalena torce o nariz para o que deu para ouvir pelo alto-falante. Reunidos na cozinha, a questão supitou em seu cérebro: "*Será que eles vão pôr essas placas nas nossas ruas velhas?*" Pelo sim, pelo não, traça em uma folha em branco um mapa. Cerca a passagem de Sô Tião Cabeludo, em cima da hora, para questionar:

— Que nome podemos dar às nossas ruas, o senhor que sabe quem construiu nossa cidade?

— Pois não sei? Isto é que sei.

Foi o mesmo que abrir a gaiola. Ele puxa a viola, dá o acorde e canta em calango. Padre Henrique que já vinha a passos largos para tirar dele mais histórias, tem a sorte de pegar desde o início, sentado na ponta do toco que dá escuta ao que vem da cozinha, para transcrever um dia que nunca chega.

De lá pra cá, daqui pra lá
o que era Abecê está no mapa escrito com sete freguesias, ela a capital.
Escola Normal, Bispo.
O povo brincou, o nome pegou. Abecedê. É de certo isso.
Eram montoeiras de gente, escondidas umas das outras.
Que já foram escravizados, indígenas e expatriados, inconformados de alguma forma com colonização, rumaram para cá, seguindo intuição,
escutando som das matas, com o que diz água e vento,
entendendo o poder do lago
e reverenciando a capoeira sagrada. Abecedê. Abecedê.
Os poderes estão aí, pra quem sabe ler ou escutar um calango-dê.

Ri e repica o acorde. Zefina, com sua descrença, puxa uma brasa, acende seu pito que guardava atrás da orelha e fica encostada na fornalha olhando de banda. Vando põe café numa caneca, entrega a Sô Sebastião e assenta no tamborete perto da fornalha. Madalena, sem querer perturbar as ideias dele, faz com que ele assente no tamborete mais perto da mesa e instiga:

— Mas começou mesmo como?

Ele conta sem cantar, recitado:

— Pelo que consta nos anais e que dá a entender, foi assim: "*Um irlandês alcançou esse lugar distante do mar, valendo-se de seus poderes místicos. Expulso de seu país pelo rei contrariado com suas premonições, intuiu para cá, juntando-se a indígenas considerados nativos. Soube conquistá-los, na maneira mais sutil de comunicação. De nome ficou sendo Raimundo, talvez porque tenha chegado com o cumprimento "rai" (hi) e mundo porque trazia a ideia de outras terras distantes.*"

Madalena pega a folha onde desenha o mapa e, abstraindo do recitado, escreve: Raimundo.

Ele continua:

"*O irlandês foi se adaptando ao jeito de viver deles, sutilmente cruzando com sua cultura. Tanto aprendia quanto ensinava. Na linguagem, os entendimentos culminaram num dialeto outro. Casou-se na tribo com a mulher que o seduziu, justo aquela que lhe ofereceram. Apaixonaram-se. De muitos filhos sucedidos, já na segunda geração da aldeia, estava formada uma vila. Eram casas edificadas, mesclando o chão batido e pau a pique com portas e janelas e varandas floridas. Cobertas com telhas ou mesmo sapé, exibiam uma arquitetura cruzada de tocas e chalés. As ruas curvas e entronqueiradas circundavam uma deleitosa praça. A vila era uma harmônica mandala reverente ao vento e à água, conforme a sabedoria conjugada de um pajé e um druida. O céu era aberto, tanto para o dia quando interpretavam as nuvens como para a noite quando liam nas estrelas. Viajavam na luneta de Raimundo. Toda aurora era assistida, louvada a criação. Em comunhão comiam, que fosse o mingau de banana, inhame ou milho verde, bolo assado no borralho enrolado na folha de bananeira, café no coité. No crepúsculo repetiam a saudação, estudavam do céu e da terra o poder e a situação, impunes ao sofismar. Mais riam, mais brincavam, dançavam e namoravam antes de ir para seus ninhos. Raimundo educou-os para uma nova comunidade em família com reservados para os casais, segundo o que conhecia de sua tradição. Tudo tendo prosperado bem, com adaptações, era um novo povo. Os descendentes cavalgavam e aventuravam pelas imediações, incentivados pelo bisavô irlandês. Já contatavam com outras freguesias de povos africanos, outros indígenas ou outros miscigenados. As freguesias que não tinham nomes, pois a ninguém de fora deviam menção, passavam a ganhá-los por qualquer referência, seja geográfica, animais, vegetais ou pessoais. Citavam, por exemplo, ir lá na Capoeira de Baixo, nos Iberê, nos Raimundos, nos Mazi, nos Soim... Aconteciam namoros, cruzamentos, raptos de mulheres a laço, mas nenhuma guerra entre eles. Por algum assombro da colonização é que se instalaram lá. Então, defrontavam-se com a vizinhança só após seguro reconhecimento. De certo que tiveram que aprender a manejar conversas duras contra ataques violentos, até a vitória do bem. Com maestria, o druida e o pajé promoviam conquistas amigáveis, enviando comitiva com presentes e convites para festas. Cada freguesia ali se desenvolvia com a cultura do povo e do lugar e as miscigenações. O centro maior era o Raimundos. Uma rede de trilhas fora formada entre eles, sempre cuidada para que pistas não dessem entrada a exploradores em extrações de metais e pedras preciosas, terras e escravos, irreverentes às nascentes, aos cursos d'água e às matas virgens. Tinham medo.*

Aquele druida irlandês que ali aportou, com poderes de comunicar com os deuses, ouvir a voz do vento, das águas e das plantas e de se manifestar como qualquer animal que lhe conviesse, era sensível a qualquer ameaça de invasão ruinosa. Unido à sensibilidade do pajé, só se infiltrava ali quem passasse em seus sensores ou mesmo atraído por eles. Porém, cientes do vencimento deste primeiro portal..."

— Espere... portal. Segundo portal. O primeiro é quando o Raimundo chega e começa a comunicação.

— *"...e certos da aproximação de sucessores, os dois concordaram em receber uma tropa nova, aliciada para esta região, por forças de poderes concatenados. Era uma família inteira de corteses europeus, bem equipada com artífices, criadagem, aparelhamentos e tudo, acertados para aquele exato lugar, na freguesia dos Raimundos. Foi-lhes oferecido ocupar a grande sede social onde aconteciam eventos.*

Isto já não ficou na lenda.

Tratava-se da trupe de um farmacêutico homeopata que veio na comitiva do rei de Portugal para o Brasil, para atender à Rainha, de parto a chiliques. Porém, após cometer um erro imperdoável pelo rei, teve que fugir, acobertado pela rainha. A rainha o reparou com uma imagem de Nossa Senhora Auxiliadora, de marfim, guardada dentro de um rico oratório bordado em ouro, e ele partiu com voluntariosa equipe que o acompanhou como a um guru.

Sete dias depois, assistiram à entrega do espírito do Pajé, ao modo reverente e extremoso da cultura local, e, sete dias após, o de Raimundo.

O farmacêutico, Simão Vilas Boas, apossou-se do comando do novo portal."

— Espere aí. Um momento: Família Vilas Boas. Continue, por favor. Meus ancestrais, a bem dizer.

— *"Com a cultura encontrada mais a maestria que traziam, escolheram um terreno plano, amplo, onde construíram a nova residência, com acomodações para todo pessoal, objetos, cavalos, arreios, laboratório e a família. Uma choupana de chapéu pontudo, janelas e portas arredondadas, caminho em ziguezague até a uma clareira da mata, onde pela queda da cachoeira se formava o lago para onde convergia toda a informação do lugar, fora preparada para instalar Danu.*

Danu, quando moça, fugiu da Grécia para viver embrenhada nas florestas da Bretanha, compondo um grupo de sacerdotisas que estudavam a natureza, seus ciclos, seus poderes e mensagens. Refugiou-se na Áustria, após escapar de um massacre de encapuzados que as atacaram, estupraram e até mataram algumas delas. Foi salva por ter se entregado ao estuprador, por querer muito viver para preservar e praticar os saberes adquiridos. Empregou-se na comitiva de uma princesa que foi dada à rainha em Portugal. Tornou-se pajem no palácio, onde ganhou, a partir do nome Danúbia, a alcunha de Danu."

— Espere. Danúbia.

— *"Teve o filho, Simão Vilas Boas. Criou-o entre as crianças dali, afeiçoado a todos. Mas Danu, na ânsia de evoluir em seus aprendizados, voltou a integrar-se a grupos de mulheres que se atraiam em misticismos. Anos depois, retorna a Portugal, fugida nas mesmas condições. Lá encontra seu filho, já farmacêutico da rainha, e é integrada à comitiva que vinha para o Brasil. No novo reino, já referendado como Raimundos, tornou-se consulente visionária, parteira e benzedeira, e seu filho, comandante. Empregou-se ao favor da administração, ao ministério de leitura e escrita, à benesse da homeopatia, fitoterapia, benzeções e alquimia, preparando para os tempos que adviriam de uma energia mais densa que lastrearia doença, dinheiro e religião e remédios paliativos.*

Os ventos do desenvolvimento sopraram por janelas, narinas, e a freguesia dos Raimundos ficou com quem quis ficar e o amplo centro passou a se formar com novos moradores e transeuntes. Ampliando a equipe do farmacêutico, foram se agregando aprendizes de vários labores. Novas construções, produções de tecidos de algodão e linho que lavouras agrícolas desenvolviam e abasteciam.

Ali o ensino da leitura e dos números medrou. Dr. Simão havia patrocinado o estudo de Júlia, filha de seu tropeiro e sua cozinheira, pessoas dos negros lá do Mazi, no mesmo colégio de freiras da capital, na mesma investida que mandou suas três filhas e seus filhos para escolas de padres e escolas superiores. A negra Júlia, que voltou garbosa e cheia de cultura em latim, francês e partituras, cumpriu seu magistério com excelência, o que não aconteceu com as próprias filhas de Dr. Simão, que se tornaram esposas de altas patentes. Júlia dirigiu o Grupo Escolar onde muitos letrados se desenvolveram e muitas outras professoras leigas se multiplicaram. Casou-se com Dr. Simão quando este enviuvou, aos sessenta e cinco anos, ela com vinte e cinco. Realizaram a viagem à Europa, cujas histórias e suvenir serviram de curiosidades exibidas aos abecedenses de todas as gerações, especialmente na escola. Ministraram a língua portuguesa a todos, em boa pronúncia na fala e correta ortografia na lousa. A aritmética mostrava no ábaco o que na prática exercia. Fabricaram papel com folhas de bambu e goma de mandioca. Daí que o povo da redondeza passou a referir-se à vila, registrada como sendo VILAS BOAS, com o nome de Abecê."

— Espere. Mestra Júlia.

— *"Esse nome ficou. Abecê tornou-se a capital e, com toda região, intercambiava seus predicados. Aí consultavam sobre doenças, comercializavam suas produções. Traziam filhos e filhas para serem oficineiros e estudarem as letras e números até que novas mestras e mestres foram abrindo escolas nas sete freguesias. As donas de casa e artesãos experimentavam-se na costura, nos bordados, na cerâmica e na culinária. Danu prestava com sua magia, tanto a mulheres que queriam fortalecer a essência feminina como a homens que deviam reverência a isto. Os apaixonados lhe pediam orientações videntes. Salvava casais de desconfortos. Receitava chás para concepção e contracepção. Assistia partos e preparava outras parteiras. Cultivava plantas medicinais. Tratava das crianças sobre choros, espinhela caída, aguada. Enquanto o farmacêutico tratava de perebas, verminoses, febre e pestes. Zanzava pra baixo e pra cima dando assistência a necessitados de todos os lugares, aonde aparecia sem precisar ser chamada, por recado do vento e das águas."*

— Foram esses os mentores na região por quarenta e nove anos, perfazendo noventa e oito anos do encontro de Pajé e Raimundo. Quem registrou nos Anais, não deixou assinado. Com outra letra, assim alguém continuou: *"A descendência desenvolvia-se sábia e laboriosa. No entanto, ares de poderes governantes, na trela de religião e política, eram sentidos. Então, Simão cuidou de construir uma rica capela com projeto que trouxera de Portugal, com altar em madeira farfalhada em ouro. Apresentou-lhes no trono a imagem de Nossa Senhora Auxiliadora, ocultada até então, por respeito ao laicismo local. No sacrário, colocou o Santíssimo que pr'ali foi forjado em ouro e prata, com os raios do Sol, apresentado como a imagem do Pai Nosso que está no céu. Fizeram um crucifixo para o altar e uma grande cruz para a torre da igreja, na melhor madeira. Ao centro da cruz foi colocado reluzente coração em ouro e pedras preciosas, consagrando-o com o nome de Sagrado Coração de Jesus, para representar a Vida. Para dentro da torre subiram com um grande sino fundido num buraco de areia, em ferro e estanho, malhado lá nos Mazi com a força dos negros. A corda comprida de sisal veio trançada pelos índios de Iberê. E na frente da torre, um relógio. Os dois em ressonância incrementavam a hora do Ângelus, que todos aprenderam entoar quando o ponteiro grande apontava para o céu em relação à Terra, em recolhimento. Anunciou que virá o tempo em que lhes contarão a história do homem chamado Jesus, que é o Mestre que ensina a Lei da Vida e o caminho para retornar a Deus, que é o todo de tudo, a vida eterna. Zelou para que o entendimento que tinham do Bem e do Mal coubesse nesse altar."*

— É aonde eu falo: Mas não já tinha um templo eficiente?

— *"Neste dia, em meio a foguetórios e banda de música, a choupana de Danu foi vista como uma linda fogueira que faiscava brilhos para o céu. Danu virou uma lenda.*

Sete dias depois, o corpo de Simão Vilas Boas inaugurou o cemitério no adro da capela que se tornou ponto de curiosidade. Ali deixavam flores e contemplavam a beleza da Nossa Senhora e do Sagrado Coração de Jesus.

Assim o novo portal se abria..."

— Terceiro portal — Madalena ressalta.

— *"...com novos pastores encontrando um rebanho manso e feliz, pagãos para a missão deles.*

De dois em dois anos, padres, freiras e postulantes apareciam para ali realizarem o Jubileu, durante todo o mês de julho. Era uma atividade alvissareira. Juntava o povo da redondeza em Abecê, acampando em barracas de sapé, em paióis cedidos, em quartos de parentes ou amigos.

Realizavam batizados, celebravam casamentos, confissões e primeira comunhão, pregavam evangelhos. Ensinaram a recitar o Pai Nosso e o Ângelus. Implantavam o pecado e o temor a Deus. Mas o rebanho ainda se valia da alegria dos encontros. Ativavam rendosos leilões, festivas feiras, as quermesses. Assanhavam-se com as danças de quadrilha e cada freguesia tinha espaço para mostrar suas tradições. Reviviam os caboclos, os marujos, levantavam mastros e trançavam fitas, assim como exibiam as manifestações em arte de suas origens.

Sempre uma capela nova era levantada para ser consagrada na próxima visita, com o envolvimento do povo, que fosse cortando madeira, fazendo tijolos e telhas, entalhando altares e confeccionando flores. Os missionários deixavam formados sacristãos e irmandades, que mantinham as práticas religiosas enquanto dava o intervalo do tempo para os próximos Jubileus."

Em arranhado mais forte na viola, deixa entendido:

Até que deu no que deu.
Ô, lelê, calango dê, ô lelê, calango dá...

Madalena, de queixo caído, indaga:

— Como o senhor guardou isto tudo?

— Era leitura obrigatória nossa, na escola. Dizem que, quando esse padre do avesso chegou, sumiu com os Anais, dizendo que eram livros do diabo. Mas eu já os tinha de cor e salteado. E o povo conta...

—Mas quem os escreveu?

—Agora a senhora me apertou.

Faz-se um momento de silêncio até Madalena avançar:

— E daí para cá, como havemos de saber? A entrada do padre Ni, o portal dele...

Raspa um forte acorde na viola e se levanta em arribada, dizendo:

— Nós captaremos. 'Çoe!

— Então, esses registros não estariam nos Anais?

Padre Henrique esquiva, dá um tempo e vai apressado para seus deveres, encabulado, certo de que Madalena fará esse registro, contado por Sô Tião e abstraído de escutas ou imaginações.

Zefina passa o caldeirão de feijão para trás, enterra as brasas para começar o outro dia e sai sem dizer nada. Madalena vira o papel para o lado do mapa ficar para cima e vai pondo nome nas ruas, ficando o largo com nome Praça Pajé e Druida. Raimundos ela deixa para o nome da rua que sai para essa freguesia, assim como será Rua dos Soim, Ruas dos Mazi, Rua dos Iberê, Rua Cachoeira de Baixo. Para o largo que se abre em frente ao grupo escolar idealiza o nome Praça Mestra Júlia. E para a rua larga que corta o povoado idealiza Avenida Vilas Boas. Passa os nomes para uma folha que arranca do caderno e entrega ao tio, que neste momento está espreguiçando, preparando o corpo para ir se deitar, pedindo:

— Padrinho, tem umas tábuas debaixo do paiol, o senhor faria com elas umas tabuletas entalhando esses nomes aqui? E vê se acha umas tábuas bem grandes para marcar os portais.

— Tem montoeira de tabuletas, resto antigo do falecido seu pai. Aquele, sim, era um marceneiro, marcheteiro sem par. E lá deve achar ferramentas também — diz Zefina com conhecimento.

Esta fala serviu para remexer com o interior de Vando, consumindo-lhe boa parte do sono. Cedo levanta com a ideia de vasculhar debaixo do assoalho, pondo madeiras para fora e uma caixa de ferramentas. Tira a poeira impregnada, vai para beira do rio e com cinza, limão e areia trata da ferrugem de lâminas, estiletes, serras. Ocupou seu tempo vago neste ofício, pondo à mostra seu dom hereditário. Apresenta tudo brilhando, lançando a charada para risada da família:

— Com um pouco do que resta e um pouco de suspiro, a própria pessoa, estou no fim, **Aleluia**.[33]

— Res-sus-si-tou. — Risada de todos. — Coisa d'outro mundo.

— Já não era sem tempo. Se a falecida Donana, que Deus a tenha, estivesse viva, isto não viria à tona.

— Que história é essa, dindinha?

— Pois não é Sô Sebastião quem vai saber contar? Ele, que é a pessoa mais velha desse rincão, sabe o de dentro e o de fora do que é — retruca Zefina.

Pois fala no homem e ele aparece. Servem logo a ele o café ralo e doce, com zelo para que as ideias não sejam alteradas. Vando busca num balaio um tanto de tabuletas. Zefina pega dali seu pano e vai tirando a poeira de uma por uma. Madalena escreve com lápis os nomes de sua lista. Padre Henrique sente um chamado e se posta, às escondidas, para ouvir o que possa ser ainda narrado. Sô Tião, abraçado à sua viola, com ar de quem cochila, narra um tempo que deu mais um portal, vinte e um anos. Tempo de Ana nascer, casar, virar Donana, tirado de sua cabeça. Antes de abrir novo portal com a chegada da tropa do padre Nivaldo.

Madalena apela:

— Não, não, Sô Tião. Por favor. Deixe para outra ocasião. Ainda vou registrar esta parte nas minhas folhas para juntar aos Anais, pois soube que eles já estão lá. Juntar tudo para deixar na biblioteca de nossa escola pública, do município. Concordam? Concorda, Sô Tião?

Assim Madalena registra:

"O povoamento em que virou isso aqui vinha vindo debaixo de um catecismo, a bem dizer, sagrado. Transcorrido cerca de mais vinte e um anos, tempo de virar mais um portal. Deu tempo de Ana nascer, ficar órfã de pai, a mãe acompanhar outro homem, ser criada pelos três irmãos meninos-homens e virar moça. Bem bonita, derivada de índio, negro e europeu. Aos dezesseis anos conheceu Ramiro, já para casar-se com ele. Ramiro era de pouca conversa, de poucos amigos. Herdara a arte da marchetaria. Tinha terminado uma obra de vulto, que foi assoalhar em marchetaria o casario que o senhor farmacêutico prático preparava para receber seu filho formado, que o sucederia na farmácia, de nome Simão conforme vinha sendo. Era uma tarde de sábado, festa de abertura de

Jubileu, quando Ramiro sai para se orgulhar de si mesmo. Viu Ana e se deu a merecê-la. Pediu ao irmão mais velho a permissão de namorá-la.

Recebeu o desafio:

— Se você completar esta frase, é porque vai dar certo com ela: Quem acerta no casar, nada lhe falta...

Mais que depressa Ramiro respondeu, para risada geral da rapaziada em volta:

— ...acertar.

— Fechado. Pode ver com ela — disse.

Mulher, lá dentro de si, sempre sabe se sim ou se não, mas não se perguntava nem ouvia resposta. Assim, marcaram o casamento para o final do mês, na festa de encerramento do Jubileu. Juntaram camaradas bons de serviço e levantaram quarto e cozinha na casa que resplandeceria. Próximo, puxaram a oficina de serraria e marcenaria. Dona Cecília, a sogra, convidou Ana para ficar em sua casa, ensinou-lhe o corte e costura, muito bem aprendido. Enxoval pronto.

Lampiões iluminaram o casarão em construção. Mas, assim como a noiva era simples e humilde sem prejudicar sua inteligência e natural finura, era também o noivo. Casaram-se no coletivo, na ação dos missionários. O virtuoso Ramiro continuou sua obra e logo fez aparecer junto à ponte que saltava o dadivoso e estimado ribeirão, defronte do aconchegante bambuzal, o branco casarão, polido e pintado em tinta verde, destacando-se na paisagem. Ana, com todo respeito agora Donana, aprimorava-se nas costuras, fazia enxoval de bebê. Aguardavam o próximo jubileu para celebrarem o batizado, junto com outros tantos.

Até lá, a paróquia ficava ativa desde as seis da manhã às seis da tarde, com badaladas do sino ao convite da entoação do Ângelus. Um alto-falante possante, deixado pelos missionários, fazia eco em toda região. Várias senhoras que se fizeram beatas e um sacristão mantinham o povo na fé e esperança. Povo feliz que não conhecia adversidade.

Mas um dia, ao cair da tarde, num mês seco, quando as águas corriam silenciosas e rasas e o ar parado, surgiu na cidade uma tropa de burros, com um padre de batina preta de botões vermelhos, botina preta, chapéu vermelho, duas senhoras de montaria caqui, um tropeiro baixinho de pés no chão e um moço grande, caolho, que foi quem apeou estabanado, perguntando quem era o sacristão, que logo apareceu já com as chaves da igreja. Logo Anízio a entregou e as três arrumadeiras passaram correndo para ajeitar a casa paroquial para os recém-chegados tomarem posse. Foram sabendo sem perguntas quem era padre Nivaldo, vulgo Ni, a mãe dona Antoninha, a acompanhante Etelvina e o irmão Nonô."

Com muita batida na viola, ele arremata:

Se tornar remelexar, pois eu torno a te deixar.

Padre Henrique foge vitorioso com a escuta e pensa em buscar parceria com Madalena neste projeto de livro que surge, pois sente que, por ele só, isso não vai acontecer. Mas pensa que terá que ser rápido, para esse louro pertencer ao colégio em primeira mão.

Vando exibe seu trabalho, emocionado.

— Pronto. Todas as tabuletas lindamente prontas. Agora, Sô Sebastião, é preparar nossa festa de entabulamento das ruas. O senhor avisa o pessoal que é para essa lua cheia. Seja como for — diz Madalena.

— Pois sim, senhora. — diz Sô Sebastião, ao colocar o chapéu em reverência de retirada.

Zefina confirma que está tudo muito bem-feito, mas desce a ripa:

— Que história é essa de rua, praça, avenida... aqui se diz é "lado dos Raimundos", "banda dos Soim", "largo dos Simão"... mas qual. O que está pronto, não está por fazer. Vai ser bom é pro povo engajar no tal progresso sem volta.

Os dois olham demoradamente para as placas lamentando não terem tido essa ideia antes. Mas se há com o que discordar, é com a falácia da eleição. "Mas há oposição. Vamos ao pleito?" Depois de discutirem sobre esta questão, entendem que devem impugnar a eleição. Que se nada é peitado, vão as vacas pro brejo e os bezerros ficam sem mamar.

— Dindinha, a senhora já lidou com essa palavra "vereador"?

— Nunca vi mais gorda. Nem pra charada prestou. Vereda é caminho. Vereador deve ser aquele que anda pelos caminhos.

O tio, que já coa o café, dá sua risadinha e busca a quitanda das latas. Madalena larga tudo para trás e vai pisando duro até o Farmacêutico, considerando ser ele seu avô e um homem ilustrado. Fala de tudo que vem acontecendo e do que pode vir a acontecer. Governo, política e o povo sem informação, aceitando tudo goela abaixo. Portal das missões, ditadura do padre, escola para quem pode, prefeito e vereadores impostos. É. Criarão impostos e tirarão o quinhão deles. Se o povo não reivindicar a parte que é do contribuinte, nada volta. Há que se saber quem são esses em quem o povo vai votar. Quando vai ver, é só gente graúda, dona de terras a mais que os outros e de lavras de pedras preciosas.

— Doutor Simão, vereador é mesmo o quê?

— Agora aqui é cidade, tem que ter prefeito e a Câmara de Vereadores. O prefeito manda fazer, autoriza aquilo que os vereadores acham que é interesse do povo e do município.

— Mas eles sabem quais são os interesses nossos? Eles vão perguntar ao povo? Nós nem sabemos quem eles são. Pelo que eu vi, é gente escolhida entre eles lá, que não convivem no nosso meio. E vão pedir ao povo, a nós, que aprovemos num voto sem conversa. Eu quero ser vereadora. Eu sei mais que eles. Sô Sebastião que é a pessoa mais velha desse lugar sabe mais, mamãe, as professoras, os trabalhadores nas roças... Aquela chapa lá não nos representa.

O avô sai de trás do balcão da farmácia, convida Madalena para conversarem no banco do largo em frente e vem com a conversa mole de que já passou o prazo para registro da chapa, que a data da eleição já está marcada e que não é bom para ela se expor nessa embrulhada, além do quê, isso é mais coisa de homens.

Madalena vê seu avô, doutor, amante de sua avó, transformar-se em um ratinho. "*Faz bolinhas de curar os outros. Para mim era um Deus, quase. Um superior. Mas é um que-nem.*" Sai dali pensando em ir ao Bispo com a mesma questão, e vai. Pode até encontrar o tal Deputado e falar poucas e boas. Mas tem a informação, na porta da pensão, que ele saíra com a comitiva pela região para apertar a mão do povo e convidar já para eleição e festa de posse do prefeito e vereadores.

— Vai ser um festão — ouve.

Enxerga o Bispo colhendo quiabos numa roça viçosa. O olhar dele não penetra seu coração da forma como vinha sendo. Enxerga-o como uma brisa, uma violeta genciana igual a tantas que circundam seu caminho. "*Roxa florzinha do prado...*" Cantarola com saudade da avó. "'*Tomara eu ver', diria minha avó. Vereadora.* Só o que faltava. *Vereador...*" Anima-se ao mastigar a palavra junto com a violeta. Encanta-se: "*Vereador.* Só pode vir de 'vereda' mesmo. *Vereador é quem envereda pelos caminhos para saber o que é que há e dar atendimento, Zefina está certa. Essa entra na minha cabeça e passa na minha goela, mas prefeito. Que vem a ser isto, 'pre-feito'? Fácil para uma charada, mas o conceito qual será?*"

Chega em casa e provoca o tio jogando para ele a charada:

— Enxergar a segunda e a primeira vogal com sofrimento, **vai ser eleito**.[34]

O tio ri vermelhinho e, sem responder, indaga:

— E o que quer você com isso, menina?

— Ora. Eu, o senhor, Sô Tião, dindinha, mamãe e muitos outros conhecemos nossas veredas a fundo. Se bem que desta vez é tarde. Podemos é orientar nosso povo a votar anulado e no próximo pleito ficarmos espertos para lançarmos nossa chapa. Esse Deputado fez a diocese, o Bispo e nós temos que firmar o pé para não virarmos gado.

— Vou tornar-me, pois juntei as letras para você na segunda pessoa, aqui, **divide o povo**.[35]

— Povo, governadores; direita, esquerda; explorados, exploradores. A política serve aos mais fortes. Os mais fracos demandam. Comem das migalhas. A política divide o povo e a corda arrebenta pro lado mais fraco.

Grande festa na cidade veio acontecendo nesta semana, com posse, emplacamento das ruas novas, formatura. A festa da lua cheia entremeou com surpresa e sucesso. Madalena teve o povo nativo reunido em seu quintal e explicou o que era eleição e que, quem não quisesse votar, simplesmente não pusesse o voto na urna ou anulasse o voto com um xis feito com carvão mesmo. Certa do simbolismo de tudo, nem quis saber dos efeitos da manifestação. Cuida que as danças percorram a cidade nova. Promove que seus aliados conheçam os nomes das ruas novas e explica diante de cada placa o que é Correio, Cartório, Prefeitura, Câmara Municipal. Mas não sabe dizer quem é o Coronel, Marechal, ninguém que deu nome àquelas ruas. E conta, um por um, quem deu nome às veredas da cidade velha. Com suprema rebeldia, espera tudo adormecer, vai com Zefina e o tio, arranca a placa "Rua Expedicionário fulano de tal" e mete ali a placa entalhada: "Rua da Casa da Ponte Donana".

Deixa os dois descerem para casa e sobe mais a rua, topa com o Bispo em um de seus encontros fortuitos e faz-lhe uma insinuação:

—Dança comigo a valsa?

Isso o deixa nervoso, o que ele alivia capinando o quintal da creche todinho e amontoando mato do lado de fora da cerca.

— Importa-me, lá. É com o suor do rosto? Que seja — desfecha Madalena.

As colegas deixaram cartinhas de despedidas, cheias de carinho, com Dalva, a cozinheira, para serem entregues a ela. Chorou. Chorou muito, mas fez suas férias valerem a escrita do caderno para se tornar livro. Não demorou, chamou Sô Tião para comer uma canjiquinha. Da recitação desta noite, extraiu mais um enredo, que esclarece quem são os dois filhos de dona Antoninha, quem são esta dona Antoninha e Etelvina:

— *"Com poucos sermões o povo percebeu que uma conta estava chegando. Que haveriam de pagar com o fogo do inferno pela expansão do município, pela prosperidade, pelo dinheiro que faziam circular, pela alegria e algazarras. 'O fundo da agulha.' 'Choro e ranger de dentes.' 'O salário do pecado é a morte.' Abria-se o novo portal com a bandeira da maldição do pecado, do venial ao mortal, padre Ni o cobrador. Os ricos se souberam condenados ao fogo do inferno, os pobres — degredados filhos de Eva. E mais ações de atemorizar as crianças, tolher as mulheres, castigar os amantes e excomungar os rebeldes, com o catecismo, as confissões e os sermões. O rebanho sempre doce e fiel subjugou-se ao temor a Deus, sem mais ouvir a voz dos ventos e das águas.*

Esses dois filhos de dona Antoninha, desde a chegada, maduros de mais ou menos quarenta anos, revelam-se perturbados pelo modo truncado de olhar, pelo jeito desengonçado de andar. Cravam os olhos de cenho fechado por quem por eles passam. O cônego, de estatura mais baixa, um pouco mais gordo, cabelos já brancos, usa chapéu preto ou casquete vermelho que é levantado ao pedido de bênção como saudação dos fiéis. O irmão, Nonô, sempre lhe servindo de capanga. Com seu tipo forte, moreno, cabelo crespo, usando chapéu de couro amarelo, meio cangaceiro, dispensando cumprimentos. O povo já sabe que a função deste é fazer ronda pela cidade para flagrar boatos que embasarão o sermão do padre no domingo. Questões de pular cerca, seja para roubo ou para namoro, é o pecado que mais captura. E muitas situações vêm sendo engendradas, fatos deturpados ou mesmo caluniados. O povo, mesmo avexado, foi-se tornando cordeiro e servindo ao pastor que, aos domingos, sobe no púlpito instalado na coluna ao centro da igreja e faz o sermão da missa das dez horas, espumando o canto da boca e dando murro no parapeito. Grita pecados da luxúria a partir do que Nonô conta ou do que ouve nas confissões, deixando muita suspeita no ar, criando desavenças, nada ficando apurado. Os dois atormentam o povo que, por medo do Juízo Final, confessam-se regularmente, nem sempre fatos, mas fantasias. Principalmente as mulheres, que, pelo assombramento do padre, pecam em pensamentos e, de vez em quando, no gozo incontrolado da carne. A luxúria e a avareza são os pecados mais apregoados. E agora que já ficou esclarecido, há um exército formado por pecadores, cuja penitência é denunciar e punir na surdina outro pecador. É o exército da purificação. O confisco do dízimo farta o paiol do padre em ovos, galinhas, banda de porco, leite, queijo, banana, café, pelo terror da passagem do camelo no fundo da agulha. Sobre tudo que é transportado pelo caminhão do Zé Boquinha para a capital, uma vez por semana, é taxado o dízimo, arrecadado pelo Nonô e fiscalizado pelo padre. O café vai direto do produtor para a máquina, aos cuidados do sacristão, senhor Anízio. Nonô tira longas sonecas no armazém junto à máquina para controle, se recuperando da ronda noturna pela cidade. A mãe desses dois é Sá Antoninha, por quem todos têm grande desvelo.

Cuida da casa e dos paroquianos com Etelvina. Mantém sempre um sorriso afável, parecendo se desculpar pela inconveniência de seus filhos. Uma santa. Ela aparenta ter setenta anos, de coque, roupa preta e passo lento, mas sempre em atividade. De pouca conversa, Sá Antoninha deixa escapar que fora amparada por padres quando órfã, para quem lavava as roupas, em um seminário rural. Seu filho fora ordenado padre lá dentro. E o outro aprendeu o pouco da escola e ficou para os mandados. Se era viúva, respondia que sim apressadamente, buscando mudar de assunto.

Etelvina — pura bondade, servindo em tudo na casa, ainda faz o mingau de manhã para quem precisa quebrar o jejum depois da missa das sete, na maioria as velhas e velhos do asilo. Tem idade pouco a mais que os dois. Sabe-se que com eles mora desde menina, deixada para trabalhar a troco do sustento garantido e de ter a honra resguardada, sempre dormindo aos pés da cama da patroa. Sua realização é a casa sempre varrida, roupas aniladas e engomadas, comida pronta, horta viçosa, terreiros varridos.

De marido, nada se sabe. O que não falta é pecador inconfesso que não controla os julgamentos, mas que abaixa a cabeça quando ouve do púlpito 'Deus lê os pensamentos'. Além de repararem que um filho é grande, outro pequeno, um moreno, outro mais para louro. Só se irmanam na rudeza, na vileza, nos intrometimentos. Quer dizer que tiveram uma educação semelhante. Duvidar que Nivaldo tivesse formação de padre levava à inquietante pergunta de como aprendera as passagens da Bíblia. E o latim que, certo ou errado, usa nas missas. Os missionários nada puderam responder aos inquisidores porque, quando chegavam à região, padre Ni disponibilizava totalmente a paróquia à programação deles e boa quantia em patrocínio. Os dois irmãos em nada envolviam, bico calado, sumiam para voltarem daí a um mês, com o livro dos pecados cheio de dívidas a serem cobradas."

— Como o senhor sabe narrar tão bem — diz Madalena.

— Fui criado lendo os livros dos antigos, mas parece que o padre do avesso consumiu com eles. E eu continuo com as escutas e a ler nas entrelinhas.

Chegam até aí. Mas Madalena não consegue dormir. Muita mexida em sua cabeça. Quer escrever logo, enquanto está fresco na memória. "*Que Sô Tião volte para dar cabo às histórias que já estão encostando em mim.*" Assim, outras noites, aproveita os meninos dormindo, o tio com o rádio e Zefina já deitada. Invoca a presença de Sô Tião e ouve o calango, redigindo em seguida o que ele conta mais o que ela tinha de cabeça, intuído no quarto de costura e captado nas escutas.

"*Donana sempre de janelas e portas fechadas, dada aos cuidados de cozinha, horta e costura. Por sorte, o Mascate, que sempre vigiava, esbarra com Zefina chegando da venda, buscou ter acesso à viúva.*

— Boa tarde. Sou o Mascate, Donana me conhece. Passo sempre por aqui e vejo a serraria parada e as máquinas enferrujando. Eu posso comprá-las, tenho proposta. A senhora pode avisar a ela?

Pegou Donana com a veia boa. Sem dar alma a recordações — surpresa consigo mesma —, respondeu que abrisse a sala para ele entrar.

Voltou a ser freguesa. A mala de couro que ele abriu ali era exatamente o mundo dela, fechado com cinturões e fivelas. Lá dentro, toda sua vontade de se expandir em linhas, agulhas, novelos, bastidores, rendas, retrós e o que mais cosesse, bordasse, cortes de tecidos. Encantados. Figurinos, e mais no fundo camuflado, brincos, colares, braceletes. Ele fez propostas de uma sociedade em que ela confeccionasse peças masculinas, como calças e casquetes, que ele forneceria para clientes em centros por onde andava. Negociaram. Pediu que ele voltasse no dia seguinte, enquanto ela pensasse. Pensar, nada. As recordações a sobressaltaram e ela as permitiu. Tirou apressadamente toda água quente do tacho e pôs na bacia. Massageando a barriga, veio-lhe a lembrança da última passagem do Mascate ali.

Teve conta aberta pelo falecido, para comprar o que lhe conviesse. De pó-de-arroz a cinta-liga, encomendava de tudo que queria, que o marido nunca contestava. Mas em sua penúltima passagem, nada fora encomendado, pois com o marido já doente, o momento pedia parcimônia. Porém, um embrulho, sem remetente, lhe fora entregue, contendo um corte de tecido brocado, que logo fora entendido como presente de seu já amante. O marido moribundo pôde perceber a entrega, mas nada que pudesse comprometê-la. Com aquele tecido, Donana pôs-se a sonhar na frente do espelho de seu guarda-roupa, envolta naquele dourado, brocado, sentindo-se a noiva enamorada. Com prazer deu-se à criação do vestido que a levaria ao enlace. Levou-o à máquina de costura, molhou a ponta da linha, enfiou-a na agulha e embalou-se no sonho de um porvir risonho. O laço com afrouxamento suscitava a facilidade em se desnudar e o alargamento para crescer a barriga e deixar que a vida se multiplicasse entre gemidos altos e gritos de crianças a correrem soltas na vida. Como esperado, o marido morreu, mas o amante casou-se com outra. A filha nasceu e o vestido guardou fidelidade à sina de ser a mortalha dela. Lavou as lágrimas que esta recordação provocou, teve arrepios ao sair da bacia, mas embrulhou-se na cama e dormiu.

A partir do dia seguinte, encomendas ficavam, mercadoria despachava. O Mascate era o único homem que transitava na Casa da Ponte, amigos, sem nunca abrirem a qualquer intimidade. A máquina de costura entoava o mantra diário. Tesoura ronronava em cortes talhados. Um dia, ele trouxe um recado de Alzira, que também era cliente dele, se poderia encomendar um serviço de fazer casas para botões em uma roupa. Donana concordou. Quando viu, eram casas em batinas do padre Ni. Apenas fez debochar e se conferiu desapegada de ódio ou de julgamento de quem quer que fosse. Alzira passou a frequentar seu quarto de costura, trazendo fofocas que a faziam rir sem gargalhar, pois, nada lhe importava a vida dos outros. Seu jeito de ser reclusa estava sedimentado. Poucas frases lhe bastavam, aprendido em anos de silêncio.

O povo talvez imaginava romance dela com o Mascate. Mas a informação que Alzira gostava de dar é que Donana se bastava ali, deixando que o resto do mundo fosse o que passasse na fresta de sua janela e ela para quem se incomodasse fosse o que bem imaginassem. 'Eu não me chamo Raimundo.' Depois da viuvez ela não arredou os pés de casa nem para arrumar o telhado, nem para batizar um filho, nem para bater palmas para diploma. Os filhos assim entenderam a vida. Uniforme bem arrumado, lápis bem apontado e cadernos encapados. Dicionário, globo terrestre e ábaco vieram nas encomendas ao Mascate.

Vando ficou na barra da saia da mãe, extensivo a bom irmão e melhor tio. Na boca dos tios, ele sempre fora 'sem caruncho'. Só tinha nota dez, mas devolvia o boletim sem assinatura. Tirou o diploma, gostava de ler almanaques, mas foi da escola para casa. Embora se mostre hábil artífice, talvez como o pai, quedou-se nos cuidados com a casa, galinheiro, chiqueiro, roça, colheita, lenha, pote cheio. De lazer, criava charadas. Para Donana, cada qual com seu cada qual. Sua alma, sua palma.

Vanda fez muito bom proveito das passagens do Mascate. Encomendava livros de poesia, violão e romances do catálogo. Usou de sua inteligência e liberalidade. A mãe a admirava em silêncio e deixava que ela saracoteasse o quanto quisesse. Cumpria com os deveres domésticos como arrumar a cozinha do almoço, da janta, botar o caldeirão de feijão na fornalha para o dia seguinte, mas se alguma arte a convocasse, era ali que servia sem culpa alguma. Liberdade que ela soube aproveitar. Logo, logo, fora chamada para tomar lugar da mais antiga professora formada que morrera por idade. Mais uma riqueza para a vida do lugar.

Até que um forasteiro aparecido em Abecedê, vindo de não sei onde, trazido pelo arruaceiro Antônio, com nome de Noé, se engraçou com Vanda. Ela o reconheceu artista. Tocava bem violão que só vendo. Pronto. Vanda que tinha as mexidas nas festas, teatro, quermesses, o incluiu. Quando os dois enamorados foram falar com Donana, ela resmungou: 'Onde vai o burro, vão as canastras.' Pois não há de crer que dentro de uma semana ela deixou no quarto de Vanda duas canastras entupidas de peças de enxoval? Quase todas adquiridas em negociatas com o Mascate.

Vanda e Noé foram viver juntos assim que passou o Jubileu que casava todo mundo e fazia festa no largo. Foi fiel a seu marido e ele a ela. Ele, daquele jeito — caladão. O pai deste veio e juntos levantaram a casa onde foram morar, cuja escritura do terreno fora apresentada pelo Juiz de Paz em segredo de quem fosse o doador.

Vando ajudou o cunhado a caiar a casa, fechar cerca e plantar pés de frutas. A cada filho que nascia, o tio fazia visitas diárias, ajudando Zefina, que veio da roça para pajear e tudo mais de doméstico.

Pois Vanda continuou dinâmica. Articuladora cultural, livre. Reinava faceira, professora e artista neste cenário. Excelente na escola, vivaz na comunidade. Criava peças teatrais, tocava bandolim, violão. Em dupla com o marido, duetavam e contracenavam. Ocupavam todos os espaços, escolas, largos e, principalmente, a igreja, sem pedirem bênção ao vigário. Vanda tinha cópia de chaves da igreja que pedira ao Sô Chiquito ferreiro para fazer. Levantaram, com a comunidade, no terreno contíguo à igreja, de frente para o largo, um salão paroquial com palco. O padre a olhava de banda, mas beneficiava-se com suas atividades, como coroações, quadros teatrais de Via Sacra que mantinham o povo nas igrejas e arrecadações de bilheteria de teatro e bailes. Mesmo assim, Nonô e o padre esperavam algum deslize deles para admoestá-los. Mas Vanda, tendo aprendido com sua mãe a máxima 'entra no ouvido, sai no franzido', fazia o que lhe competia. Padre Ni não podia com ela, que se mostrava destemida, sem se confessar, sem pedir-lhe a bênção, pois nem ao marido se rendia. Amavam-se sob as cobertas, executavam os duetos que era a consumação do casamento.

Mas Noé continuou solto, fazendo algazarras pela noite adentro, junto ao parceiro que o trouxera ali. Esses dois tentaram desmontar as rondas de Nonô e as admoestações de padre Ni. Faziam algazarras para atormentá-los. A última foi amarrar um bode na corda do sino, exasperando a todos na madrugada. Os dois — conta o povo — ganharam uma praga que os estropiou. Transcorrido pouco tempo, Noé penou com um câncer na garganta, e não houve remédio do doutor Simão que aliviasse as dores até a morte.

Padre Ni, assim auxiliado, veio regulando a entrada do céu, do inferno e do purgatório, segundo seu humor, valendo-se dos versículos bíblicos. Imperou nesses cinquenta anos, no visível e no invisível. No particular e no cósmico. Os fiéis, hirtos de medo, o reverenciavam. Porém, como as forças vão mudando, assim, também, os líderes. O comando de padre Ni foi dando sinais de minar. Não bastasse a política, pedras preciosas e malacacheta atraem exploradores para a região. Dinheiro, comércio, estranhos e estrangeiros suplantam a religiosidade do lugar e o povo se dá a outros entendimentos. O Deputado promete suprir a região com escolas, inclusive curso para formação de professoras. O irmão deste deputado eleito no município fora consagrado bispo, e Abecedê elevada a diocese. Assim, os dois poderes superiores, política e religião, mais a invasão de estranhos e estrangeiros, abalam a liderança do padre Ni.

Diocese – é outro portal. Chega a tropa com cinco cavaleiros, sendo um padre, um mestre de obra e três encarregados. Cargueiro com muito do que se possa imaginar, de projetos a ferramentas. Sem darem importância ao vigário, procuraram pelo Juiz de Paz, pelo senhor

Intendente Municipal, o farmacêutico e o diretor do grupo, nomes marcados numa lista que acompanhava a tropa. Estava incluído o padre como um cidadão igual. Marcaram uma reunião na casa da escola. A comitiva recém-chegada já havia conhecido a igreja local e umas três capelas dos arredores. Nesta reunião deram a notícia da instalação de uma diocese ali. Foi apresentado o plano de construção da catedral em primeira mão a todos. Padre Ni ficou roxo, mudo, esperou um tempo e saiu, sem voltar a envolver, seguindo seu habitual, ignorando as novidades também. No alvoroço, o padre visitante e o mestre de obras quiseram informações de quem construíra a igreja local, expressando a admiração da obra. Destacaram, então, a pessoa de senhor Manuelzito, um descendente de quarta geração dos portugueses, herdeiro de muito conhecimento e sabedoria. Marcaram reunião com ele para a manhã seguinte, na escola, quando ele mostrou plantas trazidas de Portugal pelos primeiros parentes que ali chegaram e conservadas por ele, junto com muitas outras relíquias. Ao apresentá-las, ficou reconhecido tratar-se de projetos muito mais elaborados que os novos trazidos pela comitiva atual. Viram a capacidade de senhor Manuelzito em discorrer sobre a leitura da planta. Perguntaram se ele teria condições de comandar a execução daquele projeto, composto da catedral e dependências, e se ele podia contar com mais colaboradores. Ele mencionou vários primos que trabalhavam com obras e entalhes pela região. A empolgação cresceu em explosão. No dia seguinte foi anunciado no alto-falante da igreja a necessidade do envolvimento da comunidade. O padre Ni continuava sua rotina ignorando o resto, e o padre Cláudio entrava e saia da igreja para anúncios quando bem queria e celebrava nas capelas da redondeza todo domingo, cumprindo seus votos sacerdotais e intensificando campanhas de doações de materiais, dinheiro, bens para leilões e, especialmente, mão-de- obra. Construíam tijolos por toda banda. No domingo faziam procissões saindo de todos os 'comercinhos' da redondeza, encontrando no centro de Abecedê para a missa das dez horas, com leilões e barraquinhas de doações. O importe dessas procissões era o sacrifício de cada um trazer um tijolo, dois ou três, quanto aguentassem. Os cargueiros vinham carregado de areia e cal, os carros de boi chegavam com toras de jacarandá, cedro e outras. Então, para a semana, os operários tinham com o que labutar. Assim foi depois com telhas fabricadas nos terreiros de muita gente. Depois, com barro branco e argilas de cores diferentes, com que produziriam os arremates. Ouro e pepitas eram entregues ao farmacêutico e ao Sô Geraldo Dentista, que sabia manipulá-los para o Sô Pádua Serrilha dourar os entalhes do interior da igreja. Foram quatro anos de intensa armação. Não faltou trabalho para ninguém, remunerado e não. Até as crianças tiravam pedras no rio para o calçamento da avenida nova. As mulheres se ocupavam com bordados e bainhas de panos do altar, cortininhas de sacrário e aparatos de batina. Sá Luzia nas velas e pavios, o quanto de cera e algodão lhe chegasse, e seu marido Quinzim tecendo lanternas com taquaras do quintal. Agostinho Fogueteiro nas varas de fogos. As Filhas de Maria resumiam suas reuniões de orações para dedicarem na confecção de asas de anjo com penugens juntadas e flores de tecido engomado. Foram quatro anos que pareceram nada. Tratores cortavam a terra, caminhões descarregavam vidros, ferragens e mármores. Havia um zunido na cidade, e o coração de moças, rapazes, crianças, mulheres, idosos e homens experimentavam estranhas batidas. Pronto tudo, as lâmpadas foram colocadas nos postes, e o Ladinho da Samaricota, principal carregador de recados no cavalo em pelo, foi enviado à fazenda dos Santana avisar ao Zidoro que abrisse as comportas da represa que foram fechadas até espicharem os fios e instalarem as majestosas lâmpadas nos novos postes. Neste sábado a iluminação ficou até dez da noite, não só até oito. Experimentaram dos foguetes. Alguns pares passearam de braços dados na avenida da parte nova da cidade, desfrutando da leveza da ausência do padre Ni.

Eis aí a Catedral. No domingo, após a missa das dez, foi autorizado visitar as obras. Todos observavam a catedral emudecidos, por respeito e por deslumbramento."

Madalena o interrompe, para a lisonja:

— Mas já não tinha um templo eficiente?

Sô Tião fica um instante a tempo de retomar o fôlego e continua: "*Eis aí o Colégio. As obras tomaram impulso, foram além, construindo o colégio interno, para curso do ginásio até curso de professoras e trazendo uma legião de freiras para lecionar. Este foi um grande avanço do deputado Tibúrcio Damasceno para o seu partido junto ao governo do estado e para a igreja, erigindo uma diocese na prelazia onde Deus vinha atendendo só pelo terrorismo do padre Ni. O município aceitou tudo em cheio, tendo a prefeitura disponibilizado grande terreno. O pior: derrubaram a mata de árvores poderosas. Se havia oposição, não teve força para se manifestar, nem mesmo por padre Ni.*

Eis o Bispo. Foi consagrado bispo o menino obediente ao pai e grudado à mãe ainda pelo umbigo. Com muita poeira nos olhos, debaixo de um solidéu vermelho, fora pr'alí transportado em cima de um carro alegórico, com uma multidão a seus pés. Toda esta exaltação passava-lhe vazia, até que o rasgo na multidão alterou a conjunção. Alguém se tornou presente para ele em corpo e alma."

— Basta, Sô Sebastião. Obrigada. No que tange a mim, fica na minha composição.

Dias depois, Madalena entrega ao padre Henrique suas escritas no que tange ser a história geral do município. Resolve guardar para si o que é a história sua e dos seus.

Diploma

Iniciando o novo ano, após a formatura no ginásio, irmã Irani chega da capital, onde passou férias com os pais e atualizou-se na Secretaria de Educação. Mas veio com toda sua implicância a esmiuçar a lista de matriculadas no curso de normalistas, basicamente arrancada das mãos de irmã Tereza. Confere que o nome de Madalena não consta. Dirige-se ao Bispo, pergunta meio afirmando:

— A bolsa de estudos da contemplada não se estende ao Curso Normal, não é?

Padre Henrique, secretário geral, secretário pessoal do Bispo, anjo da guarda da diocese, vigário da Igreja Velha e, acima de tudo, defensor da causa "Madalena", ao ouvir a pergunta, aparece e escreve na lista, pondo força na caneta, o nome completo de Madalena. Irmã Irani sai com aquele caminhadinho, torta de carregar a penca de chaves presa ao seu cordão da cintura, chupando um dente, que é um tique nervoso que ela tem.

Neste mesmo dia chega o recado, pelo jardineiro. Madalena renova o enxoval ela mesma, deixando casas e botões para alargamento do cós das saias a um tamanho absurdo. Agora é confirmada costureira e normalista.

Primeiro semestre passa rápido. Nas férias de julho, dá para descansar um pouco, mas o segundo semestre entra pesado. Todos se queixam da falta de chuva, do calor e da poeira. Está pesado para Madalena carregar esta outra gravidez ocultada, seus pés incham.

Ainda por cima, chega irmã Irani comandando, como uma militar, ações patrióticas que recebera em treinamento na capital. Novos hinos são ensinados junto a práticas de amar ao país sem reclamar — reclamar de quê, ninguém sabia. A freira entra na sala, em meio à primeira aula da professora de Biologia, e informa das tarefas para a comemoração do Dia do Folclore, em 22 de agosto. Determina que Sauvelina coordene os grupos. Entrega a ela folhas, mas define ali que a de Madalena será feita sozinha. Vai até a carteira dela, apresenta-lhe a tarefa e dá um sarcástico sorriso quando percebe que ela entendeu. Madalena faz esforço para segurar a vontade de urinar, até pedir para sair e ir à privada, onde também chora. Na hora do recreio, Sauvelina procura saber o que há. Madalena não consegue falar. Vai para casa nesse sufoco. Tem ódio e tem uma intrigante cobrança sobre si: como deixar alguém, que ela julga infeliz, bulir em sua vida. Sente que seu peito foi rasgado, de onde tiram-lhe o que é só seu por direito.

O padrinho e a madrinha percebem. Os dois se assentam no chão, ao lado da cama onde ela dorme com um dos meninos. Deixam que ela chore até que resolve sentar-se e contar que a irmã Irani quisera insultá-la com a tarefa de fazer encenação da lenda da mula sem cabeça. Os dois calados ficam. Daí um tempo, Vando começa a rir.

— Que foi, padrinho?

— A metade do rádio e o fim do pratos **farão a tarefa**.[36]

— Eu, hein? Que tem a ver ratos?

— Você finge que vai apresentar a tarefa no auditório, combina com sua colega de confiança de abrir a sua pasta escolar com ratos, e a algazarra toma conta.

— Que prosopopeia — fala Zefina, que se levanta e sai manquitolando.

Madalena vira para o canto bem consolada com essa possibilidade e dorme. Vando sai pensando mesmo que vai providenciar os ratos numa armadilha.

Sobem para a creche em silêncio, ela bem mais aliviada, ajustando o projeto do tio. Agora vai falar com Sauvelina na biblioteca, sem saber bem o quê, nem como. Lá, os grupos já formados estão em ação. Madalena primeiro pesquisa, lê tudo que acha para entender "folclore". Muda sua opinião.

Sauvelina, que orientava aqui e ali, chega até Madalena, sorrateiramente.

Madalena diz em sussurro:

— Ela quis caçoar, por causa da preferência do Bispo sobre mim, ordenando que minha tarefa seja encenar a mula sem cabeça. Mas a tarefa será lograda. Depois lhe conto.

Vê o entusiasmo dos grupos nas pesquisas, folheia mais livros sobre o assunto e volta a falar no recreio com Sauvelina, que ficara bem curiosa. Após contar qual era o plano do tio e rirem bastante, escondidas, confessa:

— Amiga, mas não vai ser nada assim. A consideração ao folclore deve ser levada a sério. Se esta pessoa pensou em usar desta oportunidade para me rechaçar, eu não vou compactuar com ela. Tive uma ideia séria que vou lhe propor: que esta pesquisa do folclore seja viva, buscando conhecer as manifestações existentes ao redor de nós. E tirar esse colégio desse elitismo. Um colégio tão rico em cultura há que ser também em reconhecimento e respeito ao povo. Eu tenho vergonha, sinceramente, de aprender tanto e deixar parado nos meus cadernos o que aprendi. Tem que ser compartilhado. O que li nos compêndios poderá ser conferido em campo, com os negros, os índios, o povo da roça daqui desta região, incentivado e sua preservação tem de ser defendida. Ela quer mula sem cabeça? Terá mula sem cabeça contado, encenado, do jeito que essa lenda sobre-existe. Você vai ver.

Sauvelina pega no braço de Madalena e diz:

— Vamos falar isto com o padre Henrique, que, sendo o novo vigário na Igreja Velha, terá que autorizar. Com ele e com irmã Tereza? Um corpo docente tão elevado como o que temos tem que ser aplicado.

Os dois procurados entenderam perfeitamente que a comunidade poderá apresentar o que tem de preservado e transmitido entre gerações, e as estudantes do colégio apresentar o que têm pesquisado na biblioteca. Acertaram que haverá reunião com a direção. As duas receberam autorização para combinarem com a irmã Lourdes, professora de Moral e Cívica, como será a programação, conjuminada com a comunidade externa.

Nesse mesmo dia, Madalena manda Vando chamar Sô Tião Cabeludo em casa para preparar os grupos folclóricos.

— Sua mãe poderia trazer apresentações da escola dela. Isto que você propõe fazer aqui, ela fazia sempre. Reunia os grupos dessas freguesias todas — é o que responde.

Madalena bate palmas e diz:

— Quem poderá ir lá levar uma carta minha?

— Escreva que eu dou um jeito. E escreva para dona Matilde, Sá Sinhana, dona Chica, mestra Efigênia, seu Pedro Sabido, Leontina, todos esses têm escola por aí e podem cuidar de trazer danças, histórias, teatro, o que for. Sem deixar de envolver a escola daqui, pois não é? — diz Sô Sebastião.

Batendo palma, Madalena diz:

— E seu calango.

Madalena assim faz, mesmo sem saber se o colégio e o grupo vão aderir.

— Que seja feito.

Vai até o Grupo Escolar falar com a diretora. Tudo bem aceito. Supõe que tiveram bochicho sobre o que fazia essa pessoa lá. De fato, falaram, espiando pela basculante da sala da diretora, onde reúnem para tomarem o café:

— Nossa, a filha da tal professora difamada — diz a professora novata.

— Melhor professora que passou por aqui — comenta a atual diretora, das antigas.

— Mas é ela?

— Neta de Donana, aquela costureira da ponte. Estudava aqui. Inteligente. Foi minha aluna — diz outra das antigas.

— Quem diria. Viu? Minha prima. Ganhou bolsa de estudo, agora nem liga pra gente mais — comenta Eduarda, novata professora leiga.

— É assim, Duda — apoia outra colega.

— Eu vivia na casa da avó dela pra brincar, de dó que minha avó tinha por ela ficar sem escola e sem colegas... Levava meus cadernos para ela acompanhar as aulas. Agora nem me reconhece... Se não vier depois tomar essa vaga que estamos ocupando… — volta Duda ao desafeto.

— Cala-te boca. Ela está com o corpo estranho, parece uma galinha choca — diz outra ex-professora dela.

— Claro, gente. Quando estudou aqui era uma menininha — retoma à defesa, a diretora. — Dizem que no colégio eles enfiam nitrito nessas meninas pra elas sossegarem o facho. Isso faz engordar. Inchar.

Inchaço nada. Madalena está grávida de novo e rebola como se não. Aprendeu a bruxaria, onde o que é pode não parecer ser e vice-versa. Já tem consigo que todos deste mundo carregam várias realidades e que tudo vai passar e só restará a verdade que não é de ninguém e é uma só. Aprende que pouco importam os fatos. O bom da vida é entender que assim é e fica guardando sua verdade por detrás dos próprios olhos. Que as ondas eletromagnéticas cuidem da coerência. O mesmo ar que entra nela, entra e sai em todos. Cada um vai dando seu próprio tom e seu ritmo. Por isso ela cuida da harmonia sem se explicar, fazendo-se de vesga. A avó fez isso. A mãe, pode ser que esteja repetindo. Ela vai ser como está indo até dar ou dar-se em redemoinho. Mexe e vira topa com o Bispo, de formas mais surpreendentes e íntimas. Nem Zefina dá fé.

Pois a festa do folclore acontece esplendorosa. Aparece gente de quinze bandas ajudando. Quem arma palanque, quem puxa fio com luz e liga microfone. Zefina e mais mulheres fizeram cartuchos de amendoim torrado, aparece pirulito na tábua furada, enfeitação com tapete de cal e papel cortado, areia preta, terra vermelha e amarela... Tudo acontecendo no entorno da Igreja Velha, com padre Henrique e outros participando efetivamente e com muito entusiasmo. Cavalgada, cavalhada, marujada, caboclinhos, indígenas e negros a caráter, caras pintadas, Bumba Meu Boi, instrumentos musicais de toda espécie. Alvorada com sinos, foguetes e bandas de músicas, mesas de café ofertadas, paneladas de canjica, feijoada, doces de abóbora, batata doce e mamão. Vinhos, cachaças e licores. Foi festa de manhã à noite e, para quem arranchou na cidade, bateram paiada até passar a missa das dez e caçarem rumo.

Madalena providenciou quem lavasse a casa que a mãe deixou, com esteiras de taboa e colchões de palha, caso a mãe aparecesse com sua turma. Mas chegou a tempo a resposta de recado, que quem quisesse ver a apresentação deles, que fosse lá, pois tudo estava ensaiado e pronto. Madalena sentiu leve abalo na alegria, jogou para o normal e quis que a casa ficasse aberta para quem quisesse usar.

No meio da tarde é anunciada a Hora Cívica, com apresentação dos estudantes do grupo escolar e das alunas do colégio. Uniformizados e em pelotões, marcham e enfileiram frente ao palanque. Padre Henrique e a diretora do grupo abrem a sessão, a banda de música toca o Hino Nacional, foguetes do Pedro Totó como sempre. Do grupo escolar, houve quem representasse Saci Pererê e o teatro do bicho-papão, cantigas de roda e parlendas. Do colégio, grupo por grupo lê sua pesquisa com cartazes, sob parco interesse da plateia. Irmã Irani encosta sua Rural atrevidamente e meio empurrando o povo, posta-se ao lado das suas "andorinhas", cujo único objetivo é escarnecer-se de Madalena. Mas na hora exata da apresentação dela, formigas, daquelas que mordem com ferrão, atormentam os pés da freira, entranham em suas sandálias, pegam a barra de seu hábito. Tumulto, ela sapateia, pragueja e ordena às alunas:

— Volver ao colégio.

Ordena à fanfarra que puxe o pelotão e foge para sua Rural.

— Que foi, *ma soeur*?! — pergunta irmã Inês.

— Fui parar em cima de um formigueiro. Está entendendo por que não deixei a senhora descer para se juntar a esse povo? — irmã Irani responde, ainda coçando os pés e tirando formigas grudadas na roupa.

Padre Henrique anuncia o encerramento da sessão, pede palmas e Sô Tião entra com os caboclos, cantando e dançando, acima do ronco da Rural e da poeira que ela fez levantar. Depois, puxa o calango, com padre Henrique na escuta, atentamente. Madalena junta sua turminha e vai para casa descansar. Vando comenta:

— No pedaço de manga, com um pouco de dinheiro no fim da mangueira **estava você**.[37]

— Que mandingueira que nada. Foi o acaso, eu nem lá estava. Eu sabia que minha tarefa não estava no programa. Sauvelina se entendeu com a professora de Moral e Cívica que minha tarefa seria cumprida como foi.

Amanhece, e o grupo da Cavalhada, do qual o Saulo, adolescente, com seus dezessete anos já faz parte e que, puxado por ele, dormira na casa que Vanda deixara, quase de frente para o largo da igreja, juntado com gente que dormiu na rua, reacende a fogueira, e ali começam a aparecer bule de café cheio, quitandas e mais gente, tipo a "bater paiada", como dizem. Quando padre Henrique começa a missa das sete, já é um povaréu empolgado, que ruma para a Freguesia da Samora, onde mora Vanda. Depois, o caminhão do Zé Boquinha lota de grupos, grupos e mais grupos, cada qual com sua vestimenta própria, bandeiras etc. A festa se repete, cantam, dançam, comem e no fim do dia já estão de volta, cada qual no seu gueto. Madalena não quer saber de mais nada. Salvo pôr os meninos para dormirem mais cedo. Zefina e Vando ficam na cozinha sem querer tocar no assunto. Todos dois pensando a mesma coisa, mas sem opinião. No colégio Madalena não aparecerá nesta Semana da Pátria.

Sem condições. Irmã Irani exige que seja lançado na caderneta de Madalena, em letra vermelha, zero em Moral e Cívica, senão denunciaria o Bispo. Mas todos se esquecem dessa história, porque há muito o que ensaiar para a Semana da Pátria que vem na sequência, com muitas atividades na Educação Física, Moral e Cívica e Artes.

Começa a Semana da Pátria muito movimentada. Madalena está recolhida em seu ninho. Por lá, estão patrioticamente preparando para as festividades. Olimpíadas, desfiles, flâmulas se agitam dentro do colégio. Sem misturar com os de fora, que também ensaiam marchas, balizas e fanfarras. Nesta noite precipita a primeira chuva que é vista pela janela de seu quarto na Casa da Ponte. Amanhece e ela não quer saber de nada lá de fora. Anima em varrer as folhas que sobraram da enxurrada no terreiro. Tem ânimo ainda de caiar a cozinha, enfeitar a casa. Passa o dia em arrumações. Lava todos os paninhos de neném.

É volta de lua, sétima noite deste setembro. A alvorada começa com banda de música e sinos. Madalena sai da cama se contorcendo. Calada. Desce para a beira do ribeirão, onde fica a escutar o turbilhão das águas que descem das enxurradas, duetado pelo zunido das cigarras e pelo gorjeio dos pássaros. Junto à leveza do ar e o brilho da folhagem, sua respiração é compassada. A placenta descola. Zefina larga as providências de dentro da cozinha e ordena quase gritando:

— É. Dessa vez num vai embestar pra dentro d'água.

— Bença, dindinha! — é o que lhe ocorre falar.

Aproximando, Zefina diz:

— Bençoe, fia! Toma. Morde essas foia de carqueja. Já, escapole. — Então esfrega malaxada de alecrim com ramo de São Caetano na barriga da já nem prenha nem parida, invocando a prece a Santa Margarida.

— A bacia já tá ariada. A água tá no fogo.

— Aqui tá bom — responde Madalena, entrando para dentro do ribeirão.

Quando pensa que não, o padrinho chega com as colheitas e prende uma galinha debaixo do balaio.

Nesta hora, o Bispo entra pelo portão, de batina de gala e chinelos. Ia celebrar, mas recebera uma ordem no coração: "*sua missa de hoje é noutro altar*". Após ordenar que padre Henrique o valesse, sai do jeito que está. Encontra Madalena agachando-se encostada ao pé da jurubeba da beira do ribeirão. Zefina e ele esperam próximos. Ela vira o rosto para eles com um sorriso espremido de dor, esfregando as costas ao tronco. Eles avançam o passo para a direção dela. Ela tomba a cabeça, deixando escapar um gemido. Levanta os braços e as mãos agarram a árvore. Passa uma contração. Ela precipita-se para dentro do ribeirão, que já está limpo, podendo ver seus seixos ao fundo. Os dois colam-se a ela. Ela os afasta e a gangorra da antepassada a suporta, é onde ela se agarra, emite um grito rajado, queimado. A cabeça da filha coroa e irrompe. O Bispo aproxima-se no tempo de acolher em suas mãos o que se solta, dentro da água:

— É uma menina! — exclama Zefina.

O pai levanta a recém-nascida, coloca-a no peito da mãe, passando a amparar a parturiente pelas costas, onde ela se entrega. Zefina já pega as duas pedras e tosa o cordão. Toma para suas mãos a recém-nascida e a enrola em sua saia enquanto o Bispo resguarda a parturiente com beijos e abraços. O cordão parece um cipó bailando envolto em sangue, preso ao útero de Madalena. Ela respira nos braços do homem, com exclamações de amor entre dores. Zefina enrola a neném em panos, deixa-a no berço e sai correndo com o tição aceso que tira da fornalha. Retorna ao local do parto, ordena que Madalena sopre com força o tição, é onde a placenta é expelida. O Bispo só acolhe Madalena em seus braços e lhe afaga os cabelos. Zefina recolhe placenta e cordão com as mãos e cava logo um buraco no bambuzal de perto e os enterra. Madalena, ao tombar-se nos ombros do Bispo, ouve o que ele diz:

— Nossa filha trouxe o nome Zulmira, porque assim me deu na cabeça, um nome próprio de quem veio para ser a última da lista.

Não lhe soa bem, sentindo ferir seu direito de ter quantos filhos ainda possa ter, mas apenas acrescenta:

— Apelido, Zuzu.

O Bispo a carrega, deita-a ao lado da neném e sai pelo portão, retomando seu hábito de bispo na rua, onde não causa estranheza o fato de entrar ou sair de algum lugar. Quando Madalena o vê sair, toma a tigela de sopa de galinha com bastante salsa, os peitos cheios, olha para Zuzu dormindo e exclama:

— Homem é homem, gato é bicho.

Ele entra no colégio e vai até Geraldinho, que cutuca terra enchendo os pés das plantas, e toma-lhe a enxada. Ordena-lhe que vá assistir ao desfile, que é feriado. Toma seu lugar, onde sua, chora e pensa como seria bom ser um Geraldinho, para sempre, mas está decidido que seus votos sacerdotais serão cumpridos, por respeito a si mesmo.

De pernas da calça e mangas arregaçadas e suado, volta para ver Madalena e a neném, depois de sete dias em jejum, conforme ouvira falar não sabe de onde, que é assim que faz o homem. Encontra-a já instalada na rotina da creche, com o resguardo suportado por Zefina.

Ganha dela a troça:

— Cê tá parecendo homem.

— E eu não sou?

— Ué, cê né bispo? Bispo que faz filho — zomba.

Calado fica por fora, mas sua cabeça esquenta e sente uma fisgada que ele reconhece ser ainda do veneno da cobra. De vez em quando bate isso. É quando ele intensifica o suar com a enxada na mão. Mas, num estalo, sente atualização em sua consciência: "*Ela não pariu com dor. Eu não comerei com o suor do rosto*" — decide ali.

Depois de mais sete dias tem fogueira acesa no terreiro da casa da avó, para comemorar os quinze dias de Zuzu. Madalena, afinada com os grupos folclóricos, mandou convite aos de perto e veio Sô Tião Cabeludo e todo seu reinado. Comparece o Joaquim Serafim com a sanfona, o Pedro Totó com o tambor e o Zaru com o pandeiro. Chega

Mariinha, que canta repente com o marido Zico e mais um tanto de gente com seus grupos. Nunca se viu tanta folia. Bebem café com biscoito frito e banana verde assada no borralho. O tio serve cachaça para um e outro, coisa pouca. Sai cantiga de todo tipo, salva no toque dos instrumentos. Quem carregava mais raça de índios veio parecendo que já estava pronto esperando por esta hora. Pintados com jenipapo, açafrão e urucum e ornados com penas de arara, dançam e cantam o caboclo:

Sou cacique, caciquinho senhor lá da mataria
entre os meus sou respeitado também trago fidalguia.

Agora foi que a cantiga do congado do Sô Tião Cabeludo chega aos ouvidos do Bispo, que estivera plantando feijão e milho durante as festividades folclóricas acontecidas, com descanso no sábado:

Quando Deus andou no mundo convidou os pescadores
para irem pescar os homens cada um acompanhou
Pela ordem de Jesus
foi assim que eles fizeram, cada um foi para uma corte levando
a palavra de Deus.
Quando Jesus subiu ao céu ficou esse compromisso
em lugar dos apóstolos ficaram os senhores bispos.

O povo ri. Eles rodam em volta da fogueira e saúdam o Bispo, que igualmente suspendia seu chapéu em reverência aos caboclos. Ele olha Madalena assentada debaixo da mangueira com os filhos, sorrindo suave. Isso não dura mais que essa noite de sábado. Ele tenta voltar à sua rotina de celebrante e na prática do domingo, depois de ler o Evangelho, incensar e beijar a Bíblia, desce do altar empinado, com sua capa vermelha segurada nas pontas por dois coroinhas, sobe ao púlpito. Um tempinho para encarar os fiéis, começa:

— Prezados fiéis. A Bíblia começa com o Pecado Original e termina com o Apocalipse. Fim. Agora, cada um que escreva e leia seu próprio livro, conforme vai colhendo na Terra. Ela é a Mãe, a Mestra, a Rainha. Cada um é o seu filho único, o Cristo. Cuidem do amor. Não há mais pecado. É para hoje. A mulher não parirá com dor e o homem não comerá com o suor do rosto. O amor liberta. Aprendi isto com uma mulher. Sua alma, sua palma. Salve Rainha!

O povo continua a rezar a Salve Rainha. Ele volta para o altar e termina a missa em latim. Cantam o *Tantum Ergo* e recebem a bênção final.

Simão, que raríssimas vezes dá ouvidos ao alto-falante, levanta a cabeça quando esta frase do Bispo lhe chega. Sem perceber, deixa escapar esse comentário, enquanto separa glóbulos para ele:

— Ou vive seu amor ou perde o sentido da vida.

Sônia, que termina de compor a mesa para o almoço, responde:

— Ele é que está certo: cuidar do que está vivo.

Madalena não escuta mesmo o sermão, não participa mais de missas, nem para ajudar a compor o coro como irmã Vicência gostaria. Está bem cuidando de acompanhar o almoço das crianças. Zefina junta os restos para as galinhas e Vando vai observar o povo voltar da missa.

As freiras, por dever obediência, não fazem conceito de valores de um bispo. Mas irmã Irani reage. Chega ao refeitório cuspindo marimbondo:

— Vou denunciá-lo ao arcebispo. Vou escrever agora mesmo — diz, enquanto tira água no filtro.

Irmã Inês, vermelhinha de pavor, coloca as duas mãos em súplica e diz:

— Não faça isto, *ma soeur*! Ele está doente.

— Isto mesmo. Que seja internado. Doido.

Encerra-se o assunto com aquela chupada de dente.

O Bispo não come desde que Zuzu nasceu. Os padres o servem com muito respeito e nem percebem que ele enterra sua comida. Nesta noite, quando vai dormir, tira sua batina e sai à paisana, pensando: "*Passou meu tempo de comer com o suor do meu rosto, passou meu resguardo. Vou sair pra rua com minha consciência nua, agora.*" Com a camisa sem abotoar até o gogó, passa a mão sobre ele: "*Gogó. Tenho gogó — pomos-de-adão.*" Dá gargalhada e anda. Respira a brisa serenada. Vai em direção à rua velha, seguindo vozes, as únicas da noite. Chega ao boteco, não sem tropeçar no degrau, tão duro estão seus músculos, hirtos de inexperiências. Encontra lá dentro, enfumaçados pela luz da lamparina e dos pitos, três fregueses, o dono do lado de dentro do balcão e o cachorro deitado no meio. Leva um tempinho para as pessoas identificarem quem chega. Atrapalham-se, levantam o chapéu e procuram beijar-lhe o anel, que não é encontrado. Ele, parecendo acordar de um sonambulismo, volta para a porta frustrado por não ter sido recebido como homem igual a eles. Ele desce os dois degraus e o boteco é fechado com os fregueses lá dentro sem ação.

Neste instante, os olhos dele atravessam a escuridão e esbarram num raio de luz distante, na fresta da janela, no momento exato em que Madalena passa com a lamparina para cobrir um dos meninos que remexia tanto na cama e dar os peitos para Zuzu que já resmungava. Ela também o vê e cresce em fantasia: "*Será que ele vem me assumir como sua mulher? Dar um sinal para que eu abra a porta? Pedir-me em casamento?*"

Zefina capta o que se passa, tenta ajudar:

— Busque-o. Vai ser só um a mais para você dar os peitos.

Madalena enrola-se em sua colcha de retalhos, desde a cabeça, e sai.

Chega junto com o padre Henrique. Este a fuzila com o olhar. A força dele é maior, toma o Bispo nos braços. Como uma criança mimada, o Bispo estende os braços para Madalena, dizendo:

— O paraíso sem minha mulher não me interessa.

Madalena avança alguns passos, seguindo-os, e diz:

— Eu cuidarei dele. — Mas é deixada sem resposta.

Ela avança o passo e chega à frente de padre Henrique para dizer:

— Ele é pai dos meus filhos, eu sou sua mulher e ele quer ficar comigo. Quer que eu grite isso para o povo ouvir, eu grito.

— Mas ele está doente. Espere que se cure ou você será incriminada se o pior acontecer, perderá seu diploma.

Padre Henrique vai cedo nesta segunda-feira chamar doutor Simão pela janela do quarto. Decidem ali que o Bispo deverá ser encaminhado ao irmão para providências de tratamentos médicos.

Nas salas de aulas está um clima estranho. Na hora do recreio, Madalena sente olhares esquivos sobre ela e ninguém a abordando, como vinha sendo. Até que Sauvelina sobe no vaso, olha pelo basculante e tenta ser vista por Madalena. Acena para que ela se achegue. Ela entra na mesma privada. Trancam-se, e Sauvelina diz:

— Menina, ontem à noite a irmã Irani estava igual a uma jararaca andando pra lá e pra cá pelo nosso dormitório, dizendo que "ai daquela que se aproximar da Madalena". Ela chamará o pai e haverá expulsão com sérias acusações. Não disse o porquê. Parece que tem a ver com o fato de o Bispo não comer, dizendo que não é digno.

Madalena, fragilizada pela noite mal dormida, pergunta em sussurro:

— Que tenho eu a ver com o estado dele?

— Você é mulher dele? Por isto esta implicância dela com você? Aquela pesquisa da mula sem cabeça...?

— Pare, Sauvelina! — E chora. Sauvelina a abraça e diz:

— Pode contar comigo. Passe a me contar tudo. Eu vou lhe apoiar e, ó: façamos segredo. — Sorri para passar-lhe confiança. — Quero lhe contar uma coisa bombástica: sabe aquelas histórias que você escreveu e passou para o padre Henrique? Está tudo transcrito por ele e anexado aos Anais, com apresentação de que o texto é colhido de oralidade dos populares. Como sou a única aluna que já veio com o curso de datilografia pronto de casa, propus ao padre Henrique transcrever todo esse material à máquina nas horas de biblioteca. Ele ficou muito empolgado, forneceu-me pacotes de folhas e pediu-me sigilo por ser ainda aguardado um lançamento oficial. Reservou-me a salinha do mimeógrafo; então, colega, eu peguei carbono e fiz cópias. Escondo-as no fundo da minha mala. Esta cópia é para você.

Saem dali rapidamente. Madalena fica atônita, com as cópias debaixo da saia.

Ela passa a sentir todos os olhares cravando espada sobre ela. A chaga de solidão se abre. Em casa, chora, chora. Mas acha o consolo nas crianças dela e da creche, Mazurca, Zefina e padrinho. Sem ver a luz do quarto do Bispo acesa, volta a se sentir angustiada como sentia dos nove aos quinze anos. Até dona Ção lhe aparece em pontos inesperados, só para fuzilá-la com o olhar atravessado. "*Tomara que não me tirem o colégio. Mesmo sem o reinado que eu tinha nele, tenho ainda as aulas, a biblioteca, os exercícios e trabalhos escolares. Faço todo estudo muito bem feito. Isto eu reconheço porque é de muito gosto.*"

Algumas freiras tentam lhe suavizar a vida. Irmã Vicência mesmo pediu que ela viesse aos ensaios do coro, dizendo o quanto sente sua falta.

— Não, irmã, eu não vou à missa mais...

Irmã Vicência olhou com tristeza vendo-a se afastar. Porém, irmã Irani passa por ela exclamando num resmungo:

— "*Satana, vade retro, apage, Satana.*"

Sobe em Madalena um desejo de vingança que lhe faz pensar: "*um dia eu te pego*".

Irmã Inês lhe olha com um olhar melancólico e de piedade.

— Ai, Jesus! — Suspira a freira resignada a seus votos, pois tem um amor além da conta por ele.

Doutor Simão aparece na creche, buscando dar assistência à família e demais. Ela pergunta pelo Bispo. Ele conta que está se recuperando, mas aguarda a vinda do irmão deputado para levá-lo. Ressente-se com a falta de assistência de padre Henrique e se justifica que a carga de trabalho dele ficou pesada. Madalena vigia sua passagem apressada, o interrompe e suplica que traga o Bispo para que ela cuide dele. Ele puxa o colarinho, dando sinais de que isso não vai ser permitido.

Só, Madalena vence o segundo ano de magistério. Está cansada. Desiludida com o amor. Outro dia, veio um rapaz entregar a doação do dízimo de sua colheita de feijão à creche, como sugere padre Henrique em seus sermões. O rapaz se refazia homem com essa primeira roça de feijão só sua. Estava vitorioso. Após arrancar sua roça, secar o feijão ao sol, bater com vara as vagens para soltar os grãos, rastelar as palhas e encher os sacos, fez questão de, em dez, tirar um para as obras sociais da igreja. Colocou esse saco na garupa de seu cavalo e veio, com as ventas abertas e coração palpitante, com a roupa e bota com que trabalhara. Sua pele morena clara estava avermelhada pelo sol e pela virilidade. Bate à porta da creche. É recebido por Madalena, igualmente morena, vermelha de feminilidade. A cordialidade em primeira mão aos poucos foi se embaraçando em uma confusa afinidade. Riso curto ao indicar-lhe o caminho da despensa ao descarregamento da pesada oferta. Consertando o boné, o moço foge daquela situação inaugural de rapaz. Sai outro que entrou. Galopa, para na serra, olha o arco-íris intacto. Chega em casa e debaixo das cobertas sente o quanto crescera. No outro dia é sábado. Acorda assobiando, faz tudo de lavar o cavalo, lhe cortar a crina. Toma seu banho, pede a bênção a pai e mãe, topete virado. Vira a serra naquele pôr do sol, apeia. Na venda que avizinha a creche fica sabendo quem é a moça por quem se apaixonara.

— Sei não, rapaz. Ela é neta da costureira da ponte, mulher suspeita que parece ter sido amásia de um viajante que passava. A mãe era uma professora espetacular que teve aqui em Abecedê, mas que, depois de ficar viúva, manchou a honra com um rapazinho e com ele soverteu. Ficou aí essa menina fechada, que as freiras pegaram pra educar e deram emprego a ela na creche. Passa de manhã agarrada nos meninos que deixa na creche. Vestida de normalista abraçada com os livros, vai para o colégio. Quando é de tarde, volta pra Casa da Ponte trazendo os meninos que ela e dona Zefina cuidam. Gente que não dá a se conhecer. Mas, fim de semana, elas ficam em casa.

Ele faz o cavalo dar um pinote, rumo à ponte. Empaca em frente à casa, ainda vê o tio com cachorrinhos na mão, filhotes de Mazurca e Pipoca, que, desmamados, exibe-os ali para serem doados. Apeia com garbo para pedir-lhe um copo d'água, quando Madalena bate a penúltima banda das oito janelas, o que faz para encerrar o dia. Ela entende o que vinha sentindo desde ontem quando o vira. O másculo da pessoa dele ocupou de uma vez sua essência de mulher, fazendo vibrar suas entranhas. Uma alegria regateira em imaginar os dois juntos como um quadro das fotonovelas. Ele preenche algo dentro dela que ela reconheceu sombrio. Mas pela última banda da janela choca-se com a visão do Bispo, miúdo, pequeno, encolhido, lá longe. De camisolão, parece fugido do outro mundo. O olhar deles se cruza. Assustada, Madalena bate com força a última banda da janela. Gela-se. O moço, após tomar como uma desfeita, empina o cavalo para fugir dali. Madalena sai correndo para apanhar o Bispo, mas vê que ele fora recolhido numa maca e, desta vez, amarrado. Volta apressada para a cozinha, senta-se no tamborete, debruça na mesa para chorar uma dor de desencantamento. O tio entra com um único cachorrinho que resta, Zefina entra com o feixe de gravetos. O tio pensa no fogo de amanhã.

Assim ela chora alto, de verdade. A janta sobra. Só os meninos comem. Na cama ela pensa.: "*Onde estou eu com minhas forças, meus poderes, minhas escutas? A primeira estrela que eu vejo... Meus anjos e santos do céu... Minha boneca de pano... Minha Danu... Minhas escutas... Meu tempo?*"

Pela janela que ela faz abrir entra a procura por si. Suas ventas parecem se alargar e começa a perceber-se só, enquanto recolhe tudo que tem em si, sua bagagem. "*Onde estão meus poderes?*"

Vigia a luz do quarto dele que não mais vê acesa.

Começa o terceiro ano do colégio, último ano que terá para receber seu diploma de professora, que considera o louro. Zefina prenuncia:

— Fia, cê se formando agora, tem que sair daqui e caçar seu rumo. Eu fico mais os meninos.

O tio, com austeridade, fala como não se sabia:

— Eu seguro com a senhora, Zefina. Ela trabalha lá onde for, vez ou outra vem ver eles.

— Tem ainda muito chão — é o que Madalena responde.

Quer conversar com Sauvelina sobre o mundo lá fora, o que sabe, o que pode lhe adiantar. Começa o ano nesta expectativa, mas tem um choque em sua emoção: Sauvelina não voltou a se matricular. Uma das colegas que mora em cidade próxima à dela, cujas famílias se conhecem, contou que houve conversa da irmã Irani com o pai dela, quando veio buscá-la para as férias, e ele já saiu daqui de posse da transferência dela. Muitas colegas choraram. Irmã Tereza disse que o pai justificou que ela iria para escola na capital, pois fará preparação para continuar estudos na faculdade. Madalena pergunta à irmã Tereza:

— Ela saiu daqui sabendo disto?

— Não. Essa desculpa foi a irmã Irani que nos passou, quando conferimos a lista de matriculadas deste ano — disse irmã Tereza, também vermelha de indignação.

Madalena jura por tudo quanto é santo que retomará seus feitiços até que tire essa mulher do colégio. Fará com que ela suma do meio delas, que não quer, não pode conviver mais com um espectro de padre Ni. Passa em revista na alma a afeição que nutre por todas as demais freiras. Mas decidiu que não quer irmã Irani no meio delas. E junto com esse desaforo, outras questões vêm surgindo. Pensa: "*Se eles usam seus poderes, eu posso usar os meus.*"

Com poucas investidas, a poeira da Rural levanta-se de madrugada, com um padre motorista que a trouxe vazia e estaciona-a na garagem. No auditório, dois dias depois, foi lida uma carta por irmã Tereza, escrita por não se sabe quem, comunicando que irmã Irani fora removida a serviço de seu apostolado, o que o voto de obediência a fez cumprir imediatamente. Ao lado, irmã Inês deixa transparecer sua tez cor-de- rosa, translúcida, sem rir nem chorar.

A saudade de Sauvelina fora abrandada porque, de surpresa, Madalena ganha a companhia de seu irmão caçula. Chega trazido pelo irmão mais velho, que diz:

— Nossa mãe disse que até os cinco anos ele viveu nos seus braços e de Zefina, ele apenas retorna ao ninho. Vem para tirar o diploma de quarto ano.

Madalena pergunta ao Saulo se ele não quer também o diploma, estudar mais. Ele disse que o que sabe já está bom. Diz que quer saber é de trabalhar e amar sua feiticeira.

— Olha lá, hein, o que você vai aprontar — ela lhe diz, sorrindo.

— Se não já aprontei — ele responde, já montando o cavalo, macho que nem uma égua, como diria a avó.

— E nossa mãe, está sabendo?

— Nada escapa àquela lá.

— Peça a ela a bênção por mim.

— Será recomendado.

Sai a galope. Zefina, na cozinha, faz seu deboche:

— Ainda nem criou pelo e já vai dar de casar.

— Quê isso, dindinha, deixe o menino virar homem sossegado. Vovó diria "não julgue o cavalo pelo arreio" — diz, e põe-se a pensar se a mãe estaria sabendo da história de creche, netos... Volta a se interessar pelo irmão caçula, que fica muito acabrunhado. Faz da sala de visitas o quarto dele, usando de cama o banco da varanda, apagando o cenário do romance da avó.

— Eu durmo aqui com você até que se acostume.

Ele chora. Entrega-se aos carinhos dela instantaneamente, pois a lembrança afetiva instala-se. Daí a pouco, vem-lhe a ideia:

— Vamos fazer bicho de monte? — Traz os meninos com os colchões de palha e ali se amontoam no chão.

— Agora caladinhos, que eu vou contar uma história. De fantasma.

Uuuuuu...

O ano escolar inicia. Madalena deixa sua turma na creche e, antes de ir para o colégio, leva Lalico e o apresenta à diretora do grupo. Recebidos com austeridade, Lalico, de cabeça baixa, fica aos cuidados da professora.

— Eu volto pra te buscar. Espere-me no portão quando todos estiverem saindo para irem embora.

Dá meio-dia, ela já está lá no grupo esperando por ele. Diz que nos próximos dias ele, depois da aula, irá sozinho para a creche, almoçar e passar a tarde fazendo o para-casa com o acompanhamento dela.

Ele tirará o diploma de quarto ano primário no final deste ano, e Madalena o diploma de normalista. Tudo transcorre bem nessa emboleira. Ela o acompanha como mãe e professora particular, ele acompanha os movimentos dela na creche ou em casa e serve a vários servicinhos. Hoje ele estava fazendo o para-casa enquanto Zefina e Madalena prestavam assistência a uma parturiente. Quando tudo se consumou, Zefina passa com os panos para a bica e Madalena sai toda sorridente com o pacotinho pronto e mostra a carinha para Lalico ver. Lalico aproveita para tirar uma dúvida que trazia:

— Madalena, como vocês sabem que o neném é dessa mulher? É por ordem de chegada?

Ela gosta tanto da pergunta que faz dar à risada a oportunidade de esclarecimento:

— Vou contar-lhe. Espere, que vou só levar o neném para o peito da mãe e já volto.

Senta-se à mesa junto a ele, na varanda que dá para a horta. Responde explicando, com sustentável carinho, tudo que substancie a resposta.

Zefina passa com a tigela de sopa de galinha com salsa para o resguardo da parturiente. Os dois não aguentam e correm para a cozinha pegar da sopa, como lanche da tarde.

A NORMALISTA

A presença do Deputado na cidade, não obstante o desapreço de ser ele o paraninfo de novo, deixa Madalena ansiosa, pois quer saber, por ele, notícias do Bispo. Sai a sua procura e não o encontra.

Pensa, pensa, empodera-se e decide que vai às solenidades, das quais tinha desistido. Convence-se da importância de ser diplomada normalista e comparecer à despedida de suas colegas, a primeira turma de formandas do colégio. Convida o padrinho Vando para ser seu paraninfo.

— A preta para a segunda pessoa com um pouco do pai do pai **é a resposta**...[38]

— Pare, padrinho. Negativo, já sei. Isso já está chato. Se o senhor não vai, eu também não vou.

Fica brava, pois esperava que ele se sentisse mais integrado. Lalico chega perto dela e pergunta o que é isso, se ele pode ajudar. Ela o olha, olha de cima abaixo e responde:

— Pode. É isto. Você vai ser meu paraninfo. Cada turma que forma escolhe um padrinho geral, e cada uma, seu padrinho particular. Você será o meu.

Começa a rir ao imaginar fazendo o terno para ele. Revê a Casa da Ponte como a fazer uma fotografia. *"É outra casa. E eu sou outra pessoa."* Ri. *"O paiol é paiol mesmo, sem escola. Meu quintal tem outros doninhos, que ali reinam com gritos entre galinhas, gatos, cachorros e bichinhos do chão. Que catam pitangas, goiabas, mangas e o que encontram.*" Madalena se procura na casa. Procura pelo quarto de costura. Abre as duas janelas que dão para a rua e uma que dá para a porteira e o paiol. Pensa o que diria a avó sobre aquele cheiro de urina dos colchões das crianças.

Abre as canastras empoeiradas encostadas nas paredes, sem máquina de costura. Vai ao quarto que agora é seu com o berço de Zuzu, abre e se olha naquele espelho que Vando cuidara de recolocar logo após a tragédia com a avó. Vê-se mulher, ri de si. Fala para a avó, que aparece no espelho:

— Vovó, eu sou professora e costureira.

A avó ri de boca fechada e resmunga:

— "Um sujo cobrindo um mal lavado."

Ela fecha a porta do guarda-roupa, senta-se na cama, faz uma massagem nas pernas e se garante:

— Asneira, vovó. Eu vou sair desse lugar. Levo minha herança com muito gosto.

Reanima-se com a alegria de confeccionar. Pega da caixa um corte de casimira, um linho para a camisa e um cetim preto para a gravata. Acha que a gravata borboleta fica mais adequada a um menino pré-adolescente. De tarde, põe Lalico fazendo o para-casa ali em meio às costuras.

Vai fazendo igualzinho a avó com a fita métrica, a caderneta a anotar as medidas dele. Trabalha nesta confecção toda a semana. Passa para o seu vestido. Pega o corte que encontrou. Pensa: "*Cadê Donana para confeccionar o mais lindo vestido?!*" Experimenta sensualidade ao emoldurá-lo em seu corpo. Olha-se por um lado, por outro, suspende os braços, remexe os cabelos. É uma mulher. É feminina. Ri e sabe-se só em si. Despe-se. Mas sua fantasia deixa entrar, não se sabe por onde, o homem que a enamora — o Bispo. Faz lembrar até a cena de Eva quando Deus a surpreende nua: Madalena cobre-se e quer se esconder. Então o rejeita. Ele investe um pouco mais, mas ela abraça o pano, cobrindo seu corpo. E sua face não é exposta. Sente-o passar por três arrepios: um de apaixonado, um de envergonhado e um de transfigurado.

O vestido de Madalena a deixa muito graciosa, singular entre as pessoas, a maioria de fora da cidade. Não fora escolhida oradora, desta vez. Nem entrou na lista, nem estava presente na hora da votação. Isso dá a ela a credibilidade que quer em si mesma. Sente o corpo forte, a respiração ampliada e segura.

O Chefe do Cerimonial abre a sessão, compõe a mesa. O programa transcorre como previsto, com um número artístico depois de entoarem o Hino Nacional. Ouve-se a oradora com discurso de agradecimentos e despedidas, seguido de choros. Dá-se a entrega dos diplomas, após o paraninfo ler seu discurso e surpreender com o anel de formatura à aluna que tirou o primeiro lugar na caderneta escolar e outro sorteado pegando um diploma aleatório de olhos fechados. Muitas palmas e abraços. Por fim, o Chefe do Cerimonial anuncia: "Está franca a palavra", que sempre é seguido do momento de silêncio. É quando os saltos do mais elegante sapato deixado pela avó anunciam a ascensão ao palco do repente de Madalena.

— Senhoras e senhores, autoridades aqui presentes, com licença da palavra, venho agradecer...

Simão, após uma descarga em susto, dispõe-se a aceitar com firmeza o tratamento de "avô" — o que não se deu, foi tratado por ela como "doutor". Ela apresentou gratidão, tendo consigo que toda doação que a levou ali foi embrulhada de costuras em remendos. Reserva a ela a gratidão à sua intuição, ao amor às palavras, à alegria de convivências, à cultura transmitida pelas mestras e mestres e à sua coragem para o trabalho.

— Mas eu ofereço toda minha conquista à conquista de outras e outros. Solicito aqui que a pura generosidade de suas almas estenda essa bolsa de estudo da qual desfrutei a quem quiser estudar. Com certeza, o povo que construiu esse colégio e essa catedral e essa cidade nova, com seu labor, suas oferendas em espórtulas e materiais, levantarão o pavilhão de escolas para seus filhos. Que os religiosos e religiosas que ganharam as casas para exercerem suas missões confortavelmente empenhem-se nas campanhas para devolvê-las a quem é de direito. E o senhor digníssimo Deputado que tem seu trâmite no poder, graças aos votos do povo daqui, faça reconhecida essa escola junto ao governo a quem serve. Tenho dito. Meus agradecimentos a quem, com verdadeiro devotamento, esteve comigo na labuta diária, segurando o serviço da creche e da maternidade e possibilitando minhas horas de estudo: minha madrinha Zefina e meu padrinho Vando, que em casa estão pajeando os filhos que tenho enquanto aqui estou, e ao meu irmão que neste último ano veio da roça realizar o quarto ano no grupo escolar para ter seu diploma e que também serviu com seu trabalho e que hoje representa ser o meu paraninfo. Escola pública para todos e todas. Senhor Deputado, onde está o Bispo? Como está a saúde dele? Tenho dito.

Batem palmas sem nenhuma aclamação. Enceram a sessão.

Ao sair do clube é surpreendida por assédio da maioria das colegas que se sentiram livres para abraçá-la. Poucas mostraram embaraço. O avô fica de longe a olhar, encabulado. O Deputado sai cercado pelas autoridades.

Madalena vai para casa com a garganta seca e o coração se fazendo escutar. Ao baile não comparece. Ouve de casa o som da orquestra contratada de músicos de lugar distante. Sente-se só e tenta esmiuçar sua raiva. É um sentimento que merece ser sopesado. Senta-se na cama e põe a cabeça no lugar. Sai para o quintal e pensou que iria dançar consigo mesma, mas se acha séria, atentando para o significado de sua coragem.

No sábado é o coquetel, à tarde, no pátio do colégio, despedida do internato e arrumação de malas que os parentes já acomodam nos bagageiros. Simão, pela manhã, sem graça, senta-se com Madalena no banco da varanda da Casa da Ponte e diz:

— Vim convidar-lhe para que vá ao coquetel comigo.

— Mas não vejo sentido nisso.

— Por favor. Depois de seu discurso de ontem, considero-lhe uma autoridade. É traje esporte.

— O senhor passa aqui que eu vou pensar nisto. É muita novidade para mim. Bem, uma questão: posso levar dindinha Zefina, padrinho Vando, meu irmão Lalico e meus quatro filhos?

— Isto foge ao protocolo. O coquetel é para as formandas, os pais e autoridades. Seja razoável.

— Vejamos. Até à hora terei resposta.

Fica fora de si andando pelo quintal. Volta para casa, remexe a canastra e pega um vestido que não sabe se fora da mãe ou da avó. Mas um vestido em failete, xadrez, cores em marrom degradê e de modelagem elegante. Lindo, sóbrio, próprio. Com pouca engomagem, ficou pronto para o uso. Zefina vê e diz:

— Vestido que sua mãe usou depois que tirou o de noiva, para o almoço de casamento.

— Que simpático!

Numa sandália de salto baixo, colar de pérola ali encontrado, vai. Não houve tempo para pensar, mas, quando lá chega, vê-se respeitada, reverenciada, e ela não precisou perder tempo com quem não fosse de seu afeto, dando-se às queridas colegas e amadas professoras. A falta de irmã Irani ali lhe conferia mais espontaneidade. Até irmã Inês fica livre e feliz em estar com Madalena. Ela ali está se sabendo uma aluna aplicada, mãe responsável, cidadã respeitada, mulher empoderada dentro de todo estigma de preconceitos.

Está com uma taça de groselha que tem que trocar de mão para estender a direita ao Deputado, que vem em cumprimento.

— A senhora é empenhada — ele diz.

— Eu espero que o senhor também o seja.

— Estou levando a sério sua reivindicação, mas devo alertar-lhe, pois vejo que a senhora é muito ingênua...

Nesta hora, Madalena, de morena, fica mesmo um jambo. O avô se aproxima. O Deputado, olhando para ele, coça a cabeça e continua:

— É previdente tomar cuidado com as manifestações, porque a intolerância ao comunismo está acirrada.

Ela fica mais vermelha ainda e quase se reprime, porque esta palavra "comunismo" ainda não está amplamente compreendida. Só lhe chegou a ideia de ser predicado de "ateu". Se foi bem explicado nas aulas de religião, foi justamente na que ela não frequenta, por ser à tarde. Mas o avô intervém, fala olhando para ela:

— Acho que o discurso dela não passa por ideologia política. O senhor entendeu que ela quer saber notícias do Bispo, razões dela.

Mas o Deputado logo fala:

— Visitarei a creche, no sábado pela tarde.

— Às ordens. Aproveite e visite seus sobrinhos também. E dê-me notícias do pai deles.

Ele olha para ela com austeridade, ela com cabeça erguida e um quase sorriso cínico. O avô Simão quer remediar. Ela os deixa, circulando com um sorriso simples. O Prefeito, em dupla com o juiz de paz, que a rodeavam em falsete, fingem surpreenderem-se quando a abordam:

— Senhorita Madalena! Parabéns pelo diploma — diz o Prefeito. E chegando próximo a seu ouvido diz-lhe: — Muito bem pela consideração com suas patrícias e seus patrícios, mas o Deputado segue os planos de governo. As coisas caminham no tempo certo. Já, já, teremos o terreno para a construção do grupo escolar na cidade nova, e o Deputado vai batalhar pela verba do governo. No mutirão que a senhora sugeriu, não fica bem, pois isto são ideias sem ordem, sem Deus nem governo. É comunismo.

— Isso mesmo, Madalena. O terreno vai ser cedido pela prefeitura. Já vamos fazer os papéis. E o projeto vai ser do Estado — diz o Juiz de Paz.

— Que alegria! — diz Madalena, acenando para uma amiga que dava ares de que se despedia para se retirar. Pede licença e sai dos dois, encabulada com a palavra, de novo, comunismo. "*Quê isso? Vou ter que me inteirar sobre isto. Por cima de mim? Querem usar esta palavra para triunfar sobre alguém, dominar, só pode. Agora o modo de governar deve ser este: avexar, incriminar, excluir. Manobristas. Onde estará Sauvelina?*" Sai dali pelo caminho de dentro, escapulida, como bem sabe fazer.

Caminha sentindo que a solidão neste momento lhe dará a melhor companhia. Quer chegar em casa, tirar aquela roupa e saltar o ribeirão para uma caminhada. Altera seu pensar: "*Eu devia ter falado na formação para as professoras leigas, nas escolas para os alunos rurais, tanta coisa. Podia ter falado que, das professoras que se formaram, uma ou duas ficarão no município, certamente tomando o emprego das leigas. Pulei essa fala porque poderiam estar pensando que eu puxasse a brasa para a minha sardinha. Mas que nada. Ninguém virá me convidar, falar que uma vaga estaria garantida para mim. Quero controlar a raiva. Isso faz a gente perder as oportunidades de ganhar o jogo. Mas tem essa discriminação contra mim por ser quem sou, do jeito que sou, filha de quem sou, neta de quem sou, mãe de quem sou, mulher de quem sou, ranço de padre Ni. Sinto-me só, mas comigo mesma. Homens, cadê os homens? Eu que fique esperta. Eles vão precisar ser bons para comigo, eu vou fingir de égua, montar no pelo deles e picar a mula. Mané minha égua.*"

Chega, tira aquele vestido, veste o de antes, com o cheiro de si. Atravessa a pinguela e põe os pés no chão. Começa a andar, incomodada pela palavra 'comunismo' que deverá ser anotada em seu vocabulário, no sentido subentendido nas entrelinhas. Está atormentada e se lembra de que não olhara o fundo das águas. Danu não aparece para dizer-lhe que o ponto zero está contando passo. Então, caminha, hora na alma, hora na palma. Hora na grama, hora no imo. Caminha, caminha até a luz de postes bater na frente dos olhos. Quando vê, esqueceu-se do porquê de estar ali. Volta e dorme.

Ao acordar, busca as anotações em seu caderno das aulas de Estudos Sociais. "Pontos negativos que levam a igreja criticar os Sistemas Econômicos. Capitalismo: debilita a comunidade e exalta interesses particulares; Socialismo: ataca a autoridade eclesiástica, a família e a propriedade privada; Fascismo: utiliza a luta, violência e uma forte organização militar; Comunismo: a Igreja colocou-se contra o comunismo, que se declarou ateu." "*Deus do céu. Tenho que ir na fonte. Quero ler, estudar, debater, manifestar, engajar. Vou pra lá, não sei onde. Quero ver o que é dito, como procede e ver o que penso.*"

A voz das águas com que lava o rosto diz:

— *Então vá.* — É Danu que a libera.

No dia seguinte, domingo, o Deputado faz visita à maternidade e creche, acompanhado por prefeito, vereadores, alguns padres e algumas freiras. Veem o funcionamento da instituição sem a presença de Madalena, já estudam sua retirada e substituição. O avô não está nesta comitiva, talvez porque seja um dia de grande fluxo de pessoas na farmácia, vindas da roça, ou mesmo por estar acovardado, como sempre.

O Deputado faz seu tempo particular com padre Henrique, quando acertam que os sobrinhos mais velhos estão quase na idade de ingressar na escola primária. Passava esta preocupação pela cabeça do padre, até que a solução está sendo engendrada. O político tem estratégias, o padre tem obediência e o avô tem seu camuflo. O Bispo está doente? Adoecido? Sua passagem por dentro da cobra, ao que parece, só lhe ensinou a comer com o suor do rosto e depois parar de comer. O resto fica a Deus dará. "*Quem pariu de A* a *Z, que os embale*" — diria a bisavó. Seja como for, de segunda-feira em diante, a trupe de Madalena não sobe mais para a creche. O jardineiro foi o portador desta mensagem. Subentendida. Meia dúzia de palavras, suficientes para ser informada, sem susto, entendendo tudo óbvio, com sua ressalva:

— Vamos todos nós. De Mazurca a Lalico.

Encontra o padrinho e Zefina preparando almoço. Chega o dedo em seu peito, intimando-o com a charada:

— A vaca faz e a gente remexe **para sair do lugar**.[39]

— Agora pode fazer charada? — ele zomba.

— Tudo tem hora. Vamos. Sim ou não?

Ele ri e pergunta:

— Mudança pra onde?

Ele sabe que as coisas caminhariam para isso. Choram os três, daquele jeito de quem chupa cana. Zefina define:

— Só se formos todos, Lalico, os meninos e os cachorros.

— Foi o que eu disse — responde Madalena.

Zanza sem parar. A toda hora quer ir urinar. O leite míngua. Zuzu vai ter que se arrumar. Mingau de araruta, fubá também vai consolar. Põe os meninos nas gangorras e começa a gangorrar também, no galho da mangueira. "*Não no meu lombo, pois quem vai montar no pelo deles sou eu.*"

Solta o galho, caminha pelo quintal. Olha o ribeirão, mas é sua alma que está ali límpida, escorrendo.

De manhã cedo, padre Henrique chama por ela e fala, querendo ser dócil:

— Junte todas as roupas de vocês nos baús. Doutor Farmacêutico vai passar segunda-feira, sem ser nesta, na outra, levar vocês para o ônibus que vai para a capital. Encaixote o que quiserem levar de casa. Faça uma matula de farofa de frango e biscoitos. Lá, encontrarão casa montada com tudo.

Ela não responde, mas na mesma hora grita por Zefina e Vando, a tempo de o padre ouvir:

— Dindinha, padrinho Vando... acordem. Vovó veio dizer: "Se bem andas, longe estás."

Fica atarefada. Mazurca morde e puxa a barra de seu vestido.

— Você irá, Mazurca. Lógico.

Zefina resmunga:

— Mas não é no mando deles que nós temos que sair.

— Dindinha, vamos fingir de égua. Algo me diz que lá na frente a gente acerta.

Os meninos, cada qual cuidando de seu embornal, feito e refeito não se sabe quantas vezes. Zefina, a mesma coisa: faz e desfaz sua trouxa, dando nós sobre nós.

Semana arrochada. E de vultosa tristeza. A cadela de Zefina morreu. Desde que tivera crias, já em idade avançada, não teve mais reposição de suas carnes, definhou. Escolheu amealhar questões.

— Padrinho, veja se Pedro Totó pode nos levar nesse domingo lá na casa da mamãe, pedir a bênção para os netos e entregar Lalico. Sem charada.

— Certo.

Passeio de charrete, com muitas risadas. Lá, Vanda entrosa Vitório com a meninada, Paulo cumpre ser um bom tio. Na lida do dia, pouco falam. Zefina é quem conta da mudança, enquanto pica a couve.

— Se é assim, porque Lalico fica? — questiona a mãe.

— Por mim, ele vai.

Madalena entra nessa hora com ele. Pergunta:

— Lalico, você quer?

Ele só ri muito aberto e se contorce mostrando felicidade.

Na hora de se despedirem, Vanda entrega a Certidão de Nascimento dele. Já esteve conversando com Saulo e acertaram que ele irá morar na Casa da Ponte, tomar conta de tudo e ainda tirar dali o sustento para sua mulher e seu filhinho que vai nascer. Quando ele esteve lá para arrumar os papéis para o casamento, foi falado dessa possibilidade de ser retomada a casa que a mãe deixou vazia e que está alugada para trabalhadores de obras que vêm de fora arranjar um trabalho. Mas agora que vão deixar a Casa da Ponte, que ele fique nela.

A CAPITAL

O Farmacêutico leva todos em seu carro para pegar o ônibus que parte na segunda-feira, seis horas do crepúsculo, para chegar à capital às seis do alvorecer. Emocionados e atarefados, nada falam. Dois dos meninos se sentam nas poltronas da frente, um de cada lado, imprensando Vando. O outro senta-se no canto ao lado de Madalena, que carrega Zuzu ainda mamando no peito. Mazurca, deitado aos pés de Zefina, que ocupa a poltrona ao lado; e Lalico, à janela, olha para fora até não dar para ver mais nada e dorme embalado pelo ronco do motor.

Depois da cabeça encostada de mal jeito junto à janela, a imaginação de Madalena, sempre fértil, germina em profusão. Mesmo vendo, ainda sonha a mais. Mas tudo lhe surpreende. Vivendo até então em um reduto completo, ampliado em fantasias, nunca nem perto chegara da amplidão que vê. "*Atrás do morro tem morro.*" O ronco do motor os transporta. Eles estão suspensos e veem tudo passar correndo para trás. Cada um em sua viagem. A luz da noite é um espetáculo. Mas pinga sono e desconforto. Dormem.

Na primeira parada, põem os meninos para urinar, Zefina foi num mato, Vando não se sabe, Madalena segurou.

Na segunda parada anunciaram:

— Só tem mais essa parada. Em menos de três horas chegaremos ao ponto final.

Eles descem, ela se assusta, fica meio zonza ao ver o mesmo céu, que sempre gostou de mirar, ali imenso perto das vistas como se a viagem tivesse sido ascendente. Alheia-se existencialmente, vaga no empíreo e aterrissa. À frente deles aparece um lindo ser de roupas e chapéu da cor do chão, apresentando, em um balainho, buquês de sempre-vivas. Vando troca um buquê por cinco dos mil dinheiros que carrega no saco dentro de seu embornal, com propósito de enfeitar a nova casa. As crianças precisam urinar, lavar as carinhas lambrecadas da comida que lambiscam. Zefina ri, ri, sem nada dizer. Sente a situação engraçada. De novo, todos dentro do ônibus para mais cochilos. Madalena só fecha os olhos quando estima duas horas de viagem ainda. Só vem a abri-los ao sentir barulho no mundo, como se fosse aquele motor do ônibus emendado a tantos. Abre os olhos devagar, enfrentando a visão. Deslumbra-se com o colar brilhante esticado, guiando o caminho que o ônibus penetra. Todos os passageiros já atentaram para a janela. É para todos a maior maravilha. Luzes e faróis, em postes e prédios, invadem seus delírios, que vão aumentando com a aproximação do centro até a rodoviária. Vando coça o pescoço, pensando: "*Como pode tanta lâmpada acesa prédio acima.*" Lalico, com a testa grudada no vidro da janela, captura diferentes cenas, até de um cachorro em meio aos carros. "*Como pode?!*"

De repente, pergunta, tentando não ser ouvido por outros:

— Madalena, para onde vai tanto carro e tanta gente?

Madalena é tomada por essa questão. Pensa que seria o momento de dar uma resposta iniciática, que fosse a chave para entrar nesse novo mundo. Mas se vê igualmente bisonha. Porém enfrenta a dureza do que vê, de fumaça, cheiro, asfalto, perigo, e responde sem tirar os olhos:

— Vão para o trabalho e no final do dia estarão fazendo o caminho de volta para suas casas, para no dia seguinte retornarem. — Ficaram sérios, entendendo.

Alguém que já estava em pé tirando bagagens do bagageiro acima das poltronas escuta a conversa, atrevidamente estica o braço e passa a mão na cabeça de Lalico, dizendo com sarcasmo:

— Aqui o filho chora e a mãe não vê.

Lalico volta a encostar a testa no vidro da janela com profunda melancolia, e Madalena sofre com esta agourenta frase introdutória.

— Pronto. Chegamos — diz o motorista, espreguiçando e olhando a todos com um sorriso triunfal em si mesmo.

O tio está amontoando as bagagens, quando bate às suas costas o Deputado. Enfia todos no carro. De forma confusa, amarrotados, chegam.

A casa é grande, um grande diferente das que conheciam. Dois andares, dois banheiros, um em cima e um embaixo. Zefina não sai do lugar. Fica com a mão na cara, sem saber onde pôr os olhos. As crianças sobem e descem as escadas, com zoeira. Vando e Lalico ajudam a descarregar. Madalena senta-se com desculpa de amamentar Zuzu, mas esta foge para correr com os irmãos.

— Senta, madrinha.

A madrinha se contorce, procurando como se ajustar num estranho sofá, sempre com a mão na cara. O tio volta, tira o casquete e passa a mão na cabeça, sondando como será. Madalena, com suave sorriso, vai esperando as coisas esclarecerem. O Deputado volta, diz que tem uma pizza em cima do fogão para servir de lanche e que amanhã virá uma estagiária dele para orientá-los. Diz que terá que ir para Brasília, mas essa moça cuidará de tudo. Chama o Vando, mostra como fechar o portão e a porta. Explica que quando alguém chegar, tocará a campainha e eles devem vir abrir.

Sai, os três adultos riem, riem de bobeira. Ver geladeira e fogão a gás é coisa de outro mundo. Ainda bem que a pizza ainda está quente, senão comeriam crua ou fria mesmo. Madalena faz com que todos assentem nas cadeiras da mesa da cozinha e serve-lhes pedaços de pizzas rasgados. Assim todos comem e bebem do guaraná, bebida algumas vezes já vista nas vendas em Abecedê e servida nas festas em taças, que Madalena já conhecia. Depois, banho não tem como, pois não viram bacia e o chuveiro terá que ser estudado. Abrem a mala que contém roupa de cama e vão arrumando. Um dormitório do andar de baixo fica sendo o de Vando. No andar de cima, que tem uma cama e uma beliche, entendem ser de Abel, Abílio e Acácio. Em outro, com duas camas, quer ficar Madalena com a caçulinha em uma e Zefina na outra. O quarto com cama de casal fica um tempo sem definição. Madalena não reconhece ser dela, mas passa rápido pelas suas entranhas um pensar no Bispo. Põem no quarto, então, Lalico.

As crianças descobrem que no quintal tem gangorra sem árvore. Madalena põe o dedo na boca pedindo que falem mais baixo. O tio abre as latas de biscoitos e rosquinhas que trouxeram. Madalena abre a geladeira e encontra uma enorme melancia lá dentro. Zefina ainda não saiu de dentro do quarto. Madalena sobe para buscá-la. Ela está travada.

— Desce, dindinha.

— Menina, mas que marafunda.

— A gente se acostuma. O tio acha graça em tudo.

A meninada corre. Um deles abre a torneira que faz esguichar uma mangueira. Vira festa.

Madalena tenta ligar o fogão a gás. Isso não consegue e nem arrisca, tendo-o como uma coisa perigosa. Não vê como fazer um café e um mingau. Quebram o jejum com a melancia e as quitandas.

— Há de aparecer alguém para nos ajudar.

O tio dá uma risada para lançar a charada:

— Aqui a terceira vogal endoidece **que nem nós**.[40]

— Caipira. Que isso, padrinho. Não dou um mês nós já tamos rezando nessa cartilha de trás pra frente e de frente pra trás. Quanta gente muito mais caipira que nós já saiu daqueles grotões e veio pra cá e se ajeitou.

O tio retruca:

— Sei se eu fico não.

Zefina também, da mesma forma:

— Cê indo, tô atrás.

Madalena sente um amargo na boca. Quis chorar, mas segurou.

A meninada come e volta à gritaria pelo quintal. Primeiro querem subir e descer escada, mas Madalena os enxota. Ordena a Lalico que fique por conta deles, mantendo-os ao máximo no quintal.

Começam a pôr as coisas no lugar. Desmancham trouxas de roupas e vão pondo nos armários. Para os mantimentos que trouxeram, lata de carne na gordura, saco de feijão, arroz pilado, encontram lugar na despensa. Vando pega um embrulho feito com folha de bananeira e amarrado com a embira que ele arranjou para trazer. Desmonta. Todos param curiosos para ver o que tinha dentro. Pois ele tira três piorras com os respectivos barbantes, entrega uma para cada menino, que saem gritando com elas. Tira um carrinho bem feito, de madeira, com corda para puxar, e entrega-o à Zuzu. Lalico ocupa-se a demonstrar como usá-los, brincando ao mesmo tempo. Nesse movimento de arrumação passam o dia e só vão dormir mesmo à noite, sem banho nem nada.

Está no meio da manhã. Ouvem campainha tocar. Todos hirtos. Repete e batem no portão. Madalena pede ao tio a chave. Vai ele mesmo abrir, com Madalena acompanhando e a meninada agarrada à saia dela. Uma mulher de estatura baixa e não tão magra, pele cor de jambo, calça esporte e camisa xadrez, abre o sorriso e diz:

— Olá, que meninada bonita! Eu sou professora à tarde, faço faculdade de Assistência Social à noite e nas férias faço estágio no gabinete do Deputado. Ele pediu que o motorista me trouxesse aqui para ajudar vocês a se instalarem e mostrar-lhes o bairro, onde tem vendas e padarias. Meu nome é Rita, Rita Tales. E o seu, belezinha?

Zuzu esconde-se na saia da mãe.

— Venha cá, belezinha. — Toma-a no colo. Madalena abre seu sorriso e a convida a entrar. Ela fala: — Não. Não agora. Vamos aproveitar o motorista e dar uma volta de carro.

Eles se olham com interrogações, olhando seus trajes, se estariam de acordo. Olham para Zefina agarrada no marco da porta. Rita insiste:

— Vamos. É rapidinho.

Todos entram. Até Zefina aceita ir, pela insistência. Segurando risos, rodam pelas ruas, sem entenderem nada. Encantados com letreiros, carros de um lado e outro, param no sinal de trânsito. Madalena lembra que já estudou isso na escola e não imaginava como seria aplicado. Mas pensa: *será que vou aprender a lidar com isso?* Rita sempre olhava para trás, divertindo-se com a situação, porque ela também veio do interior criança ainda e sabe mais ou menos o que eles estão passando. Brinca com eles:

— Se eu deixar vocês aqui, quem vai saber voltar pra casa?

Zuzu levanta a mão e responde:

— Eu.

Todos caem na risada e ela chora.

Já quase chegando de volta, Rita mostra:

— Aqui é o Grupo Escolar. Vocês vão estudar aqui.

Madalena fala:

— Nossa, mas é tão pertinho.

— Pois é. Já, já eles estarão vindo para a aula sozinhos.

O que passa nas cabecinhas dos três escolares é impossível imaginar, mas os coraçõezinhos batendo dá para escutar.

— Aqui é a padaria onde vocês virão comprar o leite, pois aqui não tem vaca. O leite vem num saquinho. Pão, biscoito, tudo acha pronto, a partir de seis horas da manhã. Porém, feijão, macarrão, carne e o que mais for de fazer comida é naquela venda ali. Depois que o motorista nos deixar, nós duas vamos voltar a pé e já comprar o que vocês quiserem, que o Deputado autorizou — fala, dirigindo-se à Madalena.

Descem meio zonzos. Zefina chega a cambalear e ri desconsertada. O tio, com o rosto vermelhinho, fica calado, só pensando em soltar uma charada.

Rita diz:

— Agora já sei: essa é a madrinha Zefina, esse é o padrinho Vando, esse é quem?

— Lalico, meu irmão.

— E agora, como vou reconhecer os meninos? A pequenininha é a Zuzu. O mais velho é o...

— Não sabemos qual é mais velho. Todos regulam na idade. Eu diria que o mais velho é o Abel. Esse meu docinho de rapadura. Abel, primeiro da lista.

Riem como sempre fazem ao brincarem de escolinha.

— Mas são quase todos do mesmo tamanho? O docinho de leite é o...

— Acácio... — todos responderam.

— O olhinho de jabuticaba é o...

— Abílio...

— Ai, meu Deus, como eu vou guardar?

Ela observa a semelhança nas feições de Acácio e Zuzu e se faz ficar calada, aplicando os conceitos sociais que teoriza na faculdade para serem colocados na prática em campo.

Despede do motorista, que sai acenando para as crianças e prometendo voltar. Ele pergunta quem quer dar mais uma volta na Rural só para ver todos gritarem que sim.

Deixa-os se encontrando e apressa Madalena para irem às compras. Madalena não sabe se precisa trocar de roupa, calçar sapatos, fica meio embaraçada, andando pra lá e pra cá. Rita percebe e adianta:

— Vamos assim mesmo. A mercearia é pertinho.

Madalena vai andando de passo duro, olhando como Rita anda solta. Sente esperança de um dia vestir calça esporte também. Fica com vergonha do vestido que porta, feito por ela mesma, com um pano estampadinho achado dos guardados da avó. Mal sabendo ela que Rita está achando de uma pureza singular. É um vestido em cima dos joelhos, de corpinho e pouca roda. Decote em V. Simples. O corpo de

Madalena também ajuda. Ela está esbelta, sem as tais barrigas apertadas. Amamentando, trabalhando, estudando, a beleza apoderou-se.

Na venda, Madalena é apresentada para o dono e é explicado que a conta está aberta para coisas de comida. E já faz a compra de óleo de cozinha que Madalena não imagina como usar. Pacotes de biscoito, leite de saquinho, pote de manteiga e saco de pão. Abrem a caderneta que é para as anotações, com coluna para data e preço.

No caminho de volta para casa, Rita pergunta a idade, e Madalena fala: vinte e um anos.

— Não! Com quatro filhos! Então você começou a tê-los com que idade?

— Quatorze anos.

— Menina do céu. Eu estou com trinta e ainda nada. Mas seus, mesmo, são só dois, não são?

— Olha, eu nem sei lhe dizer isto. É tudo meu mesmo. Mamaram em mim.

— Não conheço o Bispo, mas deve ser branquinho igual ao Deputado, igual Acácio e Zuzu?

Silêncio. Madalena leva a mão à boca a roer as unhas. Rita, sendo despachada, estagiária em campo, vai além na intromissão:

— Olha, o Deputado me contou o seguinte: que achou por bem trazer vocês para cá porque pensa que os meninos, entrando em idade escolar, precisarão de registro civil, o que seria complicado lá em sua cidade, por expor o Bispo, você e as crianças. Também você poderia ter dificuldades em exercer a profissão lá, sendo que em cidade pequena o preconceito e a discriminação trariam aborrecimentos.

Madalena esfrega, nervosa, as pernas, como menino quando faz pirraça. Exprime a palavra "merda" com força. Pensa com pesar ter deixado o dicionário amarelado, empoeirado, sem luz, no paiol. Vai ter que registrar um vocabulário novo, a começar com "discriminação", "preconceito". O conhecimento do latim há de ajudar. *Ad augusta per angusta*. Mais papéis para a caixa: Registros.

Rita adorou o "merda". Sentiu-se à vontade para prosseguir:

— Não é que as pessoas aqui e nós sejamos isentos de incomodar com a vida alheia. Aqui se peca, igualmente, mas é mais anuviado pelo barulho dos carros, fumaça e correria.

Madalena pensa: "*E ela? Precisava tocar neste assunto? Façamos o que tem que ser feito, sem arenga.*"

— Merda. — De novo, assim Madalena exala certa raiva, de forma que ela mesma se assusta. Rita quer demonstrar-lhe apoio e ganhar sua confiança. Supõe entender o que acontece com ela.

— Falei demais, né, menina? Mudando de assunto: você quer dar aula no colégio onde leciono? Minha irmã é coordenadora lá, então sei que precisam de professora para primeiro ano, não vai ser difícil. É de freiras, mas isto não influencia em nada. Pelo menos para mim e outras colegas também. E elas pagam bem. Os alunos são filhos de burgueses, embora muitas de nós sejamos militantes de esquerda. Nós temos que estar infiltradas para ir salvando a cabeça da meninada.

Madalena morde as unhas por mais vocabulário novo com "infiltrar" e "burgueses", mas seu coração se ilumina. Nesta mistura de emoção, exala com toda sinceridade:

— Meu sonho. Quero ser professora de primeiro ano, alfabetizar.

Entram para a casa e Rita pergunta quem vai fazer o almoço. Todos ficam duros, sem resposta.

— Entendi. Não sabem acender o fogo nesse fogão.

Levanta a tampa, tira seu isqueiro da bolsa e acende todas as chamas.

Todos se mexem sem graça. Ela bate palmas e diz:

— O que vamos fazer? Feijão no fogo.

Abre o armário e tira a panela de pressão. Tudo vai desenrolando com muita mágica e emoção até a mesa posta. Depois do almoço, mostra como funciona o chuveiro e promete voltar amanhã no mesmo horário. Pergunta se querem mais alguma coisa. O tio fala:

— Se tiver jeito, a senhora me ensina como chegar ao Mercado Central? Eu quero aprender para encontrar com o Zé Boquinha que chega com o caminhão lá da nossa terra toda terça-feira de madrugada. Sendo que ele sai de lá de nossa cidade toda segunda-feira ao fim do dia.

— Perfeitamente. Vamos fazer o seguinte: eu combino com aquele motorista que me trouxe aqui de Rural. Por ser a primeira vez, pegar o senhor e levar lá na próxima semana, pode ser?

— Nó! Bom demais da conta, nó! E pra voltar?

— Será que se alguém puser o senhor no ônibus circular o senhor aprende a voltar? Olha, é só pedir ao motorista para parar em frente ao grupo escolar do bairro. Aí o senhor tem que achar essa casa, né não? Depois tornamos a falar disto. O senhor nem acabou de chegar. Precisa descansar e dar tempo que eu prepare o motorista, tá certo? Até amanhã, gente.

Coragem foi o que ele experimentou dentro de si. E emoção. Remexe na cama e não consegue dormir. Madalena, igualmente. Zefina e os meninos dormem. O resto do dia foi para desvendar coisas dentro da casa, o banho de chuveiro elétrico, por exemplo, e lavar roupa no tanque. Risadas a toda hora. Madalena conhecia um pouco do chuveiro, pois usava o balde suspenso em corda que era enchido com a água quente da serpentina, mas os demais sempre tomaram banho de gamela ou bacia. Zefina teve um tempo com banho de gamela. Jantaram e dormiram todos.

Pois Rita chega às dez horas da manhã seguinte. Estão com mesa pronta esperando por ela.

— Muito bem. Aprenderam a ligar o fogão — exclama com um misto de orgulho e admiração — Que delícia de café. Foi Zefina quem torrou, aposto. E vai ver que fizeram com açúcar, porque é para visitas. Se não fosse, seria com rapadura, acertei?

Todos em volta vão rindo com as graças de Rita. Depois ela chama Madalena para dar uma volta na rua.

— Mas só a mãe, meninos encapetados. Brincadeira. É que nós vamos ver a escola. Outra hora vocês vão.

Assim que saem do portão, Rita começa:

— Vamos caminhando até a escola, que vai estar fechada. Deve abrir para matrículas mais no final de janeiro, depois que passar Natal, Ano Novo, Reis. É só para você ir se acostumando e nós duas conversarmos longe das crianças. O seguinte: nós teremos que cuidar urgente dos documentos dos meninos. Registros. Em que pé está isso? Você trouxe alguma declaração, conversou com o Bispo como deverá ser?

O coração de Madalena fecha-se, pois sente de novo invasão em sua privacidade. Morde as unhas e sente vontade de voltar para urinar. Fica naquele aperto sem saber o que conversar.

Olhando para frente, Rita conta de novo que faz o curso de Assistente Social e que nas férias faz estágios, conforme aparece em publicações de vagas no mural da faculdade, que desta vez foi para o gabinete do Deputado.

— Não é que eu goste de políticos, muito menos eles sendo de direita. Aceitei porque me interessei pelo assunto, contado na entrevista com ele. Ele é de partido de direita e eu militante de esquerda. Esses serviços eu gosto de fazer, enquanto vou abrindo a cabeça do povo como posso. Você sabe que é perigoso, sabe? Aqui, para você ser de esquerda, tem que saber com quem fala. Você é ingênua ainda, mas vai entender na prática. Você votou em qual partido?

— Olha, só votei uma vez. O colégio já nos deu a cédula pronta para só copiar. Mas eu me opus e tentei que muitos anulassem o voto.

— Jura? Então, você é das nossas. — Risada. — O seu Bispo foi colocado lá na sua cidade para ser cabo eleitoral do irmão deputado, é o que eu suponho. Você deve ter sido menininha de igreja que aprendeu a rezar contra o comunismo ateu, acertei? Como fez oposição?

— Ensinaram-me a rezar contra o comunismo ateu, chamaram-me de comunista, mas interessa-me saber o que é isto.

— Ande comigo. Vamos entender o bairro, onde estamos, onde é ponto de ônibus, ruas e avenidas. Direita, esquerda. O mapa ideológico.

Assim Rita situa Madalena, enquanto pergunta o tamanho de sua cidade, o que o Bispo faz lá. Madalena se atém a contar sobre a construção do colégio e catedral e como foi estudar lá, cuidando de não despejar sua história na rua. Rita vai pinçando, deixando mesmo os assuntos intrincados para outros momentos mais atenuados, que sabe que os terá.

— Olha, conversa de ordem prática: os registros. Você trouxe algum papel que lhe permita estar de posse dessas crianças? São todos seus filhos, do mesmo pai ou pais diferentes... Pode falar. Comigo não tem preconceito. Nem estou fustigando sua vida para fofoca. É porque os documentos são necessários, cartão de vacina...

— Viemos com a roupa do corpo.

— Desculpe, mas o pai pode estar junto para registrar?

— Que nada.

— Então vou buscar orientação e amanhã decidiremos.

Rita não consegue falar com o Deputado, mas a coordenadora de seu estágio conta-lhe toda a história, à meia-boca, pedindo que seja usada com discrição profissional. Deixa escapar que o Bispo é o pai — segredo —, está impossibilitado de responder por si e nem pode se declarar pai, conforme a igreja. Que fora trazido para cá para se tratar, mas voltará para Abecedê quando se recuperar. Por isso, o irmão, o Deputado, dará a assistência necessária.

No dia seguinte:

— Façamos o seguinte: depois do almoço vamos a um cartório no centro da cidade, leva seu tio para assinar como testemunha e você declara ser mãe solteira. Vem recesso de Natal, sei lá se esses cartórios fecham? Quando passar essas festas, no ano que vem, começam as matrículas. Os uniformes devemos comprar prontos. — Deixa escapar que soube do segredo e que o Bispo havia voltado para se recuperar em sua diocese.

— Ou só os tecidos? Minha máquina de costura ficou lá. Talvez o caminhão a traga.

Aí os sentimentos se misturaram, com a possibilidade de costurar os uniformes para eles e ter que ir lá buscar a máquina de costura.

— Você sabe mesmo?

— Aprendi olhando minha avó. Que saudade! — Desaba a chorar.

— Tio. A máquina de costura...

— Tem que ver se o Zé Boquinha traz no caminhão.

Ela anda para lá e para cá na casa. A casa, diante do tamanho de sua angústia, fica muito pequena. Quer ter mais lugares nela onde possa encontrar o baú com peças de tecidos, a máquina de costura e uma mesa grande com forro de passar roupa. Ela chama pelos meninos, dá-lhes um banho de mangueira e toma também. Há muito calor, parece que vai chover.

Com o prato na mão, almoçando, Madalena engole lágrimas. Separa o arroz da couve, o macarrão da carne, assim como na ideia: "Não, ficar lá eu não poderia. Não tinha como. É aqui com preconceitos, documentos, direita e esquerda, opressão" — zomba das palavras novas.

Após o almoço, depois que os meninos se debandaram para o quintal com Rita, Zefina pita assentada no chão da porta, mirando nuvens que se engrossam pra chover, e Vando, assentado na cadeira de fórmica do jogo de copa, toma o café antes de sair. Madalena desce depois de ter ninado Zuzu. Já vai falando antes que as ideias embaralhem pela dificuldade:

— Essa moça do Deputado disse que eu preciso registrar os meninos para eles terem papel para irem à escola.

O tio responde:

— Isto é de certo. <u>O que nasce</u> a <u>você na segunda pessoa</u> <u>entregam</u> **<u>documento</u>**.[41]

— Fácil, tio: Cer-ti-dão. O senhor vai ter que ir comigo para servir de testemunha, pois eu vou declarar que tive os quatro, sem marido.

Zefina levanta e fala nervosa:

— Pois é. Esses padres são muito santos lá na igreja. Pra quê que inventa de rabiar saia de mulher se não é homem pra honrar as calças? Na hora de dar o nome, veja a ingresia.

O tio fica engasgado, pois tudo que lhe falava parecia espinhento.

Até que explode:

— Pai é quem ajuda a criar.

Madalena põe a mão na cabeça e se encolhe na cadeira. Vando acrescenta:

— Se ele aparecer aqui, ele entra numa porta, eu saio na outra.

Só depois que arrotou a choco é que Vando vê que era uma fala estragada. Deixa de passar mal só depois que acha umas folhas de marcelica no mato do quintal, amassa e bebe. Zefina apenas se entristece sem ajuizar. Madalena continua como estava.

Lá onde nasceram e cresceram tinha nascentes, ribeirão, cachoeiras e lago. Dali tiravam resposta para tudo. Escutando o barulho das águas, do vento, jogando belisco com seixos, se entendiam. Aqui o barulho é de carro e o ar é poluído. O chão é calçado. Não dá para saber qual é a ordem do dia. Tem sol, tem lua e tem estrelas, mas sinal de trânsito é que orienta. De noite, muitas luzes acesas, fascinantes, que desde que chegou a "primeira estrela que eu vejo dai-me tudo que desejo" aparece em postes. Danu não desce num lugar desse.

— Padrinho, o senhor, quando for ao mercado encontrar com o Zé Boquinha, pelo amor de Deus, pede pra ele ir à creche buscar a máquina de costura que eu deixei lá. Tenho que costurar o uniforme dos meninos. Isso vai ajudar a costurar minha cabeça que é farrapo só. Sem o fio da meada eu não emendo as ideias.

— É, não está aqui quem costurava que prestasse — diz Zefina.

— A quarta nota musical soletra lá no alto **foi o que aconteceu com mãe**.[42]

— "Bom serás, se morto estás." — Madalena arremeda a avó com os provérbios e todos soltam uma gargalhada, quebrando o estrupício.

Rita chega. Olha o relógio e diz:

— Vamos? Querem que compre alguma coisa para dona Zefina ir fazendo a janta para quando voltarmos? Olha lá, dona Zefina. Quero um papá gostoso, bem da roça. O que pode ser?

Todos calados sem graça, mas Rita sugere angu e mostarda refogada. Podia ser o que fosse que não encheu a boca de ninguém. O caso não está para apetite. Registrar esses meninos sem pai é amargura na boca. Madalena agora vê que tudo tem dois lados, para voar tem que ter duas asas, para respirar são duas narinas, são dois os olhos e dentes vêm aos pares, além dos superiores e inferiores. Cabeça é que é só uma. E perder a que tem virando mulher de padre é de ser mula sem cabeça mesmo — numas horas dessas é que se vê.

A caminho para o ponto de ônibus:

— Ô Rita, eu não posso declarar o nome do pai? Ele é que tem que fazer isto? — A coragem sobe, assim fala e as pernas bambeiam.

— Menina, padre é celibatário. E sabe por quê? Exatamente por causa de filho. A igreja não quer ter herdeiros. Eu vou emprestar-lhe um livro. Você gosta de ler? — Rita fala e ri escarnecendo. Continua: — Quer pensar e decidir depois? Acha possível conversar com o pai? Mas, pelas orientações que recebi no estágio, é para registrar assim, sem ele.

Entram no ônibus circular. Passar na roleta foi mais difícil que montar num burro bravo. Vando quis rir. Lembrou-se de quando um cavalo do tio se aprumou com ele. Madalena achou moderno, vida de praticidades, de coisas prontas, construções, movimento de manutenção e consumo. Nada esperando cair do céu. Senta na poltrona do canto e olha pela janela. Aproveita que Rita está conversando com Vando sobre como chegar ao Mercado Central e pensa na fala de que "a igreja não quer saber de filhos". "*A igreja é homem. Foi feita de homem com homem. A essa igreja o Bispo quer servir, mas não quer ficar no papel de pai e sim de filho. Mas gosta de mulher por debaixo da batina. E homem com mulher dá filho. Como é que fica? Fique por lá, seu Bispo, que eu registrarei quantos filhos eu conceber.*" Muda a cabeça pra outro pensar: "*Andar de ônibus é importante. Quero chegar a andar sozinha.*

Quero aprender como tudo aqui acontece. Tenho coragem. Vando, não. Sonha dali ir ao mercado e do mercado pra casa. Ele não é homem nem mulher, ele é um ar, um anjo. Zefina é uma mulher. Do jeito que mulher é pra ser. A ela eu peço a benção. Mas deve ser tão bom ter um homem pra dormir abraçadinha toda noite. Eu não tive essa sorte. Ainda. Num debate no colégio, uma vez, promovido pela professora de psicologia, concluíram que nossa vida é feita de escolhas." Levanta os olhos e vê a cidade. Quantas torres de igreja. Sente um mal-estar assim que começa a perceber mendigos. Visto um, passa a ver vários. *Igrejas e mendigos.*

— Vamos saltar, dona Madalena, sua dorminhoca — Rita chama, já puxando a cordinha.

Andam cegamente guiados por Rita. Tropeçam um no outro, seguram o riso. Virando esquinas, não entendendo por que tanto andar se lhes parece que não mudam de lugar. Aonde isso chegará?

Entram em um lugar de muitas portas na frente, como a venda do senhor Altivo ou a farmácia do doutor. Mas lá dentro são mesas e atendentes. Rita conversa, fala a que vieram. Não vai ser assim tão fácil. Terão que, primeiro, terem carteira de identidade e comprovante de endereço.

— Terça-feira, então, senhor Vando, o senhor terá que voltar à Abecedê. O senhor terá que pegar no cartório de lá sua Certidão de Nascimento e trazer a máquina de costura.

Vando escuta calado, olhando para ela como que aguardando todo traçado.

Mais ou menos é decidido assim.

— Vou pedir para o senhor me trazer umas bananas verdes de lá. O senhor sabe que é muito bom comê-las, que cura até depressão?

— Mas que doença é esta?

— Aqui tem demais! É quando uma pessoa, pra ela, tudo está ruim.

Madalena pensou: *"É o meu caso, sem minha máquina."* Na mesma fala, Vando pensa: *"Como é que pode, num lugar desses, com tudo à mão, ter gente pra achar jeito de achar ruim."* Já não aguenta esperar a hora de ir dormir para chegar o dia de descer rua abaixo, atravessar na frente de carros parados no sinal, cortar no meio de gente como um igual e ilustre ninguém.

Ele sente o pescoço inchar e fica vermelho. Voltar até Abecedê... retornar. Como o mundo é elástico. Como ele, em pessoa, se expande. Mas gente não retorna — vai um, volta outro. Ele jamais será o mesmo em Abecedê depois de ter visto o centro da capital e conseguir ir ao mercado sozinho, aí é que será outro mesmo.

Madalena volta para dentro de casa nostálgica, pensando no Bispo. Seu corpo tem memórias que formigam. Sua cabeça é como o centro de uma cidade, cidade mesmo de verdade, com ruas que se cruzam.

Zefina, para esta, tanto faz. Tendo roupa para lavar, estando perto dos meninos e dos dois, pouco importa. E lavar roupa de torneira é primazia. Prepara uma matula com bago-bago bem farto de torresmo para a viagem de Vando, no escuro. Se mais sal tem, vem das lágrimas. Madalena não chora, mas sente aflição por pensar em ficar sem o padrinho.

"Estou perdida. O Bispo é alguma coisa para mim? É — a falta. Fumaça pra lá, São Bento pra cá." Dorme agarrada à caçula, e os meninos nunca fizeram tanta bagunça como hoje.

A máquina de costura saiu do quarto da avó e foi levada por Vando em uma carroça fretada até a creche, por ordem de Madalena. Madalena embainhou lençóis, costurou fronhas, fez pagãozinhos e fraldas. Também reformava ou fazia novos uniformes para ela, conforme seu corpo ia crescendo ou mesmo esticando com gravidez. Batia o pedal com vertigem como da primeira vez. Neste mantra entrava diálogos com Danu, ordenando suas ideias para o cotidiano. "Não dê pontos sem nó." "Alinhave primeiro." "Tire as medidas certas." "Deixe pano pra manga." "Dê linha."

"Essa máquina chegando..." — pensa e suspira.

— Dindinha, quando eu fui à venda com Rita, ouvi a mulher do dono falar que precisava de lavadeira para lavar as roupas da família dela, que, nesse tempo de chuva, estava juntando muitas. E se eu for lá e falar que nós lavamos? Ela paga e nós compramos pano para os uniformes.

— Será que dá?

— Nós podemos lavar para mais pessoas.

Esse empreendimento foi certeiro. Trouxas estão chegando. Com varais esticados no terreiro, aproveitam as aragens para secar as roupas. Se o tempo fecha, espalham na varanda da casa. Dinheiro já têm.

Rita tinha mesmo avisado que ia ter recesso do Natal ao Ano Novo. Vando vai chegar e quem vai trazê-lo aqui? Isso tira o sono das duas. É terça-feira, e elas andam de um lado para o outro.

Mas beirando dez horas da manhã, o caminhão lameado do Zé Boquinha encosta na rua, em frente ao portão. Vando está muito cansado, pois chegou às três da madrugada e ajudou a desatolar o caminhão da lama e descarregá-lo no mercado até essa hora. Conversa pouco, deixa claro que tem muito pra contar, mas primeiro guarda o que trouxe para eles.

— E a máquina, padrinho?

— Começa entrar, começa rasgar, aqui entrega **o que está difícil**.[43]

Madalena treme por dentro e segura as mãos no peito:

— En-ras-ca-da. Que enrascada? Ele tira o casquete da cabeça suada.

— Aquele povo é dono daquilo tudo que vocês montaram. Disseram que a máquina é do patrimônio da diocese, que agora está tudo registrado com placa "Patrimônio".

— *Pa* o quê? Não — Madalena grita.

— Pra fazer cova a metade da trinca e o demônio sem a cabeça **registra tudo com número**.[44]

— Mas o senhor a viu lá?

— Tem até número pregado nela e disseram que ninguém pode tirar.

Os outros trecos que foram levados de casa para montar a creche, como panela, pilão, bacia, facas, arrolam na cabeça de Madalena, e ela vai conferindo a insignificância, mas a máquina de costura realça dentro de várias emoções.

— A máquina de costura é minha. Patrimônio é a "Chicha da Maria Catéia".

Zefina aparece na hora fazendo o sinal da cruz.

O tio não aguenta mais falar e sai de perto para abrir os sacos que entraram com ele.

— Que montoeira de coisa é essa, Vando? — pergunta Zefina.

Ele conta que são coisas que ele ganhou no mercado, mais o que trouxe da Casa da Ponte.

— A senhora precisa ver a montoeira que é nesse lugar. Parece uma igreja, com umas caixotaiadas de tudo que a senhora imaginar que possa dar nesse mundo.

Mostrando um abacaxi, já vai pegando a faca e cortando.

— Espia pra senhora ver: lasqueira de trem doce.

— Mas é deveras. Nunca vi doce desse tanto.

A meninada vai arrodeando e ele apresenta a maçã também.

— Isso é que os homens dos caminhões foram me dando. Zefina, olha o quê que eles falaram: que é pra eu ir toda madrugada ajudar a descarregar caminhão que, além deles me pagarem, ainda ganho essas coisas. Olha: batatinha, essa cenoura dessa cor que nunca deu lá pros nossos lados.

— Cê espia.

— Pois eu vou. Amanhã já levanto às três horas e vou pra lá de a pé mesmo. O Zé Boquinha me deu o norte.

Madalena anda no terreiro, para lá e para cá, esfregando as mãos. Está apunhalada e sente-se abandonada. Vontade de sair andando e ir lá. Bater nas freiras, arrancar a batina do Bispo, deixá-lo nu e fazer intimidades com ele na rua.

— Cretino. Soube se ele estava lá?

— Claro que sim. Naquela mesma batida de enxada. Eu não tive liberdade de chegar nele e falar sobre a máquina.

— E o doutor Farmacêutico?

— Esse até poderia ter sido, mas não tive essa ideia.

Ódio e solidão. Não conversou mais. Quando entrou em casa, todos já haviam comido e dormido. Ela deitou de roupa e tudo ao lado de Zuzu. No outro dia o padrinho saiu antes do dia clarear. Ele chega, ela demora em puxar assunto, deixando que ele contasse a experiência de trabalhar no mercado central.

IDENTIDADE

— Se você quiser, eu vou lá com você e nós tiramos essa máquina no peito. Porém, antes, minha opinião: vamos aos Correios botar uma carta para esse Bispo, pedindo que ele tire essa máquina de lá. Ele deve saber da importância que ela tem para você. O amor é também diálogo. Ele é um homem ou um sabonete? — diz Rita.

— Correios? O ônibus que transporta as malas com correspondências é uma vez na segunda-feira pra lá e uma vez na sexta-feira pra cá. Demora.

— Vamos nós, então! Você lá conversa com ele e já resolve.

Madalena sente, de novo, muita intromissão da assistente social estagiária. Seus guardados remexidos por outros, expostos desta forma, com esse palavreado da boca de quem não sabe nada de sua vida e, se sabe, é por boca dos outros. Nunca foi tratada como uma boba. Mas Rita intromete:

— Falo porque quero contribuir para que a expressão do mundo seja tarefa de homens e mulheres, igualmente. Abaixo a opressão, o machismo, a dominação de qualquer espécie, dona Madalena. As mulheres não devem calar. Os homens e as mulheres devem dialogar. Vamos sair hoje à noite, para você conhecer meus amigos?

Madalena se contrai. Vendo que começou a cavar uma revolução, Rita procura mudar de assunto para ir mais pelo caminho do meio, também do diálogo, para não cair no vício de ser invasora, opressora.

— Então vou dormir aqui amanhã pra gente levantar no horário de seu tio pra ir pra perto do Parque Municipal tirar bons antecedentes, retrato pra fazer a carteira de identidade, já aproveitar e tirar a carteira de trabalho também — fala alto para Vando ouvir.

— Mexer com isto não — de lá ele retruca.

— Vai, sim, senhor Vando. Cismou de trabalhar, tem que registrar. Vai que o senhor cai aí de um caminhão, quem tem que cuidar é a Previdência Social.

— E essa carteira de identidade, serve pra quê?

— Para o senhor se identificar. O senhor vai ter que andar com ela no bolso, com todos seus dados, filho de quem é, onde e quando nasceu, por isto tem que levar a Certidão de Nascimento. Madalena também precisa. Vou levar Madalena para ser registrada "professora", no colégio onde trabalho.

— E não basta a certidão? Trouxe, está aí.

— Não, porque o senhor recebe um número no Registro Geral, único do senhor no Brasil inteiro.

— É boi. Boi marcado. — Pega um gole de café que é para molhar a garganta.

Vão. Ver o Parque Municipal está sendo alucinante. É tudo mato como nas matas por lá, mas tem um arranjo que o faz ser cidade. Pato que nem os dali já foram vistos só no guarda-louça da mãe.

Para tirar retrato no lambe-lambe está difícil fazer os dois pararem de rir. O retratista já está perdendo a paciência.

Enquanto Rita se diverte com o desvendamento da matutice, pensa em trazê-los para ver a noite no centro da cidade. Deixa chegar o Carnaval.

Com o dinheiro que carregam, agora é comprar pano para os uniformes. Mas e a máquina?

— Vamos lá na sua terra buscar essa bendita, Madalena? Amanhã, que é sexta-feira. Vamos passar na rodoviária e já comprar as passagens?

Madalena gela. "*Eu chegar lá com essa mulher faladeira e que ri na rua vai ser um escarcéu. E se eu falo que estou com medo, vou ter que ouvir impropérios:* 'é alienação.' 'É opressão.' 'É dominação.' *Ai.*"

— Nem. Devo falar com a dindinha.

Porém, não consegue dormir. Sem essa máquina, vai perder o fio da meada. "*Eu só consigo saber o que fazer se engreno na máquina com minha tataravó ou sei lá das quantas. Se essa Rita sabe de uma coisa dessas vai falar: é alienada. É ingênua. Fácil de ser dominada.*"

— Dindinha, o quê que a senhora acha? Rumo com essa Rita a Abecedê e quebro o pau ou deixo pra lá? Não. Deixar pra lá, não. Eu quero a minha máquina.

— Ora, pois. Se quer, vai querendo. Firma nas virtudes de sua gente. Vai lá e pega ela sem que ninguém veja. Ponha ela no meio das bananas e casca fora.

— Vou com essa moça?

— E eu sei lá? Vá, que ocê não deve pelota pra ninguém, tá sabendo? Se homem não manda em você, quanto mais mulher. Deixe ela ir, mas a cidade é sua. Quem vai rabiar é ela. Vá, com sua alma, sua palma, como dizia sua avó.

— Mas eu vou é no ônibus, não é engarupada em caminhão de banana, não.

— É de certo.

— Quer saber? Vou é só. A senhora fica com os meninos? Estou querendo passar lá mais uns dois dias. Quero ir até lá na mamãe. Saudades. Saulo arriará um cavalo para mim.

— Sei. Ver mãe...

Silenciam. De um lado é Zefina botando suspeita nesta saudade. De cá é Madalena zangada de raiva porque sabe das suspeições da madrinha. E o pior é que a madrinha pode estar com razão. Aí é que dá raiva. Então engole seco e tenta dormir.

Acorda com frio porque chove e não lhe abre sol por dentro também. Não sabe se pede a bênção à madrinha ou não. Melhor não.

Está com raiva e não quer fingir. "*Mal finge quem quer bem*" — pensa, conforme os resmungos da avó. "*Se for para não ir viajar, que seja. Mas o anseio de pegar a máquina para trazer é real?*" — Azucrina na cabeça. Mesmo que seja mistura de sentimentos.

Rita é quem quebra o marasmo nesta tarde, com papéis na mão. Vando já está em casa de volta do mercado. Isso mesmo que ela queria — encontrá-lo.

— Boa tarde, pessoal. Já busquei a papelada. Inclusive consegui da Secretaria de Ação Social a autorização para os registros dos meninos serem feitos. É só levar a identidade da mãe e essa carta. Agora é ir botar o dedão para a identidade. E aí, tio. Como está a labuta lá no mercado?

— É. A chuvarada pesou pro nosso lado.

— Mas amanhã o senhor vai descansar de lá porque nós vamos cedo botar o dedão na identidade.

— Faltar é nada. Já falaram que não pode.

Zefina encrespa:

— Ué. Virou boi mandado?

Rita adora:

— Isso mesmo, dona Zefina. Não pode deixar esses mercenários montarem no pelo da gente, não. Vai faltar, sim senhor. Gente não é máquina.

E logo pensa: "*Vou levá-los ao cinema.*"

— Lá em Abecedê já tem cinema?

Os três respondem:

— Tem!

— Vocês já viram algum filme lá?

Madalena responde:

— As freiras já levaram as alunas, mas eu trabalhava à tarde e não pude ir.

— Qual filme, você sabe?

— *Marcelinho Pão e Vinho*, *Os três patetas*... É como se eu tivesse visto. Ouvi a história contada por várias colegas.

Rita ri e pensa: "É hoje que os levarei ao cinema para aplicar-lhes *Tempos modernos*. Bem da hora."

A risada soa a deboche. Vando quer desbancá-la com uma charada, pra mostrar que é bobo o tanto que ela também pode ser.

— Dona Rita, o início dos anos que a senhora tem, morde na boca o resto desses anos, **para ser numerado que nem boi**.[45]

— O senhor está brincando comigo — exclama Rita, matutando com sinceridade.

Madalena e Zefina riem de satisfação por estarem com a resposta pronta. Mas Rita logo apresenta a resposta:

— Se não fosse por estarmos falando de identidade, não ia decifrar nunca. Amanhã nós vamos sair cedo. Vamos voltar à noitinha, ouviu, dona Zefina? Estou pronta para dormir aqui hoje para sairmos juntos.

— Ô trem que tá livre. Vou cascar fora pro mercado às três da manhã. — E pensa com seus botões: "*Vou deixar de obedecer a capitalista para obedecer a comunista? Vou porque quero ir. Ditadura dos dois lados que é ruim.*"

— Tudo bem. Então, para ficar bom para os dois lados, quando for lá pelas sete horas Madalena e eu encontraremos o senhor lá. Combinado?

No rosto de todos aliviou-se a tensão. Rita continua, mais particularmente para Madalena:

— Quanto ao uniforme, nós vamos dar um jeito por aqui mesmo. Ontem o Deputado esteve em reunião conosco e eu apresentei a intenção de ir em Abecedê buscar a máquina, comprar os panos, fazer os uniformes, e ele disse que se resolve tudo por aqui mesmo. Já deu autorização para irmos à loja comprar esses uniformes prontos.

Madalena retruca:

— Mas e a máquina? Eu preciso dela para mais coisas.

Todos mudam de posição e Madalena até sai do lugar sem saber para onde ir. Se estivesse em Abecedê teria o ribeirão para se banhar ou o alto da mangueira para respirar. Ali, entre muros, põe-se a roer as unhas. Rita não compreende, mas percebe que o ar pesou. Então, aproveita-se de gritos da meninada lá em cima para desvencilhar:

— Ô, molecada? Que confusão é essa aí? Não tem sol para ir pro quintal, é? Vou aí. Morto. Vivo. Vivo. Vivo. Pode sair.

Passam a tarde no quarto com brincadeiras diversas. Madalena e Zefina cuidando de lavação de roupas, espalhando varais onde a chuva não entra. Vando amola a enxada que trouxe de lá, pensando em plantar horta ali. Suas bochechas estão caídas, seus olhos marejam. Descasca mandioca e deixa na água com que fazem a sopa no final do dia.

Rita decide que dormirá no meio das crianças.

Padrinho Vando madruga e os adultos se levantam também. Comem do fubá suado que Zefina prepara para desjejum do trabalhador. O tempo está fechado, mas sem chuva. Confirmam o encontro lá pelas sete horas. Há renascer na vida de Vando, ser testemunha das luzes se apagando em todo amanhecer. Sente-se imerso no céu de estrelas e aterrissando. Com isso, seu peito se abre e cresce em força e coragem. Nunca pensara que seu mundo fosse além daquele toco onde cutucava a unha dos pés e sua cabeça não servisse mais além de armar charadas. "*Que nada. Cruzar ruas, virar esquinas, atravessar o mundo criado pelos homens. Uma, uma e uma. Charada sentida sem sentido. Indecifrável. Só pra fazer gente experimentar o que é sair de si e viver na atoíce. Todo mundo devia experimentar viver num trem desses. Desmanchar o mundo pra fazer ele dessa forma. Isso é brincadeira. Pôr luz pra desfazer da noite. Pôr piche pra abafar a terra. Cortar árvores pra fazer ruas, desmanchar montanha e fazer arranha-céu. Montoeira de gente. Quem aqui sabe quem é quem? Se eu quiser falar que eu não sou eu, que eu sou outro, ou se eu nem quiser falar quem eu sou, não vão me ouvir. Mas terei que ter identidade. Vai ver que se eu soltar uma charada, não haverá uma viva alma pra decifrar. Mas todo mundo deve passar por isto, nem que seja pra depois morrer debaixo de um desses carros, porque se entrar debaixo dum troço desses, ninguém tira. Tirar carteira de identidade é fazer pacto com o diabo. Aí não tem mais salvação. O diabo vai saber quem eu sou no papel, mas eu não vou entregar minha alma."*

— Pronto, Seu Vando. Eu disse que vinha e vim. Vamos agora tirar a carteira de identidade. O senhor já tem o atestado de bons antecedentes aqui em minhas mãos. O retrato nós já pegamos no parque, ficou pronto, olha que beleza.

Ele e Madalena riem como crianças ou como qualquer pessoa que se vê no papel, sem ser no espelho ou na poça d'água. Todos ali em volta deles saboreiam da matutice. A maioria que trabalha de chapa veio da roça, já passou por essa situação. E dificilmente é encontrado um alimento para esse povão todo que não seja plantado na roça como a de onde vieram. Madalena contempla admirando tudo vir parar ali naquele mercado por caminhões como o do Zé Boquinha. Fica perguntando a si mesma, mesmo pensando que está sendo boba. Mas sua pergunta é: "*Porque então não fica tudo por lá, gente e comida?*" Porém, não ousa comentar coisas dessas com Rita por medo de seus retruques, embora suspeite que ela tenha sintonia com esse pensamento. Certamente irá dizer: "*Isto mesmo. Não temos nada que vir servir ao grande capital. Prestem atenção se não é o capitalismo que afasta os filhos dos pais.*" Ver as pequenas abóboras, puras meninas moças com quem se convivia, ainda na rama, ali para serem vendidas na banca. Um pega, outro pega. Assim estão os pés de alfaces que chegam em caixotes e saem esmorecidos nas sacolas. É uma linda estampa toda produção arrumada no mercado, mas pra quem conhece o chão é doloroso ver tudo ser mercadoria para as mãos de quem não as viu na terra. Sente saudades da mãe, do chão, sente dó das pessoas, pensa no Bispo. Aqui parecem ser todos órfãos.

Afasta-se e chora. De soluçar.

— O que foi, Madalena?

Ela não sabe explicar.

—Já sei. É a máquina de costura. Onde está o tal Zé Boquinha, gente?

— Já se mandou com o caminhão. Ele pode ficar aqui encostado só até sete horas.

— Vamos, gente, que lá é por ordem de chegada e nós temos que requerer esta carteira é hoje — apressa-os Rita.

Na hora de tirar as impressões digitais, o tio pega seu embornal como quem ia escapulir dali.

— Entenda, senhor Vando: nome, podem existir milhões iguais. Impressão digital, olha, isto aqui, não repete uma no planeta, sabia? Por isto, uma carteira de identidade tem, além do nome, quem são os pais, data de nascimento, local, o distintivo que são as impressões digitais.

Ele não teve outra alternativa, senão reclamar na hora de limpar os dedos.

— Agora, senhor e senhorinha, eu tenho uma surpresa para vocês. *Tchan-tchan-tchan-tchan*. Vamos almoçar em restaurante e entrar no cinema.

— Ô trem que tá livre. Vou-me embora pra casa. Quem tem que levantar amanhã de madrugada sou eu. Eu que sei — protesta Vando.

Madalena achou a ideia excelente e pede ao padrinho que, pelo amor de Deus, aceite.

Com a pressão, assistem a *Tempos modernos*.

— Não é por nada, não, mas foi difícil ficar ali. Parece o retrato que se vê no jornal, porém mexendo. Achei muito confuso — disse Vando.

— Fale o que o senhor viu — insiste Rita.

— Vi engrenagem de ferro engolindo gente. Conheço engrenagem, coisa pouca, de uma roda de carroça a moinho d'água, engenho de cana. Tinha ali água pra tocar aquela engrenagem toda, dona Rita?

— Não, senhor Vando. É na eletricidade.

— Espia só. Desde que eu conheci a máquina de debulhar milho, eu não duvido de mais nada.

Rita ri, ri de agachar para segurar a urina. Madalena se achega a ela e sussurra:

— Isto é uma piada conhecida.

Mas mesmo assim foi muito engraçada, muito bem colocada. Vando deixou a farra correr.

De repente, Rita para em frente ao carrinho de pipoca. Quando pensa que não, ela entrega um saquinho de pipoca para Madalena e outro para Vando e pega o dela. Eles ficam parados olhando para aquilo enquanto Rita põe-se a comer. Eles olham um para o outro e recomeçam a rir. Rir de não conseguir parar.

— O que foi? — Rita pergunta.

Eles, controlando o riso, põem-se a comer também, sem explicar que riem por entender pipoca como coisa para criança, ou muito coisa de casa, jamais ser comida de rua, muito menos de cidade grande, capital. Já descendo a rua a caminho do ponto de ônibus, Rita pergunta a Madalena:

— Afinal, vamos passar na rodoviária para comprar as passagens para irmos buscar a máquina? É ali.

— Vamos não — resolve Madalena.

De volta, calados, cansados, entram no ônibus rumo à casa.

Acomodados, Rita pergunta a Madalena:

— A senhora, dona Madalena, o que viu no cinema?

— Eu vi gente, polícia, amores e brigas. Na verdade, parece que estou em um cinema. Tudo continua me rodando, cenas mudando.

— E o senhor, seu Vando? O que o senhor imaginou que encontraria aqui?

— Não pensei.

Madalena se mantém calada, encantada com a moça bailarina e com o romance. Não sai da sensação de homem e mulher. "*Bispo e eu somos um casal? Como deverá ser minha vida de agora em diante?*"

Assim pensando, de repente solta essa pergunta que assusta a si mesma de tê-la feito:

— Rita, você tem marido?

— O romance chamou-lhe mais atenção que o domínio das máquinas, não foi, Madalena?

Sente-se insultada, mas deixa para lá. Atém-se à expressão "domínio das máquinas". "*De onde ela tirou isso. Estou demorando a começar a registrar no caderno o vocabulário novo. Mais essa...*" Ficou, de repente, alheia, sentindo saudades. Decide que vai desenhar na primeira página a máquina engolindo gente. Quer Rita espremida nas engrenagens. Escrever com letras coloridas "*Vocabulário daqui pra frente*", data do dia em que aqui chegou. "*Primeira palavra vai ser na letra C — capital, cinema, comunismo. Depois abrir a página E — exploração, estupro, engrenagem. L — luzes. As luzes estão acendendo. A primeira coisa que tocou meu coração ao pisar aqui. Pisar não pisei até hoje. Onde está o chão? E a escuridão da noite que não há? 'Vagalume, vem cá, seu pai tá lá, sua mãe tá cá, fazendo doce de maracujá.' Pula para o P. Preconceito, sempre lidamos com isso sim, sendo aquilo que a cabeça registra por ouvir dizer e não confere os valores. Só que eu não sabia que isso fosse matéria de estudo e muito menos tratado em filmes. Por exemplo, o Sô Tião ter sido reconhecido depois das pesquisas do folclore. O estudo do folclore ampliou minha cultura, também me pondo em contato com a palavra 'racismo', que nunca fora questão no meio do povo de Abecedê. A palavra 'intolerância' me leva a pensar na irmã Irani. O que será dela? A preferência do Bispo por mim buliu com a intolerância dela.*"

Quando Madalena olha para trás para perguntar o que era discriminação, encontra o tio jogando a charada:

— <u>Fala</u> <u>a cantiga do grilo</u> <u>na terceira nota</u> de um <u>país</u>, **<u>o que é intolerância pelo desconhecido</u>**.[46]

— Tio, não é charada, é vocabulário.

— Mas ele entendeu. Discriminação, intolerância, marginalização, dominação, escravidão, violência, preconceito, tudo isso favorece ao capitalismo. Tudo por dinheiro. E quem faz o dinheiro é o trabalhador, é o que está embaixo. Os de cima só armam a "máquina de caça níquel", já reparou? Nós que somos trabalhadores temos que ficar conscientes — diz Rita.

Madalena volta-se para frente roendo as unhas. "*Lá vem ela. 'Marginalização' ... mais esta. Margem, que eu conheça, é de caderno. Escrever fora da margem não é tolerado na escola. A margem do rio define o curso dele. Pessoas são deixadas à margem. Mas sempre gostei de lidar com as palavras. Não vou aceitar chegar aqui para ser marginalizada. Nem meus filhos, nem minha madrinha, nem meu tio. Viemos da roça, mas sabemos ler o mundo. Pensando aqui, melhor: não vou me preocupar com esse caderno agora. Quero que esse novo vocabulário seja vivenciado no meu trabalho, nas minhas relações, vou ter essa oportunidade. Nem vejo tantas novidades nas palavras e conceitos com que ela quer me impressionar, mas valorizo as que venho aprendendo. Li muito na biblioteca das freiras, sempre pesquisando sobre temas que hoje sei serem temas de discussão. Lá no meu colégio não tinha isso. A esses debates quero estar presente. Mas com Rita não, ela está invadindo minha vida íntima. Encontrarei bibliotecas, pessoas debatendo e a elas me unirei.*"

— Madalena — diz Rita, já se levantando e puxando a cordinha.

— Ai, que susto — diz Madalena, levantando-se e trombando com Vando no corredor do ônibus.

— É nesse ponto que descemos — diz Rita. A caminho de casa, ela pergunta: — Sabe qual o próximo filme que nós vamos ver? *Luzes da cidade*.

Está acontecendo um festival de Charles Chaplin.

— Não é possível. Quero ver demais.

— Por quê? Já ouviu falar neste filme?

— Muito. Um filme romântico, comédia e drama. — E seu coração iluminou-se em criatividade. Continuou: — Agora me lembro. Irmã Clara tocava ao violino a música *Limelight* e nos ensinou a cantar sua versão. Contou-nos a história que se passa no filme. Este eu vou entender bem.

A caminhada até em casa foi muito bem.

A meninada está feliz tomando a sopa enquanto correspondem às brincadeiras de Rita. Ela fala que vai embora, todos sentem pesar.

Madalena sente-se corajosa e vai com Rita até o ponto de ônibus.

Rita pergunta de supetão:

— Como é que é? Para irmos ao cartório fazermos os registros não falta mais nada. Quer ir a Abecedê primeiro? Pensar mais um pouco?

— Pensar mais o quê? — pergunta Madalena.

— Nem é pensar. É chamar esse Bispo na responsabilidade. Ele é que devia estar cuidando disso, e não você e seu tio.

Madalena até juntou suas coxas, tão forte sentiu esta invasiva pergunta. Nem tinha preparo para a responder. Nem para não a responder. Então, lhe ocorreu devolver a ela a pergunta:

— Tenho que responder?

Foi o que disse, vermelha e quente de raiva, enquanto pensa: "*se dindinha ouvisse isso, pegaria o cabo de vassoura e a enxotaria*". Mas, pelo menos, deu um recado à Rita de que a mocinha do interior pode não ser tão plasta, que Rita responde:

— Entendi! Respeito.

Cumprindo estágio, trabalho realizado. Certidões, identidades, carteiras de trabalho, tudo pronto. Porém, Rita quer esticar-se mais, mas Madalena agradece os convites para ir encontrar com amigos, cinema e ida a Abecedê. Sentindo-se vitoriosa ao deixar toda papelada em uma pasta com elástico, Rita dá de sair e empolga:

— Ainda tem os uniformes.

— A senhora, ou melhor, você, vai lá e vem cá. A quem a senhora serve: a Deus ou ao diabo? Faz trabalho para um deputado por dinheiro e vem nos confundir com teorias. Agradeço sua doutrinação e volto aos meus princípios.

— Calma. Desculpe. Há muito ainda por fazer até meu estágio terminar. Ou seja, até as férias terminarem. Vem aí o recesso, hein? Do Natal ao Dia de Reis. Aí começam as matrículas. Semana que vem toda por decidir quanto aos uniformes. Vamos lá buscar essa máquina de costura?

Mas a pressão subiu-lhe à cabeça, e, num safanão, Madalena fala:

— Dona Rita, agradeço por tudo. Siga a senhora só para o ponto de ônibus e eu volto para casa. Daqui pra frente sigo eu com toda a ajuda que até aqui nos deu. É o suficiente. Diga ao senhor Deputado que já está de bom tamanho.

Quando vê, o ônibus chega e Madalena já se retirara antes.

Rita sai contrariada. À noite, com seu grupo de militantes políticos, a quem vem narrando crônicas de seu estágio, várias questões são dali debatidas da ordem moral, religiosa, política e até legal. Maurício, especialmente, sente-se atraído pela história e apaixona-se por Madalena mesmo antes de conhecê-la. Fica procurando Rita com perguntação, até fantasiando oferecer-se para adotar essas crianças.

— Como ela é?

— Ela não é. O ser é que se ajeita nela. Um espelho, digamos. A cabeça, um livro vivo. Seus cabelos são rédeas. Seus olhos mudam de cor. Sua pele é de um tecido de seda de vários matizes, que dá vontade de enrolar nela. Os seios, as ancas...

— Pare, Rita! Eu quero senti-la. *Ménage à trois* platônica, você, eu e o Bispo. Ela, nosso fetiche.

— É meu trabalho e serve-nos a reflexões e ações frente ao avanço do fascismo.

O CAPITAL

A lua está cheia, mas coberta por densas nuvens que correm sobre ela, deixando uma ou outra nesga de luz realçar. É medonho. Tanto que faz o coração quebrantar. Da casa onde ocuparam, saem carregando suas trouxas feitas durante a noite. As crianças, emboladas feito bichos de monte debaixo de uma marquise à porta de uma loja, enroladas nas cobertas e recostadas sobre a bagagem, acham que é continuação da viagem que vêm fazendo. Madalena se sente apurada, mas tem com ela que é uma reação da alma e quer que assim seja. O tio está de cócoras ao lado desse bololô, concordando. Zefina também acha bom. "*Estava muito esquisito aquilo de casa dos outros, gente falando, moça pagando.*" Lalico lamenta o desconforto.

Vando exclama:

— Não quero nem saber. A hora que der três horas eu rumo para o mercado. De lá trago o de comer. Fome ninguém passará.

Zefina está pensando que voltar para a casa do interior seria acertado, mas sabe que a solução virá de Madalena, conforme o que ela captar das ordens da vida, pela luz que já vem tendo. Madalena espera pelo momento de respirar. Há tempos, desde que chegou, não segue seus impulsos. Porém, um vento varre lixos pela rua abaixo. Zefina rebuça a cabeça para não vir areia em seus olhos. A meninada volta a dormir ali na calçada.

— Cruz credo, ventania que subia pasto acima, tombava capim e levantava terra, aqui agarra é na gente que não tem pra onde correr.

Vando vê que a chuva vai cair, então precipita-se em retirada. Quando Madalena vê, o tio está quase virando a esquina. Corre atrás dele.

— Tio, o senhor sabe chegar lá daqui?

— Na primeira letra traço e **tento**.[47]

— Arrisca, não é? Eu vou arriscar alugar a loja, agora ao amanhecer. Acordo os meninos antes, tudo arrumado, falo com o proprietário. Posso usar de seu saco de dinheiro se ele pedir para já pagar?

Ele dá pressa de seguir seu caminho e responde:

— Faça o que entender.

Mas ela o puxa pelo braço:

— Não. Tem mais. Compre tudo que chegar no caminhão do Zé Boquinha e vamos abrir aqui um mercadinho: Mercado Abecê. Já venha com ele e paga-se aqui.

— Não é assim. É muita banana, e ele tem os compromissos de entrega dele.

— É assim e não assado — retruca Madalena. — Negocie. Pague o que for possível por hoje e combine para as próximas cargas serem nossas.

Acorda as crianças debruçadas sobre as trouxas às seis horas, com céu nublado, quando começa o barulho de ônibus e carros.

O proprietário não desce do sobrado, ela toca a campainha, mais ou menos às sete horas — não dá para esperar mais tempo. Ele levanta uma porta que se enrola para o alto, diante do olhar deslumbrado das crianças. Levanta a segunda e um espaço enorme se descortina.

Ela esfrega as mãos apreensiva. Olha os pequenos poços que a enxurrada deixou nas imperfeições do asfalto. Vira-se para o proprietário:

— Esse preço paga-se todo mês?

— Mas tem que pagar três meses de uma vez na entrega das chaves, representando os três últimos do contrato.

— Perfeito. Era isto que eu queria.

— A senhora mora onde?

— Vou alugar uma casa aqui perto, também, nestas condições.

— Tenho um barraco aqui nos fundos, olha para a senhora ver. Quem sabe lhe serve?

Zefina exclama, rindo do achado:

— Amarrou a égua.

Madalena emite um silencioso sorriso, para não escapar o glorioso. Foi pondo as malas, trouxas e sacos para dentro, após abrir o saco de dinheiro, contar notas com extrema dificuldade, pois é seu primeiro contato com dinheiro. Deixa os meninos lá dentro com Zefina, correndo num pequeno terreiro cimentado, como se estivessem em uma quadra de futebol. Zefina assenta na única porta de entrada para o barraco, segurando a pequena Zuzu. Como uma juíza que reúne o time, Madalena avisa:

— Esta é nossa nova morada. Não é linda? Olha o céu que temos. Vamos ver as estrelas por este quadrado. Isto é, se a preferência não for da chuva... Agora vou correr para encontrar o tio, pois tenho que combinar com ele os negócios.

Sai voando, depois de perguntar ao proprietário que já arrancava o cartaz:

— Como chego no mercado rapidamente?

— Se a senhora passar por dentro do túnel, já, já você estará lá.

Está sendo aflitivo. Pergunta quase que de cinco em cinco minutos, a cada esquina. Chega quando Zé Boquinha está amarrando a lona para o retorno, já descarregado.

— Tio, o senhor não entendeu. Era para ele voltar com a carga toda para onde estávamos — fala ofegante e nervosa.

— Na calçada?

Ela mostra a folha do contrato de aluguel que assinara. Os dois homens se entreolham assustados.

— Dona Madalena — diz Zé Boquinha —, a senhora é uma normalista, filha da melhor professora que Abecedê já teve, é hora de exercer seu diploma. Isso é coisa para homem.

— Que seja. Que fique então com vocês dois. O senhor passa a trazer a carga para o mercadinho, o tio toma conta e dividem o lucro.

Riem, mas não foi de deboche. Entendem que daquela boca saía palavras claras, corretas e acertadas.

—Vamos lá. Entre na boleia. Essa tal rua é onde eu passo para ir-me embora.

O ajudante dele, Tiquinho, subiu para a carroceria junto com o tio. No caminho, nenhuma palavra, tensa e envergonhada de estar andando em um carro como aquele pela primeira vez. Mas tudo estava bem claro. O motorista pôs o caminhão em cima da calçada, bem em frente às portas abertas do cômodo vazio. A meninada juntou-se agarrando as pernas de Madalena.

— Espetacular. Esse ponto é um corredor certo para um comércio desses — diz Zé Boquinha. — Mas agora só volto na próxima terça-feira. Enquanto isso, a senhora e Vando compram, nesse depósito aqui em frente, cal e brocha, passam nas paredes e eu já trago de lá umas... uma, duas, três... quatro. A senhora tem uma fita métrica, dona Madalena? Quero medir quantas bancas cabem aqui, para que eu peça ao senhor Chico Sarrita que as confeccione e eu as traga prontas de lá.

— Que nada. Com aquela caixotaiada que fica lá jogada eu faço essas bancas — diz Vando.

Madalena afasta os meninos e anda de um lado para outro, roendo as unhas. Volta dizendo, aflita:

— Minha máquina de costura. Por favor, Sô Zé Boquinha, traga minha máquina de costura que ficou lá na creche. Vá até lá, Tiquinho, por mim. Fale que eu mandei você buscar. A máquina era da vovó.

Fala numa aflição tão grande que todos perderam por um momento o raciocínio.

Neste momento, Madalena chama-os para ver o barraco onde vão morar.

— Mas está muito bom. Aproveitem da cal para caiar esta casinha que vai ficar no jeito. Esperem aí.

Vai ao caminhão e pega o fogareiro a brasa que ele carrega para esquentar a matula deles na viagem, mais um caldeirão e uma colher de ferro.

— Fica aí, ó.

Volta ao caminhão e traz duas esteiras de taboa enroladas. Tudo ajuda.

O nome do mercadinho já está escrito na parede com pó xadrez e sempre passa alguém perguntando pelo dia da inauguração.

A semana é de festa, pode-se dizer. Chega sexta-feira, Madalena recorre ao proprietário que esteve sempre dando uma mãozinha, emprestando algumas coisinhas:

— Senhor Nabil, como eu faço para ir daqui ao parque municipal?

Depois de explicar, adverte:

— Mazurca vai ter que ficar.

Todos se voltam para Zefina, em apoio ao que ela diz:

— Pois eu fico.

Mazurca sai de perto, como a deixar livre a decisão. Senhor Nabil define:

— Ele fica comigo. — Abaixa-se e coça o pescoço dele. Todos sentem confiança.

Madalena está radiante, crente que tem sua máquina de costura chegando. Aprende e traça planos com o tio. No sábado de manhã, pega ônibus com Zefina, Lalico e a meninada. Subir, passar na roleta, sentar e descer foi tão difícil à Zefina como calçar chinelo de dedo e andar. Até a hora do almoço, houve corridas e encantamentos pelo parque. Conforme planejado e combinado, o tio sai do mercado para lá levando frutas e pastéis. Andam em barcos e brincam em tudo. Nada foi poupado.

Tendo passado a semana com comida de uma panela só, terça-feira chega. Primeiro descarregam mercadoria no mercado, deixando sobrar de um tudo para vir junto com outros produtos para abastecer o Mercadinho Abecê. Trazem queijo também, pois é o grosso da carga que vem amoitada na banana por ser de imposto pequeno. Vando fica conhecendo essa falcatrua ali. Ainda mais, as gaiolas com passarinhos raros, que consegue esconder na carroceria.

— Por que a senhora não escreveu na parede, logo, Abecedê? — pergunta Zé Boquinha, ao ver o nome escrito com linda letra na parede externa da venda.

— Não sei por quê. Cheguei a me fazer esta pergunta, mas ficou assim.

É servida banana verde frita aos clientes inaugurais. A maioria pergunta se as tem para levar para casa.

No outro dia tem banana verde frita para vender. Pelo menos três botecos do entorno encomendaram quantidade maior. Zefina passa a manhã toda as fritando. Frita, frita, frita. Pesa, enrola em jornal e pega o dinheiro. Dinheiro volta a encher o embornal.

Vando anota, numa lista, mercadorias para trazer num saco, nas costas, amanhã, quando vier do trabalho que continua prestando no mercado, pela madrugada.

Ficou combinado que Saulo mandará tudo que produzir em ovos, frutas e horta da casa da avó, onde ele passou a morar com sua mulher, que está nos dias de ganhar neném.

— Vamos ver se vem mesmo os catres, os colchões e as panelas que nós pedimos — diz Zefina.

— E minha máquina de costura.

— Tá doido. Que insenga. Lógico que vem. Não veio a semana passada porque não acharam a chefe atual de lá para liberar. Foi o que o Zé disse — fala o tio.

Tiquinho reforça:

— Dona Madalena, fui três vezes, falei da máquina, disseram que a irmã chefe tinha que autorizar. Não tive sorte de encontrá-la. Quem sabe da próxima.

Tudo chega, tudo funciona, cama, mesa e banho. Menos a máquina de costura.

— Eu vou ter que ir lá arrancar essa máquina de qualquer jeito.

Madalena fala com a raiva que carrega do padre Ni e dona Ção, passa por irmã Irani e chega até o papa. Mas o Bispo não entra nesse caldeirão. Ele é resguardado. "*E que Rita não me apareça. Estou muito bem.*" A desculpa para querer tanto a máquina é porque tem que confeccionar os uniformes. Palpites como este a enfezam:

— Dona Madalena, a senhora sabe que deve ficar até mais barato ir numa loja aí que vende só uniformes e comprar isto pronto? — intromete Zé Boquinha, agora sócio.

Saldo positivo, agora com camas onde se amontoam, dormindo todos em um quarto, o tio no colchão no chão da sala.

As matrículas começarão assim que passar Natal e Reis. As aulas, certamente no meio de fevereiro, logo após o Carnaval. Há contagem regressiva para a questão dos uniformes. Esse problema já esteve grande e já sumiu com a chegada da menstruação. Mas a arenga permanece. Ela quer a máquina, mas voltar a Abecedê causa-lhe palpitações que a incomodam. Ela é obrigada a admitir que está precisando satisfazer sua necessidade de ver o Bispo. Saber voltar, como chegar. Lá, ela já não pertence mais. Com tantas inquietações, decide esperar pelo dia de ir à escola e indagar sobre o endereço da loja que vende uniformes prontos. Inquieta, remexe a caixa de papéis importantes, onde está seu diploma. Desamarra o laço de fita de cetim, o desenrola, contempla a letra gótica a nanquim e sente-se crescida em importância. Quer ser professora. Desvia seu foco:

— Dindinha, vou voltar ao grupo onde matriculei os meninos — fala tão insegura, coçando a perna, com voz de medo.

— Esqueceu de levar alguma coisa? — a madrinha pergunta.

— Vou perguntar se precisam de professora lá.

Calça a sandália, penteia os cabelos e sai. Os meninos correm até o portão da rua, mas ela agacha e explica:

— Eu vou ali e volto já. Vou só buscar maracujá.

Os pensamentos dela ficam trocando as pernas morro abaixo. É um nada de morrinho para descer e um nada também para subir. Daqui dá para ver lá o grupo, mas pareceu-lhe longe e difícil a viagem. Ela segura em um poste, antes de atravessar para lá. As regras do mês descem de escorrer perna abaixo. Tem que voltar em casa. Sua cabeça dói e sente as cólicas. Recolhe-se no colchão estendido no chão, mas a meninada quer amontoar sobre ela. Ela se senta e pensa: *"Não adianta ficar aqui. Vou ter que ir lá mesmo, com chuva ou sem chuva, com regra ou sem regra."* Novamente empaca-se antes da travessia. Volta-se e a chuva cai. *"O pior é que amanhã é dia em que vão chegar os móveis, as mercadorias. Muito investida. Mas não deu, não deu."*

Chega outro dia. Vai até lá e leva o diploma junto. Pergunta a uma das secretárias que está neste atendimento, obtendo orientação completa sobre qual ônibus pegar e sobre qual ponto descer em frente à loja de uniformes. Depois, com a garganta seca, pergunta sobre vaga para lecionar. É levada para o gabinete da diretora. Esta encontra na expressão de Madalena a exata professora de primeiro ano.

— Estou precisando para a primeira turma, para alfabetizar. Você tem experiência? Já se formou? Onde estudou?

Madalena fala que estudou no colégio interno das irmãs, sabe alfabetizar, inclusive adultos.

— Qual método você adota?

— Depende da necessidade de quem busca aprender. Soletração, Fônico, Global... Eu gosto de alfabetizar.

E, com sorriso de sincera satisfação por estar falando disso, completa:

— Eu sei alfabetizar. Faço isso brincando.

A diretora igualmente sorri e diz:

— Menina! Sei que essas normalistas de escola de freiras são muito bem preparadas. Olhe, essa vaga é sua. Confiei na sua confiança. Segunda-feira próxima vai ter reunião com todos os professores. Você já está convocada. Dê-me aí seus papéis.

Enquanto olha, pergunta:

— As freiras ensinavam mesmo baseado em teorias humanistas?

— Não. Acabei de ler livros de ideias inovadoras de alfabetização que uma amiga me emprestou com as quais me identifiquei.

Devolvendo os papéis, a diretora fala:

— Aqui, minha filha, é bico de siri. Seguimos as regras e pouca conversa. Qualquer palavra fora disto é perigosa. Mas você vai gostar da escola. Eu adoro.

Madalena sai, surpresa de si. Mas alguma coisa arranha sua alma. Para na escada, olha para o lado de sua casa, reconhecendo seu espaço habitacional. *"É aqui que eu moro. Tudo assentado. É capital e o dinheiro está lá gerando para nos sustentar. Entramos na engrenagem. Só que haja coragem para respirar esta poeira preta do ar."*

Chega em casa e ajuda o tio a fechar as portas da venda. Ele conta o dinheiro e ela recolhe frutas e legumes estragados. Ele guarda o dinheiro no embornal e diz:

— Já aprecei o fogão na loja pouco acima daqui.

— Já? Quem sabe amanhã não mais comeremos todos da mesma panela?

— Chega de fazer capitão com as mãos — diz Zefina.

Zuzu põe-se a chorar alto, dizendo:

— Eu quero comer capitão que a dindinha faz.

Todos riem dela, principalmente as crianças. Madalena pega-a no colo, levando-a para lavar suas mãos e boca, sujas de comida. Ela tomba a cabeça no ombro de Madalena e logo dorme. Arrumados todos na cama, Madalena pergunta aos filhos:

— Vocês estavam gostando de comer todos da mesma panela, com as mãos, dos capitães da dindinha?

Todos responderam que sim, então Madalena explica que vai ter um fogão a gás igual daquela casa amarela.

Saulo mandou uma lata de carne atolada na gordura, que foi tirada para a mistura do almoço. Feijão cozido na panela de pressão, arroz na panela de alumínio, carne esquentada na frigideira onde depois foi refogada a couve.

O vizinho empresta uma mesinha desocupada de seu sobrado.

Zé Boquinha chega com o tio e Tiquinho, bem na hora em que Zefina tira o feijão do fogo.

— Agora tem como fazer uma comida direito, não é, dona Zefina? Como é que vocês se viraram esses dias sem fogão e nem panela?

— Ô, besta. Passamos muito bem, obrigado — responde Zefina, ofendida em seu orgulho de saber servir uma refeição em uma panela só, com iguarias em bom tempero.

— Mas como?

— Espia, primeiro eu cozinho o feijão na panela. Depois eu despejo ele nessa tigela. Tiro a carne dessa gordura que tá na lata, esquento. Soco um dente de alho no sal, jogo nessa gordura quente e refogo o feijão e a couve no meio dessa carne. Volto com tudo pra tigela. Passo uma água na panela, ponho mais um tiquitinho da gordura pra torrar o arroz e cozinho ele ali. Tando cozido, volto com o resto, faço um mexido, ponho farinha na tigela, tiro o prato do Vando, faço uma matulinha pra ele comer de madrugada quando vai para o mercado, do restante, faço capitão, vamo comendo tudo, enquanto Madalena sempre põe um ou outro dos meninos no colo. Vai gostar de colo assim, sô. Igual a ela quando era desse tamanho.

A meninada abraça as pernas de Zefina, enquanto ela conta. Ela termina e dá o prato para a visita se servir primeiro. Ele se benze, acocora na área do lado de fora do barraco e come. O mesmo se repete com o Tiquinho. Em seguida, Vando faz, ele mesmo, seu prato. Aí, então, Madalena serve o prato da pequenininha enquanto Zefina serve um e outro menino para, por último, se servir.

— Eu quero capitão — pirraça Zuzu, na hora que vê seu prato feito.

Ainda bem que veio farinha de milho.

Os primeiros vão terminando, colocam o prato no tanque, persignando-se e dizendo "*Deus que te aumente*".

Máquina de costura

— Sô Zé, a resposta da máquina, mandaram? — de supetão, Madalena pergunta.

— Por escrito não, dona Madalena, mas disseram, na hora que Tiquinho foi lá... como é que foi, Tiquinho?

Tiquinho puxa o ronco, sentado no chão e encostado na parede, então Zé completa:

— Ele disse que elas disseram que a máquina já está numerada lá, já é patrimônio do hospital.

Madalena quer lançar a comida fora, indigesta com a notícia. Entra para o quarto, fica sem lugar. Sua cabeça dói, o resto do dia não presta.

Cedo, ela diz para Zefina:

— Dindinha, já vou ficar pronta, que quando padrinho Vando chegar do Mercado Central, largo o mercadinho só com ele e vou procurar essa loja que vende uniformes.

— É o recurso.

Aí Madalena chora mesmo. Zefina sente vontade de ir, ela mesma, esmurrar essas freiras e pegar essa máquina. Sente que a vida neste mundaréu é um tormento. "*Como é que eu saio daqui, que dificuldade. Lá pras minhas bandas, podia ser a serra que fosse, o rio que tivesse na frente, nada era embaraço para mim. Esse mundo é um cão. Uma rede que nos capturou. Tem saída, essa geringonça, não.*" Pensa, surrando a bucha de aço no alumínio, achando um desaforo o troço brilhar com tanta facilidade. "*Mil vezes a bucha de palha com cinza e areia na panela de ferro.*" Estão sem lugar.

O tio chega com o saco de mercadorias novas nos ombros. Madalena vai saindo sem conseguir falar. Ele se entende com Zefina:

— Dá é nisso.

Silêncio.

O ronco trêmulo do motor do ônibus passa a ser o gerador do cinema que roda o filme para a única da plateia, a própria atriz protagonista. O capital casa-se com a capital, e cada gente que nasce é filho parido no rio de asfalto.

Chega ao centro da cidade, desce do ônibus e fica correlacionando o filme com a vida real. "*Lá, um casal é muito unido, amantes praticantes, os filhos não são atendidos. Aqui, uma Virgem Maria, concebida sem pecado original. Virou mulher do padre, uma mula sem cabeça. Não tinha capital. Foi adotada?*

Não quero saber de Rita. Dela e dos subversivos. Ai. Meu vocabulário. Essa palavra é truncada. Não gosto dela. Por conta dela estão prendendo e machucando pessoas jovens do meio estudantil e outros. Tortura é palavra pesada que funciona no lombo de quem quer parar pra pensar e dizer o que pensa, porque mudar alguma coisa com a engrenagem ligada é murro bravo. Em pequenas coisas dá pra abrandar a fúria da ganância, mas no grosso, é como dizia minha avó — é meter a mão na cumbuca. Vou comprar esse caderno hoje ainda. Se as palavras que aprendi com Rita não forem registradas, pode ser que eu as esqueça. Poderia eu virar uma revolucionária, de esquerda, subversiva? Comunista é que ainda não sei. Nunca entendi o significado. Lamento ter me afastado de Rita. Gosto do que aprendi com ela e poderia estar aprendendo mais. Realmente vou ter que enxergar esse mundo com olhos dos outros, pois o fundo de ribeirão aqui não transparece a tramontana. Danu ficou pra trás. Rita poderia me aparecer. Ela pode me ajudar."

Foi só pensar. Compra os uniformes. Ao virar para trás, abraçada ao pacote, esbarra com Rita, que, inspirada em Madalena, pôs força nos poderes, indo para essa loja sempre que podia, acreditando encontrá-la ali comprando uniformes. Tendo se deparado com a casa do Deputado abandonada, Rita iniciara idas ao Mercado Central com companheiros de militância na madrugada, após passar a noite acordada. Contentara com o fato de ter visto Vando trabalhando, ganhando a certeza de não terem voltado para o interior. Muito curiosa para saber que rumo tomaram, mas entendeu, com o apoio do grupo, ser menos invasiva.

— Eu sabia que ia te encontrar. Adorei sua sumida. Senti inveja. Não é qualquer pessoa que é capaz disto. Parabéns, menina.

— Nossa. Pensei que você fosse ralhar comigo.

— Pensou mesmo? Sinto muito por esperar isso de mim. Vamos ao cinema? A gente almoça no mercado e sobe para o Pathé. — E já foi arrastando Madalena.

Madalena fica estática.

— Vamos. Em que está pensando?

— Mas e esse pacote? Só se formos para casa guardá-lo, almoçamos lá e depois voltamos.

— Vocês estão alojados onde, se mal pergunto?

— Não importa. Sei pegar o ônibus e descer quase em frente.

Rita viu-se afortunada com o resultado de sua investida. Sucesso, depois de sofrer tanto por ter provocado essa reação nos assistidos e sem saber que relatório apresentar para concluir seu estágio. Além do mal-estar pessoal, julgando-se por intromissão, dominação, opressão, erros que aponta vindos do sistema que censura. "*Palmas à palmatória. Temos que começar por nós, em nossas relações pessoais. Evitar cometer os erros que censuramos. Aprendermos uns com os outros.*" Na verdade, Madalena sentiu falta dela, pois queria ganhar domínio na cidade que veio habitar.

Primeiro foi a meninada que pulou em Rita, como faz Mazurca. Põe-se a brincar para se retomar: "*Cabeça, ombro, joelho e pé, joelho e pé, joelho e pé.*" Agora é o tio que vai a seu encontro com a charada:

— Com o fim da vedete obtive **quem caça gente**.[48]

— Gente... Detetive. Já estou craque. — Riram com satisfação.

— Que está acontecendo, gente? Que negócio é esse? Viraram empresários? Vocês estavam escondendo leite? E eu feito uma boba dando mãozinha para atravessar a rua... Dona Zefina, conte-me esta história.

— É como Deus tá vendo. — E ri tão lindo com seus poucos dentes falhados na boca, amarelados de arear com fumo.

— Madalena, você vai trabalhar também no colégio onde dou aula. Já falei com minha irmã, que é coordenadora lá, e a vaga é para alfabetizar. Alfabetizar, menina! Mas as crianças já sabem ler e escrever. Então você vai deitar e rolar com artes, poesias, cantos, histórias e conversas. Eu já manjei seu jeito. Pelas escutas e pelas atitudes. Você vai ensinar a esses meninos a pensarem, a lerem a vida.

— E aprender com eles, é o que muito me interessa. Dará para trabalhar nas duas escolas?

— Creio que sim. Vem, almoça, pega ônibus e trabalha à tarde. Pois, para pagar aluguel, ter dois empregos será excelente. Ainda mais porque esse Estado não quer saber de pagar professores. Devem ter decidido que mulher não precisa de dinheiro, não sabe gastar, essas coisas próprias do machismo. Se não tem marido, que arranje homem. Ou então trabalhe por amor. É o que pensam...

De fato, os nove primeiros meses trabalhando em escola estadual foi sem receber. Valeu-se do salário do colégio particular que paga melhor e em dia. Agora recebe todo dinheiro do estado de uma vez. Compra sofá, jogo de fórmica com armário para a cozinha e geladeira. Natal para todos.

"Por que não vou à minha terra passear de férias? Indo, vou ser hóspede de meu irmão. Vou adorar. Ver meu sobrinho, o outro irmão que ficou na roça... Ver mamãe. É tão difícil ver minha mãe... Não posso compartilhar com ela minha realização como professora nem como mãe. Mas terei que ir. Terei? Meu ribeirão que em dezembro está sempre muito ocupado em expedir as águas das chuvas não poderá me dar atenção.

As mangas estarão me oferecendo uma ou outra madura, mas terá. As espigas de milho verde granando para o mingau e para serem assadas nas brasas. Abobrinhas inchando. Molhado, escorregadio, mas sempre quente, estará lá o acolhedor quintal. Eu o sentirei, primeiro; depois olharei distante uma janela aberta com luz de lampião." Neste ponto do pensar, sente um arrepio. Continua tremendo de frio em pleno verão: "*Este homem. Meu corpo pede, minha cabeça despede. Não consigo abstrair nada dos debates que acompanho da turma de Rita — que agora é minha também — para essa questão sentimental. Abaixo a repressão. Meu corpo pedir para estar com o Bispo e eu o reprimir assemelha a esta situação, direita pra lá, esquerda pra cá, e no centro o coração pulsa. Cada lado fala para si e escuta só o seu lado, por fidelidade, consciência ou paixão? Um existe porque o outro existe. Onde tem relação, tem política. Fazer política é os dois lados se enfrentarem para saber o que deve ser feito a bem de todos, estabelecer, pôr na lei, o que favorece. Ou vão ficar só no conflito?*"

Madalena, que está sentada na mureta do terraço da casa de estudantes onde sempre se encontram, de repente aproxima-se do grupo que fuma, bebe cerveja e conversa ao som de um violão. Fala:

— Mas sempre vamos ficar só falando o mesmo para nós mesmos? E ações?

Todos olham espantados para ela, pela surpresa da expressão. Ela, lucidamente, deixa sua cabeça sair pela boca e continua:

— Dois partidos: um que represente a esquerda, outro que represente a direita. E tem os que ficam em cima do muro. Normal.

— Mas nós estamos na ditadura, esqueceu, ô alienada? — diz Rita zombando, enquanto os demais, maioria rapazes, olham admirados.

— Sei, mas as ideias estão livres. Aqui só falamos. É preciso pensar e ir construindo formas de ação. Fazer alguma coisa, mesmo com repressão— diz Madalena, ansiosa como se fosse para hoje.

O grupo que cantava atina-se para a presença de Madalena, toca mais alto, abrindo à sua inclusão. Ela vale-se do que traz de Sô Tião

Cabeludo com sua viola, e solta um não se sabe o quê de calango, com palavras indefinidas, mas de sonoridade e com voz inebriante, batendo os pés no chão em dança. Sua saia de pouca roda remexe por suas ancas. Mãos para cima, bate palma e sapateia. Há quem grite: Saravá. Outros: Abaixo a repressão. Pela Democracia. Povo unido. Todos riem, entram na dança e aplaudem. Um companheiro simpático, levanta-se e passa o braço em seus ombros. Dali, encostam-se na mureta, ele quer saber mais sobre ela. Está enamorado. Rita permanece na roda, em que discutem recortes do que leram, observando o casal que se formou, com discreto sorriso de aprovação. De menos Maurício, que sente grande pontada de ciúme.

É madrugada quando o tio se levanta do sofá para abrir-lhe a porta e já sair para o trabalho. Ela deita-se ali mesmo dentro do calor dele. Dorme. Apaga.

Acorda e é sábado. Chove e não tem cara que vai parar. A meninada alvoroçada em casa, em férias. Ela tem ressaca, claro. Nesse final de ano todo foi assim: sexta-feira não volta para casa, só aparece já amanhecendo. Ela não conta nada para Zefina, do que passa, do que falam, porque é muito diferente de tudo que ela já conheceu neste mundo. Por exemplo, moça ficar na rua a noite inteira, em bar, bebendo e fumando com eles, dormindo nas casas deles — repúblicas —, os pais nem sonham onde eles e elas estão. E outra: nem sempre a conversa tem a ver com homem e mulher. É filosofia. Falando de política, vendo teatro, filmes. É gente que conhece liberdade defendendo liberdade de expressão, querem desafiar a censura, a repressão. Assim pedem a volta da Democracia. "*Democracia*" — faz registrar no seu caderno.

— Dindinha, eu vou dar um passeio em Abecedê. Aproveitar que estou de férias. Lá eu vejo como estão as coisas, vejo mamãe e... — bate na mesa chorando e completa — ... e pego minha máquina.

— Chora não, besta. Essa máquina cê vai ter ela aqui na palma da sua mão. Mas se ela não lhe veio aqui até hoje foi pra você ter que ir lá e falar o desaforo que tem que ser falado.

Depois de uma pausa, volta a dizer:

— Mas dizer para a pessoa certa.

— E eu vou dizer o quê, dindinha? E a quem?

— Dizer o que você sente por ter sido alongada igual fazem com gato que cria no quintal deles. A quem? A quem estiver na reta. A conversa anda.

Madalena gosta. Passa a respirar como fazia na beira do ribeirão. Repensa o ano gostoso que passou, os alunos, sua experiência feliz de professora. Na verdade, não quer brigar. Direita, esquerda. Esquerda, direita. Supõe que o Bispo seja a direita. "É. Vida manipulada, que usa batina, fala decorado, controladores e controlados de um poder em nome do Céu. E nada de prazer, nada, nada. Pois prazer é outro poder que gera outros poderes sem igual. E filho é o desgaste, a regulagem primeira é o sexo. 'Abaixo a repressão.' Agora entendo por *que os revolucionários se infiltram na cabeça dos outros. A direita não precisa disso porque ela tem a máquina na mão, vai e faz. Deixa a esquerda dando murro em ponta de faca e levando coronhada. Eu vou dizer o que sinto. E daí? Vão dialogar comigo, dizer o que pensam também, eu escutar, debatermos para tirarmos um denominador comum? Posso tentar. Denominador comum eu aprendi a encontrar em frações e achava que sabia demais.*"

Enquanto arruma a mala, recorda tudo que pensara ontem no meio do grupo que frequenta. "*O ônibus para Abecedê é um dia para lá, um dia para cá. Hoje é para lá. É hoje mesmo.*" Madalena comprou a passagem e embarcará.

Seus cabelos estão soltos, anelados e longos. Seu corpo apenas ganhou um molejo de quadrúpede, pois caminha com os dois pés e as duas mãos sobre a terra e tem a cabeça no prolongamento da coluna. Está linda, usa saias e sandálias artesanais. Entra no ônibus como se ele fosse um foguete a lançar-se no espaço. Vai ver estrelas, captar revelações delas e pousar cheia de luz. Não para que alguém a veja assim, mas para que ela veja Abecedê com os olhos de hoje. Ganhou cabeça, a mula. Tudo brilha, até seu sono.

Acorda quando os demais passageiros já ajeitam suas bagagens para descerem. O céu no arrebol tem cor de cinza e carvão e seu destino vai entrando por dentro dos tições em brasa. Porém o molhado que a tempestade deixou na terra esfria sua espinha, seu coração gela. Ninguém a espera. As internas do colégio já se foram de férias. Os parentes estão esfacelados em suas entranhas. O avô é caduco. Queria poder chegar e dizer "vovô, sua bênção", mas não é assim. Resta esperar pela chegada à casa da avó. Porém, a negação lhe corre na espinha, pois Mazurca não lhe abanará o rabo. Mas toca:

— Sou eu, Formigão. Acabei de chegar no ônibus.

— Isto é você, Fuinha. Que surpresa é essa? Você acredita que eu sonhei com você esta noite? Você estava assim parada numa porta, olhava um bando de urubus que pousava no pé de manga e brincava de contá-los: "Um é gosto, dois é gosto também. Gosto dobrado. Que mané que nada pensar em desgosto." Deve ser essa chuvarada. — E vai atiçando a lenha para acender a fornalha.

Madalena recompõe alegria ao ver o irmão, homem. Mas uma fria angústia vai entrando enquanto olha as paredes enfumaçadas, faltando caiação. Olha para o terreiro, parece que padeceu de tudo. Daquela folhagem radiante, umas têm esmorecido, outras foram tolhidas. No chão tem lodo. A porta do paiol amarrada com uma tira de pano.

O irmão compreende e justifica:

— Essa chuvarada não deixa a gente fazer nada. Acredita que tem uns vinte dias de chuva direto? Umas plantas que não valiam de nada, pus pra lenha.

Anda em volta da fornalha, pega uma palha, um tição de lenha, água no pote, mexe, mexe e sopra as brasas desenterradas.

Madalena busca nas ideias avaliar que tipo de planta ali "valeria de nada", mas prefere a pergunta:

— E o neném, é menino ou menina?

— Menina. Estamos caçando nome para ela ainda. — Sai para chamar a mulher no quarto. Ela está envergonhada, ele retorna só com o neném.

Madalena se encanta, toma-a a embalar. Muito emocionada, quer chorar e o faz junto com a pequerrucha, ainda de cueiro.

Depois que toma o café com broa de fubá que Saulo se gaba de ter sido ele quem fez, pede para ir dormir. Então deita no quarto que fora dela antes da avó morrer. Quando acorda, já deve ser umas onze horas, o feijão com arroz, abóbora, carne frita, molho de cebolinha e farinha de fubá torrado já estão fumegando na beira da chapa.

—Misericórdia. Era tudo que eu queria achar pronto.

Fica conhecendo a cunhada, linda, mas enrolada na vergonha. Madalena perde pouco tempo com isso e quer saber do irmão que ficou para trás, Paulo.

— Esperto pra danar. Virou professor junto com nossa mãe. As turmas aumentaram demais. Tem escola noturna, os velhos estão todos lendo. Acredita que outro dia ele afinou um piano com água nas garrafas que deu para tocar o Hino Nacional? Esse rádio que o tio deixou aí já pega não sei quantas estações, de tanto ele ficar espichando antena e sintonizando. Só gosta de mexer com essas coisas. Roçado, o pesado ele não pega.

Madalena pensa como seria importante esse irmão continuar nos estudos. Cala e se avexa. Assim pensando, sai pelo terreiro, com cuidado para não escorregar, e entra no paiol. Ele está sombrio, porém tudo como deixou. Avança-se a pegar o dicionário. Passa a mão sobre ele e o traz junto ao peito, oferecendo a ele seu novo vocabulário. Sai para não se ater a mais nada e o guarda na valise para garantir que a acompanhará na volta à capital. Resolve por dormir mais. Quando acorda, o silêncio é uma caixa de música cujas notas acendem e tocam. Resolve abrir a janela e o céu está de estrelas, o mesmo. O ar é doce como um favo de mel. Ela se inspira e expira. Põe os olhos a desvendar seu mundo criado e vivido. Depois de tudo se assentar em seu corpo, abre a janela de sua alma. Sente um arrepio e para si mesma diz:

— Como cresci.

Então, ela se olha com seriedade e aceita que quer olhar para o lado do colégio, para onde o ribeirão escorre e onde o desejo a instiga. A estiagem esfria suas virtudes impostas, desanuvia seus olhos. Olha para os aposentos do Bispo. Portas e janelas fechadas, o caminho apagado por chuvas, lamas e matos. A escada farfalhada pelo vento. Lá está apagado, o Bispo não espera por ela. Segue sua vontade de viver aquela aventura de fazer-se invisível e estar com ele, sente saudades. No escuro, a visão vai se clareando. "*Primeira estrela que eu vejo*", vagalume vem, seus grilos, seus sapos, seu silêncio sonoro. O amor açoitando. Porém, ralha com o céu, com a terra, consigo, desde o princípio ao que há de vir, para coibir do Amor sua atuação carnal. Olha onde avista o quarto do Bispo. Todo brilho absorvido da escuridão se apaga. Escuro total. A noite se turva, o frio aperta e não há coberta que a faça dormir. Chuva cai, importuna. Ela pensa em Maurício, com quem namora, que lhe declara o amor, que deita com ela em carinhos e paciência por não obter dela entrega, sempre presa a uma fidelidade tola.

Levanta-se da cama assim que percebe que o irmão o fez:

— Paulo está nos cálculos de estudar, sabendo que está para sair ginásio para Abecedê. Dizem que falta pouco. Esse irmão deputado do Bispo está trabalhando para isto. Vai ser noturno, usando o grupo escolar enquanto não construírem prédio. Paulo já planeja vir a cavalo todo final de dia, dormir aqui em casa e levantar de madrugada para voltar pra roça e lecionar lá — diz o irmão, reacendendo o fogo para o novo café da manhã.

— Mas isto é coisa pra já? — interrompe Madalena.

— É o que falam. O Bispo viajou numa comitiva de prefeito, não sei quem mais, pra capital, por conta dessas arrumações com o Deputado.

Madalena sente um choque na escadeira que descarrega em sua bexiga, dando-lhe urgência de vazar seu desengano. "*Ele lá na capital.*

Será que nos sonda? Ou O Pai atendeu às suas súplicas e afastou dele esse cálice?" Volta do quintal e irrompe em choro. O irmão se assusta e busca imaginar o que possa ter causado isso. Acha-se de calar. O café fica pronto, ele entrega a ela a caneca quente. Senta-se ao lado, angustiado, imaginando o que possa fazer chorar uma pessoa tão audaz. Não vê no que possa tê-la incomodado.

Madalena vem se reconhecendo assim, mas ainda não mudou: quando se magoa, troca por raiva. Então, retoma a questão da máquina de costura. "*Essas freiras sovinas! Cheguei. Vim. Estou aqui. Vou pegar a minha máquina de costura.*" Embroma com o irmão seu empenho em estar ali e diz que vai dar uma volta.

A cidade nova está tão feia. As paredes brancas daquelas casas de alvenaria ganharam um barrado de chuva enlameada. Mato alastrou entre os bloquetes da avenida. As perucas ruivas e cacheadas como eram os telhados estão esverdeadas de lodo. Cachorros amuados nas portas. Só vê defeito na cidade que fora arquitetada com tanto esmero. Não olha para a farmácia do avô por medo de contrair uma pneumonia, mas entra em depressão. Então, vira para as bandas da cidade velha querendo se perceber e criar coragem, emparelhando-se com sua terra natal. Os pingos de chuva miçangando nas folhas das bananeiras revigoram sua naturalidade. As andorinhas saem da torre da igreja e vêm até ela mostrando reconciliação.

— Queridos passarinhos, eu agradeço.

Fala porque sempre lembra que seu pai tirou delas o sossego do ninho numa certa madrugada, amarrando o bode pelo rabo na corda do sino, mas desdenha: "*Isso já virou cinzas. Que padre Ni não me assombre, o mordomo do pecado. Que não me apareça dona Ção, a guardiã da culpa.*" Ninguém na rua. Rua Velha, é como distinguem a cidade que já existia antes da cidade nova. As placas com os nomes das ruas estão lá, mesmo que tenham colocado por baixo as de ferro em azul e branco como as da cidade nova. Agora é que Madalena tem tempo para revê-las e compará-las. Senta-se na grande pedra debaixo do bambuzal. Olha em direção à casa de Duda. Pensa que bem que poderia ir lá e ver a tia. Chegar gritando "ei de casa" e ouvir a resposta "ei de fora, quem tá aí pode ir embora", encerrando a brincadeira com risos e abraços. Depois sentar com Duda no quarto e olharem-se safadamente mostrando que agora sabem que aquela sensação que experimentavam no alto da goiabeira quando surravam suas mãos nas partes íntimas uma da outra e no galho era a floração na natureza delas. "*Será que ela anda gozando disto? Terá se casado, tido filhos, está feliz? Casar será bom?*" Mas não vai, saindo de ruas antigas e entrando em ruelas novas, periféricas, chegando na gruta.

Escuta que a chamam pelo nome próprio: mula sem cabeça. Mesmo sabendo que é um bambu roçando no outro, tem um arrepio que também pode ser provocado pela sombra úmida do bambuzal. Foge dali protegendo sua criança interior, retorna ao largo e relembra a festa do folclore. "*Aqui foi representada 'A mula sem cabeça'. Neste agosto, na festa do folclore, vou fazer este teatro com meus alunos.*" Sente-se aquecida na lembrança feliz de si mesma com a consciência de quem é hoje. Olha a igreja de suas tantas penitências. Acha-se de ir lá rezar. Diante das rosas vermelhas dos braços de Santa Terezinha do Menino Jesus, agradece e sente ternura. Mas muda logo o olhar quando vê a caveira ao lado de São Vicente. Lembra-se de padre Ni sentenciando "És pó e ao pó voltarás", porém se refaz com a ideia de onde encontrar uma caveira para sua sala de aula. "*Um esqueleto.*" Ao pensar em esqueleto, lembra da história de Danu, a bonequinha de pano e as caveiras soltando fogo. Sai dali apressada: "*Vou pra casa fazer minha boneca, costurando-a com agulha e linha, bordando os olhinhos dela, a boca e o nariz, fazendo o vestido e os sapatinhos. Cabelos assim como os meus de hoje.*" Enjeita pensar na máquina de costura. Quer costurar à mão.

Enquanto enche o corpo da boneca com o algodão que vai tirando ali do pé, constata que o quanto sabe da vida fora apreendido naquele quintal.

O irmão grita por ela, chamando para o almoço. Vê a boneca e diz:

— Fez um presente para levar para Zuzu?

— Pode até ser que ela brinque com ela, mas foi feita para mim.

E logo se empolga em fazer mais duas bonecas, uma nomeada Lili e outra que levará para Zuzu escolher o nome. Tanto relaxa que dorme depois de almoçar.

Acaba de tirar a soneca, abre a janela e dá de cara com Sô Serafim, pai de Assunção, avô de Duda. Sai para saudá-lo. De cima do cavalo ele olha espevitado e pergunta:

— Isto é a neta de Donana, filha de Mestra Vanda?

— Perfeitamente, tio.

— Mas é a cara de sua mãe. Dê uma chegadinha lá em casa. Duda está lá, passando o resguardo. — Ri feliz sob seu chapéu de couro, banguela na boca.

Madalena não quer ir. Quer comprometer-se com sua intenção de estar pisando em Abecedê. Mas sente que suas forças estão minadas. Sai sem planejamento e vai firme em direção ao orfanato, pensando em não olhar lá dentro para não ver as crianças que não a reconheceriam nem ela conhecer os novatos. Interessa-lhe apenas recuperar para si a máquina de costura. Mas quando vai virar o bambuzal, transpor a ponte e chegar na cidade nova à casa do orfanato, uma decisão desvia seus passos. Vai à delegacia, onde entra austera, dignificando o reverente atendimento que recebe. Registra a queixa ao Delegado até o ponto em que a máquina fora negada a ela quando mandou buscá-la. E que agora, tendo vindo pessoalmente, solicita que seja expedido mandato de busca e apreensão da máquina e que seja levada para a Casa da Ponte, onde é o lugar dela. Entre crer numa freira ou nessa beldade à sua frente, o Delegado pede ao Juiz de Paz, que tem sala ao lado da sua, que busque o soldado Martinho em casa, onde cumpre seus plantões, para cumprir o mandato.

Vai para casa amargurada. Pensa que poderia estar indo ao colégio onde estudou tantos anos, em suas ótimas mestras, mas sente que se fez inimiga. Imagina que, se fosse no tempo de irmã Irani, estaria ela falando: "*Tá vendo, ma soeur, que baixeza da protegida de uns aí?*" Irmã Inês respondendo: "*Mas, ma soeur, ela era dona da máquina.*" "*Tinha que entregar era nada. Ficasse pagando o que ela e a turma dela comiam de graça às nossas custas.*" "Coitados!" "*ma soeur, a senhora é muito inocente, ma soeur. Lembra o que passou o Bispo? Coitado. Sofreu para se livrar dela.*" O que ocorreu, na verdade, foi que irmã Tereza mandou ordens vindas do padre Henrique, para as duas freiras encarregadas da creche acompanharem o soldado e cumprirem a intimação.

Madalena está com as mãos geladas, esquentando-as na boca da fornalha, pensando: "*Como a gente cria histórias para nos atormentar.*" Ouvem gritar lá fora o soldado, saltando da carroça em que chegou. Saulo e ele colocam a máquina no alpendre.

Saulo convida-o para um café. Ele aceita esfregando as mãos de satisfação e dirige-se à Madalena:

— Eu não posso deixar de falar com a senhora, porque eu sei que a senhora é filha de minha melhor professora. Dona Madalena, nome da minha avó. Aonde a senhora quer que eu deixe a máquina?

— Melhor. Pode ser no quarto de fora, Saulo? Veja com Saulo. Arruma lá.

Ela aproveita da espontaneidade para satisfazer uma curiosidade:

— Sá Antoninha e Etelvina ainda moram aqui?

— Sim. Quiseram levá-las para a terra delas lá, junto de parentes, mas Sá Antoninha quis ficar para ser enterrada junto do filho. Melhor, né, dona... Elas estão que nem Matusalém, mas ainda fazem enxoval de neném e servem mingau. Com o Nonô descabeciado desde a morte do padre Ni, padre Henrique cuida delas e dele e passam bem. Vão levando.

— E o armazém?

— Senhor Anízio toma conta, mas não é cobrado nada de ninguém.

— E Dina, Lina e Tina?

— Vivem ali naquela fartura, plantando horta e flores, que distribuem a quem procura. Ali é um socialismo só. Cuidam da igreja, mas as roupas dos padres são lavadas na lavanderia da catedral.

Deixa os dois assim, satisfeita com o bom emprego da palavra "socialismo". Sai pela porta da cozinha. *"Não quero esta máquina comigo."* Cai num choro, cujas lágrimas lhe saem do obscuro. Após despachar o soldado, o irmão vai ao encontro dela, amassando lama na beira do ribeirão:

— Mas, ô mana, o que lhe aflige desta maneira?

— Essa chuvarada que não me deixa ir ver nossa mãe.

— Parece que agora estiou. Quando é assim, o tempo melhora. Quer ir na garupa? Eu levo.

— Posso ir cavalgando sozinha, não?

— Se quer, eu arreio o cavalo.

— Pois, pode. — Abre a janela e veste a calça comprida por baixo da saia. Quer sair e é agora. Enche o alforje.

O cavalo já estava mesmo preso, por falta de pasto seco.

— Melhor almoçar primeiro.

— Só se for para lançar fora com o trote.

Ela chora, chora convulsivamente. É muita coisa que encabeça esse choro. Ele busca uma água do pote.

— Fique com essa máquina. É bom que essas coisas permaneçam na casa — diz Madalena.

— Maninha, fico agradecido, e nossos antepassados estarão vivificados. Pensei aqui agora em pôr o nome na fiotinha de Ana, que acha? Você será a madrinha, aceita?

— Agradeço, mas não aceito. Pense em dar a ela uma madrinha e um padrinho como os que eu tive. Desejo a ela essa boa sorte. Quando eu voltar lá da mãe, vou ensinar a Tânia a pedalar a máquina. Podemos aproveitar os panos que aí tem e embainhar fraldas e cueiros para Ana.

Todos riem, ela enxuga as lágrimas, bebe mais água e monta. Mas decide apear, tanto por não se ver preparada como por sentir enorme desejo de continuar pisando na terra.

Ele resolve que devem esperar pelo almoço e sair depois, ele indo a cavalo ao encalço. Nesse meio tempo, ela busca por panos nas caixas, molha os que deverão ser cortados e embainhados, e Saulo desembola o almoço com Taninha enquanto conversam:

— Saulo, quem é o marido de Madalena, o pai dos filhos dela?

— Se minha mãe se calou a este respeito, não está aqui quem vai se atrever.

Reina um profundo silêncio que preenche a ambos, que os faz esquecer Madalena.

Pegando a estrada, quando sobem a Serrinha do dragão, Saulo decide que irá a galope até a casa da mãe e pedirá a Paulo que venha ao encontro dela, talvez lhe dar garupa, pois o trecho é grande.

— Jura que não terá medo e acertará o caminho? — pergunta Saulo.

— Creio que sim — Madalena responde, buscando no bolso, instintivamente, a boneca.

Aí, vem-lhe à lembrança a história da caveira que Zefina contava e que lhe dava muito medo. Mas, como na história, a boneca em seu bolso lhe diz: "*Não tenha medo, menina. Em qualquer encruzilhada, é só me perguntar pra que lado seguir.*" "*Danuzinha, por que só as mulheres perguntam?*" — pergunta, apertando a boneca no bolso. "*Porque só as mulheres perguntam. Se quer zerar, pergunte que mãe você quer encontrar e ser.*"

Quando vê que já andou muito, Madalena se volta e olha a cidade, a velha que se mantém verdadeira na tabatinga e na peroba e a nova que invade o morro da tartaruga com cimento e cal. A torre da igreja velha parece-lhe que chega ao céu. A torre da catedral não o alcança. Voltando a caminhar, pensa: "*Que me importa lá?*" Ouve o relógio batendo as seis horas. Pega a caveira que encontra na porta do cemitério com o porrete que lhe servia de bengala.

Nisso, aparece Paulo a cavalo, vindo encontrar-se com ela.

— Que tocha de fogo é essa, mana? Ficou com medo de escurecer?

Ao montar, nem se lembrava do que carregava. Chegaram junto ao poente. O terreiro já estava varrido e faíscas subiram do pequeno monte de cinzas que se formou com a junção da caveira e o lixo ali encontrado.

"É agora. Mãe com mãe. Noves-fora-zero para o infinito." A mãe aparece de banho tomado, com vestido novo, na porta da casa nova. Tão linda a reinar no largo de sua escola. Na parede sobre a tabatinga, o barro vermelho bordou flores e deixou escrito "Escola Primária Mestra Júlia".

Mestra Vanda está tão feliz em mostrar sua escola e quer orientações de uma professora.

— Como vai o senhor, seu Ciro. Ei, Vitório, como está grande! Bença, mamãe!

— 'Çoe! — com sorriso largo.

Mostram a casa que construíram com o dinheiro do colchão de Donana. Compraram o terreno englobando o paiol. Esse permanece no alto da escadinha de sete degraus. Na casa, a sala de fora, como se diz, com duas janelas que foram abertas ao sol. Por elas avista-se o verde que esmera. Na cozinha, fornalha com bom fogo. A mesa ladeia a parede junto a um banco, depois rodeada de tamboretes. Pede água, tirada do pote. Ciro teria ido ao guarda-louça da sala buscar copo de vidro, se não fosse, num "pelo amor de Deus", preferir o coité. Engole junto, lágrimas. Os olhos de Vitório vidram pela irmã conforme alegra sua mãe e seu pai. Os dois manos estão lá fora desarreando o cavalo enquanto proseiam.

Saulo entra pegando uma caneca de café e fala animado:

— Maninha, a casa não está linda? Foi levantada aqui no muque. Mutirão. Todo mundo ajudando, não deu um ano para terminar. Viu? Duas salas de aula.

— E tem mais professora? — Madalena pergunta. Vanda sorri, e Paulo responde, debruçado na janela pelo lado de fora:

— Aqui, se um já sabe o beabá, já vira professor. Até nas casas dos outros a gente entra pra ajudar eles a fazer contas de soma de balaios de colheita vezes os preços, ou divisão, subtração. Fração é difícil. Aquele negócio de denominador comum e de regra de três também é só no caderno.

Todos riem, mas Paulo explica:

— Os que têm contas grandes pra fazer, problema de muito desafio ou leitura mais silenciosa vão pra outra sala. Mas decorar poesia, estudar pontos de geografia e ciências, nomes de países ou de ossos, essas coisas, ficam todos na mesma sala, cada qual no seu ritmo. Andam pelo terreiro e quintal falando sozinhos, ou um tomando o ponto do outro, a tabuada... Até eu vivo de ensinar. Saulo também já era professor quando saiu daqui. Tinha turma de adultos à noite, mas eram poucos alunos. Por aqui todo mundo sabe ler e fazer conta. É tradição. Desde nossos antepassados, isso foi cuidado.

— E material, livros?

— Uns vão passando para os outros. Os ditados, as cópias, aproveita-se tudo quanto é papel, e tem mulher aí que costura e faz livros. Os almanaques chegam. Mamãe fez livros das poesias que trazia de cor, que todos têm. Hinos e músicas, todos têm na cabeça e no caderno. Mas é uma labuta.

Saulo, inquieto, mexendo aqui e acolá, diz orgulhoso da mãe que todos que foram fazer exame com a inspetora para tirar o diploma passaram. Madalena sente uma pontada no peito, sem saber de que sentimento.

Quer tempo para conferir, mas o momento presente é intocável. Compara a precariedade material da vida escolar daqui com a que conhece na capital, mesmo na comparação da escola pública com a privada, e sente que a riqueza que é gerada na busca e no encontro dentro de uma escola é sempre a mesma missa. A escola é o templo diplomático onde é bom que toda pessoa seja batizada. Ser professor é sacerdócio. Recitar, declamar, compor, aritmética, fração, com o recurso da poesia, sem opressão ou manipulação. Vanda aponta para a igreja e diz:

— Aqui é assim, lá é consagrado.

Ciro fala:

— Abecedê já é rico com exploração de jazidas e comércio de quase tudo. Vai precisar de gente preparada. É dar uma sacudidela nos padres e nesses políticos que vêm buscar fiéis e votos. Até agora foi só colégio pra quem tem como pagar. Fica aí essa meninada parada no primeiro diploma ou tem que ir embora daqui se quiser aprender mais formatura.

Vanda anuvia-se, mexendo nos cabelos de Vitório, como a lhe catar piolho. Mas aterra, surpresa por não se lembrar de quando ouvira dela falar "mamãe":

— Mamãe, você é minha mestra. Tirei o que sei dos compêndios e de tudo mais que a senhora deixou no paiol. O quintal foi a escola que frequentei, e a máquina de costura...

Ciro, puxando o tição de lenha, dá um grito para dizer que os mangaritos queimam no borralho. Com canecas na mão, caminham para a sala de fora, a verem os lírios abertos nos vasos dos cantos e as samambaias saltando das paredes. Entre eles, dependurados, um quadro de foto da avó e outro com o poema "Conta e Tempo", de frei Antônio das Chagas, recortado do Almanaque Fontoura. Assenta na cadeira de palhinha apreciando como sua mãe é linda, como o lar deles é formoso. Vê uns sete rapazotes entrando na escola. Pergunta:

— Mas não é tempo de férias?

— São os que estão se preparando para a prova de admissão ao ginásio. A inspetora já passou aqui, conferiu-lhes o diploma.

Paulo passa por eles na sala, completando:

— Vamos para o ginásio lá, se ele for autorizado mesmo pelo estado. A escola daqui vai virar Escola Anexa ao Grupo de Abecedê. Tem uma normalista filha do fazendeiro Arthur que vai tomar posse para ser professora do quarto ano e assinar os diplomas. Mamãe continua com as outras turmas, e eu fui autorizado a lecionar com ela. Eu estou muito feliz por isso, mas mamãe está muito nervosa. Nós vamos ser contratados e ganhar salário. Mais que isso, eu estou achando lecionar ser o maior dos valores.

Amorosamente os dois se abraçam.

Madalena compreende a frustração que afeta a mãe pela invasão, pela superação, mas diz:

— Mamãe, quanta notícia boa!

— É, mas, eu, nós, leigas, vamos acabar suplantadas. O mesmo com as parteiras. Olha dindinha Zefina e você na maternidade. Saíram com uma mão na frente e outra atrás, tão logo chegaram as freiras formadas. E ainda saíram carregando uma meninada de apego, acabo sabendo. Adotaram? Você me dá alguma notícia? — a mãe fala, sem olhar para a filha.

— Adotamos. Tio Vando, pai dos quatro, e eu dois, porque o de sete anos é meu mesmo, e a caçula de três anos também.

Vanda, sufocada para chorar, pergunta:

— Mamãe soube?

— Do primeiro, na hora de morrer.

Não desengasgaram mais. Ficaram engolindo as lágrimas por um bom tempo. Ciro, que adiantava a janta, ao perceber o imbróglio, sugere:

— Não querem dar uma passadinha na igreja? Porque depois de jantar é violão no tio Tavico. Ele já está sabendo.

O dia amanhece estiado e bonito. Madalena arruma uma boa bagagem para a volta, contendo manga, paçoca de amendoim, linguiça, café torrado e socado no pilão. Paulo aparece a tempo de ajudar a fazer o cargueiro.

Tudo pronto, hora de despedida, Vanda não está por perto. Madalena a encontra no quarto, sentada na cama, arrumando o cabelo de uma boneca de pano. Entrega-a à Madalena, dizendo:

— Leva-a à minha neta e ponha nela a minha bênção e aos meninos também.

Esta boneca foi para a bagagem, certa de que Danu é sua. Vem pela estrada escutando-a contar a saga das mulheres de sua linhagem que criaram seus filhos só com o Pai do Céu. Assim foi Nossa Senhora, assim foi Danu, e, do que chegou a seu tempo, sua avó Ana, Vanda e ela. Porém Vanda torna-se maternal quando um homem a livrou de expiação. Assim Madalena pensa em Maurício, em todo seu amor com a reverência a seu ser mulher, já que o "espírito santo" ficou no altar. Danuzinha saltita em seu bolso.

Graduação

Maurício espera por ela na rodoviária, pensando ajudá-la a carregar a bagagem. Ela não diz nada do que se passou. Só pergunta, diante do vazio:

— Ainda estão abertas as inscrições para o concurso de vestibular?

— Sim.

— Você ainda tem suas apostilas?

— Não, mas não é difícil consegui-las.

À noite, no Diretório Acadêmico, comendo bananinha frita de tira-gosto que Madalena traz, Rita se atreve a perguntar, quase afirmando, ao ver a inteireza na postura de Madalena:

— Trouxe a máquina?

— Que máquina, menina? Perdi o fio da meada. Agora é comprar pronto.

— Ô, burguesinha, consumista. — Dá risada.

— E você, falsa comunista? Por acaso fabrica sua cerveja?

— Priorizo a maconha, a cachaça, a feira *hippie*. Faço o que posso. Vivo num mundo capitalista, mas tento andar na contramão abrindo a cabeça de alienados. Olhe aí você, dando aula em escola de ricos para ganhar mais.

— Eu sou filha de quem transmite o que sabe, só porque o outro quer aprender. E você que entende que democracia só tem uma mão? E que liberdade é deitar tanto com homem quanto com mulher?

— Deito mesmo. Começo por aí. O prazer é meu, transo com quem me atrai. Não sou cabo da tradição, família e propriedade.

— E eu, por acaso, sou?

— Mas protege os pedófilos da igreja.

"*Que mixórdia*", diria Zefina, enquanto Madalena avança em Rita, pelos cabelos. Os rapazes já haviam largado os copos de cerveja, pois sabiam que este papo engrossaria. As demais companheiras permanecem sentadas, de pernas cruzadas, tentando não se envolver. George abraça Rita por trás e Maurício arruma os cabelos de Madalena, aproveitando para beijá-la, o que queria fazer, matando saudades e esquecendo o ciúme de sabê-la em sua terra natal, sabe-se lá como, se encontrando com o passado. Ficam os dois casais, assim em namoro, no mais escuro do terraço, onde sempre se reúnem para assar uma carne, beber, fumar e debulhar suas teorias sobre a política, face ao que se lê nos jornais subversivos e livros censurados pelo militarismo. Acaba que cada uma vai dormir no quarto de seus defensores, ali na república.

É de manhã, e Rita, que já tem mais familiaridade na casa, faz o café. Maurício puxa Madalena, que se desliza timidamente da cama. Quando aparecem na cozinha, Rita vai logo a abraçando e dizendo:

— É isto que os milicos querem. Quanto mais nos segregarmos, melhor. Jamais vamos deixar esses fascistas, repressores, nos fragmentarem. Eles querem a acumulação do capital nas mãos da minoria à custa do povo. Você é guerrilheira, Madalena. Vamos para Abecedê?

Madalena sente um arrepio pungente. Abecedê tem o rio. E rio tem margem. E nas margens Madalena pode comunicar com seu ser, que é o cruzamento do céu com a terra e da direita com a esquerda em direção ao mar. A direita é o que está de um lado, a esquerda é o outro, mas o rio que corre passa no meio, igualmente, para todos.

— Rita, imagina todos dentro do mesmo barco. Do lado direito sentam os que detêm o capital, os que exercem o poder; do lado esquerdo sentam os trabalhadores e os que sustentam de toda forma esse lado direito. Em equilíbrio.

— Não, senhora. Não me venha com esse papo alienado. A direita usurpa o poder e domina o povo. Temos que pôr muito, muito peso para não afundarmos, mas equilibrar a balança não vai ser hoje como não foi ontem.

— Mas, se não equilibrar, afunda todo mundo.

— Pois é! E o povo não pode se afundar, ou melhor, o povo tem que lutar é para poder se manter vivo e com isto salvar a direita também. O que temos que fazer é buscar diminuir o peso da direita.

— Mas como?

— Assim, nos unindo, nos informando e, no possível, manifestando e enfrentando. Lutando para termos o direito de votar. Como eles conhecem e até promovem a falta de visão do povo, engambela-o com futebol, festivais de canções fabricadas para dizer que está tudo bem, proibindo o debate nas escolas, usando da religião. Os jornais, rádios, escolas, fazem a cabeça do povo que se acomoda. O pior é a repressão e a tortura.

Ainda é férias, Rita enche Madalena de publicações revolucionárias, motivando-a à leitura. São papéis transportados por debaixo da roupa, são conversas em porões, sussurradas. Toda noite Madalena está com a turma, seja onde for, buscada em casa por Maurício, que tem a simpatia de Zefina, Vando e das crianças. Zuzu chega a ir no colo dele enquanto os meninos trocam charadas e parlendas com ele. Madalena está decidida que ele é o companheiro a ser seu par, mesmo que doa no coração o desprezo do Bispo. Quer esquecer esse passado, mas a outro relacionamento amoroso não consegue se entregar. Experimenta no profundo de seu ser o sentimento como de traição, ela traindo a si mesma. Sem contar pra ninguém, discute consigo a improcedência dessa irracionalidade. "*Mas não é correto amar a seu estuprador, a pedófilo, amar abusos sexuais praticados por clérigos, a abusadores da fé.*" A faculdade lhe favorece leituras e seminários. Muito lê, muito ouve, consegue debater. Mas há um segredo com ela, dela com ela mesma. Acompanha os filhos na atenção e educação, com apoio da madrinha e do padrinho e do companheirismo e apoio paterno que Maurício oferece. Vai indo tudo caminhando para adaptações à nova consciência, mas não consegue "fazer amor". *"Fazer?"* — se pergunta.

Engajada. Esta é a posição de Madalena, além de estar casada — acasalada — com Maurício, organizados em família, pagando casa própria, encaminhando os filhos a cursos técnicos e com Zuzu frequentando espaços de artes. Adapta-se aos costumes de vestir, sem deixar que a calça esporte domine sobre as saias farfalhantes que ela mesma confecciona. Deixa que os cabelos se encaracolem, assim como as ideias, os aprendizados, as transformações. Zefina continua no apoio de sempre à família e mantém o fornecimento de bananinhas fritas. Tio Vando continua no mesmo aluguel, trabalha fichado no mercado, mantém o comércio do sacolão e preenche suas horas com esculturas em madeira, vendidas lá mesmo. Lalico tem seu emprego, frequenta faculdade e mora em república.

O asfalto está onde queria que fosse seu ribeirão, mas, mesmo assim, Madalena não deixa de olhar estrelas, ouvir o vento e sonhar.

Madalena está descendo as escadas do prédio da faculdade, cheia de satisfação com o sucesso do trabalho de pesquisa que acaba de apresentar, encontra um homem à sua espera que lhe sorri. Ela reconhece ser o Bispo, à paisana. Tem uma emoção de bambear as pernas. Ele diz:

— Minha amada, concorda em me acompanhar, receber-me em sua casa?

Ela não diz nada, apenas sorri para ele como ele para ela. Saem andando com as pernas bambas. Calados. Ele abre a porta de um carro. Mostra para que ela entre. Ele se senta ao volante e dirige. Ela nunca havia visto aquilo. Em casa, ele entra primeiro que ela e sobe as escadas com ela acompanhando. Têm a primeira noite de amor de corpo inteiro, de noite inteira, choram e riem.

Bem cedo ele lhe diz baixinho:

— *Volto a lhe buscar hoje.*

Zefina diz:

— Até uma hora dessas com a luz acesa, moça?

Ela vai pra cama, abraça Maurício por trás, tentando recuperar o sonho perdido.

Neste dia, com gritos de guerra saindo de megafones de um caminhão, os alunos da faculdade estão sendo convocados por militantes do Diretório Acadêmico a não entrarem para as salas de aula e se reunirem na frente da escadaria. Madalena vibra de emoção por ver a manifestação caminhar até sua escola, onde quase não se fala de política. A militância que ela exerce é sempre junto ao grupo que a politiza. Mas ali, neste momento, sente-se empoderada. Conhece o discurso, afina-se com ele e, quando dá por fé, inscreve-se e sobe no caminhão, pega o microfone para apresentar sua retórica com a repetição de tudo que vem sendo dito, mas com a eloquência sedutora. As ideias sobre imperialismo, distribuição de renda, indígenas, sem-terra, quilombos, minorias, a necessidade da organização de sindicatos, foram ali soltas ao vento como pombas na torre da igreja. Aplausos, aclamações, cumprimentos. Ao descer dali trêmula, confere que ninguém do seu grupo de militância está presente. Isso a conforta. Mas, entre um e outro que a cumprimenta, apresenta-se uma pessoa, de idade a mais que a sua, magra, cabelos acima dos ombros, de saia justa ao meio da canela, camiseta, bolsa tiracolo em brim. O sorriso aberto é inepto em um rosto que parece conhecido. Pelos dentes meio encavalados reconhece. Mas não pode ser. Talvez parecida, semelhante, parenta. É ela. E é ela quem diz:

— É isto mesmo. Irmã Irani. — Sorri descontraída. — Você, certamente, foi mais fácil ser reconhecida. Voltei com meu nome original: Lígia. Essa é minha companheira: Marta.

Ali as três, com sorrisos circunspectos, vão se atenuando. Lígia, olhando-a de cima a baixo, comenta:

— Você falou muito bem hoje.

E, olhando para Marta, apresenta:

— Esta foi minha aluna no colégio interno. Madalena era uma líder.

Outras pessoas desfazem o trio e Lígia já vai pondo em um pedaço de papel o endereço que lhe entrega, dizendo:

— Vá lá em casa tomar um café. Ou melhor, estou na pós-graduação. Podemos nos encontrar na cantina.

— Ótimo.

— Amanhã?

— Perfeito.

Madalena fica remoendo o sonho que tivera com o Bispo e relaciona-o a esse encontro. Nada comenta em casa. Observa-se desapegada de irmã Irani, porém, constata em seu coração que outras lembranças ressurgem, as gravidezes abafadas, por exemplo. Fica nervosa, chega a pensar em não ir ao encontro dela, mas percebe que este é outro capítulo da vida. Filmes já rodaram, outras montagens. Depois que a luz acende, comem-se pipocas. Os artistas acertam os cachês, ensaiam outras cenas até estarem convencidos dela. Quem vai pagar a conta de toda montagem? Tudo tem um preço. O capitalismo quer ter quem o sustente. O comunismo quer que a conta seja dividida.

— Então, Madalena, você já faz qual período?

— O último de Pedagogia.

— Está gostando?

— É a minha natureza, ser professora. Trabalho no colégio particular à tarde e estou licenciada do estado onde tenho turmas pela manhã. Agora vou me concursar à supervisão. E você?

Ficam ali histórias trocadas até o final de uma coxinha com suco de laranja e um café. Lígia deixa saber que seu pai, pouco antes de morrer, fez uma viagem na Europa com os filhos, todos muito alegres. No Vaticano, Lígia fora empurrada para mais perto de um Cardeal que os recebia e o pai disse: "Confesse a ele que deseja deixar o Hábito e peça-lhe a permissão." Entre risadagem, o Cardeal abençoou a todos. Ao sair, Lígia perguntou ao pai o que deu nele de falar aquilo, ele disse que não sabia o que deu nele, mas que seria uma boa ideia ela formalizar esse pedido junto à Ordem, tão logo voltassem para casa. Brincaram tanto com essa questão que o irmão e a irmã dela não perdiam uma oportunidade de indicar-lhe uma roupa de moça, e ela passou a usá-las durante a viagem. Mas ainda se achava falsa com elas. Queria mesmo era calça esporte e camisas. Formalizou o processo de desligamento da ordem religiosa, passou a morar no apartamento deixado de herança pelo pai, entrou para a faculdade, encontrou a companheira, trabalham, as duas juntas, no setor jurídico de um grande colégio.

— Aluno é muito complexo. Professorado também. Quer ir trabalhar conosco? Temos vagas. Com crianças, principalmente. Você tem aptidão especial.

Madalena sai dali sentindo-se como sendo ela uma tachada de sabão borbulhando no fogo. O que perfuma esse sabão e a refresca são as notícias de Sauvelina. Lígia contou que soube que ela fez curso de jornalismo, casou-se com um jornalista francês com quem teve duas filhas. Mudaram-se para a França, às pressas, por perseguição política, segundo o que leu nos jornais.

A cidade está muito barulhenta, cheira a pólvora. Não vai para casa. Pensa encontrar Maurício e seu grupo na Casa dos Jornalistas, por intuição. Encontra mesmo. Não só ele: vários companheiros, e ainda tem a sorte de conversar com um jornalista que conheceu Guilhaume, marido de Sauvelina. Sente-se próxima a ela, pelo menos em perspectiva. De repente, homens fardados empurram pra que entrem, depois para que desçam, acontecem gritos e bombas. Lá no porão, Madalena não encontra nenhum de seus companheiros. Passou a noite nesta confusão, sem poder saber direito o que está acontecendo. Há o medo em falar. Quando amanhece, corre a informação de que podem sair, em fila, fichados. Chegando em casa, Madalena encontra Maurício aflito, com um companheiro líder dos camponeses na sala, pedindo silêncio.

Estão aflitos. Maurício sussurra:

— Companheiros presos, companheiros escondidos, companheiros sumidos. Os quartos daqui de casa estão lotados. Até no sacolão do tio foram esconder. George os levou para lá. Rita vai tentar trazer o bispo para cá.

— Que bispo, você está doido?

Não teve tempo de explicar: a porta abre devagar, para ter silêncio. Aparece Rita introduzindo um senhor magro, de pele avermelhada, de batina, depois uma senhora de roupas comportadas, mais uma mulher sertaneja, mais três homens camponeses. Estão muito tristes, porque tiveram companheiros mortos por intolerância da polícia, que, obedecendo a comandos superiores, investiu contra eles em resposta à investida corajosa de tentativa de legalização de posse de terra já ocupada por eles em terras devolutas. Foram banidos, pisoteados por cavalos, intoxicados por gases. Vários grupos militantes de estudantes que estavam presentes dando-lhes apoio também sofreram os mesmos atentados, houve prisões e mortes.

Os camponeses vindos de longe vão ter que voltar, sem aglomeração. Reuniões foram marcadas no barracão dos fundos do sacolão do tio Vando. Muito perigo ronda, pois querem a todo custo eliminar qualquer iniciativa que beire a reforma agrária, coisa denominada de comunismo para ter apoio dos menos informados que acreditam nisso. Acreditam que devam rezar, exorcizá-lo. Mas na casa de Madalena e Maurício é outra igreja, o santo é de barro e o capeta faz questão de sê-lo.

A pauta muda nesse grupo de militantes: catedral e colégio construídos pelo povo, colégio para elite, ginásio com alunos adolescentes, inclusive, criado para funcionar à noite, por falta de instalações. O Deputado ser irmão do Bispo. Celibato, abuso sexual de menores por clérigos, filhos não reconhecidos, é assunto que inflama. Contratam teóricos, práticos, autores de livros e palestrantes para estarem com eles em auditórios de sindicatos, espaços públicos, quando sempre sobra uma coronhada em alguém, o que valoriza o feito dos manifestantes e os desmandos repressores. Madalena, que sempre guardou suas histórias nas páginas escritas em sua cabeça e impressas em seu peito, agora as vê como estudo de casos, em público. Uma revolução puxa de seu caso o fio que emenda com Política, Filosofia, Psicologia, Sociologia. Ela ali mantém-se como uma ilustre desconhecida, engajada.

Maurício e Madalena, sempre que saem de uma manifestação — ou deitados no quarto do apartamento deles, ou na mesa do bar —, conferem a sensação de que há uma guerra. É preciso lutar e se impor.

As férias não terminaram. O mês está muito cheio de programação. Todos os dias há muita movimentação nas repúblicas, em certas praças com estudantes de todas as partes do estado. Mas o grupo do entorno de Madalena é coeso e aficionado ao caso Madalena. Dalí sai a formulação da proposta:

— Rita, você conhece todo trâmite do gabinete desse Deputado de Abecedê. O que podemos fazer de ação concreta para que esse ginásio ganhe sede própria e professores preparados como são os do colégio que ele implantou lá? Anos de promessa. Basta.

Parece que esta proposta saiu da boca de todos do grupo. A adesão foi de prontidão. Todos exclamam:

— É!

— Vocês não pensam que é o que venho matutando? Vamos ver os esquemas que pensaram — diz Rita.

Este resto de mês foi para isso. Rita, que conhece muitos do gabinete, embora sejam trocados, vai aos assessores, saber como iniciar esse processo. Madalena não quis acompanhá-la em nenhuma investida, pois não queria aproximação com o tal Deputado. Mas Maurício, George e outros e outras foram, pesquisaram, descobriram e levantaram a informação de que a criação do ginásio, por um ato administrativo tal, já está pronta para ser efetivada assim que for publicado no Diário Oficial do Estado. Ficam ali sabendo que lá em Abedecê já preparam festa com a participação do Deputado. Que professores serão designados, da cidade e região, até que façam um concurso para nomeação.

Madalena aperta um joelho ao outro, rói unhas e desabafa:

— Quantos anos sendo eleito com essa falsa promessa. Temos que agir. Vamos armar o cerco.

Maurício a abraça com força para irem à luta. George e Rita fantasiam viverem todos juntos em uma comunidade receptiva, de agricultura e pastoreio, nascentes de águas e energia. Contagiam o grupo. A militância ganha nova bandeira. Padrinho Vando e Lalico estão juntos. Zefina, que não larga os meninos por nada, já amarra as trouxas. As ideias ali fervilham e, quando um vai comentar, o outro diz, animado: "Mas é isto que eu estou pensando."

Madalena, calada, com sorriso interno vislumbra o novo portal que se sabe um dia aberto por um irlandês com a palavração, depois a trupe dos portugueses com Danu e a educação, os missionários com o pecado e o perdão, padre Ni com o inferno, a catedral com partidos políticos e agora a consciência em ação. Em pouco tempo, o grupo contava com doze pessoas. Sonho coletivo: morar na Casa da Ponte.

Depois de mirabolantes ideias, puseram a planejar ações concretas. Pensaram em tudo: até invadir o colégio, expulsar as freiras, coagir o Bispo, tudo. Mas optaram, já apaixonados pela causa, por pedirem emprego de professor ao senhor Prefeito uns, ao Deputado outros. Ao Bispo alguém pediria? Madalena acha que ele é insano, melhor não o envolver. Todos engolem seco, percebendo o flagrante protecionismo dela.

— Mas como veio ao Deputado na equipe do Prefeito? — insinua Rita.

— Pau mandado — confere Madalena. — Não responde por ele.

— Sabia — retruca Rita.

Entendem que Madalena protege o Bispo de qualquer enfrentamento.

Maurício também sente isso, mas também protege Madalena.

— E Madalena não vai conosco para Abecedê? — alguém pergunta.

Depois de um breve silêncio, ela responde:

— Vou.

Combinam de formularem as cartas, cada qual no seu tempo e canto, para no dia seguinte destiná-las. Com currículo e atestado de bons antecedentes.

Ao chegar em casa, Madalena apresenta a ideia de voltarem para Abecedê.

— Surgiu esse ginásio, meu grupo de amigos animou de ir, vamos ao menos até conseguirmos... Vou tirar o colégio da igreja para o município.

— Jura? Debaixo enxergar em você a metade de você **na ideia contrária**.[49]

— Isto mesmo. Subversivo.

Zefina entende profundamente tudo.

— Dá cadeia, não é? Você sabe.

— Não no meu caso. Quem me prende?

— Então vamos preparar a mudança.

— Esperemos pelos resultados dessa investida.

— O tal vai? — pergunta Zefina.

— O tal não, dindinha. Maurício. Só vou porque ele vai.

— Benze-o, Deus! Isso mesmo o sapo quer.

— Padrinho, nenhuma charada?

— Não brinco com coisa séria...

— Será muito sonho realizado, família. Meus irmãos estudarem, minha mãe e as professoras leigas se credenciarem, minhas colegas formarem professoras como eu. Chega. Eu com marido e filhos...

Silêncio.

Arremate

Portal – Ginásio. A trupe encontra-se para acertar os destinatários, envelopes diferentes para não parecer complô. Cartas manuscritas, datilografadas, tudo pensado, com muita emoção. Rita quer ir a Abecedê. Sempre quis, agora vai mesmo. George a acompanha, leva as cartas pessoalmente, com solicitações cerimoniosas para preencher vagas de professores de Geografia e História, Educação Moral e Cívica. Maurício, que é engenheiro, solicita vaga para Matemática e Inglês. Edna se candidata a ser professora de Português e Latim, se ainda forem oferecer esta matéria, que está em extinção. Suzana oferece-se para Ciências, e Stuart, seu namorado, para Educação Física. Será que serão aceitos? Essa é a expectativa.

Rita e George compram as passagens de ônibus. O recado ao Saulo já foi pelo Zé Boquinha, para recebê-los e hospedá-los na Casa da Ponte e acompanhá-los onde quer que queiram ir, inclusive na roça da mãe. A saída para a rodoviária se dá a partir da casa de Madalena. O grupo envolvido nesta peripécia se reúne lá, para o bota-fora e conversas atreladas. Vando os faz rir. Brinca de ser a cidade de destino muito evoluída e recomenda que eles não deem manota por serem da cidade grande, onde não conhecem um olho d'água ou um umbigo de banana. Zefina serve a eles banana verde frita com café. Rita pergunta aos meninos se querem ir com ela e eles respondem que não. Ela pergunta o porquê, um deles responde que é porque lá não tem chuveiro. Madalena dá suas coordenadas:

— Olhe, na rodoviária, ou melhor, no ponto do ônibus que é numa praça, você vai encontrar o Táxi, que é um senhor de chapéu de palha, poucos dentes, que vai lhe perguntar: "Você é dos qualé?" Você vai dizer que você é dos da Casa da Ponte.

Vando acrescenta:

— Aí ele vai dizer: "Mas a senhora deferençou muito. Não estou nem lhe reconhecendo." E vai pegar sua bagagem para carregar e lhe conduzir. Se bem que Saulo estará lá, mas mesmo assim deixe que ele faça o trabalho dele. É o "táxi" da cidade.

— Minha gente, é hora — diz Rita. George entrega o copo a Zefina e agradece.

Madalena põe as mãos na cara e anda de um lado para o outro.

Maurício convida-a a ir até a rodoviária.

A chegada foi deliciosa, Saulo presente e o senhor Táxi ganha uma nota inteira.

Rita puxa para um giro, tanto porque faz suspense para chegar à Casa da Ponte, como para delirar-se ao adentrar no cenário tão bem descrito por quem é a criatura conhecida deste lugar. Até o ar é o expirado, o céu é o desafiado, e no horizonte as ondas de um mar de sensações. O fundo musical tem agudos e graves e frases rítmicas da água que o banha. O Panteão se descortina — a Casa da Ponte é de verdade. Rita pede silenciosa licença, faz menção de tirar os sapatos, mas os "deixa disso" chegam de todos.

George se organiza para que o intento seja logo atingido, então depois do almoço, sem banho e sem cochilo, vão à prefeitura. Foi surpresa para o Prefeito receber estranhos, mas a causa foi exaltada junto a seus feitos:

— Sim. Então a notícia já correu. Estamos só esperando a publicação no jornal.

— Sim, senhor Benjamim. Trouxe o jornal aqui para apresentar. Saiu ontem a publicação. Eu fui estagiária do Deputado, agora me formei, aliás, formamos, George e eu, e queremos trabalhar lecionando aqui. Nós dois e outros colegas. Nossas cartas de solicitação e nossos currículos estão aqui.

O Prefeito pega aquele envelope cheio, mas o deixa de lado com a indagação:

— A publicação já foi feita? O Deputado está vindo?

— Soubemos de tudo no gabinete e trouxemos quentinha a publicação. Ele estava em outra viagem, portanto não fiquei sabendo da programação dele.

Foi um alvoroço, todos foram convocados aos brados do Prefeito e se embolaram para ver. O secretário do Prefeito, que tem apelido de Prego, pegou no armário a caixa de foguete, da janela o estourou e a um moleque foi ordenado que comunicasse ao Agostinho Fogueteiro que o espetáculo encomendado seria para hoje. A banda já vem ensaiando. O Prefeito pega o jornal de cima do birô. Confere o que Rita já havia circulado com caneta vermelha, aquelas letras miudinhas da publicação. Para com os olhos ali e deixa o pensamento, cheio de emoção, formular a dúvida: "*Será que é mesmo?*" Olha para Rita, essa estranha de dentes bonitos com um namorado. "É namorado ou é homem dela?" Suou de medo de ser falso aquele jornal e pôs Rita em seu desafeto. Mas já era tarde: dona Flor de Maio, a Secretária de Educação, já recortava letras para fazer a faixa saudando o Deputado, outra com o nome do ginásio, por conta dela: "Ginásio Estadual Professor Simão Vilas Boas", tendo a colaboração de Rita enquanto o Delegado, sestroso, explica a George quem foi Simão Vilas Boas. O Prefeito anda de um lado para o outro, até que seu cismar vem à tona:

— Pare, dona Flor de Maio. Não podemos passar o carro na frente dos bois. Essa inauguração tem que ser com a presença do Deputado. Teremos que esperar por ele.

Chama a secretária de educação em outra sala, fecha a porta e abre o envelope. Dentro dele, outros envelopes. Pela primeira carta, entende todas as outras. Mas a secretária pega a que reconhece o nome de Madalena.

— Uau! Mas essa foi até minha aluna no grupo. É aquela menininha que ganhou a bolsa de estudos no colégio das freiras.

O Prefeito toma para ver e exclama:

— Não disse? Estou certo. São os comunistas querendo invadir. Deus é Pai.

— Quê isso, Sô Benjamim? De onde o senhor tirou isto?

— Espia só.

Chegando ao ouvido dela, conta que Madalena fora tirada da cidade porque, ao se formar, veio com umas conversas de escola pública para todos, que não está certo o colégio ser só para gente rica... Logo ela que estudou lá de graça, sem pagar um tostão.

— Mas ela ganhou de prêmio, eu me lembro de que fiquei muito feliz.

— Mas tem que ser agradecida e não desmerecer.

— Mas, mas... Como o senhor chegou nesse comunismo?

— A senhora é muito ingênua, dona Flor de Maio. Eles se infiltram. É uma praga igual cupim. Se a gente não ficar de olho, quando vê eles já comeram as criancinhas, tomaram nossas propriedades e tudo que veem pela frente.

— Valha-me, Deus — disse dona Flor de Maio, mas por dentro pensando: *"Tem coisa errada aí. Isto não existe."*

Como o Prefeito sentiu que ela não deu firmeza no pensamento, buscou reforço no Prego e no Delegado. Chama-os para dentro da sala e os mantém trancados. Rita revira os olhos sentindo clima de conspiração e tenta ouvir qualquer palavra, mas foi em vão. Fugir dali seria pior. Primeiro assenta no degrau da porta de entrada, depois junta-se a George, que já afinava varetas para fazer pipa com os meninos. Pelo semblante dela, pode entender que havia enrascada. Larga tudo no chão, entrega o canivete ao dono e diz que está a trabalho, que uma hora terminariam.

— O que houve? — ele perguntou sem mexer os lábios.

— Comunismo, cê acredita? Aqui nesses cafundós. Entendem que somos.

O Delegado aparece na porta e acena para eles, grave.

— Pois, não — disse George.

— Esse grupo que ameaça vir para cá, usando o nome do Deputado, será detido na capital, e os senhores entreguem-se, estão presos.

Os dois abaixam a cabeça e ficam paralisados. Já haviam mandado chamar o soldado Manuelino, que chegou com a farda amarrotada e a espingarda do lado.

Bate continência por bater, sem ter para quem, e recebe as ordens de que os levassem para a cadeia.

Duas mulheres que faziam a faxina na prefeitura correm com baldes de água e vassoura para lavar a cadeia, pois o último que estivera preso por embriaguez lá vomitara e a coisa estava seca e mofada no chão.

Rita pergunta ao soldado, antes que ele passasse a chave na grade, se na cidade havia advogado, pois todos dois tinham curso superior, portanto tinham direito.

O soldado saiu pisando alto com sua calça curta, como a marchar num grande pelotão. Leva a questão para o grupo que confabulava, fazendo indagações sem a quem pudesse respondê-las. Mas o Prefeito estava com as mãos geladas por não saber da legitimidade de suas ações, que poderiam ser louváveis ou deploráveis. Haviam mandado chamar o padre Henrique e o doutor Farmacêutico, que ainda não haviam chegado. Diante do recado do soldado, o Prefeito bufou:

— O advogado que temos aqui é nosso. Ela que busque o seu na jurisdição dela.

Padre Henrique chega quase ao mesmo tempo de doutor Simão. O Prefeito relata a ocorrência dando um tom heroico. Ambos ficam calados, deixando a tamanha tolice valer por um tempo. Vão passando as cartas, um para o outro, até que padre Henrique chega na de Madalena e se achega ao doutor Simão para lerem-na juntos. É o que o Prefeito queria.

— Estão vendo. Esta é a articuladora. Já saiu daqui com ideias subversivas. Achou que íamos esquecê-la.

E, em tom mais baixo como a segredar, faz com que as cabeças se juntem para ouvi-lo. Então continua:

— A gente sabe que o Bispo e o Deputado tentaram ajudá-la, mas ela recusou e engajou num grupo barra pesada, de rebeliões, de drogas e prostituição. É! A gente não fala porque... É! Deixa pra lá! Mas que o povo sabe, sabe.

Mil coisas passam na cabeça do padre e do Farmacêutico. Todas essas coisas insinuam ignorância e preconceito do Prefeito bravejar contra o comunismo, por quê? Mas o doutor sai com a ideia de perguntar ali, à vista de todos, para que qualquer um possa responder:

— Senhoras e senhores, comunismo existe? Não será um fantasma que criaram para deixar as coisas como são, sempre nas mãos dos poderosos? O que é o comunismo?

Dona Flor de Maio encheu-se de alegria ao ter a oportunidade de dizer o que pensa:

— De tanto medo que eu tive desse bicho papão quando uma legião passou por aqui distribuindo santinho para rezarmos contra o comunismo ateu que eu, escondida no meu quarto, pesquisei no dicionário o que significava esta palavra e gostei: "Teoria social que pretende a comunhão dos bens naturais e dos produtos do trabalho." Pensei: "Está entendido. Quem tem, aterroriza a quem não tem, para calar-lhes a boca."

— A senhora gostaria de ver sua colheita repartida e suas terras divididas? — pergunta o Prefeito.

— Eu só teria a ganhar, Sô Benjamim.

Com um grito, o prefeito manda prender esta suposta comunista. Diz:

— Comunista. Nas minhas barbas. Prenda-a, senhor Delegado.

O padre e o Farmacêutico esperaram sair com ela e com calma, parecendo ensaiado, chegam ao Prefeito. O padre diz:

— Senhor Prefeito, nós precisamos ouvir esses detentos.

O Farmacêutico diz:

— Isso mesmo. Eu vou lá conversar com eles.

— Isso. Pode ir, mas quem vai interrogá-los é o órgão competente da polícia, que já estou expedindo a denúncia para o delegado viajar hoje mesmo levando para o batalhão de nossa jurisdição. Quem diria. Comunista trabalhando aqui do meu lado.

Os dois saem caminhando calados até certa altura do caminho, quando então o Farmacêutico diz, sorrindo por dentro:

— Mas que situação esdrúxula.

Ao que o padre responde sem olhar para o lado:

— É, mas não deixa de ser perigosa.

— E o Bispo? Vale a pena envolvê-lo?

— Creio que sim. Aquele é um comunista enrustido. Ele vai ter uma saída auspiciosa para esse caso.

— Mesmo tendo Madalena envolvida? Como ele vai dar as caras?

Padre Henrique puxa o colarinho da batina, fica vermelho e se cala. Chegam à cadeia. Vão entrando até a cela, logo aberta pelo soldado.

Os três prisioneiros ficam encostados na parede. Rita pensa curiosa: "*Será esse o Bispo ou quem?*"

Flor de Maio cumprimenta o padre com o toque de mãos e a jaculatória: "*Louvado seja Nosso Senhor Jesus Cristo.*" E ao doutor: "*Tarde, doutor.*" Assim fazem Rita e George e ficam sabendo quem era quem, personagens de história conhecida. Flor de Maio fala com as mãos postas:

— Graças a Deus que vocês chegaram para conterem meu marido, que, tenho certeza, vai chegar aqui de espingarda e render esse soldado. Seria até engraçado um farmacêutico para estancar o sangue e o padre para dar a extrema unção.

Rita olha para George meio apavorada, mas ele a serena com a mão.

— Por que a senhora veio parar aqui, dona Flor de Maio? — pergunta o padre.

— Porque me declarei comunista.

— Então merece estar presa — o padre fala, e olha os dois outros presos que reagiram em postura corporal apenas. Continua: — Isso não se fala, dona Flor de Maio. É um sentimento que todo cristão deve ter, mas guardado e exposto em ações apenas. Quer ver comunista mais fervoroso que nosso Bispo? Ele promove que todos sejam proprietários de terras, que a produção e a distribuição sejam cuidadas com o respeito devido, as nascentes preservadas, os animais respeitados. Isso é não deixar que o dinheiro seja o poderoso, ao contrário do capitalismo que pretende que tudo vire lucro e que os donos sejam poucos e os trabalhadores sejam escravos.

Rita arregala os olhos e aproxima-se do padre, dizendo:

— É assim mesmo que esta sociedade está organizada? Que ótimo. E a igreja?

— Mas vamos falar baixo, senão eles acreditam que é o tal invisível que chegou trazido por vocês. O lado capitalista quer ter opositores declarados para servir de cristo, torturados e mortos, para que o medo faça o povo acreditar que o comunismo é o culpado. O fato é que, no regime em que estamos, mesmo não tendo o tal bicho papão, eles criam situações para nem se pensar nele. O comunismo é ateu, querem fazer crer.

— Com licença. E a educação escolar? Eu fui estagiária no gabinete do Deputado, sou Assistente Social. Tendo tomado conhecimento desse ginásio, trouxemos nossa proposta de emprego.

Neste exato momento entram o Delegado e o Prefeito. O Delegado pergunta com ar austero:

— Que ligação vocês têm com Madalena?

George dá um passo à frente para ser ele a responder:

— Olhe, nós temos o direito de só responder na presença de nosso advogado.

Doutor Simão sussurra para o Prefeito:

— Senhor Benjamim, eles são pessoas esclarecidas. Deve-se ter cuidado para não cometer arbitrariedade.

— Mas aí é que está o perigo. Por isso é que a força deve falar mais alto. Couraça. O senhor acha que eu também não sou esclarecido porque tenho só meu quarto ano primário? Conheço um comunista até na roupa que veste. Olha essa moça vestida com calça comprida, de brim, usando botina igual à do tal namorado. Esses são guerrilheiros. Cortar logo pela raiz.

Nessa conversa entremeada pela conversa do padre com George, Rita conseguiu captar. Às vezes lhe vinham ideias zombeteiras, mas também considerava que o Prefeito não estava de todo errado. Eles tinham intenções revolucionárias sim, mesmo que não fossem dentro do preconceito ou da ignorância deles. Seria melhor confessar a verdade a quem tivesse condições de tirá-los daquele jugo discricionário. Quando pensa em chamar padre Henrique num particular, aparece de um lado — que se vê pela janela — o Bispo, e pelo lado da porta o marido de dona Flor. Este, com a espingarda. Foi dando de entrar. O soldado o peitou. Ele empurrou o soldado. O Delegado avançou na espingarda do soldado, tomando-a dele. Disse para o Serafim, meio entre os dentes:

— Cidadão, ajude aí. Tudo vai terminar na paz, mas nós temos que mostrar certa severidade para esse povo de fora que vem impor algazarra aqui.

O marido dá um arranco no braço da esposa, puxando-a para fora e dizendo:

— Pois arranje outro para ser o bobo da corte de vocês. Com minha mulher, não.

Ao tentar sair, ele dá de frente com o Bispo e tira o chapéu em saudação. A esposa aproveita para recuar, pois estava gostando de ter esta vivência com pessoas que já correram o mundo além dos horizontes de Abecedê, ou seja, que tenham ido de A a Z. Ou, senão, chegado até o E, F, G... Ela gosta de ler, adora ler poesia, gostaria de estudar mais... Tanta coisa por aprender. Para o povo do lugar ela é culta. Como Secretária de Educação ela ouve as professoras, fala o que pensa, faz o que precisa. E sabe que todos os abecedenses têm em sua origem o amor às letras, à ciência, às contas, às histórias, às artes. Ela considera que os entraves que assaltam o povo vêm das religiões e da politicagem. Ela aceita o cargo que ocupa na esperança de contribuir para soltar as amarras do povo. Sempre que pode, promove ações nesse sentido, mesmo que tenha que enfrentar seu patrão, que confunde poder com dever. Reconhece e admira o conhecimento e o sentimento do Bispo e seus auxiliares, das freiras do colégio. Porém, vê uma rede que impede que a verdade seja vivenciada, e o povo se acomoda nesta virtude, não faz nada para mudar. Ela está vendo, nesta situação em que virou personagem, um sonho se realizar. Quer ficar. Seu marido exerce o papel machista, mas ela quer uma revolução.

Rita entende os anseios desta mulher. Quer ter oportunidade de conversar com ela, uma presa fácil a ser politizada. Aliás, a seus olhos, ali naquela cela de cadeia, só o Prefeito é o fascista. Por estupidez, como são todos os fascistas. Por preconceito, como ocorre com os machistas.

O tempo do Bispo ali dentro é preenchido com cumprimentos que são reverências aureoladas em vibrações. São comunicações pessoais, íntimas, quando cada um quer se corrigir diante dele enquanto ele diz que está tudo certo, que é assim e pronto. Nem o nome de Deus é pronunciado — seria em vão.

Rita sofre impacto ao ver o Bispo, pois o considera a peça principal dessa história. Busca pensar nos conceitos que traz dele com a história de Madalena, mas o que ouve de dona Flor de Maio sobre ele se faz mais presente. George se aproxima dela e sussurra ao ouvido para ninguém ouvir:

— É o Bispo.

O Prefeito dá um grito:

— Silêncio. Vocês não podem se comunicar.

Os três que se triangulavam lá fora sem palavras são abalados, e padre Henrique os deixa, volta à cela e exclama como se tivesse tirado essa ordem entre eles:

— Senhor Prefeito, nosso conselho é que eles fiquem detidos na casa paroquial até que lhes venha o advogado. Nós os hospedaremos e dona Flor fica na casa dela.

Flor de Maio não gostou dessa resolução, mas não sabia como contrariar a ordem. O marido está de cócoras no meio do terreiro, rodeado por um compadre e machos. Não sabem o que falar, esperando o desfecho, certos de que o caso estaria nas mãos de Deus, já que o Bispo estava lá.

Crianças brincam em correria e gritos, e adolescentes jogam bolinhas de gude no chão. Outras mulheres amontoam, mas era o tititi de quando encontram. Lalico passara por lá, mas sumira. Já havia procurado pelo irmão, até que, impensadamente, correra até a roça de sua mãe a convocar todo povoamento para ficar de prontidão, pois estaria para estourar uma revolução. Imediatamente, todos entenderam que se levantariam com forças para defender a investida de tomar o colégio, para nele ser instalado o ginásio que estava oficialmente criado. Assim vazou, num galope. Todas as freguesias já estavam de prontidão. No mais, Sô Tião Cabeludo animara toda sua comunidade, os caboclos, caboclinhos, marujos e cavalhadas, todos levantaram mastro. Já era sentida a ciranda se formando e o calango apregoando.

George está nervoso. Pensa na tortura, que sabe ser o uso da força quando não se tem razão, como é o que tem visto ocorrer contra a democracia. Tenta olhar para Rita, mas ela está alheia com o pensamento plasmado diante dos personagens dos contos conhecidos: doutor Simão com Donana, um amor desperdiçado pelo medo. Padre Henrique com o sublimado amor pelo Bispo, convertido ao sacerdócio. Pensa com que causa irmã Irani acusaria Madalena. Irmã Inês certamente está a rezar com toda irmandade, e irmã Tereza juntando pastas de documentações que poderão precisar. Toda congregação de padres e freiras confia nas ordens do Bispo, mesmo com a ofensa da cobra. Está ali presente, mas Rita não o entende como uma presença etérea. Pensa na história de Madalena, sem precedente diante das figuras vivas. No pai ausente, no tio presente.

Flor de Maio, ao ver que os olhos de Rita vagueiam suavemente por ele, chega a cabeça perto dela e diz:

— O Bispo. Pouco fala, mas todos entendem. Desde que foi engolido por uma cobra ficou assim. Aliás, a gente não chegou a conhecê-lo antes. Mas com o tempo tornou-se Deus no céu e ele na terra. Iguala a todos, não tem rico nem pobre. Não tem homem nem mulher em diferença. Basta ele existir que todos se entendem. Desvirou o avesso, endireitando o tempo do padre Ni.

— Você afirma isto, mas ele também tem questões controversas, não?

— Quem fala, desfala. Dizem, é o que dizem, que padeceu, morreu e ressuscitou. Mas a gente não sabe bem dizer. É algo do obscurantismo. O irmão dele é que é da política, aí você sabe, não é? Esses que lidam com esse poder usam e abusam do que podem e do que não podem. Para assinar a constituição do ginásio levaram o Bispo na comitiva, assinou onde mandaram, mas ele voltou para suas façanhas. Já fez fossa séptica para todo o município, já definiu propriedades de toda população com o juramento diante de Deus de que ninguém poderá vender a terra, que passe de pai para filho ou devolva. Aqui ninguém fica sem seu chão. Ele busca evitar o que acontece pelas redondezas, onde o que tem sua terra vende para explorador que planta uma tal madeira de fazer carvão e papel, que, dizem, chupa as águas do terreno, que passa a não servir para outra coisa, por exemplo, plantar coisas de comer. E quem vendeu vira trabalhador deles ou se muda pra cidade grande pra trabalhar no pesado e ter que comprar de tudo.

— Então! O homem de quem nós estamos falando até que não lerdou de tudo.

— Boba! Briga de mulher com homem ele transforma em romance, mas diz que obrigado ninguém é. Isto ao pé da orelha no confessionário. Condena traição. Diz que isto não precisa acontecer, que o direito quem dá é Deus, o Criador. Sua alma, sua palma. A gente vive com esses homens aí, ó, porque a parceria é boa, mas as mulheres estão saindo de um cabresto que vou lhe falar, viu? Homem não se besta conosco mais não. Eles estão tendo que aprender a tourear uma dama.

Riem, mas tiveram que acabar com o tititi, porque o Delegado rosna para elas. Rita fica a olhar os homens e a julgar um por um, frente às histórias de Madalena versus política, religião e ciência. Não consegue evitar seu escárnio, enquanto pensa: "É, seu pontífice? Mas na hora de embuchar Madalena e colocar a carga no lombo dela..." Pensa sem olhar para ninguém, em vago, mas acaba de crer que o povo desse lugar tem poderes, as águas enredam, pois Flor de Maio chega-lhe aos ouvidos e sussurra:

— Mas isso ele já expiou quando foi engolido pela cobra. Ninguém fala de boca isso aqui.

As duas conversam o tempo todo. No simples diálogo, uma confronta a doutrinação com a abstração da outra.

— Mas comunismo do jeito que você fala não existe nem aqui nem na China. Pra você ver: antigamente o que se produzia aqui, cada um na sua terra, um quinto era entregue ao padre Ni por pressão do medo do inferno. E o dinheiro serviu pra quê? Para construir mais uma rica igreja com um colégio para ricos. Que trem danado. Agora, vamos dizer que essa teoria de comunismo veio na contramão desse engodo, por obra desse Bispo atual que parece ter umas ideias meio extravagantes. Esse tal dízimo todos dão, mas volta todo para o povo. Não vejo sinal de ele estar guardando nada para a igreja, não. A não ser que a gente não saiba, mas há ainda esse imbróglio desse colégio. E se alguém sussurra contra, otários vêm com acusação de serem comunistas. Não é distorção?

— Mas assim, é assim por esse país todo e quiçá no mundo. E usam da força, da coerção, da tortura, de desaparecimentos, de morte. Você não imagina quantos vêm passando por esses sofrimentos só por defenderem essa ideologia. Você está nos vendo aqui agora. São respingos do capitalismo. Você não conhece a capital? Pois é. As pessoas amontoam lá por quê? Falta de ter sua propriedade. Vão para lá buscar trabalho para adquirirem alguma coisa, viram escravos e endividados, aumentando o capital de quem já tem. O patrão explora e as leis o protegem. Quanta gente morando em aglomerados, em péssimas condições e até nas ruas mendigando o de comer. Aí assaltam, pulam no pescoço dos outros que também estão nas ruas na batalha. Os ricos são protegidos em tudo. Até nos pagamentos de impostos.

— E vocês lá, o que fazem?

— Basicamente, conversamos. Lemos, estudamos, debatemos, mas o enfrentamento mesmo é o mínimo. Olha eu aqui presa. Na verdade, nós, aqui, aventuramos numa microrrevolução. Parece até brincadeira. Nós viemos mesmo tentar ocupar vagas de professores e aos poucos ir doutrinando o povo, os agricultores, impedindo o que está por vir, que é a tomada das terras para plantio do eucalipto. Estamos sabendo.

— Menina, dizem que aqui pela região do entorno o povo não acha mais um pé de couve plantado. As empresas chegaram, compraram as fazendas, derrubaram os cultivos, tacaram eucalipto no lugar. Sem o trabalho nas próprias terras, os filhos foram-se embora trabalhar nos Estados Unidos, e os fazendeiros viraram assalariados manejando serra que derruba o pau ou dirigindo caminhão que transporta as toras ou tacando veneno no chão e plantando as mudas e adoecendo. Sem produção local, passaram a comprar de tudo vindo de caminhão do mercado da capital. Espia só que trapalhada. Ou seja, o salário que ganham é para gastar com compra do de comer. Não se acha mais frango e ovo de quintal. O porquinho que engordava no chiqueiro para encher as latas de gordura e carne, para irem abatendo no decorrer dos tempos, ovos para desmanchar nas quitandas de forno, galinhas com pintinhos... Acabou. Tudo vem de criatórios de ração e hormônios e de empresas de um dono só, que dizem que é granja. Os plantios do de comer, da mesma forma. Tem rocinha de fundo de quintal mais não.

"Dizem que é também tudo de um dono que faz roças grandes, jogam veneno para matar bichos pragas e soltam aquelas plantas bonitas, mas tudo perigoso para a saúde da vida. Precisa de um desacerto desse? Quem chega com um bom dinheiro compra do pequeno, faz deles empregados, dá pra eles um pagamento que vai servir para comprar deles o que antes produziam. Se aqui não estamos nessa situação é por obra desses padres, guiados por esse Bispo, que labutam em resistência. É no pé da orelha deles o tempo todo. Do mesmo jeito que um antigo padre que tinha aqui usava das pregações da igreja para injuriar o povo com negócio de mexida de homem com mulher e cobrando por tudo, é essa diocese com negócio de terra, plantio, água... Vira pecado vender terra aqui. Eles dão a entender que tudo é de Deus, olha só. Aqui não fica família nenhuma sem lugar de morar, plantar e criar seus animais. O dízimo, que no passado era dado para o padre ficar com ele, hoje é voltado para as necessidades dos trabalhadores e trabalhadoras. Teve o garimpo que trouxe muito explorador pra cá, mas parece que, por agora, as lavras pararam de vazar, sumiram todos. Também, com esse acordo de não poder vender terra que já foi dividida para os nativos, complicou para os de fora."

Rita remexe com todos seus conceitos e pergunta:

— O Bispo é um santo ditador. Como é que ele fica diante do irmão?

— Aí é que tá. A coisa está perigando. Eu, que fico próxima do gabinete, percebo que há uma pressão para que tudo isso mude. Com esse uso da palavra "comunismo", pressionam o Prefeito a liberar vendas das terras e manter o Bispo doente.

Rita só tem tempo de pensar: "*Venho com o conceito — ou preconceito — de que ele é um explorador da inocência de Madalena, pelo menos é o que a gente sabe. E covarde como homem, companheiro e pai. E quem sou eu pra julgar, uma vez que sinto que ela o ama. Terá razão? A tal da razão não governa o amor. Ela acredita nele? E essa história de ele ser um dos bons Dons é o que temos a conhecer."*

Nada mais pode ser dito ou pensado, pois uma ciranda vai se formando vindo de todos os lados desse rincão. Sô Tião Cabeludo com o congado em tambores, os indígenas e seus bodoques, Vanda e seus estandartes com letras recortadas em dizeres "Escola para todos", roceiros com foices e enxadas, mulherada com paneladas de comidas, homaiada com suas espingardas. Palavras de ordem: "O que é do homem o bicho não come", "Fora comedores de papel".

Um caminhão coberto com lona, grande, emprestado do pai de Maurício, chega carregado de militantes da capital, pois a bonequinha não dera sossego a Madalena, dizendo que seguissem todos para Abecedê. Atravessaram a noite na estrada e chegam junto com o carro do destacamento de polícia da jurisdição da região. Quando dão fé, outro carro emenda a poeira, trazendo o Deputado, seus assessores e outras autoridades. Nisso, vão passando as gamelas com as quitandas e as chaleiras enchendo canecas de café. Ali comem direita e esquerda. Madalena não quis saber de nada antes de comer. Não suportava mais a fome. Aos poucos, o tumulto é festa. O Prefeito atende ao Deputado e sua delegação em seu gabinete. Agostinho Fogueteiro guarda os pirotécnicos para quando o sol se pôr, mas estoura os foguetes de tiros e de vara agora. A banda entra em marcha. Não dá para conversar.

O Delegado mantém com o soldado os prisioneiros e recebe os militares que se postam em guarda, dentro da cela. Rita e George se encostam, hirtos de medo. Não sabem o que ordena esse poder, mas sabem que justiça não é. George pede advogado. Eles reafirmam que o único advogado da cidade atende ao Prefeito. Que ele teria que chamar pelo seu. Nesta hora chega na janela exatamente André Viana, namorado de Lilian da trupe de Madalena, inaugurando sua carteira da OAB. Entrara na excursão cujos componentes são dos Diretórios Acadêmicos, cuja liderança consegue os arrebanhar até sem muitos esclarecimentos. "É pra ir, vamos." Militantes, guerrilheiros, subversivos, seja lá o que forem, porém, fiéis ao pensamento de que há um lado de direita que é grande, forte, detentores do poder ou da ignorância, que precisa ser enfrentado para não massacrar tanto a esquerda. Sempre foi assim e parece que sempre será. O enfrentamento é necessário.

E lá estão eles. Depois de terem comido da mesma comida, buscam situar-se. A primeira informação é que acontecia a festa de comemoração pela instauração do ginásio. Porém, Madalena, que cumprimenta a um e outro conhecido na multidão, deu de frente com sua mãe. Essa a chama com gravidade para detrás de uma bananeira, conta que foram acionados por Saulo, que enviou recado por Paulo, e que outros, como Sô Tião Cabeludo, divulgaram para todos que pudessem ser envolvidos que a história é outra... Por trás dessa cortina de fumaça está sendo expedido na Prefeitura, em conluio com o Cartório, ato que libera a venda de terrenos do proprietário para quem quiser vender. Vazou, não se sabe por onde, que está chegando com o Deputado a empresa de plantio de eucalipto com bom dinheiro para comprar as terras, a preço bom. Chumbo grosso. Aí que ficou sabendo da detenção dos amigos.

Neste mesmo momento, os militares algemam os três presos e abrem caminho entre a multidão, levando-os ao camburão deixado na entrada. O caminhão com Maurício e André tenta os acompanhar até a cidade sede da jurisdição, mas são barrados.

Entregam Flor de Maio ao marido. Ela olha para trás pesarosa. Para ela é um pesar ser apartada. Entre eles lá, entenderam que subversivos e comunistas são os que chegaram de fora da cidade. Estava entendido que deixariam Madalena livre para evitar confronto com os compatriotas, mas ela se entregou, declarando-se comunista. É presa na cadeia local. Ela olha pela pequena janela e vê lá embaixo seus três tios e lembra-se da história do sumiço deles à vista dos soldados quando vieram recrutá-los para a guerra. Ali mesmo some e aparece na sacristia da catedral. Os companheiros estão sendo levados no caminhão da polícia. Presos na mesma cela, George apresenta seu advogado. Maurício, que esperava por Madalena, escondido entre os foliões, ruma em seu caminhão para junto deles.

Festa é festa, acontecendo. Povo da cidade nova e da cidade velha na mesma poeira, mesmo com estranheza, cujos motivos não são claros. Os da esquerda estão prontos para o que for de direito, desde que o direito seja para todos.

Um palanque é levantado em meio tempo com bandeirolas providenciadas pelo pessoal de boa vontade. Cortina de fumaça. A empresa de exploração da terra está nos bastidores.

Do alto-falante é noticiado como sendo celebração da grande conquista do Prefeito com o empenho do Deputado, que está presente para a instalação do ginásio na cidade.

Madalena entra na catedral e flagra o fiel secretário padre Henrique deixando o microfone no pedestal. Encontra ali reunidos com ele o reverendíssimo pai de seus filhos, o digníssimo senhor Deputado tio desses e seu avô doutor Farmacêutico. Fala como que possessa:

— Daqui a pouco o nosso reverendíssimo Bispo soltará neste alto-falante o estupendo comunicado do que será registrado agora no livro de atas. Excelentíssimo senhor secretário, padre Henrique, pegue o livro de atas, por favor, os Anais e subsequentes livros da história do desenvolvimento deste município, de autoria atribuída ao senhor. E duas folhas de papel almaço, com carbono, por favor. O senhor, meu honrado avô, e o senhor Deputado, nesta base lograda, assinarão como testemunhas.

Os quatro homens estavam enlevados no poder desta mulher. O que ela determinasse ali estaria deliberado. O clima de festa, lá fora, é o mesmo de quando todo esse complexo da diocese fora inaugurado. O quarteto hipnotizado sente isso, e é o tudo de que Madalena se faz valer.

Madalena dita com austeridade, ao mesmo tempo com suavidade, o que vai sendo lançado no livro de Ata, com cópia no carbono:

— "Aos tantos dias do mês tal, às tantas horas e tantos minutos, reúnem-se na secretaria de tal colégio o senhor Diretor desta instituição fulano de tal, o senhor Secretário Geral desta instituição fulano de tal e, como testemunha, o senhor Doutor fulano de tal, para deliberarem a transferência do Colégio tal que ora pertence à Diocese tal para o Ginásio Estadual tal criado pelo Ato tal número tal do governo tal, conforme publicado no Diário Oficial do Estado na data tal."

Neste ponto, os quatro levantam a cabeça e arregalam os olhos para ela, e não se olham. Ela se mostra segura:

— Continue, por favor: "Fica extinto o Colégio tal, que neste ato é transformado em Pensionato na parte onde hospeda alunas, para aquelas que quiserem permanecer e outras alunas e alunos que moram distante e precisarem de hospedagem na cidade. As salas de aula e demais departamentos com todo seu patrimônio, bens móveis e imóveis passam a pertencer à comunidade, para o funcionamento do recém-criado ginásio. É de direito que a ela pertença, visto que fora construído com recursos e mão de obra de membros dessa comunidade, homens, mulheres e até crianças, como está registrado em livro escrito e assinado por padre Henrique."

Neste momento, padre Henrique levanta a cabeça e puxa o colarinho, mas Madalena ordena com austera suavidade:

— Continue, por favor. Há urgência. "O corpo docente e demais trabalhadores desse colégio ficam disponibilizados para prestar serviço ao ginásio. As religiosas que estudem a permanência delas ou não, de conformidade com o entendimento da Ordem Religiosa a qual pertencem. O quadro de funcionários do Ginásio seguirá instruções normativas do Estado que o criou e o manterá, certamente."

O Deputado faz menção de sair, mas Madalena ordena que ele fique até o final, para evitar que ela vá ao microfone narrar toda a história que os leva ao cúmulo de ser o Bispo mantido adoecido.

Ele retruca:

— Ora esta, vou buscar a polícia.

Mas Madalena diz, sarcasticamente, balançando a cópia da história do município que tira de dentro de sua bolsa, onde está narrada toda a história da construção do colégio:

— Desculpe, senhor. O tempo é pouco, porque às seis horas deste dia, o Bispo estará anunciando o ato de cessão deste patrimônio para quem é de direito. Senhor secretário, continue, por favor.

Assim dita todos os pontos para conclusão da ata, encerrando com a expressão: lido e assinado.

O Bispo, com porte firme, assim como está sua alma, assina livro e cópia e entrega a caneta ao secretário, que, confuso, assina e entrega ao doutor e ao Deputado, que, hipnotizados, assinam por testemunhas.

— Por favor — continua Madalena —, agora, quem anunciará ao microfone a nova constituição? O senhor Bispo, padre Henrique ou este deputado?

Os três presentes envolvem o Bispo, que não dá para avaliar, mas está enlevado. Em gozo. É a alma dele que concretiza todo esse ato. Tudo que ele já desejou está ali acontecendo. Jura por Deus. Nada fala, mas ajoelha e põe as mãos para o céu, com o semblante transparente de quem está em gozo ou alcança a graça divina.

Ainda faltam reivindicações que Madalena ia fazer ali, mas a bonequinha em seu bolso faz com que ela entenda que é hora de parar. As Forças Armadas estão vindo, e elas não fizeram filhos em Madalena e nem servem a Deus. Encontram os três adjuntos, que correm para a Prefeitura. O pelotão dá uma "meia volta-volver" e os acompanha.

Madalena e o Bispo ficam ali parados, como dois espectros de onde vai irromper a primavera. O relógio bate as seis badaladas. Ao som da Ave Maria, os fiéis lotam a catedral. A chuva desce com todo barulho das águas. Madalena e o Bispo se veem no limbo.

A cobra sai dos pés da imagem, circula Madalena, que, fitando os olhos de Nossa Senhora, reverente, exclama:

— Salve, Rainha!

Vem, circula o Bispo, volta para a imagem no altar, onde é pisada na cabeça. O Bispo bate os joelhos no chão e clama:

— Valha-me, Nossa Senhora!

Volta-se para Madalena e diz:

— Peço o perdão.

Ocorre a Madalena responder com profunda altivez:

—Sua alma, sua palma.

Faz uma genuflexão e o Sinal da Cruz voltada para Nossa Senhora e sai.

As palavras do alto-falante redundam nos montes, escorrem nas águas da chuva e correm nas veias do povo, em festança. Madalena, molhada, segue o caminho oposto, certa de que deixa para trás, para sempre, a mula sem cabeça. Passa a noite na estrada que a leva ao encontro da sua trupe. Chega junto com a tropa do exército. Enquanto batem continência lá fora, ela destranca a porta que tem as chaves pra fora, ordena com o olhar mudo:

— Ao caminhão.

Todos obedecem. Maurício liga o carro e arribam estrada. Deitados, uns nos ombros dos outros, Madalena na boleia sem dizer nada, sem pensar, até que passam pela serra, e ele, Maurício, desce para comprar-lhe o buquê de sempre-vivas.

Lista de charadas

As charadas presentes no livro são parte de uma tradição oral do interior de Minas Gerais. São formuladas frases para decifrar o resultado final da charada, que normalmente é uma única palavra. Cada parte da frase sublinhada representa um pedaço da charada. A parte final da frase, em negrito, é a dica da charada. É preciso observar também que as charadas são orais, e muitas vezes o som da sílaba não corresponde à sua forma escrita.

1. A pedra do moinho é dona **que não é mais criança**. Resposta: Mo-ça.
2. Não está doente, mas quase está, a moça que os três cavaleiros acudiram, que faz milagres com rosas, **é a evidência**. Resposta: San-ta Terezinha.
3. Mais uma vez, o fim de todos nós **acabou de chegar**. Resposta: Bis-po.
4. Quem pisa sem pê, berra igual cabrito e **é roubada de noite pelo capeta**. Resposta: Isa-bé.
5. Eu enxerguei a fruta que a raposa comeu e **você não será mais**. Resposta: Vi-úva.
6. Começa multiplicar, no oposto daqui, onde tira tudo, por cima do pescoço, **a mulher do padre**. Resposta: Mu-la-sem-cabeça.
7. Quase dia pulo sem 'u' que não é boa, **no canudo**. Resposta: Di-plo-ma.
8. A regra está na relação de **quem vai formar para professora**. Resposta: Norma-lista.
9. Talvez no fim do braço está **seu paraninfo**. Resposta: Si-mão.
10. A preta sente pena da **minha resposta**. Resposta: Nega-do.
11. Esbarrei com a mulher do sapo **que é minha mãe**. Resposta: "Topei-ra".

12. A sétima nota musical na ponta do braço **é o que você quer saber.** Resposta: Si-mão.
13. A dona habita **perto do arraial Raimundo**. Resposta: Sa-mora.
14. Aqui crê **no que acorda**! Resposta: Cá-fé.
15. No começo dos lucros, a atmosfera **desponta na serra**. Resposta: Lu-ar.
16. Um pouco digna de dó, sem dó de quem faz doce, **é que nem mula piada**. Resposta: Coi-ceira.
17. Começa emprestar o que serve para lavar vasilha e entrega **quem sente enjoo**. Resposta: Em-bucha-da.
18. Assim sem sim, onde Jesus não afundou, **é o Mandamento**. Resposta: A-mar.
19. O cabrito berra, a ovelha tem e o resumo da companhia **é meu presente**. Resposta: Me-lan-cia.
20. Quase perto do fim da mordida, **nada encontra**. Resposta: Per-dida.
21. A letra de fêmea serve para amarrar **quando basta de dormir**. Resposta: A-corda.
22. Onde se caga sem co possui companhia **depois que confessa**. Resposta: Peni-tên-cia.
23. Quase um mais dois, num pedaço de esteira, **dá rasteira em cobra**. Resposta: tre-teira.
24. Depois de nove, requeremos **adeus**. Resposta: Des-pedimos.
25. Entrega o final da bananeira **que é enrascada**. Resposta: Da-neira.
26. Pequena, perto de nós **a tal daneira**. Resposta: Inha-ca.
27. Se tira o rumo, **encontra o fado**. Resposta: Des-tino.
28. Bati na taça com uma bebida forte e um resto de cimento **para o luto**. Resposta: Tin-gim-ento.
29. Os que já foram com agá no começo e ene no final, é dona **do que deixou para os órfãos**. Resposta: Heran-ça.
30. Junto, serve para amarrar, com pena, **pra ficar de acordo!** Resposta: com-corda-do.
31. O que tira a terra a gargalhar é que **vai soltar**. Resposta: Pa-rir.

32. Serve para tirar a terra no final das pedras da segunda pessoa **pra ser pai de quem não o é**. Resposta: Pa-dras-to.
33. Com um pouco do que resta e um pouco de suspiro, a própria pessoa, estou no fim, **Aleluia!** Resposta: Res-sus-ci-tou.
34. Enxergar a segunda e a primeira vogal com sofrimento, **vai ser eleito**. Resposta: Ver-ea-dor.
35. Vou tornar-me, pois juntei as letras para você na segunda pessoa, aqui, **para dividir o povo**. Resposta: Po-lí-ti-ca.
36. A metade do rádio e o fim dos pratos **farão a tarefa**. Resposta: Ra-tos.
37. No pedaço de manga, com um pouco de dinheiro no fim da mangueira **estava você**. Resposta: Man-din-gueira.
38. A preta para a segunda pessoa com um pouco do pai do pai **é a resposta**... Resposta: Nega-ti-vo.
39. A vaca faz e a gente remexe **para sair do lugar**. Resposta: mudança.
40. Aqui a terceira vogal endoidece **que nem nós**. Resposta: Ca-i-pira.
41. O que nasce a você na segunda pessoa entregam **documento**. Resposta: Cer-ti-dão.
42. A quarta nota musical soletra lá no alto **foi o que aconteceu com mãe**. Resposta: Fa-le-ceu.
43. Começa entrar, começa rasgar, aqui entrega **o que está difícil.** Resposta: en-ras-ca-da.
44. Pra fazer cova a metade da trinca e o demônio sem a cabeça **registra tudo com número**. Resposta: Pa-tri-mônio.
45. O início dos anos que a senhora tem, morde na boca o resto desses anos, **para ser numerado que nem boi**. Resposta: I-denti-dade.
46. Fala a cantiga do grilo na terceira nota de um país, **o que é intolerância pelo desconhecido.** Resposta: Dis-cri-mi-nação.
47. Na primeira letra traço e **tento**. Resposta: A-risco.
48. Com o fim da vedete obtive **quem caça gente**. Resposta: Dete-tive.
49. Debaixo enxergar em você a metade de você no **ato contrário**. Resposta: Sub-ver-si-vo.

Agradecimentos

À minha mãe, com quem aprendi a recitar e cantar.
Ao meu pai, que me ensinou os noves fora e a regra de três. Aos irmãos e irmãs com quem aprendi a dividir.
Às minhas professoras do bê-a-bá ao z.
Às parentas e parentes, amigas e amigos, que, sem elas e eles, eu não realizaria esta publicação.

In memoriam: Publiquei em 2014 o livro *Viagem no vagão da Lia*. Olavo Romano abrilhantou essa edição com o prefácio e Raquel Romano com o posfácio. Da Eternidade, ambos estão a brilhar no coração daqueles que cultivam, com arte, as palavras, as gargalhadas, as cores, as amizades. Eterna gratidão!

Nícola Braga Coelho

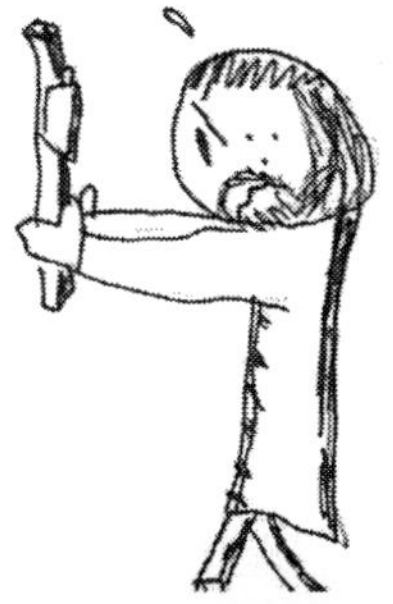

#TUDOACONTECENALIVRARIA
#QUIXOTEDO2024 #SUAALMASUAPALMA

Miolo impresso em Chambril Avena LD 70g

1ª EDIÇÃO

SELO DULCINEIA: LINGUAGEM ESTILIZADA DA POESIA, DAS NOVELAS, CONTOS E ENSAIOS COM AUTORAS E TEMAS FEMININOS.